KJB

Virginia Bergin

RAIN

DAS TÖDLICHE ELEMENT

Aus dem Englischen
von Rainer Schmidt

KJB

MIX
Papier aus verantwortungsvollen Quellen
FSC® C083411
FSC
www.fsc.org

Erschienen bei FISCHER KJB

Die englische Originalausgabe erschien 2014 unter dem Titel ›The Rain‹ bei
Macmillan Children's Books, London, England,
a division of Macmillan Publishers Limited

Lektorat: Regine Teufel
Satz: Pinkuin Satz und Datentechnik, Berlin
Druck und Bindung: CPI books GmbH, Leck
Printed in Germany
ISBN 978-3-7373-5155-3

Wenn das hier einfach so eine Geschichte wäre, eine von denen, die man zum Spaß liest, hätte sie einen tollen Anfang. Wahrscheinlich würden sie gleich einen Film draus machen wollen, so gut ist der Anfang. Losgehen würde alles in Mission Control – oder vielleicht auch im Weltall, wo ein massiver Steinbrocken, ein Asteroid, zwischen den Sternen hindurchrast, auf Kollisionskurs mit der Erde.

Schwenk zur Erde: Überall haben die Leute Angst, sie drängen sich vor ihren Fernsehern zusammen, weinen und beten. Wahrscheinlich gibt es auch jede Menge Umarmungen und Küsse und Händchenhalten, lauter solche Schwenks. Jede Menge tiefsinnige und bedeutungsvolle Gespräche – aber nicht zu viele. Wir wollen die Action halten.

Der Countdown geht dem Ende zu, wir sind wieder in Mission Control. Irgendein alter Knacker in Uniform tritt zur Seite und lässt einen heißen jungen Typen – ein missverstandenes rebellisches Genie und der führende Kopf hinter der Operation – auf den Knopf drücken. Seine Freundin ist da – oder sitzt zu Hause vor dem Fernseher und flüstert »Ich liebe dich, Brad«, als er die Superrakete startet, die letzte Hoffnung für die Erde.

Jetzt können alle nur noch warten und hoffen und beten.
Beim nächsten Teil muss man ein bisschen Gas geben. Im wirklichen Leben hat es anscheinend Stunden und Stunden gedauert, tagelang, bis die Rakete den Asteroiden erreichte. In der Verfilmung des Buches würde sie gerade so lange brauchen, dass der coole Typ und sein Mädchen einander finden, so dass sie sich küssen können, wenn …

KA-BUMM!!!!

Der Asteroid wird in tausend Stücke geschossen. (Und das sieht richtig schön aus: eine funkelnde Sternenexplosion im Himmel. Auf der Erde machen alle Ooooh und Aaaah, und es wird noch ein bisschen mehr umarmt und geküsst.)
Der coole Typ hat den Planeten gerettet! Der scharfe Mann hat gesiegt! Wow!
Super Story! Stimmt doch, oder?!
Nur, wie gesagt, das ist erst der Anfang … außerdem, ich war damals zu jung, um mich an den Asteroiden und das alles zu erinnern. Meine Freunde und ich, wir hatten was darüber im Internet gesehen, und ehrlich gesagt, es war langweilig.
Simon, mein Stiefvater, hat mal gehört, wie ich das sagte, und da ist er ausgerastet.
»Willst du mir sagen«, schrie er, »willst du mir sagen –«
Damit ging's los. Man wusste, ja, man wusste einfach, wenn er sich so wiederholte, würde er auch noch eine ganze Menge anderes Zeug wiederholen. Immer weiter und weiter und weiter und –

»– du findest die Beinahezerstörung des Planeten Erde, auf dem du lebst, langweilig?«

Ich muss sagen, wenn er sich so aufs hohe Ross setzte, sattelte ich meins auch. Yiii-haaa!

»Hm, ja«, sagte ich.

Das war die Wahrheit. Ich kann es nicht ausstehen, wenn man wegen so was Ärger kriegt. Bloß weil man die Wahrheit sagt. Es ist, als wollten *SIE* – Leute wie Eltern und ungefähr 99,999 Prozent aller bekannten Lehrer –, dass man lügt, wenn man sagt, was man denkt. Wegen allen anderen Lügen kriegt man Ärger – mit wem man zusammen war, was man getan hat, ob man seine Hausaufgaben gemacht hat oder nicht –, aber es ist ihnen egal, wenn man Lügen erzählt über das, was man denkt. Das *wollen* sie sogar. Ihnen zustimmen, nennt man das, und das ist es, was sie wollen, auch wenn sie total im Unrecht sind.

»Unglaublich. Hast du das gehört, Becky? Hörst du hier zu?«

Das war auch so eine Angewohnheit von ihm: Immer versuchte er, meine Mum in alles hineinzuziehen.

»Simon«, sagte sie, »lass es gut sein. Sie will dich nur provozieren.«

Die Wahrheit in *diesem* Punkt war, dass ich die halbe Zeit gar nicht wusste, ob ich ihn provozieren wollte. Ich konnte einfach nicht anders. Er ärgerte mich. Meine Mum meinte, wir seien uns so ähnlich wie zwei Erbsen in einer Schote, und das machte mich wirklich wütend, weil er nicht mal mein Dad war. Als ob ich jemals eine Schote mit Simon geteilt hätte! Das Haus mit ihm zu teilen, war schlimm genug.

»Will ich nicht«, sagte ich. »Es ist wirklich langweilig. *Beinahe* wäre was wirklich Schlimmes passiert. Ich meine, na und? Gibt genug wirklich schlimme Dinge, die tatsächlich passieren.«

»Ruby«, sagte Simon, und er war kurz davor, richtig auszuticken, »was du nicht begreifst, ist –«

Ich habe vergessen, was er sonst noch gesagt hat und was ich anscheinend nicht begriffen hatte. Ich glaube, es war der gleiche alte Mist wie immer – mit dem gleichen alten Ergebnis. Er wurde immer wütender, ich wurde immer wütender, und meine Mum wurde dabei übertönt. Oder wir fielen schließlich beide über sie her. Am Ende bekam ich wahrscheinlich Hausarrest – das passierte oft –, oder ich musste mein Zimmer aufräumen oder das Geschirr spülen, obwohl wir eine Spülmaschine hatten, oder den blöden Meerschweinchenkäfig saubermachen.

Das Dumme ist, ich würde alles dafür geben, wieder dort zu sein, zu Hause in der Küche, und mich mit ihm streiten. Dann würde ich ihm einfach zustimmen oder mich entschuldigen oder so was … aber es wird nie wieder einen Streit in der Küche geben. Es wird überhaupt nie wieder einen Streit irgendwo in diesem Haus geben. So ziemlich alle sind tot – vielleicht mit Ausnahme der dämlichen Meerschweinchen.

Ich heiße Ruby Morris, und dies ist meine Geschichte. Wenn ihr sie lest, habt ihr sehr, sehr großes Glück, dass ihr noch lebt … aber das wisst ihr schon, oder?

KAPITEL 1

Es hat wirklich keinen Sinn, lange darüber zu reden, wie es früher war. Zum einen, weil ich es nicht ertrage, daran zu denken – obwohl ich es tue, oft sogar, und dann möchte ich mich am liebsten übergeben, weil ich so traurig bin. Zum Zweiten, irgendwie ist es auch egal, oder? Es ist vorbei. Und zum Dritten, ich schreibe das hier nicht, weil es früher so war – ich schreibe es wegen dem, was passiert ist ... Und deshalb fange ich genau damit an. Passiert ist das:

Ich saß in Unterwäsche in einem Hot Tub und knutschte mit Caspar McCloud.

Das klingt auch wie ein guter Anfang, vielleicht für eine Liebesschnulze mit vielen Küssen, oder Caspar entpuppt sich als sexy Vampir ... Aber die Wahrheit ist – und das habe ich auf jeden Fall vor: Ich werde die Wahrheit sagen, selbst wenn es mir weh tut, selbst wenn es euch schocken sollte (und das wird es ganz bestimmt, denn wenn ihr das hier lest, bin ich wahrscheinlich schon eine Bazillion Mal geschockt worden) –, es wäre nicht richtig, wenn ich es so aussehen ließe, als wäre Knutschen im Hot Tub das, was ich normalerweise an einem Samstagabend getan habe, denn das war es nicht.

Das war es üüüüberhaupt nicht. Versteht mich nicht falsch: Ich hatte schon vorher mal Jungs geküsst (zwei), und ich war auch schon vorher auf Partys gewesen (ungefähr seit ich fünf war). Ich hatte sogar schon vorher im Unterzeug in diesem Hot Tub gesessen (mit Lee – Lee für Leonie, meine beste Freundin), aber dieser Abend, diese Party … das war die beste, die genialste – eine beängstigend geniale – Zeit, die ich jemals in meinem ganzen Leben erlebt hatte. (Was nicht schwierig war.)

An diesem Abend, an diesem einen, prachtvollen, heißen Samstagabend, war ich dabei, ein neuer Mensch zu werden, ich war im Begriff, einen Freund namens Caspar zu haben und dauernd auf wilden Partys im Hot Tub zu knutschen und so was. Ja, ich würde *IHREM* meckernden Maul den total unfassbaren, absolut genialen Wahnsinn entreißen. Und einen Lover.

Was soll ich sagen? Ist passiert. Im Ernst, es ist wirklich passiert! Zak, der in diesem absolut coolen, verschachtelten alten Bauernhaus wohnte und dessen Eltern dermaßen locker waren, dass man im Grunde wirklich machen konnte, was man wollte, stellte die Boxen vor die Scheune, wo wir – das heißt, ich und alle meine entzückenden Freunde (die Ausnahme nenne ich gleich) – rumhingen und eine MÖRDERMÄSSIGE Cider-Bowle nuckelten, und ein paar von uns zogen sich aus – bis auf die Unterwäsche – und kletterten in ihren Hot Tub.

Wir tanzten irgendwie im Sitzen und schwenkten so ein bisschen die Arme – yeah, so abgefahren, jetzt guckt auch –, und

es war totenkomisch, aber auch total eng … bis die Ersten wieder rauskletterten und meckerten, weil es ihnen im Pool zu heiß war.
Es war so was wie ein furchtbarer Slow-Motion-Countdown zu SEEEEEXX LIIEEBE LIIEEBESSPIIEEL: Mit jeder Person, die ausstieg, wurde das Wasser in diesem Hot Tub stiller und stiller. Ich wünschte mir dauernd, es wäre einer von diesen Jacuzzi-Pools, die sprudeln, aber es war kein solcher, und wenn man nicht mit den Händen auf der Wasseroberfläche hin und her wedelte, konnte man alles sehen. Ich saß also da und fächelte lässig mit den Händen herum … denn mir gegenüber saß in dieser dampfenden Wassertonne Caspar-Lechz-McCloud.
Zwischen uns saß Saskia und fächelte überhaupt nicht.

Ich will nur noch rasch sagen, dass ich schon vor diesem Abend nicht ganz sicher war, ob ich Saskia mochte oder nicht. Nicht, dass ich sie gut gekannt hätte. Sie war in letzter Zeit einfach dauernd mit uns unterwegs gewesen – und sie hatte noch später damit angefangen als Caspar, der von so 'ner hippen Kunstschule auf unsere gewechselt hatte und sehr cool und wild war – und in einer Band spielte. Ich hatte Simon und meiner Mum gesagt, ich würde mit Lee babysitten, damit ich ins *George* gehen konnte, wo Caspar mit seiner Band spielte. Und als Caspar da oben auf der Bühne stand und sein Gitarrending machte, da passierte es dann, dass er den Kopf hob und mich ansah, und ich sah ihn an und –

KA-CASPAR-BUMMMM! (TEIL EINS)

Ich begriff, ich war verliebt in Caspar McCloud.

Das sind zu viele Informationen, oder? Und genau das, habe ich gesagt, würde ich nicht tun, nämlich dauernd drüber reden, wie es früher war. Das kann ich nicht ausstehen. Ich hör auf damit.

Also, zurück zu diesem Hot Tub: Lee kam mir zu Hilfe – oder sie versuchte es wenigstens. Sie kam rüber und fragte Saskia, wo der Gin wäre (wie gesagt, diese Bowle war mördermäßig). Saskia sagte, das wüsste sie nicht, und Lee sagte, sie hätte Saskia wohl damit gesehen, und Saskia sagte, sie hätte den Gin aber nicht, und Lee sagte, vielleicht könnte sie ja mitkommen und ihr suchen helfen, und Saskia (die genau wusste, was Lee in Wirklichkeit wollte) seufzte enorm tief und gelangweilt, stand auf und kletterte aus der Tonne und drückte Caspar dabei praktisch ihre *Brust* ins Gesicht, und dann drehte sie sich zu mir um und sagte: »Tu nichts, was ich nicht auch tun würde.«

Danach war eigentlich nichts als eine Tonne dampfend heißes Wasser zwischen mir und Caspar McCloud.

Ich war so schüchtern. Ich wäre vor Schüchternheit fast gestorben. Außerdem hatte ich ein bisschen Angst, ich könnte zu Tode kochen oder an einer explodierenden Blase sterben, denn ich musste wirklich heftig pinkeln. Ich versuchte, nicht daran zu denken, und das war nicht so schwierig, denn ich be-

fand mich im Zustand des Grauens vor dem Kuss. Denn ganz sicher würde es jetzt jeden Augenblick einen Kuss geben. Es musste einen Kuss geben.
»Hey, Rubybaby«, sagte Caspar.
So nannte er mich: »Rubybaby.« Wäre dieses Wort aus dem Mund jedes anderen als dieses göttlichen Wesens gekommen, wären Fremdschämfaktor und Brechreiz gigantisch gewesen. Aus dem Munde Caspar McClouds war es –

Aaaaaaaaaaaaaaaaaaaaaaaaaaaaaaaaaaaaaaaaaaaaaaaaaaaaaaaaaaaaaaaaaaaaaaaaaaaaa!

»Hey, Caspar«, sagte ich.
»Warum kommst du nicht rübergeschwommen und leistest mir Gesellschaft«, fragte er.
Ich fixierte ihn mit diesem schwülen Model-Blick (Pokerface mit Schmollmund), den ich zu Hause geübt hatte. »Na, warum kommst du nicht selber rübergeschwommen?«, sagte ich.
Es war das Grauen vor dem Kuss, das mich dazu brachte, so was zu sagen. In Wahrheit wäre ich über den Atlantik geschwommen, um zu ihm zu kommen. Ruby, du Genie. Jetzt hatte ich die Qual nur verlängert.
Langsam und sexy rutschten wir aufeinander zu. Ehrlich gesagt, ich bin nicht ganz sicher, ob man langsam und sexy rutschen kann, aber so kam es mir vor. Außerdem schien es eine Ewigkeit zu dauern, aber in Wirklichkeit waren es wahrscheinlich nur ungefähr zehn Sekunden.

Ich sah ihm in die Augen. Dann musste ich wegschauen, denn es war einfach viiiel zu intensiv. Ich sah alle meine Freunde tanzen und herumalbern wie die Irren, und hinter ihnen sah ich diesen prachtvollen Sonnenuntergang, der am Himmel loderte.
Wenn ich woanders hingeschaut hätte, hätte ich was anderes gesehen. Ich hätte Wolken gesehen, die den Himmel auffraßen. Vielleicht hätte ich das alles sogar in Caspars Augen gespiegelt gesehen, aber als ich mich so weit zusammengerissen hatte, dass ich da wieder hineinschauen konnte, tat ich es nicht, um die Aussicht zu bewundern.

Aaaaaaaaaaaaaaaaaaargh!

BOMF! Praktisch verpasste ich ihm einen Kopfstoß, als meine Lippen gegen seine klatschten. Er öffnete den Mund ein bisschen, und ich bohrte ihm irgendwie die Zunge hinein. Ich dachte, das macht man so, um zu zeigen, wie leidenschaftlich man empfindet oder so was. Wie gesagt, ich hatte schon Jungs geküsst, und da hatten wir es so gemacht. Es war ziemlich eklig gewesen. Caspar so zu küssen, war überhaupt nicht eklig, es war furchterregend, und es fühlte sich völlig falsch an. Bis … keine Ahnung – es veränderte sich einfach. Gerade war es noch ein Nahkampf, Zunge gegen Zunge, und im nächsten Moment …
Wenn das *mein* Blockbuster-Film wäre, käme hier ein Schnitt. Dieser Kuss, der wäre eine ganze Szene für sich wert. Wir würden uns so viel Zeit wie möglich dafür nehmen. Für

diesen Kuss. Diese Küsse. Wo hört ein Kuss auf, wo fängt der nächste an? Wir verschmolzen einfach miteinander. Ich weiß, das sind die blöden Sachen, die sie in kitschigen Liebesfilmen sagen, aber wir taten es. Es ist so passiert! Gerade war da noch mein altes, ungeschicktes Ich, kurz vor dem Durchdrehen, und ich fühlte dieses göttliche Wesen Caspar (dichte er auch durch?), fühlte die Zunge dieses Wesens Caspar, und im nächsten Augenblick … ich weiß nicht … es war total –

KA-CASPAR-BUMMMMM!
(TEIL ZWEI)

Wir hörten das Schreien nicht.

Finger bohrten sich in meinen Arm. Meine Lippen lösten sich von Caspars. Ich drehte mich um und –

»RAUS DA!«, schrie Zaks Dad mir ins Gesicht und zerrte mich aus dem Hot Tub.

Und da fing alles an.

KAPITEL 2

Wie die meisten Leute im Land waren Zaks Eltern an diesem Abend zum Grillen gegangen. So ist das in Großbritannien, oder? Die ersten Sonnenstrahlen, das erste bisschen Wärme, und alle schnappen über, ziehen sich aus und veranstalten einen Grillabend. Kann ruhig nach Regen aussehen – wir gehen raus und bleiben draußen, bis die ersten Tropfen fallen. Nein, es ist noch schlimmer: Es muss wirklich gießen, bevor die Leute aufgeben und reingehen. Wenn dann noch ein Bank-Holiday-Wochenende dazukommt, hat man einen ganzen Extratag, an dem Leute mit Sonnenbrand herumliegen und sich wünschen können, sie hätten nicht zehn Billionen Dosen Bier getrunken und/oder sie hätten die Würstchen doch lieber richtig gebraten, auf einem Herd – und schon … na, ihr kennt das ja, oder?

Zaks Eltern hätten nicht nach Hause kommen dürfen, und weil sie doch da waren, war deshalb gleich klar, dass etwas nicht stimmte, aber noch klarer war es, weil sie ausrasteten. Normalerweise wäre es ihnen komplett am Kreuz vorbeigegangen, was immer wir da taten. Deshalb war es immer so cool bei Zak. Okay, er hatte den Hot Tub und die Scheune und den Wald und die Felder, aber das wirklich Coole war, dass seine Eltern so total easy waren. Sie rauchten Joints in unserer Anwesenheit – hey, sie gaben Zak sogar Gras! So easy waren die.

Aber nicht an diesem Abend. Man kann sagen, sie waren plötzlich total wie Simon und scheuchten uns alle in die Küche. Nur eins war höchst un-Simon-mäßig – nämlich dass Zaks Dad, Barnaby, die ganze Zeit fluchte.

Okay, hier kommt die einzige andere Regel beim Erzählen dieser Geschichte: Ich werde versuchen, ehrlich zu sein und alles so zu erzählen, wie es war, aber ich werde nicht fluchen. Meine Mum hat es gehasst, wenn ich geflucht habe, das Wort »Gott« eingeschlossen, und das trotz der Tatsache, dass sie es 1. selbst dauernd benutzte (was sie aber abstritt), und dass es 2., soweit ich es übersehen kann, auch jeder andere auf dem Planeten dauernd benutzte. Es ist nicht nötig zu fluchen, sagte sie immer zu mir. Noch als die ganze Welt in den Klauen einer Katastrophe mit Massen von Toten lag, meinte sie, es sei absolut nicht nötig zu fluchen.

Tatsächlich ist es in dieser Geschichte ziemlich oft nötig, und es wurde auch viel geflucht, aber aus Respekt vor meiner Mum werde ich solche Wörter nicht schreiben. Wenn ihr – wie ich – sowieso andauernd flucht, dann könnt ihr ja eure eigenen Ausdrücke einsetzen, aber ihr versteht hoffentlich, dass ich es nicht kann.

Ich werde stattdessen etwas Schönes schreiben. Ich schreibe 🦋🦋🦋. Für meine Mum.

»Oh 🦋🦋🦋! Oh 🦋🦋🦋 Oh 🦋🦋🦋!« Barnaby hörte gar nicht mehr auf.

(Man muss wissen, dass Zaks Eltern ständig auf irgendeinem heidnisch-religiösen Trip waren, und deshalb kann es sein, dass Barnaby tatsächlich irgendeinen konkreten Gott anrief und nicht nur allgemein meckerte.)

Er schloss die Küchentür ab.

»Du machst ihnen Angst«, sagte Zaks Mum, Sarah, aber Barnaby hörte nicht auf sie. Er schloss jedes Fenster in der Küche, und als er damit fertig war, fing er an, auch alle anderen Fenster zuzumachen.

Man hörte, wie er im ganzen Haus herumpolterte.

Angst hatten wir überhaupt nicht. Es war ein bisschen komisch, aber das Schwierigste war, keinen Kicheranfall zu kriegen – obwohl ich in meinem Fall keinen Grund zum Lachen hatte, denn jetzt hatte ich nicht mal mehr Wasser, um mich zu bedecken. Ich tat mein Bestes mit ein paar Küchentüchern. Unsere Sachen – alle unsere Sachen – waren in der Scheune.

»Mum, was ist denn los?«, fragte Zak.

»Das wissen wir nicht genau«, sagte Sarah. »Ein Bekannter von Barnaby hat angerufen, und –«

Rumms, bumms, bumms – peng! – rumms, bumms, machte Barnaby oben im ersten Stock.

»Mum?«, sagte Zak.

Peng! Rumms bumms bumms, kam Barnaby die Treppe herunter.

»Frag lieber deinen Dad«, sagte Sarah.

Und *das* war jetzt wirklich komisch, oder? Zak nannte seine Mum normalerweise nicht »Mum«, und Sarah nannte Barnaby normalerweise nicht »deinen Dad«. Wenn ich nicht gewusst hätte, dass Zak praktisch immun gegen vieles von dem war, was anderen Leuten auf die Nerven ging – beispielsweise waren seine Eltern ihm nicht mehr peinlich –, hätte ich gedacht, er tickt auch aus … aber seine Eltern machten ständig irgendwelche bekloppten Sachen, und das wussten auch alle, und meistens lachte niemand darüber, weil allen klar war, was Zak durchmachte, aber auch, weil Sarah und Barnaby so nett zu uns waren.

Diese neueste Beklopptheit, was immer es sein mochte, war einfach nur schlechtes Timing, was unsere Party anging.

»Mach das Radio an«, sagte Barnaby zu Zak. *»Dad?«*, sagte Zak, aber er machte es trotzdem an.

Sie hatten kein Fernsehen. Zaks Eltern hatten nicht mal ein Digitalradio, sondern so eine altmodische Knisterkiste. Und was glaubt ihr, was da lief?

Die Fragestunde für den Gartenfreund.

Da redeten sie darüber, was man gegen Mehltau an den Rosen machen kann.

Irgendjemand konnte nicht mehr und fing an zu kichern. Und das Kichern breitete sich aus.

»Da stimmt was nicht«, sagte Barnaby leise. »Die Nachrichten müssten was bringen.«

Ich lachte auch. Es war unmöglich, nicht zusammenzubrechen, während Mrs Fotheringay-Flytrap die fleckigen Stellen auf ihrer *Duchesse de Verneuil* beschrieb … aber wollt ihr was

Verrücktes hören? Ich hätte das zwar nicht in einer Million Jahren gedacht: ›o nein! Das bedeutet sicher, dass die Welt, wie wir sie kennen, untergehen wird!‹ Das dachte ich nicht, aber irgendwie *wusste* ich doch, dass etwas nicht stimmte. Ich wusste nicht, was da im Radio kommen *sollte*, aber dass es die *Fragestunde für den Gartenfreund* nicht sein sollte, das war mir klar. Meine Mum LIEBTE diese Sendung, und sie hörte sie jeden Sonntag. Sonntags, nicht samstags abends. Niemals samstagsabends. Aber deshalb zitterte man nicht gerade vor Angst, oder?

»Los, zieht euch an!«, fauchte Sarah. Sie fauchte sonst nie.

Mich fröstelte. Caspar nahm mich in den Arm, und Leonie hielt meine Hand.

»Die Sachen sind in der Scheune«, sagte Saskia – und es klang wirklich schlimm, wie sie es sagte. Als wäre Sarah blöd.

»Dann nehmt was von uns«, sagte Sarah. »Nehmt, was ihr wollt, aber zieht euch an!«

Jemand brummte irgendwas und ging zur Küchentür.

»Nicht rausgehen!«, sagte Barnaby laut und wütend. »Ihr sollt NICHT rausgehen.«

Wir schlurften hinaus, die ganze Meute … Auf der Treppe konnte sich wieder jemand nicht mehr halten, und wir alle rannten im Galopp in das Schlafzimmer, wo wir uns ungehört kaputtlachen konnten, ohne jemanden zu kränken.

»Was zum 🦋🦋🦋 ist denn mit deinen Eltern los, Mann?«, fragte Caspar.

»Was weiß ich, Alter«, sagte Zak, aber es klang nicht okay.

Immer noch nicht. »Komm«, sagte er zu Ronnie – dem absoluten Technik-Freak unter meinen Freunden –, und sie verschwanden in Zaks Zimmer.

Wir Übrigen spielten Verkleiden mit den Sachen von Zaks Eltern. Das machte so viel Spaß, dass man ganz vergaß, wie unheimlich die Situation war. Caspar zog einen Kaftan an.

»Ommmmmm«, sagte er und bewegte die Hände wie beim Beten.

Ich musste so lachen, dass ich mir beinahe –

»Ich muss pinkeln«, fiel mir ein.

Lee folgte mir ins Badezimmer. Ich ging als Erste, aber das musste ich auch; ich wäre sonst geplatzt. Während Lee anschließend auf dem Klo saß, betrachtete ich mich im Spiegel: . Ein Model sah anders aus. Das große, sackförmige Hippiekleid war noch das Wenigste. Meine Lippen, die sich dick geschwollen anfühlten und vom Küssen kribbelten, sahen halbwegs normal aus, aber ich hatte Zombie-Augen von der Wimperntusche, mein knallroter Lippenstift war über das Kinn verschmiert, und meine Nase sah aus wie bei Rudolph dem Rentier. Dass Sarah Make-up-Entferner hatte, damit war nicht zu rechnen. Also machte ich ein Knäuel Klopapier nass, strich damit über die Seife und wusch mir das Kinn.

Aber das war überhaupt kein Lippenstift. Es war mein erster ausgewachsener Knutschausschlag, und er brannte. Er brannte so *richtig*.

Da war nichts zu machen. Also rubbelte ich hastig an der Wimperntuschenkatastrophe herum. Die Seife war aber nicht wie unsere Seife zu Hause, sondern ein biologisches, graugrünes Zeugs auf Linsenbasis, das nichts taugte. Es gab nicht mal Schaum. Also war's das: Ich war zur Hälfte ein schwarzäugiger Zombie und zur anderen Hälfte eine menschliche Kirsche. Peinlich. Oberpeinlich.

»Los, kommt da raus!«, schrie Caspar durch die Badezimmertür. »Molly muss kotzen!«

Na bravo. Ich musste ihm ins Gesicht sehen, obwohl ich genau wusste, wie das Gesicht aussah, das ihm da entgegenblickte. Wir öffneten die Tür, und Molly taumelte würgend herein. Unter normalen Freundschaftsbedingungen wäre es unsere Pflicht gewesen, bei ihr zu bleiben – aber ehrlich, wenn ich sie nur hörte, drehte sich mir selbst der Magen um. Es war schon schlimm genug, vor Caspar auszusehen wie ein Mutant. Da brauchte er nicht auch noch zu sehen, wie ich mir die Eingeweide aus dem Leib kübelte. Also packte ich Lees Hand, und wir liefen die Treppe hinunter.

Unterwegs kamen wir an Zaks Zimmer vorbei. Er und Ronnie zankten sich darum, wer den Computer bedienen durfte. (»Wieso geht das so langsam? Klick doch da hin!«, sagte Zak gerade und wollte nach der Maus greifen. »Klick einfach drauf!«)

Die Leute im Radio redeten jetzt über Pflanzen für trockene, schattige Randbeete. Das ist anscheinend ein ernstes Problem, aber es war nicht halb so komisch. Barnaby starrte wie in Trance aus dem Küchenfenster … Okay, jetzt war die Party endgültig vergurkt: Es regnete. Keiner von uns hatte es bemerkt – wie auch? Wir waren ja vollauf damit beschäftigt gewesen, uns scheckig zu lachen.

»Ich glaube, ihr müsst alle mal wieder nüchtern werden«, sagte Sarah und verteilte Gläser mit Wasser. »Leonie, kannst du bitte den Kessel aufsetzen?«
»JaSarahJa«, blubberte Lee in ihr Wasserglas.
Barnaby schnappte sich sein Handy und fing an, mit dem Finger darauf herumzuhacken und nacheinander verschiedene Nummern zu wählen.
»🦋🦋🦋«, sagte er, als er nirgends durchkam. Dann brach die *Fragestunde für den Gartenfreund* ab. Brach einfach ab. Und dann fing *es* an.
»Dies ist eine amtliche Katastrophenmeldung …«

»Der Regen« – das ist alles, woran ich mich erinnern kann. »Es ist im Regen.« Alle starrten das Radio an, als wäre es ein Fernseher. Das heißt, alle außer Barnaby, der sein Handy hingeworfen hatte und in die Diele lief, um es mit dem Festnetztelefon zu probieren.
Lee stellte den Wasserkessel auf den Herd, kam zu mir und nahm meine Hand. Die, die nicht Caspars Hand umklammerte.
»Ru«, flüsterte sie. »Glaubst du, wir müssen sterben oder so was?«
»Nein!«, sagte ich.
Selbstverständlich würde hier niemand sterben!
Meine Mum war zum Grillen bei den Nachbarn.
Es ist im Regen.

Es war, als wäre ich die Letzte, die kapierte, was los war. Ich stand frierend in der Küche und lehnte mich an Caspar, aber auch der fühlte sich kalt an – und schließlich fing ich irgendwie an, zu begreifen. Ich meine, seit Tagen war in den Nachrichten von einer neuen Epidemie die Rede gewesen. Sie war in Afrika ausgebrochen, landete in Südamerika, und dann kamen Berichte aus Russland. Eine neuartige Krankheit, tödlich … aber – na, das war nicht hier, oder? Nicht wie die Vogelgrippe, bei der Simon (der sich wahrscheinlich vor allem Sorgen um die Vögel machte) richtig ins Schwitzen gekommen war – wie viele andere Leute auch. (Okay, ich auch. Ich hatte Albträume davon.) Aber das hier? Es war so … *entlegen*, das ist das passende Wort … und wir achteten nicht weiter darauf. Ronnie hatte darüber reden wollen, das weiß ich noch, und wir hatten alle die Augen verdreht und gesagt, er solle die Klappe halten, weil Ronnie dauernd über alles reden wollte.

»Der Regen«, wiederholten sie im Radio immer wieder, »es ist im Regen.«
»Hab ich doch gesagt«, rief Ronnie und kam die Treppe heruntergepoltert.
Hatte er auch. Genau das hatte er gesagt: »Es ist im Regen.« Und wir alle: »Ja, ist ja gut! Halt die Klappe, Ronnie!«, denn wir wussten genau, auf welcher Sorte Website er das gelesen hatte. Bestimmt auf derselben, die auch behauptete, der Papst sei durch einen Alien ersetzt worden (deshalb sieht man seine Beine nie: Die sind grün und spindeldürr). »Nein,

guckt doch!«, sagte Ronnie und wollte uns im Internet so ein Augenzeugenvideo zeigen, aber das hatten sie gelöscht, und Ronnie meinte, damit sei bewiesen, dass es stimmte.

»Klappe, Ronnie«, sagte jemand.

Lee starrte mich an. »Ru«, sagte sie, »ich hab echt Angst.« Sie fing an zu weinen. Andere Mädchen weinten jetzt auch. Ich nahm sie in den Arm. Ich nahm meine süße beste Freundin in den Arm.

Es ist im Regen.

Saskia kam die Treppe heruntergerauscht. Sie trug eins von Barnabys Hemden wie ein Minikleid. Einen Moment lang starrte sie das Radio an, wie wir es getan hatten. Sarah hielt ihr ein Glas Wasser hin, aber Saskia schüttelte den Kopf.

»Ich will nach Hause«, verkündete sie.

Sie ist so eine … keine Drama-Queen, aber eine … eigentlich keine verwöhnte Göre … Ich glaube, am besten beschreibt man es so, dass Saskia immer kriegt, was sie haben will. Das liegt nicht mal daran, dass die Hälfte der Jungs in der Schule bei ihrem Anblick zu sabbern anfangen. Okay, ALLE Jungs in der Schule fangen bei ihrem Anblick zu sabbern an (weil sie scharf auf sie sind, oder weil sie sein möchten wie sie), so gut wie alle Lehrer tun es (weil sie raffiniert höflich zu ihnen ist und sich demonstrativ bemüht, zu verstehen, wovon sie gerade reden), und eine wirklich schockierend große Zahl von Mädchen tut es auch (weil sie ebenfalls scharf auf sie sind, oder weil sie sein möchten wie sie). Das sollte eigentlich genügen, um zu erklären, weshalb Saskia immer ihren Kopf durchsetzt, aber es genügt nicht. Da steckt noch was

Unheimlicheres und Dunkleres dahinter. Im Ernst – sie ist so was wie eine Hypnotiseurin und sendet unsichtbare Strahlen aus, mit denen sie ihren Opfern ins Gehirn zappt, damit sie tun, was sie will. Aber heute Abend nicht, Sask! Anscheinend hörte sie sowieso keiner außer mir, denn alle starrten aus dem Fenster in den Regen.

Er sah aus, wie Regen normalerweise aussieht. Tropfen eben.

Man hörte Barnaby am Telefon in der Diele: Er wählte, knallte den Hörer hin und wählte dann noch mal. Aber er rief keinen Gott mehr an, er fluchte sich ganz eindeutig die Kehle wund.

»Ich habe gesagt, ich möchte nach Hause«, wiederholte Saskia.

»Na und?«, sagte jemand.

Sie stürmte in die Diele hinaus und wollte Barnaby das Telefon wegnehmen. Zak polterte die Treppe herunter, Molly kam hinter ihm hergetrottet und sah aus wie ein kranker Hund.

»Das Internet ist ausgefallen!«, sagte Zak. »Das ganze NETZ ist einfach zusammengekracht!«

»Hab ich doch gesagt«, murmelte Ronnie.

»Ist wahrscheinlich nur lokal«, meinte Sarah.

Ronnie schüttelte den Kopf, wie er es immer tat, wenn er andeuten wollte, dass er als Einziger etwas wusste. Molly fing wieder an zu würgen. Sarah sah sie panisch an.

»Das ist die Bowle, Mum. Sie hat einfach zu viel Bowle getrunken«, sagte Zak.

Alle nickten irgendwie betreten, wie man es tut, wenn man von fremden Eltern ertappt worden ist.

»Barnaby«, rief Sarah und suchte in einem Schrank herum, »haben wir irgendwo Kaffee?«

Kaffee. Sofort, schon in diesem Moment, dachte ich, das sei doch eher egal. Als ob Kaffee alles in Ordnung bringen würde. Barnaby kam aus der Diele herein. Er sah … grimmig aus. Das ist das richtige Wort dafür. *Grimmig.*

»Ich komme nicht durch«, sagte er. »Zu *niemandem*«, fügte er hinzu und sah Sarah an, als wüsste sie, wer dieser Niemand war.

Man hörte Saskia draußen in der Diele. Sie hatte das Telefon jetzt für sich und wählte und wählte und fluchte sich ebenfalls die Kehle wund.

»OB. WIR. IRGENDWO. KAFFEE. HABEN?«, fragte Sarah und sah Barnaby an.

Das schien ihm irgendwie auf die Sprünge zu helfen – und mehreren anderen Leuten auch. Mädchen, die angefangen hatten zu weinen (weil Mädchen das in extremen Situationen dürfen), hörten wieder auf. Jungs, die aussahen, als ob sie anfangen wollten zu weinen, rissen sich wieder zusammen. Einen Moment lang war alles ganz normal. Ein Haufen Leute am späten Abend, die zu Mitternachtshäppchen und Drinks in die Küche gekommen waren. Barnaby fand ein paar uralte Kaffeebohnen im Tiefkühlfach und pulverisierte sie in einer elektrischen Mahlmaschine. Zak zersägte einen Laib von ihrem selbstgebackenen Hochleistungsbrot. Die Scheiben reichte er Sarah, die sie in den Drahtgitterhalter klemmte, um sie auf dem Herd zu toasten. Ich holte Tassen aus dem Schrank, Leonie besorgte Teelöffel, andere holten

noch mehr … alles, was man so braucht: Teekanne, Zucker, Messer, Marmelade, Teller, Butter, Milch.
Ich sah Caspar, der sich unauffällig von den anderen absetzte.
Ich sah, wie er aus dem Küchenfenster schaute.
Und ging zu ihm.
»Alles okay«, flüsterte ich und hoffte, die Dunkelheit an der Küchentür würde den katastrophalen Zustand meines Gesichts verbergen, so dass wir noch einen romantischen Augenblick genießen könnten.
»Nein, ist es nicht«, sagte er. »Das ist mein MP3-Player da draußen.«
Er zeigte auf seine Jeans, die im Gras lag und nassgeregnet wurde.
»🦋🦋🦋«, flüsterte er.
»Caspar!«
Ich war so dumm. Ich flüsterte auch, und so bekam niemand etwas mit.
»Easy, Rubybaby«, flüsterte er zurück und küsste mich.
Ich weiß nicht, ob er mich küsste, damit ich den Mund hielt, aber ich tat es. Obwohl das alles so abgedreht und schrecklich war, war ich immer noch heiß auf ihn, und ich konnte immer noch nicht glauben, dass wir tatsächlich geknutscht hatten – noch dazu vor allen andern, was kurzgefasst bedeutete, dass ich den gläsernen Berg der Coolness jetzt mit spinnenfüßiger Kletterfähigkeit mühelos bis zum Gipfel besteigen konnte. Das durfte ich jetzt nicht dadurch versemmeln, dass ich aus voller Lunge losplärrte: »Ooooh, Caspar! Nein! Zaks Dad hat gesagt, das dürfen wir nicht!«

Er schob den Türriegel zur Seite und schnappte sich ein Küchenhandtuch. Er hielt es über den Kopf, flitzte hinaus. Ich sah das alles. Ich sah, wie er in Barnabys Kaftan barfuß in den Regen hinauslief. Und wieder hereinkam. Den Riegel vorschob. Das Handtuch fallen ließ.
Niemand sonst hatte etwas bemerkt. Und ich? Keine Ahnung, was ich jetzt erwartete. Würde er sich in eine grüne Rauchwolke auflösen? Tat er nicht. Er wühlte in seiner Jeans herum, zog sein Telefon und seinen MP3-Player heraus, wischte sie an seinem Kaftan ab und schwenkte sie grinsend.
Ich kam mir vor wie eine Idiotin.
»Cool!«, flüsterte ich. Ich wusste nicht, was ich sonst sagen oder tun sollte, und deshalb drückte ich ihm nur einen kurzen, flüchtigen Kuss auf die Lippen und wandte mich wieder den Snacks zu, damit es aussah, als wäre *ich* völlig cool (und hätte nicht einen Augenblick daran gedacht, wegen irgendetwas Angst zu haben). Tee! Ich musste Tee machen! Ich musste jetzt jede Menge Tee machen! Aber der Tee war schon fertig! Okay! Ich musste ganz entspannt Toast buttern … das war gut, das war noch besser … ganz entspannt Toast buttern.
Barnaby schaltete die Kaffeemühle ein. Das Ding machte vielleicht einen Krach. Aber es war gut, denn so hörte man das Radio nicht. Und deshalb hörte auch niemand Caspar.
Er stöhnte irgendwie, aber nicht so wie Molly beim Kotzen. Es war eine andere Sorte Stöhnen. Er kam aus dem dunklen Schatten an der Küchentür.
»🦋🦋🦋«, sagte er und kratzte sich am Kopf … im Gesicht.
Er schaute auf seine Hände, auf das Blut und die abgerisse-

nen Hautfetzen, die daran klebten. Und Blut lief an ihm herunter, nicht literweise, sondern in tröpfelnden Streifen, von seiner Kopfhaut, seinem Gesicht, und da waren auf einmal Geschwüre, rote Male, wie Brandwunden, aber sie bluteten. Er sah aus wie eins von diesen blutrünstigen Jesusbildern, nur ohne die Dornenkrone. Überall, wo der Regen ihn berührt hatte, wo er durch das Handtuch gedrungen war, sah ich Blut, sogar an seinen Schultern und auf der Brust. Es sickerte durch den Kaftan, und seine nackten Füße sahen aus, als sei er eine Meile weit über Glasscherben gegangen.

Saskia kam wieder hereinstolziert und fing an zu schreien.

Sarah stürzte zu Caspar – »Fass ihn nicht an! Nicht anfassen!«, sagte Barnaby, und sie zögerte.

Ich glaube, in dem Moment war klar, dass wir alle – ja, auch ich – gehört hatten, was sie im Radio sagten, denn wisst ihr was? Niemand wollte ihn anfassen.

Es ist der Regen. Es ist im Regen. Es ist ansteckend.

Ich hatte ihn geküsst. Meine Lippen, mein Kinn … es kribbelte. Es brannte. Aber es hatte sowieso gebrannt. Es war ein ganz normales Brennen. Es *musste* ein ganz normales Brennen sein.

Brandgeruch breitete sich aus.

»Auuu!«, schrie Molly, als sie das Drahtdings packte, um den Toast zu retten. »Au!«

Caspar stöhnte – lauter und schlimmer. Es hörte sich furchtbar an.

»Es tut mir leid«, wimmerte er, und die eine Hand kratzte die andere wund. Wir alle dachten: Hör auf damit! Tu das nicht!

Bitte, hör damit auf! »Es tut mir so leid«, sagte er, und dann sank er irgendwie zu Boden und kauerte an der Tür.
»Okay«, sagte Sarah. Sie ging in die Diele und holte ihren Mantel.
»Sarah«, sagte Barnaby.
»Ich bringe ihn ins Krankenhaus«, sagte sie und suchte ihre Schlüssel.
»Sie haben gesagt, nein.«
Hatten sie nicht, genau genommen. Sie hatten nur gesagt, Opfer sollten in Quarantäne. Vierundzwanzig Stunden Quarantäne. Mit Paracetamol. Ha.
»Ich fahre«, sagte sie.
»Sarah!«, sagte Barnaby. Er klang kein bisschen wie ein Kaftan-Dad. »Es hat keinen Sinn.«

Die Sache ist die – und das kann ich jetzt sagen, oder ich kann es überhaupt lassen, weil es so egal war. Barnaby und Sarah waren sehr, sehr gut zu uns: Traumeltern, total easy. (Und Albtraumeltern, weil sie in puncto Peinlichkeit auf keine Skala passten.) Der Punkt war – und darauf wies Simon mich mal hin, als ich mich darüber verbreitete, wie fabelhaft sie wären –, sie konnten es sich leisten. Ich schnaufte, aber ich wusste – und ärgerte mich darüber –, dass er recht hatte. Zaks Eltern schienen nie zu arbeiten. Sie hatten anscheinend nie etwas anderes zu tun, als im Garten herumzunesteln und es nackig im Yoga-Kurs abgehen zu lassen (o ja!) – und der Grund, weshalb Zaks Eltern den ganzen Tag damit verbringen konnten, komisch geformten biologischen Blumenkohl

zu ziehen und nackt den »Herabschauenden Hund« zu machen (stellt euch das NICHT vor!), war der, dass sie Kohle hatten. Und zwar Old-School-Kohle. Sie hatten wahrscheinlich an dem Tag angefangen, Kohle zu bunkern, als die Münzen erfunden worden waren. Zaks Patenonkel war ein Lord. Sein Onkel war ein anderer Lord und saß im Oberhaus. Seine Großmutter war eine Lady mit großem L gewesen, keine normale Lady wie alle anderen Großmütter.
Barnaby und Sarah »kannten Leute«. Das sagten die anderen Eltern, und genau wie bei der Großmutter-Nummer hieß das nicht, dass sie »Leute kannten«, wie alle andern irgendwelche Leute kannten. Den Leuten, die sie kannten, gehörte das Land, oder sie regierten es, oder beides. Jemand, den Barnaby »kannte«, hatte ihn angerufen und gewarnt. Wie viele andere Leute hatten so eine Warnung bekommen?
Aber das hier war kein Hollywoodfilm. Die Warnung war für die Katz.

»Es ist tödlich«, sagte Barnaby.
Hooo! Es ist ja eine Sache, sich krass auszudrücken, aber … in diesem Moment hasste ihn jeder in der Küche. Man spürte es. Das hatten sie nämlich im Radio nicht gesagt. Ganz eindeutig nicht.
Caspar stöhnte, und er zitterte ziemlich. Ich wusste nicht, aus welchem Grund. Schmerz? Schock? Angst? Ich befühlte meine Lippen, mein Kinn: Sie waren wund und brannten, aber das war normal, oder? Einfach normal. Diese *Sache* hatte ich nicht. Konnte ich nicht haben.

Sarah starrte Barnaby an, und ihr Blick war kein bisschen wie der einer Kaftan-Mum.

»Steh auf! Komm!«, sagte sie zu Caspar.

Irgendwie stand Caspar auf. Alle wichen ein kleines Stück zurück.

»Sarah, ich bitte dich«, sagte Barnaby, und seine Stimme klang wacklig, als könnte er sich nicht entscheiden, ob er fluchen oder flehen wollte. Oder noch etwas anderes – das glaube ich heute. Nämlich verzweifeln.

Sie gingen durch die Hintertür hinaus, Sarah zuerst, und Caspar schwankte hinter ihr her.

Ich ließ Leonies Hand los.

»Warte«, sagte ich.

Ich lief in die Diele hinaus und stieg in ein Paar alte Gummistiefel. Dann warf ich noch einmal einen Blick in die Küche. Wenn man die Gesichter ignorierte, sah es einen Moment lang richtig gemütlich aus. Die große Teekanne, die wartenden Becher. Sogar der verbrannte Toast roch gut.

»Ru! Nicht!«, schluchzte Leonie.

(Und ich schwöre, wenn auch nur einer noch ein Wort gesagt hätte, wäre ich eingeknickt.)

»Bis später, Honey«, sagte Ronnie.

»Bis später, ihr Süßen«, sagte ich.

Alles wie immer.

KAPITEL 3

Nicht, dass ich vorhatte, einfach in den Regen rauszulaufen. Da war so eine Art Carport draußen, wo sie allen möglichen (Hippie-)Plunder und ihr Kaminholz lagerten. Ihre Autos – ein kleiner Flitzer, mit dem sie zum Yoga fuhren, und so ein großer verbeulter Kombi – parkten dort. Es wäre also ein Irrtum, wenn ihr denkt, ich wäre irgendwie mutig gewesen. War ich eigentlich nicht. Ich weiß nicht mal genau, was ich dachte. Ich dachte wohl überhaupt nicht.

Ich nehme an … ich hatte ein schlechtes Gewissen, weil ich nicht versucht hatte, Caspar am Rausgehen zu hindern.

Ich stieg vorn in den Kombi. Sarah sagte nichts. Sie sah mich nicht an, nicht mal kurz. Sie fuhr einfach los. Noch heute weiß ich nicht genau, warum sie mich nicht ins Haus zurückschickte. Vielleicht dachte sie nicht klar. Vielleicht wollte sie jemanden bei sich haben. Vielleicht dachte sie, Caspar und ich wären ernsthaft ein Paar und nicht nur zwei »Freunde«, die vor ungefähr einer Stunde das erste Mal geknutscht hatten. Vielleicht dachte sie aber auch, ich müsste ebenfalls ins Krankenhaus. Vielleicht hatte sie bemerkt, wie mein Kinn aussah, und vielleicht hatte sie bemerkt, dass ich nicht aufhören konnte, meine Lippen zu befühlen und zu kontrollie-

ren. Die Stelle zu kontrollieren, mit der ich Caspar noch mal geküsst hatte. Das war nur ein Schmatzer gewesen. Ich war nicht krank. Ich konnte nicht krank sein.
Aber ich konnte Caspar nicht berühren. Ich hatte zu viel Angst. Und schlimmer noch, ich konnte ihn kaum anschauen.
Was *es* mit den Leuten macht, ist abscheulich.
Sarah hatte ihn hinten einsteigen lassen, damit er sich hinlegen konnte, und ich war froh, denn so brauchte ich ihn nicht zu sehen. Aber ich hörte ihn: Er keuchte und schlotterte und stöhnte und wimmerte.
Sie wohnten weit draußen in der Pampa, und man musste meilenweit über Landstraßen fahren. Wisst ihr, wie die Landstraßen in Devon aussehen? Die sind winzig. Und sie schlängeln sich wie blöd. An beiden Seiten sind hohe Böschungen, und oben auf den Böschungen sind Hecken, so dass man nie sehen kann, wo man ist. Das ist tagsüber schon schlimm genug, aber nachts ist es wie in einem verrückten Labyrinth. Rauf und runter, links und rechts, hin und her, und man sieht nichts außer einem Stückchen Straße vor sich und auf beiden Seiten Wände aus Böschungen und Hecken. Mir wurde schlecht, und das versetzte mich in Panik, und davon wurde mir noch schlechter.
»Nicht«, sagte Sarah, als ich das Fenster herunterdrehen wollte.
Es hatte aufgehört zu regnen, aber sie hatte recht. Von den Bäumen tropfte Wasser auf den Wagen. Ab und zu schaltete Sarah die Scheibenwischer ein. Ich sah zu, wie die silb-

rig-dunklen Tropfen über die Scheibe geschmiert wurden. Irgendwie wollte es mir nicht in den Kopf, was sie gesagt hatten … dass etwas so Alltägliches diese Wirkung haben konnte. Dass jemand davon so krank wurde wie Caspar.

Tödlich, hatte Barnaby gesagt. *Tödlich.*

Ich schloss die Augen und versuchte, nicht darüber nachzudenken. Ich versuchte, an gar nichts zu denken – nur daran, dass ich mich nicht übergeben durfte. Ich atmete tief durch und wartete darauf, dass wir auf die Hauptstraße kamen. Da konnten wir zumindest Gas geben, und der Wagen würde nicht mehr hin und her eiern.

Aber zu beidem kam es nicht. Wir gaben kein Gas, und wir hörten nicht auf, hin und her zu eiern. Als wir zur Hauptstraße kamen, war sie voller Autos. Viele kamen aus der Stadt, aber die meisten fuhren hinein. Der Verkehr war noch in Bewegung, nicht im Kriechtempo, sondern schneller. Aber langsamer, als er hätte sein sollen. Es war wirklich *viel* Verkehr.

Als ich die ganzen Autos sah, machte ich zuerst wieder die Augen zu. Ich wollte nicht darüber nachdenken, was in diesen Autos war und ob wir vielleicht Teil einer langen Autoschlange waren, die leidende Leute wie Caspar irgendwohin brachten. Ich wollte das nicht sehen. Ich wollte nicht daran denken, wie lange wir brauchen würden, um zum Krankenhaus zu kommen, das meilenweit entfernt in Exeter war. Es gab eins in Dartbrigde, aber das war keine Notfallklinik. Meine Mum sagte immer, da kann man nicht mal hin, um sich einen Splitter herausziehen zu lassen.

Tödlich.

Ich atmete. Ich bemühte mich, einfach nur auf den Motor zu hören. Als ich spürte, dass der Wagen wieder hin und her eierte, dachte ich, Sarah hätte vielleicht eine Abkürzung genommen, und wir wären wieder auf der Landstraße.
Mein Dad ist mit mir und Dan einmal Boot gefahren. Dan ist mein Halbbruder. Er ist zwölf und eine Nervensäge, aber ich liebe ihn. Mein geliebtes Bruder-Biest. Außerdem ist mein Dad auch nicht mehr mit Dans Mum zusammen, und so haben Dan und ich das komplette Programm der kaputten Familie miteinander gemeinsam. Jedenfalls sind wir mit meinem Dad auf dem Fluss mit dem Boot gefahren, nur ein Wochenende, aber als wir wieder an Land waren, hatte ich immer noch stundenlang das Gefühl, auf dem Boot zu sein. Als ob der Boden Wasser wäre und ich darauf herumdümpelte.
So war es auch in diesem Auto. Ich hatte das Gefühl, auf den kleinen Landstraßen zu sein und da herumzueiern. Davon wurde mir so schlecht, dass ich die Augen aufmachte. Ich hatte es mir nicht eingebildet: Wir eierten tatsächlich herum. Ganz ohne Grund. Ich schaute Sarah an, und obwohl es ganz dunkel war, sah ich den Schweiß auf ihrer Stirn – aber es war Schweiß, kein Blut. Keine Ahnung, was ich dachte: dass sie nervös war, dass sie Panik hatte … aber erst, als wir unter ein paar Straßenlaternen durchfuhren, bemerkte ich ihre Hand. Sie krümmte und streckte sie immer wieder, als ob sie weh täte. Sie bewegte sie und wischte sie dann an ihrem Mantel ab. Im Licht der Straßenbeleuchtung sah ich, wie sie sie anschaute. Ich schaute auch hin. Die Handfläche war blutig.

»Ich hab ihn angefasst«, sagte sie leise.
Ich schaute nach hinten zu Caspar. Er hatte sich auf die Seite gedreht, und sein Gesicht glänzte dunkel vom Blut und war vom Kratzen zerschrammt. Seine Augen starrten die Lehne des Vordersitzes an, und sein Blick war starr, während sein ganzer Körper zitterte und bebte und er stöhnte und wimmerte.
Ich schaute weg und kämpfte mit der Panik.
Draußen herrschte Vollstau.
»🦋🦋🦋«, sagte Sarah. Sie verzog jetzt vor Schmerzen das Gesicht, und ihr Unterkiefer hatte ein bisschen zu zittern angefangen, als ob ihr eisig kalt wäre, dabei lief ihr der Schweiß über das Gesicht wie bei glühender Hitze. »Wir müssen einen anderen Weg fahren«, sagte sie.
Ich sah, wie sie einen Blick auf ihre Hand warf. »Ich setz dich zu Hause ab«, sagte sie.
Ich widersprach nicht. Ich wollte ja hin. Wollte zu meiner Mum. Mein Kinn tat weh. Es pochte irgendwie.
Sie schaltete krachend herunter und riss ruckartig das Steuer nach links. Wir fuhren über den Bordstein. Autos hupten wie verrückt, als wir weiterfuhren – schräg: halb auf dem Gehweg, halb auf der Straße –, bis ein Wagen so nah am Bordstein stand, dass wir nicht vorbeikamen. Sarah stemmte sich auf die Hupe, aber er fuhr nicht zur Seite, und jetzt hupten hinter uns andere Autos, die den gleichen Trick ausprobiert hatten, damit *wir* Platz machten. Dann rummste es. Der Wagen hinter uns versuchte tatsächlich, uns weiterzuschieben.

»Hier geht's doch nicht weiter!«, schrie ich nach hinten, obwohl ich wusste, dass mich niemand hören konnte

»🦋🦋🦋«, fluchte Sarah.

Sie riss das Lenkrad wieder herum und trat auf das Gaspedal. Ich schrie, weil ich dachte, wir würden uns überschlagen, aber wir fingen uns wieder – und dann hatten wir es geschafft. So kamen wir bis zur Cooper's Lane, wenn auch in einer verrückten Schräglage – halb auf dem Gehweg, halb auf der Grasböschung, wo im Frühling Tausende Narzissen blühten.

»Alles okay?«, fragte Sarah, als wir – knapp an einem Laternenmast vorbei – das Ende der Gasse erreichten und wieder auf die Straße holperten.

Dann sah sie mich an, und irgendwie lächelte sie.

»Ja«, sagte ich und schaffte es zurückzulächeln.

Fünf Minuten später hielten wir vor meinem Haus. Ich hatte das Gefühl, ich sollte etwas sagen, aber ich wusste nicht, was. »Danke fürs Mitnehmen« schien irgendwie nicht zu passen.

»Da ist dein Dad«, sagte Sarah.

Simon stand am Vorderzimmerfenster und schaute heraus. Geladen, wie es aussah.

Wisst ihr, was ich darauf antwortete? Was ich immer antwortete, wenn jemand das sagte:

»Er ist nicht mein Dad.«

Ich drehte mich zu Caspar um. Er hatte die Hände ans Gesicht gedrückt. Ich konnte seine Augen nicht sehen, nur seinen Mund.

»Caspar?«, flüsterte ich.

Seine Lippen, die Lippen, die ich geküsst hatte, bewegten sich ein bisschen.
Vielleicht sagte er: »Ruby!«
Vielleicht sagte er auch gar nichts.
»Na los«, sagte Sarah.
»Fass die Tür außen nicht an«, sagte sie, als ich sie aufmachte.
Ich blieb auf der Straße stehen und winkte ihr nach. Überall hörte ich Alarmsirenen, Rufen, Schreien. Panik.
Dann drehte ich mich um. Simon stand nicht mehr am Fenster, und die Vorhänge waren geschlossen. Die Haustür auch.
Hä?!
Ich sprang die Stufen hoch und hämmerte an die Tür.
»Simon? Mum? Mum!«, schrie ich.
Drinnen brannte Licht, und durch das Milchglasfenster in der Tür konnte ich sie sehen, ihre Silhouetten, die sich hin und her bewegten. Ich hörte sie auch. Sie redeten leise und wütend miteinander, wie sie es immer taten, wenn sie Streit hatten und nicht wollten, dass ich es mitbekam.
»Mum!«, rief ich und hämmerte an die Tür. Es war fast ein Schrei.
Im Garten war ein Ruby-Notfallschlüssel versteckt, aber ich konnte ja kaum in dem vom giftigen Regen triefenden Gebüsch herumsuchen, oder? Ich schlug noch einmal an die Tür.
»MUM!«
Die Angst war wie ein grausamer Stich.
Simons Gesicht erschien hinter der Scheibe.

»Ruby«, sagte er durch das Glas, »du musst deine Stiefel ausziehen, wenn du ins Haus kommst. Vorsichtig. Du darfst keinen Tropfen Wasser berühren. Hast du das verstanden?«

»Ja«, sagte ich. Er hatte recht, das wusste ich, aber ich war wütend.

Dann machte er mir die Tür auf. Meine Mum stand hinten im Flur. Meine Mum!

Sie schnappte nach Luft.

»Ruby! Oh. 🦋🦋🦋! Dein Gesicht!«

Ich muss sagen, einen Moment lang hatte ich wirklich das Gefühl, es wäre leichter, so zu tun, als hätte ich diese *Sache*, als zu beichten, was passiert war.

»Das ist vom Küssen«, sagte ich.

»Geht's dir gut?«

»Ja!«, heulte ich.

Sie lächelte – ein rührseliges, tränenfeuchtes Freudenlächeln. Und ich lächelte auch. Sie sah katastrophal aus. Sie hatte geheult, aber zumindest war sie nicht blutverschmiert oder so was. Und wahrscheinlich dachte sie das Gleiche über mich.

Ich stieg mühelos aus den Gummistiefeln – sie waren riesig –, ging ins Haus und stellte mich auf eine ausgebreitete Mülltüte. Simon hatte in der Tür gestanden, und er versperrte mir den Weg. Er hielt einen Besen in der Hand, und den hielt er mir tatsächlich entgegen. Ich starrte ihn fassungslos an. Sein Gesichtsausdruck war schrecklich – und unheimlich: Es war nicht sein übliches Wutgesicht mit grimmig zusammengebissenen Zähnen. Sondern es sah irgendwie zittrig aus. Verstört. *Verängstigt.*

»Du musst da rein«, sagte er und zeigte auf das Vorderzimmer.
Er trug Gummihandschuhe. Ha! Ich hatte gedacht, er sei beim Putzen gewesen.
»*Was?!*«, fragte ich.
»Oh, Ruby …«, sagte meine Mum und kam zwei Schritte auf mich zu.
»Becky, bleib zurück!«, befahl Simon. »Geh da rein, bitte«, sagte er zu mir.
»Geht's dir gut?! Geht's Henry gut?!« Ich begriff nicht, was hier lief.
»Geh bitte ins Zimmer, Schatz«, sagte meine Mum. »Bitte.«
Ich ging hinein und dachte, Simon kommt mir nach. Vermutlich war ich so sehr daran gewöhnt, Ärger zu kriegen und Gemecker zu hören, dass ich irgendwie glaubte, darum ginge es jetzt auch. Die Party, auf der ich war? Na ja, vielleicht hatte ich nicht direkt gesagt, dass ich hingehen wollte.
Simon schloss die Tür hinter mir und drehte den Schlüssel um.

KAPITEL 4

Das bisschen Regen. »Nur ein Schauer.« Das sagte meine Mum dauernd, denn in Devon regnet es viel. Wo ich früher gewohnt hatte, in London, wo mein Dad immer noch wohnte, hatte es anscheinend kaum jemals geregnet, und selbst wenn – es hatte nicht viel ausgemacht, denn man konnte jederzeit einen Bus oder eine U-Bahn nehmen und genau dahin fahren, wo man hinwollte, ohne einen Tropfen Regen abzukriegen. In Devon musste man überall zu Fuß hin – oder mörderische Steigungen mit dem Rad fahren. Wenn ich quengelte, weil ich irgendwo nicht hinwollte oder weil ich gefahren werden wollte, weil es regnete, sagte meine Mum immer: »Das ist nur ein Schauer!« Und es bedeutete: »Jetzt mach schon.« Simon dagegen konnte es nie dabei belassen.

Beispiel Nr. 1

Simon: Wenn du auf ein Festival wolltest, würde dich das bisschen Regen doch auch nicht stören, oder?

Ich: Tja, da ich nicht auf Festivals gehen darf, kann ich dazu nichts sagen.

Beispiel Nr. 2
Simon: Sag mal, Ruby, wie kommt's, dass du kein Problem damit hast, stundenlang unter der Dusche zu stehen, aber sofort maulst, wenn es ein bisschen regnet?
Ich: Ich muss stundenlang unter der Dusche stehen, weil die Dusche Mist ist.
(Das war mein Stachel gegen Simon, weil er sich weigerte, eine neue Dusche anzuschaffen.)

Beispiel Nr. 3
Simon: Angenommen, Sir Edmund Hillary hätte aus dem Zelt geschaut und gesagt: Wisst ihr was, es regnet. Ich glaube, ich hab doch keine Lust, den Mount Everest zu erobern.
Ich: Am Mount Everest regnet es nicht. Und außerdem war Sherpa Tensing als Erster oben.
(Ich wusste eigentlich gar nicht, ob das stimmte, das mit dem Regen, aber das mit Sherpa Tensing, das hatte Ronnie mir erzählt. Und manchmal war das, was er sagte, ja auch wahr.)

Beispiel Nr. 4
Simon: Stell dir vor, Winston Churchill hätte gesagt: Wisst ihr was? Es ist ein bisschen regnerisch in Europa. Lassen wir Hitler einfach machen.
Ich: Genau genommen gehört dieses Land auch zu Europa, und außerdem will ich ja nicht in den Krieg, oder? Es geht nur um eine blöde Gitarrenstunde.
Simon: Die du haben wolltest, und die wir jetzt bezahlen.
Und so weiter. (Diese Diskussion endete damit, dass ich für

den Rest der Woche Hausarrest hatte – *nachdem* ich gezwungen worden war, zur Gitarrenstunde zu gehen.)
Einen möchte ich noch erzählen.

Beispiel Nr. 5
Simon: Stell dir vor, die Amerikaner und die Chinesen und die Russen hätten gesagt: O nein! Es regnet! Da starten wir die Rakete, die den Asteroiden zerstört und die Erde rettet, lieber erst, wenn es schön sonnig ist.
Ich: Super! Dann wären wir alle tot, und ich müsste nicht mit dir zusammenwohnen!

Das hab ich wirklich gesagt. Meine Mum hat es gehört, und sie war ziemlich aufgebracht. Sie sagte mir zum bazillionsten Mal, dass Simon auch Gefühle hätte. Ich glaubte ihr nicht. Ich hasste ihn, und ich glaubte, ich meinte, was ich sagte. Ich *wollte* es nicht meinen. Es war nur das, was ich damals empfand.
Seitdem ist es ein paarmal vorgekommen, dass ich es so empfand, und ich hab es auch so gemeint. Nicht das mit Simon, aber dass es vielleicht besser gewesen wäre, wenn die Erde in tausend Stücke zerschossen worden wäre. Das wäre zumindest schnell gegangen. Ohne viel Leiden.

In dieser Nacht, eingeschlossen im Vorderzimmer, dachte ich, ich leide. Ich fragte nicht, was da passierte, oder warum es passierte. Ich drehte einfach durch. Ich wurde wirklich verrückt. Die Henry-Regel verschwand einfach aus meinem Kopf.

Ich möchte es nicht, aber ich muss euch erzählen, wer Henry war. Mein ganz persönlicher, lieber Befreier. Mein geliebtes Bruder-Biest-Baby: ein Jahr alt. Als meine Mum mir sagte, sie wäre schwanger, wisst ihr, was ich da dachte? Weil sie es mir so ganz unter uns sagte – wir beide waren allein in der Küche –, und obwohl sie und mein Dad seit Jahrhunderten geschieden waren, und obwohl mein Dad mit Kara inzwischen Dan gekriegt hatte und die zwei sich auch schon wieder getrennt hatten und er sich jetzt mit »Flittchen« traf (ich habe gehört, wie meine Mum es Tante Kate so erzählte) – als sie mir erzählte, sie würde ein Baby bekommen, dachte ich, sie kriegt ein Baby von meinem Dad. Pfffft. Als mir klarwurde, dass sie Simon meinte, ging ich rauf in mein Zimmer und heulte mir die Augen aus dem Kopf.

ABER!

Wenn ich geahnt hätte, wie fabelhaft Henry für mein Leben sein würde, hätte ich Freudensprünge gemacht ... Denn Henry, der liebe Henry, machte mich frei. Wirklich. Schon bevor er geboren wurde, waren Simon und meine Mum so sehr von ihm besessen, dass sie immer weniger besessen von mir waren. Ich bekam meinen EIGENEN Hausschlüssel (obwohl wir zum Glück auch den Ruby-Notfallschlüssel behielten – für den Fall, dass ich mal wuschig sein sollte, was unter Umständen gelegentlich vorkommen konnte). Und das Beste und Fabelhafteste von allem war: MEIN EIGENES HANDY.

Also: *Die Henry-Regel.* Es war ein absolutes, totales, komplettes No-Go, bei irgendeiner Gelegenheit, potentielle globale

Katastrophen eingeschlossen, irgendeine Art von Geräusch zu machen, das ihn möglicherweise hätte wecken können. Das war die Henry-Regel, die ich absolut, total, komplett und ohne Vorbehalt befolgte, denn wenn Henry einmal loslegte, konnte er brüllen wie ein Weltmeister. Ja, mein geliebter Baby-Biest-Bruder war eine brüllende Bestie.

Ich hämmerte an die Vorderzimmertür, ich rief und schrie – schreckliche Beschimpfungen, und alle richteten sich an Simon. Ich konnte es einfach nicht fassen: Was hatte ich nicht alles durchgemacht – und jetzt das! Dann fing ich an, ein bisschen mit Sachen herumzuwerfen. Yep.

Ich hatte jede Menge Auswahl, denn das Vorderzimmer war im Grunde eine Rumpelkammer für alles, was sonst nirgendwo im Haus Platz hatte. Ein Computer stand auch da, umgeben von Plunder, und da sollte ich meine Hausaufgaben machen, aber meistens lag so viel Plunder herum, dass ich das als Vorwand benutzte, mir Simons Laptop auszuborgen und in meinem Zimmer zu arbeiten – mit anderen Worten: im Netz zu surfen, zu chatten und eher nicht zu arbeiten.

Ich wütete aber nicht planlos. Ich griff gezielt nach Simons Sachen. Ich warf durch die Gegend, was ich zu fassen bekam, und dann … dann fing ich an, Sachen kaputtzumachen. Sein Laptop war nicht da, denn sonst hätte ich den wahrscheinlich auch zerschmissen, aber ich brach ein paar von seinen blöden CDs durch und warf dieses scheußliche Vasending auf den Boden, das er in der Schule getöpfert haben wollte.

Simon im Kunstunterricht – kann man sich das vorstellen?

Die ganze Zeit stand er draußen vor der Tür und hielt sich fest. »Ruby, beruhige dich, Ruby, beruhige dich.«
Meine Mum war anscheinend nach oben gegangen, denn ich hörte Henry weinen.
Ich habe versprochen, alles aufzuschreiben, nur das Fluchen nicht. Aber das hier zu erzählen, ist wirklich schwer. Ich bin nicht stolz darauf, wie ich mich benommen hab. Im Gegenteil. Zu meiner Verteidigung kann ich nur sagen: Es war alles zu viel. Versteht ihr das? War es für euch auch so? Gerade war mein Leben noch so gut gewesen wie nie zuvor, ich hatte Caspar McCloud geküsst, und im nächsten Augenblick …
Ka-bumm. Ich brach den blöden Spazierstock durch, den Simon immer auf seine Landwanderungen mitnahm. Es war harte Arbeit, das Ding durchzubrechen, aber letzten Endes tat ich ihm nur einen Gefallen, weil er damit aussah wie ein Rentner und ein Nerd. Dann sah ich sein Fernglas. Sein neues Fernglas. Stolz und Freude eines Nerds. Simon beobachtete gern Vögel, müsst ihr wissen. Kann man sich etwas von ähnlich tödlicher Langweile vorstellen?
»Ruby, beruhige dich. Bitte beruhige dich.«
Ich versuchte, das Fernglas kaputtzumachen, es mitten durchzubrechen. Bei dem Spazierstock war es schwer gewesen, aber bei diesem Ding war es unmöglich. Und dann hatte ich einen Einfall: Ich würde es aus dem Fernster werfen. Ich riss den Vorhang auf.
Ein kleiner Regenguss. Nur ein Schauer.
»Simon«, schrie ich. »Es regnet.«

»Ist okay, Ru. Es ist okay.«
»Bitte lass mich raus!«
»Ruby, du musst mir zuhören. Bitte: Beruhige dich und hör mir zu.«
»Ich höre ja! Ich beruhige mich! Bitte, Simon, lass mich raus.«
Dann hörte ich die Stimme meiner Mum und Henrys Quengeln. »Ruby, das können wir nicht.«

Ich drückte mich an die Tür und lauschte, und die ganze Zeit sah ich, wie es draußen regnete. Ich verstand es sofort, als sie es mir erklärten. Ich war draußen gewesen, nicht wahr? Um Henrys willen und wegen meiner Mum konnten sie kein Risiko eingehen.
Dann redete ich, und sie hörten zu. Alles, was ich sagte – über das, was bei Zak passiert war, über Caspar, über Zaks Mum, über die Autos, die zum Krankenhaus fuhren –, alles schien zu beweisen, dass es richtig war. Dass ich in diesem Zimmer bleiben sollte, bis wir wussten, dass alles in Ordnung war.
»Ich hab es nicht«, sagte ich. »Ich weiß, dass ich es nicht hab. Es geht ganz schnell. Wirklich. Ich hab's gesehen.«
»Ja«, sagte Simon. »Ich glaube dir. Das sagen sie jetzt auch in den Nachrichten. Aber wir dürfen einfach kein Risiko eingehen, verstehst du das?«
»Verstehst du das, Ruby?«, fragte meine Mum.
Ich hörte Henry gurgeln.
»Ja«, sagte ich.
Ich ging zum Fenster und schloss die Vorhänge.

»Mum?«, rief ich.
»Ja, Ruby?«
»Ich hab Durst.«
Ich verstand nicht, was sie sagten, aber ich hörte, wie sie murmelnd diskutierten. Sie stritten sich nicht. Ich konnte mir vorstellen, worüber sie sprachen: Was sie mir geben sollten, wie sie es mir geben sollten … und vielleicht auch, ob sie darauf vertrauen konnten, dass ich nicht ausrastete und rausstürmte, sobald sie die Tür aufmachten.
»Ruby?«, rief meine Mum. »Ich hole dir was. Bin gleich wieder da.«

Und dann dachte ich über die Situation nach. Eigentlich hatten wir zweifaches Glück gehabt. Mich hatte Barnaby aus dem Hot Tub gezerrt, und meine Mum und Simon waren wie geplant zum Grillen bei den Nachbarn gewesen, aber sie hatten das Baby-Bruder-Biest mitgenommen – nicht, weil sie abscheuliche Kindesmisshandler waren, die ihn zwangen, die ganze Nacht wachzubleiben, sondern weil er sie gezwungen hatte, in der Nacht davor wachzubleiben, weil er nämlich zahnte, so dass er danach den ganzen Nachmittag geschlafen hatte und jetzt putzmunter war –, und gerade als meine Mum es wagte, zu einem Glas Wein zu greifen, entschied Henry, es sei an der Zeit, dafür zu sorgen, dass sie noch eine Nacht wachblieben. Also war sie mit Sirenen-Boy nach Hause gegangen. Sie hatte das Radio eingeschaltet, meinen kleinen Bruder in den Schlaf gewiegt und versucht, sich die *Fragestunde für den Gartenfreund* anzuhören.

Sie war so müde, sagte sie, dass sie sich nicht mal gefragt hatte, warum diese Sendung außer der Reihe lief.
Simon war drüben geblieben, bis anscheinend einer der Nachbarn etwas Gemeines (»eine aufhetzerische Bemerkung«) über die »Königliche Gesellschaft zum Schutze der Vögel« gesagt hatte. Wahrscheinlich war es ein Witz gewesen, aber Simon hatte die Warnung nicht vergessen, die meine Mum ihm verpasst hatte, nachdem er das letzte Mal ausgerastet war, weil jemand kichernd gesagt hatte, er sei wohl »gut zu Vögeln«, und so hatte er seinen Shandy runtergekippt und war nach Hause marschiert – Sekunden, bevor es anfing zu regnen.
Ich könnte noch weiter ins Detail gehen, aber im Wesentlichen war es das.

Kurze Zeit später klopfte es an der Tür.
»Mum?«, fragte ich.
»Ich bin's«, sagte Simon. »Ruby, ich werde jetzt die Tür aufschließen. Ich habe ein paar Sachen für dich. Aber du musst ein Stück zurückgehen, weg von der Tür. Machst du das?«
»Ja«, sagte ich und ging weg von der Tür.
Er öffnete sie. Sein Gesicht sah wieder halbwegs normal aus, nicht zittrig und auch nicht wütend, nicht mal, als er das Durcheinander sah, das ich angerichtet hatte. Er warf mein Oberbett herein und dann – eins, zwei, drei – die Polster vom Sofa.
»Tut mir leid«, sagte er, »aber die Luftmatratze ist im Schuppen.«

Als Nächstes kamen mein Kopfkissen, dann mein Bademantel, mein kuscheligster Schlafanzug und meine flauschigen Winterpantoffeln aus Kunstpelz.

»Deine Mum will nicht, dass du frierst.«

Dann warf er einen Eimer herein, der oben auf dem ganzen Haufen landete.

»Was soll ich denn *damit*?«, fragte ich.

»Rate mal«, sagte er und warf eine Rolle Klopapier hinterher. »Und –«

Er ließ den Kulturbeutel meiner Mutter hereinfliegen, aber vorsichtig, so dass er auf dem Oberbett landete. Eine neue Zahnbürste guckte heraus. Meine war ja bei Zak in der Scheune, zusammen mit meinen anderen Sachen.

Dann schob er ein Tablett über den Boden. Tee und Toast. Mit Erdnussbutter. Ich dachte, wir hätten keine mehr.

Schließlich langte er noch einmal um die Ecke und stellte zwei große Gläser Wasser auf den Boden. Wahrscheinlich dachte er, ich hätte getrunken.

»Ich nehme an, du musst die Tür jetzt wieder abschließen«, sagte ich.

»Ruby …«

Ich dachte an Caspar, wie er hinten im Wagen gelegen hatte. Ich dachte an Henry.

»Schon okay«, sagte ich. »Schließ ruhig ab.«

»Nacht, Ru.« Er zog die Tür zu und schloss sie ab.

Wahrscheinlich hätte ich mir jetzt die Augen aus dem Kopf geheult oder so was, aber –

»Ru?«

Es war meine Mum.

Sie saß an der anderen Seite der Tür, während ich meinen Toast aß. Ich lehnte mich an die Tür, und es war, als könnte ich sie fühlen, wie sie sich auf der anderen Seite dagegenlehnte. Fast spürte ich ihre Wärme durch das Holz. Ich stellte ihr tausend Fragen, eine nach der andern. Hatte mein Dad angerufen? (Hatte er nicht. Ich wusste doch schon, dass niemand mehr telefonieren konnte, oder?) Glaubte sie, dass es allen gutging? Und je mehr Leute mir einfielen, nach denen ich fragen konnte – Verwandte, Freunde, Freunde von Verwandten, Verwandte von Freunden –, desto schlimmer wurde es – ungefähr so, wie wenn man klein ist und beten lernt und man sich echt Sorgen macht, man könnte jemanden vergessen, weil dem dann was Schlimmes passiert, und dann ist man schuld daran.

»Sschh! Ist okay, Ruby … sschh«, sagte sie, als ich wieder mit Nana und Grandpa anfing. »So. Brauchst du noch irgendwas?«

»Sing mir was vor«, sagte ich.

Ich wollte das Schlaflied hören, das sie mir jeden Abend vorgesungen hatte, als ich klein war.

Sie seufzte so laut, dass ich es durch die Tür hören konnte.

»Mum, bitte …«, versuchte ich.

»Ru-by. Es ist Schlafenszeit«, sagte sie.

Bitte lass mich nicht allein. Das war es, was ich dachte. »Okay«, sagte ich.

»Nacht, Schätzchen.«

Das sagte meine Mum.

Ich machte mir ein Schlafnest, wie Dan es immer macht, knipste das Licht aus und kroch hinein. Unter normalen – *normalen!?!* – Umständen hätte ich jetzt eine SMS an Lee geschickt. Nein – ich hätte das Handythema ignoriert und sie angerufen. Ich sah sie vor mir, wie sie mit den andern um den großen alten Tisch in Zaks Küche saß. Ich fragte mich, wie es Caspar ging und ob Sarah es geschafft hatte, sie beide ins Krankenhaus zu bringen.

Er würde wieder gesund werden. *Tödlich.* Er wird wieder gesund. *Tödlich.* Er wird wieder gesund. *Tödlich.*

Ich hielt es nicht mehr aus. Ich stand auf und schaltete den Computer ein.

Das Internet war ausgefallen, wie Zak es gesagt hatte … aber vielleicht hatte Simon mich auch abgestöpselt. Das war möglich. Das war sehr gut möglich.

Mir blieb nichts anderes übrig, als wieder ins Bett zu gehen.

Normalerweise war es nachts totenstill. Anders als bei meinem Dad, wo der Lärm rund um die Uhr nicht aufhörte. Aber heute Nacht hörte Dartbridge sich an wie London. Sirenen, Alarmanlagen, Autohupen. Und manchmal laute Stimmen. Manchmal Rufe, manchmal Schreie.

… und noch ein Geräusch: ganz sanft und leise. Der Regen. *Das ist nur ein Schauer.*

Dass ich eingeschlafen war, merkte ich erst, als ich wieder aufwachte, weil jemand an die Haustür hämmerte. Ich war auf den Beinen und wollte aus dem Zimmer laufen, ehe mir einfiel, dass ich es nicht konnte. Simon hatte offenbar auch geschlafen, denn er brauchte eine Weile, um zur Tür zu kommen. Das Licht im Flur ging an, aber er machte die Tür nicht auf.

»*Hallo?!*«, rief er.

»Helfen Sie mir! Helfen Sie mir! Helfen Sie mir!«

Ich zog den Vorhang ein kleines Stück weit zur Seite. Unsere Nachbarin, Mrs Fitch, stand draußen im Regen. Im Nachthemd. Nicht mal einen Bademantel hatte sie übergezogen.

Ich hörte, wie meine Mum die Treppe herunterkam, und ließ den Vorhang los.

»Simon?«, flüsterte sie.

»*Simon? Rebecca?!*«, rief Mrs Fitch. »Hilfe!«

Ich hörte Simon klar und deutlich. Das Morgenlicht war grau, wie es immer ist, wenn es morgens regnet. »Das können wir nicht«, sagte er leise zu meiner Mum.

»Bitte!«, rief Mrs Fitch, fast als hätte sie ihn gehört.

»Wir können Ihnen nicht helfen!«, rief Simon. »Fahren Sie ins Krankenhaus.«

»Es geht um meinen Mann! Ich kann ihn nicht bewegen!«

»Wir können Ihnen nicht helfen«, sagte Simon.

»Wegen dem Baby!«, rief meine Mum. »Wir müssen an Henry denken.«

»Bitte!«, schrie Mrs Fitch.

»Komm weg hier«, flüsterte Simon meiner Mum zu.

Das Licht in der Diele ging aus. Ich hörte, wie Henry oben anfing zu quäken. Meine Mum ging zu ihm hinauf, und ich hörte, wie sie mit ihrer wunderbaren Schlafliedstimme immer wieder »Sschh! Sschh sschh sschh«, machte.

»Ruby?«, flüsterte Simon. »Alles klar bei dir?«

Ich antwortete nicht. Sie sollten denken, dass ich noch schlief.

»Bitte!«, kreischte Mrs Fitch und schlug an die Tür.

Ich hörte Simon nicht weggehen, aber er musste gegangen sein, denn der Fernseher ging plötzlich an.

»... fordern die Bevölkerung eindringlich auf, nicht in Panik ...«

Dann machte er offenbar die Wohnzimmertür zu, denn ich verstand nicht mehr, was sie weiter sagten, und hörte nur noch den gruseligen Kommandoton der Stimmen, die immer weiter erzählten, wie schlimm alles war. Aber wenigstens klang es doch ein bisschen wie normales Fernsehen, wo verschiedene Stimmen sich abwechselten und nicht dieselbe immer wieder das Gleiche sagte.

»Helfen Sie mir!«, kreischte Mrs Fitch.

Ich stand im Dunkeln, und es wurde still. Den Regen hörte ich immer noch, aber nicht Mrs Fitch. Ich spähte durch die Vorhangritze. Sie stand im Vorgarten und kratzte sich im Gesicht und am Kopf. Ich konnte nicht wegschauen. Etwas Weißes landete neben ihr auf dem Rasen. Ich sah, dass es eine Schachtel war. Eine kleine weiße Tablettenschachtel. Der Beipackzettel war herausgefallen und flatterte hinter der Schachtel her zu Boden. Anscheinend hatte meine Mutter die Schachtel hinausgeworfen. Mrs Fitch hob sie auf. Sie schaute zum Fenster hinauf – nicht zu dem, aus dem ich spinxte, sondern zu dem im ersten Stock – zu Mums und Simons Zimmer. Als sie hochschaute, sah ich im grauen Licht, wie

es gespenstisch rot über ihr Gesicht tropfte, wo sie die Haut abgekratzt hatte.
Ich ließ den Vorhang fallen und vergrub mich in meinem Bett. Ich versuchte, all das nicht zu hören – den gruseligen Kommandoton der Fernsehstimmen, die Sirenen, die jetzt weniger geworden waren, und die Autohupen, die auch nicht mehr so viele waren. Mrs Fitch, die draußen stöhnte. Warum ging sie nicht einfach weg? Das Tröpfeln des Regens. Dann fing Henry wieder an zu schreien, laut und schrill wie immer – und das war gut. Es übertönte jedes andere Geräusch, und ich wusste, wie ich damit umgehen musste: Ich zog mir das Kissen um den Kopf, um Baby-Bruder-Biest auszublenden, und schlief wieder ein.

KAPITEL 5

Als der Tag dann richtig anfing, fing er an wie so viele Tage seitdem. Einen Moment lang dachte ich, alles wäre gut. Einen Moment lang hatte ich es vergessen.

Und dann fällt es einem wieder ein.

Ich wachte auf und dachte an Caspar. Ich hatte von ihm geträumt, aber nicht so, wie ich ihn zuletzt gesehen hatte, auf dem Rücksitz im Auto von Zaks Mum. Ich hatte geträumt, wir spielten einen Gig zusammen. Wir waren super.

Jetzt muss ich dazusagen, dass so etwas unter allen Umständen ein Traum geblieben wäre, selbst wenn die ganze Welt nicht total in den Gully gegangen wäre. Diese Gitarrenstunde, zu der ich nicht gehen wollte – das war ja nicht nur, weil es regnete, sondern weil ich grottenschlecht war. Ich hatte damit überhaupt nur angefangen, weil ich dachte, ich könnte Caspar beeindrucken. Okay, und weil ich dachte, ich würde genial spielen können, aber das konnte ich nicht. Ich war einfach grottenschlecht.

Und übrigens sang ich auch grottenschlecht, aber ich sang die ganze Zeit (in meinem Zimmer oder mit Lee), weil ich dachte, wenn ich genug übte, würde ich es plötzlich und wie durch ein Wunder ebenfalls supergut können.

Träume – die guten – sind wunderschön.
(Und manchmal werden sie auch wahr. Ich muss es wissen: Ich hab schließlich Caspar McCloud geküsst.)
Jedenfalls, bevor ich die Augen öffnete, war ich einen Moment lang im Himmel. Und dann wachte ich ganz auf und war in der Hölle.
Ich streckte mich und fühlte die Bodendielen unter meinen Beinen, wo mein Bett hätte sein müssen. Die Polster waren weggerutscht. Ich weiß nicht, wie Dan das immer schafft. Er ist wie ein Hamster oder so was mit seinen kleinen Nestern.
Und dann – dann fiel mir alles wieder ein.
Caspar. Oh, 🦋🦋🦋. Caspar.
Ich hob die Hand und befühlte mein Kinn. Örrrk!! Anscheinend war da über Nacht eine dicke Kruste gewachsen. Ich tastete nach meiner Nase. Sie fühlte sich nicht krustig an, aber ich brauchte einen Spiegel, um sicher zu sein. Wenn ich nicht allzu schrecklich aussähe, würde ich mit der Bahn nach Exeter fahren und im Krankenhaus nach ihm suchen. Oder Simon würde mich fahren. Für das Gesicht hatte ich eine sagenhafte Grundierungscreme … nein, hatte ich nicht. Die war in der Scheune. Zusammen mit meinem Handy! Ich MUSSTE mein Handy holen. Mein Handy holen – was bedeutete, dass ich auch meine Freunde sehen würde – und meine Grundierungscreme holen. Und dann zu Caspar fahren. Erst duschen – nein, erst das Internet checken, und dann duschen. Die Anziehfrage klären, ein vorläufiges Katastrophen-Make-up aus der Schminkreserve auflegen. Möglicherweise wäre eine Notfallanleihe in Wimperntusche bei meiner

Mutter nötig, ganz sicher eine Notfallanleihe Parfüm (auch als »Klauen« bezeichnet: Sie hatte eine Flasche wirklich gutes Zeug, das ich nicht anfassen durfte, und als ich mir das letzte Mal ein bisschen davon geliehen hatte, war sie – für ihre Verhältnisse – an die Decke gegangen, als sie es gerochen und geschockt hatte, dass ich es benutzt hatte). Sollte ich sie fragen und mir dann etwas leihen? Oder gleich leihen? Lieber gleich leihen. Es war ja ein Notfall.

Mein Handy: Prioritätsstufe eins. Ja, das waren meine Gedanken. Und Durst hatte ich – aber die Wassergläser waren leer –, und mir platzte die Blase, so dass ich auf das alte Pipi von letzter Nacht obendrauf pinkeln musste. Als ich damit fertig war, sah ich mir den Computer an. Er war noch eingeschaltet, und das Netz war immer noch platt. Aber die Zeit zeigte er noch an. Ich versuchte mich zu erinnern, wann ich am Abend nach Hause gekommen und wie viel von meinen vierundzwanzig Stunden Quarantäne noch übrig war. Mir wurde ganz wuschig im Kopf.

Dann zog ich den Vorhang auf.

Es regnete.

Umgeben von schmalen Pflanzenbeeten, die wucherten wie blöd, hatten wir draußen ein kleines Grasviereck – den »Vorderrasen« nannte Simon es. Er mähte das Viereck immer. Er schleifte den Rasenmäher aus dem Schuppen durch den Garten und durch das Haus nach vorn und verstreute dabei überall Grasfetzen, und dann brauchte er zweieinhalb Sekunden, um seinen Rasen zu mähen. Danach schleifte er den Rasenmäher zurück durch das Haus – und verstreute dabei überall Grasfetzen –, durch den Garten und nach hinten in den Schuppen. Meine Mutter meinte, der Vorderrasen sei die Mühe nicht wert. Das Gras wuchs gar nicht richtig, weil die Pflanzen auf den Rabatten ihm Licht und Luft nahmen. Aber Simon mähte trotzdem.

Falls ich mir dabei überhaupt etwas dachte, dachte ich, der Vorderrasen *war* Simon. Die Ordnung im Chaos. Ungefähr so.

Der Vorderrasen, dieses kleine, ordentliche Viereck von gemähtem Gras, war schlammig und aufgepflügt – zerwühlt, als wäre ein Tier darüber hergefallen.

Mrs Fitch lag darauf, mit dem Rücken zu mir. Die Tablettenschachtel lag neben ihr.

Es regnete stark. Es regnete auf Mrs Fitch. Mrs Fitch bewegte sich nicht. Ich beobachtete sie. Mrs Fitch atmete anscheinend nicht.

Wisst ihr was? Ich dachte immer noch … keine Ahnung: dass sie … ja, dass sie zu lange draußen im Regen geblieben war oder so was? Dass sie ja auch schon alt war und vielleicht einen Herzinfarkt gehabt hatte. Und dann an Unterkühlung gestorben war. Oder an einem Schlaganfall, wie Grandpa Hollis.

Ich zog den Vorhang zu. Ich hatte noch nie eine Leiche gesehen, und ich wollte auch keine sehen. Es war furchtbar, einfach furchtbar … und der Vorhang genügte nicht: Ich schloss zehntausend Türen in meinem Kopf, und selbst dann war ich es noch nicht los. Ich hatte keine Worte, mit denen ich mir hätte sagen können, es sei okay. Stattdessen war es mein Körper, der anfing zu schreien. Ich hab Durst, dachte ich. Ich hab Durst, ich hab Hunger, ich fühl mich mies – und ich werde nie im Leben in einen Eimer kacken. Ich will frühstücken. Ich will duschen. Ich will mein Handy. Ich will RAUS.

Bevor ich rief, drehte ich den Türknopf, denn das lag ja nahe, oder? Die Tür ging auf.

»Simon?«, rief ich leise. Im Haus war es nämlich still, und ich wollte Henry nicht wecken. Genau betrachtet war die ganze Welt still. Ich hörte immer noch ein paar blöde Alarmanlagen, aber keine Sirenen, keine Hupen, keine Stimmen – weder Rufe noch Schreie. Alles, was ich hörte, waren ein paar blöde Alarmanlagen. Und der Regen.

Ich lauschte angestrengt.

»Simon?«, flüsterte ich.

Henry schlief bestimmt noch. Ich streckte den Kopf durch die Tür. Die Tür zum Wohnzimmer stand offen. Der Fernseher lief noch. Der Ton war abgestellt, aber das Bild spiegelte sich im Glas der Familienfotos auf dem Fenstersims: Fernsehflimmern auf Grandma Hollis' lächelndem Gesicht.

Vielleicht war Simon vor dem Fernseher eingepennt?

»Simon!?«, zischte ich.

Auf Zehenspitzen ging ich ein paar Schritte durch die Diele. Auf Zehenspitzen, um Henry nicht zu wecken. Ich hatte die Killerregenkrankheit nicht, und deshalb fand ich es okay. Nur war ich, genau genommen, nicht ganz sicher, dass ich die Killerregenkrankheit nicht hatte. Ich war nicht blutüberströmt, und ich stöhnte nicht, aber ich spürte doch, dass ich mich eindeutig nicht gut fühlte. Ich hatte schrecklichen Durst, und ich hatte Kopfschmerzen. Ich hatte Hunger, aber mir war auch schlecht – und ein bisschen schwindlig. Nicht so gut … aber ich würde mich zurückziehen, wenn Simon mir versprach, mir Frühstück zu bringen, (und mich aufs Klo gehen ließ), und wenn er mir außerdem versprach, mich zu Zak zu fahren, wenn die Quarantäne vorbei wäre – wenn nicht schon vorher, denn die Killerregenkrankheit konnte ich doch nicht haben. Bestimmt nicht. Oder? Nein. Vielleicht. Nein.

Das Vielleicht machte mir Angst.

»Simon?«, rief ich leise.

Yeah. Mir schwamm der Kopf, und alles drehte sich.

Ich schlich mich weiter durch den Flur. Unten an der Treppe blieb ich stehen und lauschte.

Es war so, so, so still.

Ich spähte um die Ecke. Im Wohnzimmer war niemand, aber für einen Augenblick nahm der Fernseher mich gefangen, denn ich sah die Bilder zu den Nachrichten, die ich am Abend zuvor gehört hatte. Jetzt hörte ich keine Nachrichten, aber weil ich sie schon kannte, glaubte ich zu wissen, wie sie lauten würden. Ich nahm an, dass ich wusste, was sie sagen würden. Aber die Bilder … die hatte ich nicht erwartet. Nicht mal wegen dem, was sie zeigten, sondern weil – na ja, es war einfach nicht so, wie sie es im Fernsehen machen, nicht mal, wenn was wirklich Ernstes passiert und wahrscheinlich alle ganz durcheinander sind. Das da war *amateurhaft*. Wisst ihr, woran es mich erinnerte? An das Projekt, das ich, Lee, Ronnie und Molly im Medienunterricht gemacht hatten: einen

Nachrichtenbericht über eine Zombie-Epidemie. Wir hätten Zak den Schnitt überlassen sollen, aber Ronnie wollte das unbedingt übernehmen. Kostüme, Maske und die Location – der Wald bei Zak zu Hause – waren Spitze. Der Schnitt war ein Mist.

(Nur zur Information: Wir kriegten ein B dafür. Zak und Saskia waren in einer Gruppe mit ein paar anderen und kriegten ein A* für eine Parodie auf die Waschpulverreklame. Zak hatte Producer sein sollen, aber irgendwie hatte Saskia diesen Job großenteils übernommen, und das meiste von allem anderen außerdem – Sprecherin, Hauptrolle als schicke Hausfrau, bebrillte, aber rattenscharfe Waschpulver-Wissenschaftlerin … und trotzdem, man glaubt es nicht, war diese ganze Zombie-Kiste, selbst mit diesem Schnitt, denn nicht viel kreativer? Ronnie meinte, ihm sei das egal, und der Lehrer sagte ungefähr das Gleiche – aber ich frage euch, welches Projekt hat sich als relevanter erwiesen, hm? Wie überlebt man eine Katastrophe – oder wie verkauft man Waschpulver? Ich benote uns neu und gebe uns ein A*.)

Jedenfalls – das Fernsehen. Sie schnitten zwischen einem Studio und draußen hin und her. Eine Frau an einem Schreibtisch redete mit zwei Männern auf den Monitoren hinter ihr. Sie waren in Manchester und Edinburgh, stand da. Zwischendurch zeigten sie Material, das sie vorher gefilmt hatten … einen Krankenhauskorridor voller blutiger Menschen, die sich wanden und stöhnten. Das brauchte man nicht zu hören, um es zu wissen. Sie wimmerten wie Caspar. Zurück zu der Frau im Studio. Dann Aufnahmen von Autoschlangen. Manchester Man. Dann ein Politiker … okay, ich verstehe nicht allzu viel von Politik, aber das konnte der Premierminister sein – irgendein Typ im Anzug, der sich bemühte auszusehen, als ob er wirklich und wahrhaftig meinte, was er sagte, und total so aussah, als meinte er es genau nicht. Dann ein Clip mit dem amerikanischen Präsidenten – den kannte ich –, und der machte das Gleiche. Und wieder zurück ins Studio.

Und dann eine Graphik – eine miserable Graphik – von der Welt. Sie drehte sich, und unheimliche rote Regentropfen klatschten auf die Länder, bis Europa wieder nach vorn kam, wo die Kleckse schon gelandet waren – und dann Zoom auf Großbritannien. Klatsch, klatsch, klatsch. Der ganze Südwesten verschwand unter einem großen roten, tränenförmigen Klecks.

Am unteren Rand zog ein Strom von Worten vorbei, die kaum etwas anderes sagten als das, was ich am vergangenen Abend schon gehört hatte: NATIONALER NOTSTAND AUSGERUFEN … BEVÖLKERUNG AUFGEFORDERT, IN IHREN HÄUSERN ZU BLEIBEN … ANRUFE BEI DER FEUERWEHR ZWECKLOS … ZUR ZEIT KEINE BEHANDLUNGSMÖGLICHKEIT … OPFER SOLLTEN ISOLIERT WERDEN …

Normalerweise kommt da, wenn dieser Liveticker am unteren Bildschirmrand entlangläuft, eine Schlagzeile nach der anderen. Aber hier nicht. Immer dasselbe Thema – es ging einfach weiter und immer weiter …

VIERUNDZWANZIG STUNDEN QUARANTÄNE … HÖCHST ANSTECKEND … VERMUTLICH EIN

VOM REGEN ÜBERTRAGENES PATHOGEN … SYMPTOME UNTER ANDEREM BLUTUNGEN, STARKE SCHMERZEN, ÜBELKEIT …

Und dann zeigten sie es: das Ding. Sie brachten ein Bild von diesem mikroskopisch kleinen *Ding*. Von diesem Ding, das so hübsch aussah. Eine kleine runde Sonne mit gekringelten Strahlen. Ein Kügelchen mit zappelnden Tentakeln.

Mir war schon schlecht gewesen, aber jetzt war mir noch schlechter. Ich wollte das nicht sehen. Ich wollte eine Tasse Tee.

Ich ging in die Küche.

Im Haus war es so still, dass ich nicht damit rechnete, dort jemanden zu treffen. Aber Simon saß am Tisch. Abgesehen vom Herd, vom Tisch und von einem Teil des Fußbodens war die ganze Küche mit Behältern aller Art vollgestellt, und alle waren mit Wasser gefüllt. Das war verrückt, aber ich wollte nichts davon wissen. Ich sah es, aber ich wollte nicht darüber diskutieren.

Als ich hereinkam, hob er den Kopf. Sein Gesicht war … nicht normal. Nicht starr oder zittrig, sondern irgendwie zusammengefallen.

»Hey«, sagte er ganz leise.

Er sah mich an. Örk! Argh! Hooo! Dieser Blick. Was war denn *das*?

Es war zu unheimlich, zu intensiv – und ich schätze, er sah es genauso, denn er schaute wieder auf seine Liste. Er schrieb eine Liste. Das wäre an jedem normalen Tag schon schlecht gewesen – und außerdem hatte er im ganzen Leben noch nie,

nie »Hey« zu mir gesagt, und deshalb war auch das ziemlich unheimlich. Aber man sah ihm an, dass er die ganze Nacht auf gewesen war, und deshalb war sein Gehirn wahrscheinlich komplett Rührei. Ich entschied mich für diese Vermutung. Simon war die ganze Nacht auf gewesen (mit Henry!), und deshalb war ich besser vorsichtig … denn auf dem Tisch war nicht nur die Liste, sondern auch der Laptop. Wenn ich ihn dazu bringen konnte, mir zu erlauben, den zu benutzen, nur einen Augenblick lang …

»Hey«, antwortete ich und wartete darauf, dass er mich in meine Zelle zurückschickte. »Ich hab gerufen …«

»Ja«, sagte Simon.

»Äh … Mrs Fitch ist –«

»Ich weiß«, sagte Simon. »Versuch, nicht hinzuschauen.«

»Das ist schrecklich«, sagte ich.

»Ja«, sagte er.

»Simon, darf ich bitte das Klo benutzen? Und kann ich dann was zum Frühstück bekommen? Und …« Ich redete nicht weiter. Jetzt war vielleicht nicht der richtige Augenblick, um von der Handy-Sache anzufangen. Ich musste mich auf einem Umweg heranarbeiten – und an den Laptop auch. Ich wollte nach dem Internet fragen, aber das ging nicht, ohne zu verraten, dass ich schon ohne Erlaubnis an dem anderen Computer gewesen war. (So streng war er.)

»Es tut mir wirklich leid wegen gestern Abend«, sagte ich und dachte, vielleicht würde ich damit einen Schritt näher zu meinem Telefon, meinen Freunden, zum normalen Leben kommen. Zu den Dingen, auf die es ankam.

»Ist schon okay«, sagte er.

Häh?!

»Du brauchst nicht mehr im Vorderzimmer zu bleiben«, sagte er.

HÄH?! Das war jetzt verzwickt, denn ich wusste, ich fühlte mich nicht wohl, auch wenn es nicht *dieses* Unwohlsein war. Ich wusste aber auch, dass ich nicht noch mal hunderttausend Stunden allein warten wollte, während draußen die tote Mrs Fitch lag, und ... und dann dachte ich an meine Mum und an Henry. Ich durfte sie nicht krank machen.

»Mir geht's nicht gut«, platzte ich heraus. »Es ist nicht *schlimm*, nicht wie ... du weißt schon. Mir ist nur ein bisschen übel.«

»Ru?«, sagte er und sah mich an, ganz besorgt, und mir lief es kalt über den Rücken. »Was fehlt dir denn?«

Ich beschrieb es ihm. Es ärgerte mich, dass er lächelte, als ich redete. Kein breites Grinsen, aber ganz eindeutig das Flackern eines müden Lächelns, das mir sagte: »Ach du, du bist so jung (und so dumm).« Nur, dass es auch irgendwie traurig aussah. Und es war nicht der übliche traurige Blick, der mir sagte: »Ich bin so enttäuscht von dir (ach du, du bist so jung und so dumm).«

»Was hast du gestern Abend getrunken?«, fragte er.

Yiii-haaa! Gerade wollte ich total empört bestreiten, dass ich auch nur einen Tropfen getrunken hatte, und über Simon herfallen, weil er so etwas auch nur *dachte*, aber dann –

»Zak hat 'ne Bowle gemacht«, platzte ich mit doppelter Geschwindigkeit heraus. Zumindest hatte ich daran keine Schuld.

»Bowle? Ach du liebe Güte! Was war drin?«

Jetzt machte er mich wirklich fertig. Normalerweise rastete er schon bei dem leisesten Verdacht auf irgendwelche illegalen Aktivitäten aus, und dann war's das: Ich hatte Hausarrest und kratzte Kacke, Pisse, Sägespäne und Heu aus dem Meerschweinchenkäfig. Ich sah es schon kommen … aber ich hatte gerade ein Geständnis abgelegt, und er ging nicht an die Decke. Gespenstisch.

»Keine Ahnung«, sagte ich. »Cider?«

Er sah mich so seltsam an, dass ich freiwillig mit der Wahrheit herausplatzte.

»Und Gin.«

Ein dreifaches Geständnis. Jetzt würde ich ihm jeden Augenblick erzählen, dass ich versucht hatte, zu kiffen, dass das mit dem Babysitting eine Lüge gewesen war, und dass ich in Caspar McCloud verliebt war. Verzweifelt suchte ich nach einer Möglichkeit, das alles so klingen zu lassen, als wäre ich nicht so schlimm wie andere Leute.

»Molly ist davon schlecht geworden«, sagte ich.

Sorry, Mol. Normalerweise wäre das eine supergute Ablenkungstaktik gewesen, aber Simon schien sich gar nicht aufzuregen.

»Wahrscheinlich hast du einen Kater«, sagte er total ruhig und sanft. »Du brauchst Flüssigkeit, und du musst was essen.«

In dem Punkt waren wir uns einig. Ich schnappte mir den Kessel. Da war kaum genug Wasser drin für die achthundert Tassen Tee, die ich brauchte. Ich ging zur Spüle.

»Stopp«, sagte er, bevor ich den Wasserhahn berühren konnte.

Ich drehte mich um.

»Ich glaube, wir sollten das Wasser nicht mehr benutzen«, sagte er.

Ich schaute den Wasserhahn an. Er tropfte seit Wochen und wartete darauf, dass Simon ihn reparierte. Dann schaute ich die tausend Wasserbehälter an, die überall in der Küche verteilt standen.

»Die auch nicht«, sagte er. »Was im Kessel ist, muss reichen. Und im Kühlschrank gibt es Orangensaft und Milch.«

Ich stellte den Kessel hin, starrte ihn an, dann den Wasserhahn, dann die Armee von Wasserbehältern. *Was?!* War dieses eklige kleine tentakelige Weltraumding etwa hier im Haus?!

»Du darfst das Wasser nicht mal berühren«, sagte Simon. »Ich bringe es weg.«

Ich war zu durstig und verwirrt, um groß nachzudenken. Ich schaltete den Wasserkessel ein, besorgte mir ein Glas Orangensaft und gluckerte ihn weg. In meinem Brauch brodelte es entsetzlich.

»Ich geh mal rasch aufs Klo«, murmelte ich.

»Du musst den Eimer benutzen«, sagte Simon.

»*Was?!*«, sagte ich, aber es war nicht das Yiii-haaa-*Was?!*. Es war ein einfaches *Was?!*, das einem so aus dem Mund kommt, wenn das Gehirn noch nicht mitgekommen ist.

»Wir wissen nicht, ob das Leitungswasser noch okay ist. Es ist zu riskant.«

»Aber … ich muss …« Ich wollte den Hintern doch nicht *ins* Klo setzen, sondern nur *drauf.*
»Tut mir leid, Ru. Benutz den Eimer.« Dann schrieb er etwas auf seine Liste.

Ich kackte in den Eimer (zu viele Informationen?). Ich dachte, ich bring's nicht fertig, aber ich war verzweifelt, und überhaupt, sagte ich mir, war es … es war wie einer von diesen beschissenen Campingausflügen, die Simon immer mit uns gemacht hatte, bevor Henry kam: Da hockte man im strömenden Regen auf einem Toilettending aus Plastik. (Wir gingen nämlich nicht auf die Campingplätze, wo es Duschen und Toiletten und Swimmingpools und Unterhaltungsgeräte gab. Oder wenigstens andere Leute. Wir gingen auf kalte, windige Wiesen mitten im Nirgendwo.) Ich deckte meinen Haufen mit mehreren Lagen Toilettenpapier zu … und obwohl es mein eigener war, den man ja nicht so riecht wie den von anderen Leuten – oder? –, war ich total verlegen. Ich fühlte mich so … erniedrigt. Es war so unfair – mir gegenüber.
Innerlich bebend, wie man es tut, wenn man nicht sauer sein will, obwohl man vor Wut kocht, ging ich wieder in die Küche. Simon machte Rührei.
»Vermutlich darf ich mir nicht mal die Hände waschen«, sagte ich (innerlich bebend). Ich setzte mich an den Tisch und goss mir den Rest Orangensaft ein.
»Und nicht duschen«, sagte Simon und zeigte auf eine Packung von Henrys Babywaschtüchern auf dem Tisch.

NICHT DUSCHEN?! IST DAS EIN WITZ?! Handy, Freunde, Caspar.

Prioritäten, Ruby, dachte ich. Prioritäten.

Ich putzte mir die Hände ab (innerlich bebend).

Simon setzte mir einen Teller Toast mit Rührei vor, dazu Butter, Marmelade und den Geheimvorrat an Erdnussbutter. Eine Tasse Tee hatte er auch gemacht.

»Das letzte Wasser aus dem Kessel«, sagte er, während ich schlürfte.

»Danke«, brummte ich, absolut deprimiert (und innerlich bebend).

Simon aß nichts. Er starrte nur immer auf seine blöde Liste. Er fügte nichts mehr hinzu, sondern starrte sie nur an.

Als ich gegessen hatte, holte ich mir ein Glas Milch.

»Geht's besser?«, fragte er.

Das innerliche Beben hatte nachgelassen. Es ging mir wirklich besser.

»Ja, danke«, sagte ich.

»Gut.«

Ich trank den Rest Milch aus – das heißt, fast. Ich tat, was man immer tut: Ich ließ ein kleines bisschen in der Flasche, damit man nicht diejenige ist, die die Flasche ausspülen und ins Altglas werfen muss. Jetzt fühlte ich mich bereit zum Angriff. Ich musste Simon dazu bringen, dass er mich zu Zak fuhr. Aber vermutlich würde es ziemlich schwer sein, ihn zu überreden, solange es noch regnete. Ich schaute aus dem Fenster: Es goss in Strömen aus einem tiefen, grauen Himmel, in dem keine Hoffnung auf Sonne lag.

Nimbostratus heißen die Wolken. Das weiß ich jetzt. Damals wusste ich es nicht. Da wusste ich nur, es sah aus wie die trostlose Totalbewölkung, die sagt: Vergiss es. Du gehst nirgendwohin.

Aber mit dem Auto würde es gehen. Wenn wir nur ins Auto hätten kommen können, ohne nass zu werden. Zum Beispiel mit dem Riesenschirm, mit dem Mum sich selbst und Henry in seinem Kinderwagen trockenhielt, dann hätten wir bei Zak bis in den Carport fahren können. Aber vielleicht sollte ich es doch zuerst mit dem Laptop versuchen, einen Blick in den Chat werfen und sehen, was da gelaufen war und ob –

»Ruby«, sagte Simon, »ich muss mit dir sprechen.«

KAPITEL 6

Jetzt geht's los, dachte ich. Jetzt krieg ich meinen Vortrag. Das dachte ich, wisst ihr. Eine scheußliche, massenmörderische Weltraumbazille hatte in der ganzen Welt eine Kernschmelze ausgelöst … und ich war immer noch auf der Seite davor, steckte immer noch im Gestern fest. Ich dachte immer noch … ach, keine Ahnung, was ich dachte! Dass alles vielleicht im Moment nicht ganz genauso wie immer war, aber doch … bald wieder? Morgen?

Ich bin nicht dumm. Ich wusste, da war etwas wirklich Schlimmes im Gange. Aber in diesem Augenblick wollte ich einfach nur meine Freunde sehen. Ich wollte mein Handy wiederhaben, damit ich Caspar anrufen konnte, was ich in Wirklichkeit noch nie getan hatte – wir hatten nur gesimst und ein bisschen virtuell geflirtet –, aber ich hatte das Gefühl, jetzt könnte ich es, nachdem wir uns geküsst hatten und er so krank geworden war. Ich wollte ihn einfach anrufen – fast so dringend, wie ich Lee anrufen wollte … aber hatte Caspar sein Telefon überhaupt dabei, oder hatte er es bei Zak gelassen? Aber dann hätte ich es holen und ihm bringen können und –

»Ruby! Hör zu«, sagte Simon.

Und das tat ich! Ich musste meinen ganzen Charme spielen lassen, um da rauszukommen. Hilfsbereit nahm ich meinen Teller, und meine Hand lag auf dem Wasserhahn, als –

»Nicht!«, brüllte Simon. »Das darfst du nicht!«

Ich setzte mich mit meinem Teller wieder hin und lächelte Simon liebreizend an. Du musst *zerknirscht* gucken, dachte ich, als ob du wirklich alles bereust, selbst wenn du es nicht tust. Er seufzte – aber nicht gehässig, sondern eher traurig – und rückte mit seinem Stuhl um den Tisch herum zu mir.

»Du musst jetzt wirklich zuhören«, sagte er.

Okay, dachte ich, tu ihm den Gefallen. Ich nickte zerknirscht.

»Niemand weiß wirklich, was los ist«, sagte er. »Nicht mit Sicherheit. Aber bis wir es wissen, müssen wir uns an folgende Regeln halten.«

Jetzt kam die Liste. Im Grunde war es eine To-Do-Liste aus der Hölle. Eine abscheuliche Megakrisen-Massensterben-Tu-dies-Tu-das-Liste zum Abhaken – nur, dass da alles verboten und nichts erlaubt war. Ihr könnt euch vorstellen, was draufstand: das ganze Zeug, das schon im Radio gekommen war. Alles, was ich auszublenden versucht hatte, plus ein paar Sachen, die ich nach meiner Erinnerung noch nicht gehört hatte. Später begriff ich, dass es Sachen waren, die Simon sich selbst ausgedacht hatte.

NICHT IN DEN REGEN HINAUSGEHEN.

(Echt jetzt?, dachte ich.)

NIEMANDEN BERÜHREN, DER MIT WASSER KONTAKT HATTE. AUCH KEIN TIER UND KEINEN GE-

GENSTAND. ÜBERHAUPT NICHTS, DAS MIT WASSER IN BERÜHRUNG GEKOMMEN IST.
Ich fand seine Liste ein bisschen überzogen, aber ich sah, was er meinte. Ich konnte mir vorstellen, dass diese scheußliche mikroskopische Bazille überall herumkroch.
»Zaks Mum hat gesagt, ich soll die Autotür nicht anfassen«, sagte ich – hauptsächlich, um ein paar Pluspunkte zu sammeln.
»Gut«, sagte er. »Genau das meine ich.«
Vielleicht würde er mich den Laptop benutzen lassen. Das Ding stand direkt vor mir, und –
»Ruby! Du sollst aufpassen!«
Ich riss den Blick von dem Laptop los und konzentrierte mich auf die Liste. Der nächste Punkt war der gruseligste.
NIEMANDEN BERÜHREN, DER KRANK IST. ODER TOT.
»Das ist scheußlich«, sagte ich.
Er grunzte.
KEIN LEITUNGSWASSER BERÜHREN ODER TRINKEN.
Er laberte noch ein bisschen weiter: Zwar hätte bis jetzt keiner gesagt, dass Leitungswasser tatsächlich schon giftig wäre, aber wahrscheinlich war es das oder würde es bald sein, weil die Leute wahrscheinlich genau wie er selbst in Panik geraten waren und ihre Wassertanks geleert hatten, wodurch das giftige Wasser umso schneller in die Leitung gesaugt werden würde, wenn man das Wasser nicht abstellte, was er aber nicht konnte, weil er dazu nach draußen gehen musste, und auch

wenn das Wasser, das er in alle verfügbaren Behälter gefüllt hatte, wahrscheinlich in Ordnung war, konnte man es doch nicht mit Sicherheit wissen, oder?

»Nein, Simon«, sagte ich, und bevor er weiterlabern konnte, las ich den nächsten Punkt laut vor.

NICHT DIE TOILETTE BENUTZEN. NICHT BADEN. *NICHT DUSCHEN.*

NICHTS ESSEN, WAS DRAUSSEN WAR. KEIN FRISCHES OBST/GEMÜSE. FISCH/FLEISCH (?)

Das mit dem Fleisch ärgerte mich. Ich aß Fisch, aber davon abgesehen war ich formal gesehen Vegetarierin. Es war nur manchmal ein bisschen schwierig durchzuhalten, und deshalb gab es manchmal Ausrutscher. Simon wusste das und hielt es mir vor.

»Yep! Verstanden!«, sagte ich munter.

»Und, Ru, jetzt kommt das Wichtigste.«

Ganz oben über die Liste schrieb er ein Wort, in Großbuchstaben, unterstrichen. Dann schrieb er es über die Buchstaben noch einmal, und dann noch einmal. Ein Wort.

<u>DENKEN</u>

»Verstehst du?«, fragte er.

Es war zu grässlich. Ich wollte diesen Minivortrag mit Prüfung hinter mich bringen, aber ich wusste, »Okay!« würde da nicht reichen.

»Zum Beispiel beim Wasserkessel?«

»Zum Beispiel beim Wasserkessel«, sagte Simon.

Puh. Verständnistest bestanden. Aber nein –
»Verstehst du, Ruby? Du musst denken. Du musst innehalten und denken. Was immer du tust, was immer du fühlst – du musst innehalten und denken.«
»Verstanden«, sagte ich.
»Was?«, fragte er. »Was hast du verstanden?«
»Dass ich denken muss.«
»An was?«
»An … keine Ahnung, das Wasser und so.«
»Ja«, sagte er.
Er drehte sich zu mir um und nahm mein Gesicht in beide Hände. Dabei drückte er den Caspar-Kuss-Ausschlag ein bisschen zusammen, und das tat weh, aber ich war so entgeistert, dass ich nicht mal »Autsch!« sagte.
»Ruby«, sagte er, »du musst denken.«
Schlimmer hatte er mir noch nie in die Augen gestarrt.
»Du musst an dich selbst denken«, sagte er. »Du musst dich selbst an die erste Stelle setzen.«
Häh?! Mein Leben lang hatte ich gehört, ich sei selbstsüchtig. Simon hatte immer nur gesagt: »Hörst du bitte auf, immer nur an dich selbst zu denken?«, und meine Mum sagte dann so was wie »Oh, Ruby«, und ich wusste, sie meinte genau das Gleiche. Und jetzt?
»Du musst an dich selbst zuerst denken, Ruby. An dein *Überleben.*«
Yep. Er war mir komisch und unheimlich vorgekommen, aber jetzt machte er mir Angst. Und er ließ nicht locker.
»Bevor du etwas tust – was machst du?«

Mein Kinn tat weh.
»Denken«, sagte ich.
»Woran?«, wollte er wissen.
»An mich«, sagte ich. Sagte ich? Ich schrie es ihm praktisch ins Gesicht.
»Was machst du?«
»Denken.«
»Woran?«
»An mich. Lass mich in Ruhe, Simon – ich hab's kapiert, okay? Ich muss denken!«
»Woran?«
»Ans Überleben!«
»An wessen Überleben?«
»An meins!«, schrie ich. Jetzt hasste ich ihn mehr als jemals zuvor. »An meins! An mich!«
Er ließ mein Gesicht los.
Im Haus war es immer noch still. Ich hatte laut geschrien, und im Haus war es immer noch still.
»*Mum?!*«, quiekte ich.
Ich quiekte – das ist so was wie schreien, nicht wahr? Kein mächtiges Geheul, das man macht, weil man weiß … Man quiekt, wenn man –
»Denken!«, schrie Simon und packte mich beim Arm, aber ich riss mich los.
Ich stürmte die Treppe hinauf. Ich riss die Schlafzimmertür auf.
Oh … oh … oh … ich sah meine Mum.
Sie lag einfach da, an Henry gekuschelt, als ob sie schlief …

aber das Bettzeug war total zerknautscht. Ich stürzte mich nicht auf sie, weil ich dachte, vielleicht schläft sie doch. Ja, ich dachte immer noch, das könnte sein.

»Mum?«, sagte ich.

Sie lag auf der Seite und hatte einen Arm über das Kissen ausgestreckt. Ihre Hand war ganz blutig. Das Blut war ins Kissen gesickert. Die andere Hand war nicht blutig, und sie lag auf Henrys Bäuchlein. Er lag auf dem Rücken, völlig reglos. Nur eine winzige rote Wunde auf seiner Wange …

»***MUM?!***«, schrie ich.

Simons Arm umschlang meine Taille und zog mich zurück. Er drückte mich an sich.

Mein Schrei erstarb in der Luft. Er erstarb und wehte zu all den anderen Schreien, die leben wie Geister, wie Echos im Gedächtnis der Lebenden.

Mein Schrei brach heraus und erstarb, und meine Lunge weigerte sich – *weigerte* sich –, Luft einzusaugen. Ich wollte aufhören, wollte sterben mit dem Schrei.

»Atmen, atmen, atmen«, sagte Simon immer wieder. Er weinte und wollte mich nicht loslassen.

Dann kommt es: Die Lunge saugt einfach Luft ein. Dein Körper entscheidet die Sache für dich. Du wirst weiterleben.

Du bist einen Atemzug weit weg von ihr, dann zwei, dann drei, dann vier.

Mum, ich atme noch.

KAPITEL 7

Ich weiß nicht, wie wir die Treppe hinunterkamen. Ich schluchzte, das weiß ich noch. Ich heulte so sehr, dass ich kaum Luft bekam, aber ich atmete.

Was ich immer wieder zu sagen versuchte, war: Ich wusste, warum. Ich wusste, was passiert war. Hatte ich nicht gesehen, wie die Tablettenschachtel auf den Rasen gefallen war? Meine Mum musste in den Regen hinausgegriffen haben, um Mrs Fitch die Tabletten zuzuwerfen. Der armen, dummen 🦋🦋🦋 Mrs Fitch.

Warum hatte ich das nicht gesehen? Warum hatte ich nicht geschrien? Warum hatte ich nicht nachgedacht?

Und dann? Hatte sie es sofort gewusst? Nein … sonst hätte sie Henry nicht berührt. Oh, sie musste ihm das kleine Gesicht gestreichelt haben. Nicht genug, um ihn zu wecken. Nur eine ganz sanfte Berührung seiner Wange. Das machte sie bei mir auch, immer noch. Wenn wir einen Streit gehabt hatten, stellte ich mich schlafend, damit sie es machte … eine ganz sanfte Berührung und ein kleiner Kuss.

Den Rest des Tages regnete es. Simon und ich schlugen unser Lager im Wohnzimmer auf und machten uns Dan-

Nester. Wahrscheinlich wollte keiner von uns beiden allein sein.
Ich erzähle hier von den Kleinigkeiten, an die ich mich erinnere, aber was sich – wirklich – abspielte, was wir sagten und taten, ist ziemlich verworren.
Was ich aber mehr als alles andere in Erinnerung habe, hat mit Geräuschen zu tun, und mit der Qual, die sie mir bereiteten. Zunächst mal schaltete er den Fernseher ab. Mir recht – denn wer wollte das sehen? Obwohl der Ton weggedreht war, machten diese Bilder – keine Ahnung – irgendwelche Geräusche … vermutlich, weil sie so schrecklich waren. Aber als der Fernseher nicht mehr lief, hatten wir nur noch den Regen. Den konnte ich mir nicht anhören, aber was immer wir probierten, um ihn zu übertönen – Musik, eine DVD –, nichts war richtig. Fröhliche Sachen, traurige, alberne Sachen – egal, was wir ausprobierten, es war falsch und machte uns wütend, und wenn man die Lautstärke nicht so hochdrehte, dass einem die Ohren weh taten, hörte man ihn immer noch: den Regen.
Wir schauten uns langweilige Filme an. Simon hatte Unmassen davon. Ich muss fast lachen – aber dann doch nicht –, wenn ich daran denke, dass ich mir ein Box-Set von Vogelbeobachtungs-DVDs anschaute, und dann diese Geschichtsserie, die er gekauft hatte: Wochenlang hatte er versucht, mich zu zwingen, sie mir anzusehen, weil er dachte, das würde mir bei der Prüfung helfen.
Ha! Ich dachte immer, Geschichte ist langweilig, und jetzt schreibe ich hier meine eigene.
Simon würde sich freuen, glaube ich.

Wir redeten auch – nicht viel, aber dann doch wieder, wenn ihr versteht. Wir redeten in kurzen Anwandlungen – über Mum, über Henry, über das, was passiert war. Dann mussten wir gleich wieder aufhören, weil es zu sehr weh tat.

Die ganze Zeit, bei allem, was wir sagten und taten, dachte ich immer wieder an meine Mum und Henry da oben. Ich sah sie dauernd vor mir.

Ich wurde wütend auf ihn. Ich wollte wissen, warum er mich nicht gerufen hatte, warum ich mich nicht hatte verabschieden dürfen. Er hätte es nicht gewusst, sagte er. Er hätte Henry gehört und gedacht, es seien die Zahnschmerzen. Er hätte einen von Henrys Beißringen aus dem Kühlschrank genommen und ihn hinaufbringen wollen, aber dann hätte es aufgehört. Dann wäre es still gewesen, und er hätte gedacht, es wäre das Beste, sie schlafen zu lassen. Er wäre den Rest der Nacht aufgeblieben, hätte die Nachrichten gesehen und versucht, ins Internet zu kommen oder Leute anzurufen. Als Henry um sieben Uhr morgens immer noch keinen Mucks getan hätte, sei er raufgegangen, um nachzusehen. Zu spät.
Aber warum hatte er mich schlafen lassen und mich dann mit seiner blöden Liste an den Küchentisch gesetzt, wenn –
»Es war wohl das, was deine Mum gewollt hätte.«

Wie sie es geschafft hatte, so still zu bleiben, weiß ich nicht. Ich kann es mir nicht mal vorstellen. Die meisten Kranken, die ich gehört habe, haben geschrien und gestöhnt und …

»Warum hat sie dich nicht gerufen?«, fragte ich.
Ich fragte mitten in einem Stück über Wasservögel. Sumpfrohrsänger.
»Sie hat wohl befürchtet, uns anzustecken.« Simon starrte auf den Fernseher. Dann sah er mich an. »Sie hat sich wohl Sorgen gemacht … Wenn ich auch krank wurde, wäre niemand da, der für dich sorgt«, sagte er.

Ein paarmal schrie er mich an. Nur: »RUBY!« Meistens, weil ich den Wasserhahn aufdrehen wollte. Einmal, weil ich beinahe einen Krug Wasser umgestoßen hätte. Als das noch mal passierte, zog er Gummihandschuhe an und schob vorsichtig alle Krüge und Schüsseln und Töpfe und Kannen in eine Ecke der Küche, die er dann mit Stühlen und dem Mülleimer abtrennte. Ich weiß nicht, warum er nicht einfach alles in die Spüle schüttete. Vermutlich, weil es zu sehr gespritzt hätte. Oder weil es sich anfühlen würde, als ob er da irgendwas freiließe. Da stand das ganze Zeug also: unser kleiner Giftsee. Ich hasste den Anblick.

Ich wollte meinen Dad anrufen.
»Da ist alles ausgefallen, Ru.« Mehr sagte Simon nicht. Aber er gab mir trotzdem die Telefone: das Festnetztelefon, sein Handy, das Handy meiner Mum.
Ich versuchte es bei meinem Dad. Ich versuchte es bei Leonie. Sonst kannte ich keine Nummer auswendig. Das wäre nicht so schlimm gewesen, denn meine Mum und Simon hatten die Nummern praktisch aller unserer Verwandten und der

Eltern meiner Freunde auf ihrem Handy gespeichert, aber es gab nicht mal einen Wählton. Beide Handys waren stumm, und auf dem Festnetztelefon hörte ich nur einen endlosen Piepton.
»Was ist mit E-Mails?«, fragte ich. »Wir können E-Mails schicken.«
Er gab mir auch den Laptop. Er hatte ihn nicht vom Internet getrennt, das Internet war platt. Ich versuchte es immer wieder – Laptop, Telefone. Ich weiß nicht, wie lange ich es versuchte. Lange jedenfalls, während der Typ im Fernsehen über Tudors und Stuarts quasselte. Die standen bei uns nicht mal auf dem Lehrplan. Auch nicht der Bürgerkrieg, über den er quatschte, als Simon mir Computer und Telefone abnahm. Ich machte keinen Aufstand, ich heulte.
»Vielleicht versuchen sie ja auch, uns zu erreichen«, sagte er.
Er legte sein und Mums Handy und das normale Telefon auf das Fenstersims vor die Familienfotos, und den Laptop stellte er auf den Couchtisch.
»Wir versuchen es jede Stunde«, sagte er.

Das taten wir dann. Abwechselnd. Schließlich sagten wir einander gar nicht mehr, dass sich nichts geändert hatte.

Irgendwann im Laufe des Nachmittags gab es in der Stadt einen richtig lauten Knall – wie eine Explosion, würde ich sagen. Wir sprangen beide auf und liefen zum Fenster. Von unserer Küche aus konnte man fast die ganze Stadt sehen: die

Burg, die Kirche, die Wohnsiedlung am Hang auf der Ostseite des Flusses, wo Leonie wohnte.

Über der High Street stiegen Flammen und Rauch auf. Ein Feuer im Regen.

Simon öffnete ein paar Obstkonserven, goss den Saft aus und gab ihn mir.

»Was glaubst du, wo das ist?«, fragte er. »Ist es das *George*?«

Wenn man sich an den Dächern orientierte, sah man, dass es das *George* sein musste.

»Eine Schande«, knurrte Simon.

Wenn es irgendein anderes Haus in der Stadt gewesen wäre, hätte ich wahrscheinlich gedacht, auf ein blödes Haus mehr oder weniger kommt es nicht an, nicht jetzt. Aber es war nicht irgendein blödes Haus. Ich wollte ihm gern erzählen, dass dort der zweitunglaublichste Augenblick meines Lebens stattgefunden hatte, bevor es dann auf Zaks Party zu dem allerunglaublichsten Knutscherlebnis aller Zeiten gekommen war. Ich wollte ihm erzählen, dass Caspar dort beim Gitarrespielen aufgeblickt und mich angeschaut hatte, und dass ich mich auf der Stelle in ihn verliebt hatte.

Wir starrten hinaus. Man hörte keine Sirenen.

Dann sprach ich es aus. »Simon, ich hab echt Angst.«

Er führte mich zurück ins Wohnzimmer. Ich setzte mich in mein Nest, er setzte sich auf das Sofa.

»Soll ich was zu essen machen?«, fragte er.

»Nein«, sagte ich.

Das ist etwas, was man wissen muss, etwas, das ich gelernt habe über Angst und Trauer und Entsetzen, und was sie mit dir machen. Sie machen dich innerlich zu Brei. Sie verdrehen dich, und sie zerbrechen Dinge in dir. Reißen sie heraus. Sie packen dein ganzes Hirn, dein ganzes Herz, und quetschen und quetschen.

»Kann ich bei dir sitzen?«, fragte ich.
»Ja, natürlich«, sagte Simon.
Und zum ersten Mal in meinem Leben kuschelte ich mich auf dem Sofa an Simon.
Ich stellte mir vor, wie erfreut (und geschockt) meine Mum jetzt wäre, und fing an zu weinen.
Ich fühlte mich so *klein*. Kleiner – jünger – als damals, bevor ich Simon kannte. So winzig wie Henry. Winziger. Ich wollte nicht weinen, ich wollte heulen. Um meine Mum.
Als es dunkel war, machte Henry etwas zu essen.
»Ich mache uns Eintopf«, sagte er.
Seine Eintöpfe machte er immer beim Camping. »Seelenfutter« nannte er sie. Sie schmeckten scheußlich, und einmal wies ich darauf hin, wenn wir Urlaub machen könnten wie alle anderen Leute auch, brauchte man kein Seelenfutter. Sogar meine Mum musste lachen.
»Möchtest du helfen?«, fragte er.
Ihr könnt euch vorstellen, wie gern ich Simon geholfen hatte, seine grausigen Eintöpfe zu machen, aber jetzt setzte ich mich an den Tisch und putzte Gemüse. Ich wollte nicht von ihm weggehen.

Normalerweise ließ er die Kidneybohnen, oder was er sonst hatte, sogar beim Camping immer abtropfen und spülte sie ab, aber jetzt kippte er die ganze Dose einfach in den Topf.
»Schmeckt das nicht eklig?«, fragte ich.
»Geht nicht anders, Ru«, sagte er. »Ich werd's irgendwie aufpeppen.«
Er wandte mir den Rücken zu und öffnete den Schrank mit Kräutern und Gewürzen. Er wühlte darin herum, öffnete unbeschriftete Gläser und schnupperte daran, und dabei drehte er den Kopf ein bisschen. Ich sah Tränen auf seiner Wange. Eine rollte herunter, und er leckte sie von seinen Lippen.
»Ich würde alles geben für eine Tasse Tee«, sagte er, und er ging zum Herd zurück, streute irgendwelches Zeug in den Topf und rührte um. Dann wischte er sich mit dem Ärmel über das Gesicht.
Ich sah die Liste, die er auf dem Tisch hatte liegen lassen.

DENKEN

Ich ging zur Tiefkühltruhe, holte die Eiswürfel heraus und warf sie in den Wasserkocher. Sah nicht aus, als ob es reichte – also kratzte ich das kondensierte Eis von den Innenwänden der Truhe und stopfte es in den Kessel. Meine Hände waren bald gefühllos von der Kälte.
Ich stöpselte den Kessel ein und knipste ihn an.
»Earl Grey, Pfefferminz oder einfach und stark?«, fragte ich. Wie meine Mum immer fragte.

Ich musste den Wasserkessel dreimal vollmachen. So viel Eis, und gerade genug für eine Tasse. Simon wollte Earl Grey. Wir wussten beide, warum. Weil meine Mum ihn mochte.

Der Eintopf war scheußlich. Simon verhinderte, dass ich Salz hineinund auf die Ofenkartoffeln streute, die es dazu gab.
»Das dehydriert dich«, sagte er. »Und sowieso ist es ungesund.«
Ich warf ihm einen Blick zu.
»Das würde deine Mutter sagen.«
Ich konnte das wirklich nicht essen. Ich meine, man würde es auch nicht wollen, aber ich wusste, ich musste Hunger haben, auch wenn ich davon nichts merkte.
»Und sie würde auch sagen, du sollst aufessen.«
»Ich kann nicht«, sagte ich.
Seinem Teller nach zu urteilen, konnte er auch nicht.
»Simon, werden wir sterben?«
Er antwortete nicht gleich. Erst legte er Messer und Gabel hin, und dann sagte er: »Ich weiß es nicht.«

So kam es, dass wir den Fernseher doch wieder einschalteten, um es herauszufinden. Simon sagte, wenn es mich aufregte, sollte ich es gleich sagen, und er würde ihn wieder aus-schalten. Ich weiß, was er erwartete – das Gleiche wie ich: Aufnahmen von sterbenden Menschen im Krankenhaus, und Fernsehleute, die redeten und redeten. In gewisser Weise war das, was stattdessen kam, noch schlimmer. Ich begriff es nur nicht sofort.

Die beängstigenden Bilder waren nicht mehr da, und Studio Woman und Manchester Man und Edinburgh Man ebenfalls nicht. Da war gar nichts mehr – nur noch Worte gab es auf dem Bildschirm und jemand, der sie vorlas. Eine Sekunde lang dachte ich, es sei irgendein Dokumentarfilm von der Sorte, die mich zu Tode langweilte, aber dann zappte Simon durch die Kanäle, und überall kamen entweder Schnee und Rauschen oder das Gleiche wie auf dem ersten: AMTLICHE KATASTROPHENMELDUNG. Aber die war anders als die erste. Gab es vielleicht NOCH EINE Katastrophe?
(Nein, gab es nicht. Es war einfach das, was sie uns von vornherein hätten sagen sollen. Aber dazu komme ich noch.)
Wisst ihr, was Simon dann sagte? »Wenn wir nur Satellitenfernsehen hätten …«
Und wisst ihr, was ich beinahe gesagt hätte? »Wie ich es immer gern haben wollte?«
Hatte ich auch. Ich hatte ungefähr eine Million Mal gefragt, ob wir nicht wenigstens das Paket mit den Musiksendern abonnieren könnten, weil mir das helfen würde, Gitarre zu lernen. Hätte es ja vielleicht auch.
Er holte das Radio, stöpselte es ein und suchte langsam die Skala ab. Ja, ganz recht. Ungefähr das Einzige, was wir mit Zaks Familie gemeinsam hatten, war, dass wir nicht mal ein digitales Radio hatten. Es machte mich verrückt, was da aus dem Radio kam, zusammen mit dem Fernseher, der immer noch lief. Schließlich fand er einen knisternden Sender, der »It's the End of the World As We Know It« spielte, und da machte er es aus.

»Ich versuch's später noch mal«, sagte er und sah mich besorgt an.
»Ist okay«, sagte ich. »Ich kapier's schon. Es steht richtig schlimm, was?«
Aber in Wirklichkeit kapierte ich es nicht. Ich glaube, ich dachte … keine Ahnung – dass Studio Woman und Manchester Man und Edinburgh Man alle nach Hause gegangen waren. Das tat man doch, oder? Man wollte doch bei seiner Familie sein, um zu wissen, dass alles okay war und so. Man wollte ihnen helfen oder einfach nur traurig sein wie wir, wenn nicht alles okay war und man ihnen nicht helfen konnte.
Dieser Gedanke schnürte mir die Kehle zu. Denn als Nächstes musste ich daran denken, dass meine Mum oben war und –
»Soll ich den Fernseher auch ausschalten, Ru?«, fragte Simon.
»Nein«, sagte ich, »es ist gut so.«

»Es ist gut so.« Kann man sich einen noch blöderen Satz vorstellen?
Nichts war gut.
Wer das hier liest, weiß, was sie im Fernsehen und im Radio sagten. (Außer vielleicht ein echt strenger Hippie ohne Radio … oder eine Nonne oder ein Mönch? Ich wette, die dürfen kein Fernsehen haben, nicht mal, um sich zu bilden, weil sie sonst in Versuchung kämen, umzuschalten und sich stattdessen Talentshows anzugucken.)
Ich schreibe es trotzdem auf – alles, was ich weiß über das,

was passierte. Ich brauche eine Pause von der Erinnerung daran, wie es war: Ich und Simon unten im Wohnzimmer, und meine Mum und Henry oben und tot.

DER RUBY-MORRIS-REPORT ÜBER DEN KILLERREGEN

Also, jetzt kommt der Ruby-Morris-Report über den Killerregen. Es ist das, was sie im Fernsehen und im Radio gesagt haben. Das, was ich gehört habe, plus das, was Simon gehört und mir erzählt hat … plus ein bisschen von dem, was ich später gehört und erfahren habe. Ich glaube, viel mehr weiß auch sonst niemand.

Punkt eins: Sie sagten, sie wüssten eigentlich nicht so ganz genau, wie es entstanden sei, aber manche Leute – nicht irgendwelche Leute, sondern Wissenschaftler – meinten, es hätte was mit dem Asteroiden zu tun. Als der in Stücke geschossen wurde, hätte es eine ziemliche Sauerei gegeben. Eine Sauerei aus Tonnen und Tonnen und Tonnen von Steinen und Splittern. Nach einer Weile – genauer gesagt, nach fast sieben Jahren – wäre diese Sauerei auf die Erde gekommen. Sie wurde von der Schwerkraft angezogen, und – *pop! pop! pop!* – gerieten all die Steine in die Atmosphäre, und es gab ein richtig prächtiges Feuerwerk, das man praktisch überall auf der Erde sehen konnte, nur nicht im öden alten Dartbridge, wo es bewölkt war und kein Mensch irgendwas zu sehen kriegte. Ein paar dicke Brocken landeten auch auf der Erde, und bevor niemand mehr lebte, der sich darum zanken konnte, gerieten ein paar Wissenschaftler und Politiker sich ordentlich in die Haare über die Frage, was aus diesen Asteroidenbrocken genau geworden war. Ich glaube nicht, dass es wirklich wichtig ist. Denn die restliche Sauerei war in noch kleinere Stückchen zersplittert worden … in Staub, der sich über den ganzen Himmel ausbreitete.

Jeder wusste von dem Staub. Es war der Staub, der die Sonnenuntergänge verursachte, bei denen alle in Ooooh- und Aaaah-Rufe ausbrachen. Himmlische Sonnenuntergänge wie der am Abend von Zaks Party. Yep: Das Unheil stand in leuchtenden Farben am Himmel, und alle seufzten: »Oooh, ist das nicht schön?« und machten höchstwahrscheinlich auch noch Fotos davon.

Ein Selfie mit Sonnenuntergang. Und Würstchen. Wünsche viel Vergnügen.

Was niemand wusste (hier würde Ronnie wahrscheinlich widersprechen) war, dass in dem Staub noch etwas war: ein winziges, abgefahrenes Weltraumding. Ein Bakterium. Ein Ding, das Millionen – vielleicht sogar Milliarden – von Jahren in dem Asteroiden gelebt hatte. Man wusste nicht, wie es das gemacht hatte, aber anscheinend können sogar ein paar Bakterien auf der Erde – *Extremophile* nannte man sie, hörte ich – endlose Jahrhunderte lang überleben, eine Ewigkeit sozusagen, wie und wo kein normales Lebewesen es könnte:

beispielsweise in kochend heißen Quellen, wo sie Schwefel saufen, oder tief auf dem Meeresgrund oder in den Achselhöhlen mancher Jungs.

Sie sagten, dieses Weltraumding wäre sozusagen *polyextremophil*, weil es anders als bei normalen Extremophilen massenhaft Sachen gäbe, die ihm schnurzegal wären: Hitze, Kälte, Strahlung – aber worüber es sich wirklich total freute, nachdem es die ganze Zeit in einem Felsbrocken im Weltraum festgesessen hätte, wäre das Wiedersehen mit Wasser. Wasser hätte es wirklich UNHEIMLICH gern.

Es pflanzt sich im Wasser fort. Das heißt, fortpflanzen kann man eigentlich nicht sagen. Es hat sich selbst so gern, dass es einfach mehr von sich macht. Es vervielfältigt sich. Und zwar *richtig* schnell. Eben waren es noch so viele Bakterien, wie in einen zerkrachten Asteroiden passten, und – ka-bumm! – auf einmal ist der ganze Himmel, unser schöner Himmel, voll von den Biestern. Es wimmelt davon. Es sind Unmassen. Die Wolken sind vergiftet.

Ich hatte den Regen eigentlich nie als etwas Schönes empfunden. Aber wenn er je wieder sauber werden sollte, würde ich hinauslaufen und im Regen tanzen. Ich würde mich über jeden einzelnen, kostbaren Tropfen freuen.

Das ist nur ein Schauer. *Ganz bestimmt, Mum! Warum freue ich mich nicht einfach über den Regen?*

Na, mach schon. *Yes Sir, Mr Simon, Sir! Kein Problem!*

Wenn der Regen die menschliche Haut berührt … ein paar Augenblicke lang passiert gar nichts, und vielleicht denkst du sogar, es ist alles okay. Dann fängt es an: ein Ausschlag …

der brennt … brennt so schlimm, dass man sich die Haut vom Leibe kratzen will. Tu das, und du kannst nicht mehr aufhören, und damit machst du es noch schlimmer. Es fängt an, sich in dein Fleisch zu fressen, und es ist ihm egal, dass es weh tut, wenn es sich um deine Nervenenden knotet. Es ist sehr aggressiv. Es attackiert alles in deiner Nähe, total kampflustig. Es ist entschlossen, zu kriegen, was es will – und es will in deine Venen eindringen, in deine Arterien, in dein Blut.

Darauf ist es scharf: auf dein Blut. Millionen und Milliarden Jahre lang hat es Durst gehabt, und das ist alles, was es die ganze Zeit wollte: eine dicke fette Portion Blut.

Je nach Ausmaß des Kontakts – angenommen, du bist von Kopf bis Fuß nass geworden, und die Bakterien rempeln sich gegenseitig an und drängeln ungeduldig zu ihrem All-You-Can-Eat-Buffet in deinem Körper, dann kann der explodierende Schmerz in deinem Körper einen totalen katastrophischen Schock auslösen. In dem Fall bist du sehr schnell tot, und wenn das passiert, hast du Glück – genauso, wie wenn du das Wasser trinkst: Das ist, als ob du die Haustür zu deinem Innenleben aufreißt und sagst: »Hereinspaziert!«

Wenn man nur einen oder zwei Tropfen Wasser auf die Haut bekommt – wie meine Mum –, stirbt man langsamer. Wenn man so winzig wie Henry ist, geht es dann immer noch schnell.

Dabei ist es ein sehr wählerischer Esser. Es mag nur rote Blutkörperchen. Wegen des Eisens, nimmt man an. Es ist so glücklich in deinem Körper, wo es sich vollstopfen kann, nachdem es Millionen und Milliarden Jahre lang hungrig

und durstig war. Es bedient sich an deinen saftigsten Teilen, vervielfältigt sich superschnell, stürmt geradewegs in deine Zellen und vermehrt sich ohne Ende, bis – POP! – deine Zellen platzen.
Der Körper explodiert innerlich, Zelle für Zelle.
Man kann nichts – NICHTS – dagegen tun. Über Antibiotika lacht es sich kaputt. Kein Medikament auf der Welt kann dich retten. Gegen die Schmerzen empfahlen sie Paracetamol. Aspirin verstärkt anscheinend nur die Blutungen. Deshalb lieber Paracetamol.
HA!, aber es wirkt nicht.
Es hieß, Opfer – oder jemand, der im Verdacht stand, krank zu sein – sollten für vierundzwanzig Stunden unter Quarantäne gestellt werden. Das ist ein Witz, und zwar in zweierlei Hinsicht:

1. klingt Quarantäne so, als würde man da lebend wieder rauskommen (wird man aber nicht), und
2. hab ich noch nie erlebt oder gehört, dass einer länger als drei Stunden durchgehalten hat. Maximum.

Ich glaube, die Quarantäne ist auch deshalb ein Witz, weil man es nicht dadurch kriegen kann, dass ein Kranker einen anatmet oder so. Es kommt nicht durch die Lunge in den Körper. Unglaublich, aber in diesem Punkt bin ich mir mit der Weltraumbazille ganz einig: Bevor ich Biologie abgewählt habe, hatten wir die Atemwege durchgenommen, und da hab ich auch nicht durchgeblickt.

Um sich bei einem Kranken anzustecken, ist Hautkontakt mit dem Blut des Infizierten notwendig. Auch wenn er tot ist? Das weiß man nicht. Wie so vieles andere, gehört das aber nicht zu den Dingen, die irgendjemand in nächster Zeit unbedingt ausprobieren möchte.
(Ich meine, echt – welcher Idiot würde denken: »Hmm, ich frage mich, ob dieser wunderschöne frische Apfel, den ich gerade gepflückt habe, okay ist. Vielleicht sollte ich mal kräftig hineinbeißen, um es rauszufinden.«)
Tatsächlich gibt es eine Menge Sachen, die die Leute nicht wissen (selbst wenn sie behaupten, sie wüssten es), und deshalb würde ich dazu raten … na ja, wie es auf Simons Liste stand: Tu dies nicht, tu das nicht. Andernfalls bist du, kurz gesagt, erledigt.
Jedem, der in der Zukunft lebt, würde ich raten: Sollte ein Asteroid auf deinen Planeten zurasen, dann zerschieß ihn entweder, wenn er WEIT ENTFERNT von eurer Schwerkraft ist, oder such dir einen neuen Planeten.
Gibt es auch was Positives zu sagen? Abgesehen davon, dass jetzt niemand mehr gezwungen werden wird, irgendwo hinzugehen, wenn es draußen gießt?
Ja! ES KÖNNTE SCHLIMMER SEIN!
Anscheinend könnte es das. Die Luft enthält Feuchtigkeit, nicht wahr? Überall sind winzige Wassertröpfchen. Ich meine jetzt nicht nur Tau oder Kondenswasser oder so was, sondern richtig, richtig klitzekleine Tröpfchen, die man nicht mal sehen kann. Simon hat mir mal ein Bild in der Zeitung gezeigt: *Tau auf einer Libelle*. Ich erinnere mich noch genau, was für

ein kleines geflügeltes Viehzeug das war, denn als Simon es mir zeigte, sagte ich zwar nur »Oh! Wow! Yeah!« oder was in der Richtung, aber das Ding war tatsächlich so was von OH! WOW! YEAH!, dass ich es nachher im Internet gesucht hab. Es war saaaa-gen-haft! Dieses kleine, glubschäugige Alien-Biest war übersät – ÜBERSÄT – von winzig kleinen Wasserkügelchen.

Einige Zeit, nachdem die ganze Sache hier angefangen hatte, fiel mir dieses Bild wieder ein. Es fiel mir ein, und ich war ungefähr fünf Minuten lang paranoid … aber dann begriff ich, was die Wissenschaftler nach Simons Erzählungen sagten: dass man von einer bestimmten Zahl, einer Mindestmenge von Bakterien erwischt werden muss, um es zu kriegen, sonst *kann* der Körper sich wehren. Aber wie groß diese bestimmte Zahl ist? Das kann man auf die Liste der Dinge setzen, die nur ein Idiot rauszufinden probieren würde.

Und das war's. Moment. Wenn es etwas gibt, das sie uns in der Schule unbedingt eintrichtern wollten – und es gab ungefähr fünf Millionen Dinge, die sie uns eintrichtern wollten, jeden Tag, von morgens bis abends –, dann war es dies: Einfach Fakten zu wiederholen, das bringt nichts. Nein, wenn man Spitzennoten haben will, kommt es darauf an, nicht bloß nachzublöken, was jemand anderes erzählt hat, sondern zu zeigen, dass man fähig ist, tatsächlich nachzudenken über das, was man da gelernt hat.

Aaaalso … mein Fazit …

Eigentlich finde ich, dies hätte der Augenblick in der Menschheitsgeschichte sein müssen, in dem die Teenager die Macht auf der Erde übernehmen (wie man immer gesagt hatte, dass es die Kakerlaken nach einem Atomkrieg tun würden – nur, dass wir natürlich viel netter sind als die Kakerlaken). Überlegt doch mal: Wir gehen nicht gern raus, wenn es regnet. Wir trinken nicht gern Wasser (ist langweilig). Wir essen nicht gern frisches Obst und Gemüse (weil unsere Eltern und eine Menge andere Leute immer wollen, dass wir es tun). Wir hätten das Bedürfnis nach einer Dusche hinter uns lassen müssen – aber, ehrlich gesagt, ich hatte da schon seit mindestens einem Monat keine Seife mehr an mein Gesicht gelassen (seit Lee in einem Artikel gelesen hatte, dass man davon vorzeitig Falten kriegt), und ich kann mich vorbehaltlos für die Reinigungseigenschaften von Baby-Feuchttüchern verbürgen. Das Duschen also: Wir wären drüber weggekommen. Hätten es ja gemusst. Wir sind eigentlich sehr anpassungsfähig.

Wer findet, das klingt wie ein Witz, soll weiterlesen und weiterdenken … denn über uns Teenager kann man noch etwas sagen: Wir sind viel, viel netter als die meisten Erwachsenen (*siehe Fußnote*). Unsere Welt wäre eine bessere Welt gewesen.

Okay, so sehe ich die Sache. Ist wahrscheinlich nicht alles richtig, aber das meiste wahrscheinlich doch. Ich gebe mir noch ein A*.

Fußnote

Mit ein paar Ausnahmen.

KAPITEL 7 – TEIL ZWEI

Wir schauten uns die Sendung ein paarmal an. Wenn sie zu Ende war, kam eine Pause, und dann fing sie wieder von vorn an. Ich stellte Simon ein paar Fragen, und er beantwortete sie, wenn er konnte. Es gab so viel, was er nicht wusste. Ich glaube, die Hauptfrage war, wie es weitergehen würde. Ich bin froh, dass niemand darauf eine Antwort hatte. Ich hätte es nicht wissen wollen.

Aber wisst ihr, woran sie mich erinnerte, die AMTLICHE KATASTROPHENMELDUNG NUMMER ZWEI? Sie erinnerte mich daran, wie es ist, wenn man sich Ärger eingehandelt hat und das auch weiß: Dann geht man mit den grundlegenden Fakten eher zurückhaltend um. So war die AMTLICHE KATASTROPHENMELDUNG NUMMER EINS: Du stehst mit dem Rücken zur Wand, und jetzt musst du gestehen, aber es ist viel besser, das Geständnis auf ein Minimum zu begrenzen, damit deine Eltern nicht komplett ausrasten. Du platzt besser nicht mit allen Einzelheiten heraus – zumindest nicht, solange es sich vermeiden lässt. Und das war dann die AMTLICHE KATASTROPHENMELDUNG NUMMER ZWEI: was du zugibst, wenn es keinen Sinn mehr hat, irgendwas abzustreiten. Das schlimmste Beispiel, das mir einfällt, ist ein Mädchen an meiner Schule, das mit einem Jungen erwischt wurde. Sie musste zugeben, dass sie *es* getan hatten (aber in Wirklichkeit hatten sie *es* schon seit Monaten getan). Ihre Eltern drehten schon bei AKM 1 durch, und so kam sie gar nicht dazu, ihnen den zweiten Teil (AKM 2) zu präsentieren, bis die Eltern den Schwangerschaftstest in der Mülltonne fanden …

Oder nehmen wir ein einfacheres Beispiel:

AKM 1: »Okay, ich komme nach Hause und habe andere Sachen an als die, mit denen ich weggegangen bin. Da kann ich euch ruhig sagen, dass ich auf einer Party war.«

(»Okay, ihr werdet schon bemerkt haben, dass jeder, der im Regen gewesen ist, krank geworden ist. Da können wir euch ruhig sagen, dass es im Regen ist.«)

AKM 2: »Ich glaube, ich muss mich jeden Moment übergeben, und deshalb kann ich euch ruhig sagen, dass ich auf der Party ein bisschen Bowle getrunken habe – mit Gin drin.«

(»Ihr habt vielleicht schon gemerkt, dass ein paar Leute gestorben sind, und deshalb können wir euch ruhig sagen, dass es tödlich ist.«)

Man sollte meinen, dass man es irgendwann gerafft hat, wenn man dasselbe immer wieder hört. Erst flippt man aus, und dann kommt man doch drüber weg. Aber irgendwie wurde die AMTLICHE KATASTROPHENMELDUNG NUMMER ZWEI immer schlimmer, je öfter man sie hörte. Und das kam nicht bloß, weil meine Mum und Henry tot waren. Das war schon schlimm genug, aber dazu kam, dass man anfing, über Sachen nachzudenken … Sachen, über die man gar

nicht nachdenken *konnte*. Zum Beispiel, ob jetzt die Welt unterging. Also blendete ich es aus.
Simon muss es auch zu viel geworden sein, denn kurz darauf schaltete er den DVD-Player wieder ein. Die History-Serie war jetzt beim Ersten Weltkrieg angekommen. Ich sagte Simon, dass wir den in der Schule nicht durchgenommen hatten, und da legte er stattdessen die Vogel-DVD ein. Aber in Wirklichkeit tat er es, weil es zu schrecklich war, dass all die Leute starben. Er ließ mich vor dem Fernseher sitzen und einen Film über Waldvögel anschauen, während er in die Küche ging und mit dem Radio herumfummelte. Aber er drehte es so leise, dass ich nicht hören konnte, was sie da sagten. Manchmal kam auch Musik – keine Ahnung, was für welche. Ich hörte gar nicht hin. Aber bei dem Vogelfilm hörte ich auch nicht hin. Ich hörte nicht mal auf den Regen. Ich dachte an meine Mum und an Henry, meinen allerliebsten kleinsten Biest-Baby-Bruder.

KAPITEL 8

Am nächsten Morgen schien die Sonne, wie sie es vor dem Regen so viele Tage lang getan hatte. Die Sonne schien, und der Himmel war blau. Es war ein Blau von der Sorte, bei der man vergisst, dass es so was wie Regen überhaupt gibt. Ein Blau von der Sorte, bei der man dachte, es wäre alles vorüber.

Bevor wir das Radio einschalteten, kam mir aus heiterem Himmel ein Gedanke – ein wirklich blöder und alberner Gedanke, aber zugleich beinahe komisch: Simon würde gleich tatsächlich sagen, ich müsste in die Schule gehen. Echt – ich konnte es mir fast vorstellen! Hör zu, Ruby, ich weiß, du bist durcheinander, und es sind ja auch wirklich schreckliche Dinge passiert, aber wir müssen unser Leben weiterführen (»Das ist nur ein Schauer«), und außerdem schreibt ihr bald eure Probeklausur (er war besessen von meinen Prüfungen), und schließlich: Was würde deine Mutter wollen? Usw., usw., usw.: GEH IN DIE SCHULE.

Dann schalteten wir das Radio ein. Es war nicht vorüber.

Dieselbe Katastrophenmeldung lief immer noch, immer wieder. Simon drehte das Radio leiser, aber ich hatte es schon ausgeblendet, wie man auch irgendein Gelaber über Politik ausblendet (oder die *Fragestunde für den Gartenfreund*). Nur so konnte man damit umgehen.

Mit dem Durst umzugehen, war weniger leicht. Am Tag zuvor war es mir noch nicht so sehr aufgefallen – nicht, nachdem ich Mum gesehen hatte. Aber jetzt … am besten beschreibe ich es so. Ihr wisst, wie es ist, wenn man jemanden so richtig toll findet, wenn man im Grunde total verknallt ist? Tja, es war die Horrorversion davon. ICH KONNTE NICHT AUFHÖREN, DARAN ZU DENKEN, WIE DURSTIG ICH WAR.

(Und wenn man die Person, auf die man so abfährt, tatsächlich SEHEN kann, macht das alles nur noch schlimmer, UND man kann nicht aufhören, sie anzustarren. Ich hatte das Gefühl, alle zwei Sekunden starrte ich das kleine, vergiftete Minimeer von Töpfen und Schüsseln und Krügen in der Ecke der Küche an.)

Ich musste die Kühlschranktür schnell wieder zumachen, um dem schrecklichen Anblick von Henrys Beißringen zu entgehen. Zu trinken war da sowieso nichts drin. Der Orangensaft war längst alle, das letzte Tröpfchen Milch war sauer, und ich hatte das letzte Eis aus der Kühltruhe gekratzt. Komplett. Ich hatte sogar eine Pizza gefunden – sie hatten NIE Pizza gekauft – verstaut (mit anderen Worten, vor mir versteckt) unter den Erbsen und Schneidebohnen in der Schublade mit dem ganzen Gemüse, wo sie kein vernünftiger Mensch suchen würde. Durch das kleine Plastikfenster im Karton, das sie da reinmachen, damit man sehen kann, dass sie nicht lügen, wenn sie sagen, wie supergut die Pizza

ist, konnte ich erkennen, dass eine Schneeschicht obendrauf lag. Das bedeutete, die beiden Heimlichtuer hatten die Pizza schon vor einer Weile versteckt. Ich schabte den Reif herunter und kochte ihn im Kessel zusammen mit dem winzigen bisschen Schmelzwasser, das von den auftauenden Erbsen getröpfelt war. Der Tee, sagte Simon, der davon kostete wie ein Gourmetkoch, schmeckte nach Oregano mit einem Hauch von Fisch. Er hatte recht. Ich hatte nämlich auch noch eine halbe Schachtel frostpelzige Fischstäbchen gefunden und die kleinen Eisstacheln sorgfältig abgeschabt.
Wir hatten noch eine Dose Obst übrig: Erdbeeren. Simon wollte sie mir alle geben, und obwohl ich sie gern alle gegessen hätte, hab ich ihn gezwungen, sie zu teilen. Aber er hat mir mehr gegeben als sich selbst, das hab ich gesehen. Ich zermanschte meine in einer Tasse und schlürfte sie, so langsam es ging, und tat, als wäre es ein Smoothie, während wir durch das Küchenfenster die Stadt beobachteten und uns mit dem Fernglas abwechselten.
In mancher Hinsicht sah die Außenwelt ganz normal aus. Das lag hauptsächlich daran, dass man von unserem Fenster aus nur Dächer und Bäume sieht. Wenn das Laub an den Ästen hängt und alle Pflanzen grün sind, kann man kaum in die Straßen hinunterschauen (wo Tote lagen), man sieht die Biergärten der Pubs nicht (wo Tote lagen), man kann nicht in die Häuser sehen (wo Tote lagen), und man kann eigentlich auch nicht in die Gärten der Häuser blicken. Hätte man das gekonnt, hätte man gesehen, was ich seitdem eine Million Mal gesehen habe: Tote rund um einen Grill. Also,

ja, es sah alles ganz normal aus. Bäume und Pflanzen waren okay, nichts sah welk oder krank oder abgestorben aus. Vögel flogen am Himmel. Es sah aus wie ein schöner, normaler Tag, nur … selbst bei fest geschlossenen Fenstern konnte man *hören*, dass etwas nicht stimmte. Überall heulten Alarmanlagen, und … man sah den Parkplatz hinter der Bibliothek. Autos kamen an und fuhren weg – aber nicht die Massen, die sonst da rumkurvten und einen freien Platz suchten. *Leute* kamen und gingen. Damit war die Normalität auch zu Ende.

Die Leute auf dem Parkplatz, das waren keine alltäglichen Ladenkunden. Sie kamen taumelnd aus der Stadt, bepackt mit unzähligen Tüten voller Zeug, ja, mit hoch beladenen Einkaufswagen. Und sie hatten nicht nur Lebensmittel, sondern tonnenweise alles mögliche Zeug, als ob Weihnachten wäre oder Winterschlussverkauf. Ein Mann und eine Frau hatten einen riesigen Flachbildschirm auf einem Wagen. Das Ding kippte auf dem Parkplatz um, und der Fernseher ging kaputt. Mitsamt ihrem Einkaufswagen hauten sie wieder ab, und ich habe sie nicht wieder gesehen. Dann fingen zwei Männer an, sich zu prügeln, und eine Frau sprang hin und her und fuchtelte mit den Armen – wahrscheinlich schrie sie die beiden an, sie sollten aufhören, oder sie rief um Hilfe.

Und die ganze Zeit lief das Radio und forderte die Leute in der Katastrophenmitteilung immer wieder ganz ruhig auf, zu Hause zu bleiben und Ruhe zu bewahren.

Zu *bewahren*? Klingt das nicht irgendwie so, als ob die Leute ruhig wären und so bleiben sollten? Wann genau, dachten sie, waren die Leute denn ruhig gewesen?!

»Ach, Herrgott nochmal«, sagte Simon angewidert.
Er legte das Fernglas hin und ging aus der Küche. Ich hörte, wie er die Treppe hinaufstampfte und im Badezimmer seinen Eimer benutzte. Ich nahm das Fernglas.
Von weitem hatte die Schlägerei ein bisschen albern ausgesehen: kleine Männchen, die sich prügelten, und eine Zwergenfrau, die herumhopste. Aber im Fernglas sah es auf eine fiese Art faszinierend aus. Fast hätte ich gejubelt, als der Kleinere es schaffte, den Größeren zu Boden zu schlagen – aber der Größere stand nicht mehr auf.
Dieser Parkplatz – war Simon nicht andauernd damit zugange gewesen, dass er ein Schandfleck wäre? Überall Schlaglöcher, die jetzt voll Wasser waren, tödlichem Wasser.
Man sah, wie der größere Mann die Finger in den Arm krallte und sich dann das Hemd vom Leib riss. Da, wo er den Boden berührt hatte, war er blutig.
Die Frau, sah ich jetzt, gehörte zu ihm und nicht zu dem Kleineren. Sie rannte zu ihm.
Nicht anfassen! Nicht anfassen! Nicht anfassen!, dachte ich, als sie sich fallenließ und seinen Kopf in den Schoß nahm, als wäre er ein Baby.
Fass sie nicht an! Fass sie nicht an! Fass sie nicht an!, dachte ich, als der größere Mann die Hand hob … um sie wegzustoßen? Sie nahm die blutige Hand in ihre und – NEIN! NEIN! NEIN! – küsste sie.
Bleiben Sie zu Hause, bewahren Sie Ruhe.
Die Frau beugte sich über den Mann und küsste ihn, küsste ihn auf den Mund, aber es war kein Knutschen, kein langer

Kuss, sondern viele kleine, und Worte dazwischen, sie sagte etwas und wiegte sich vor und zurück, und ihre Hand ging von seinem Kopf zu ihrem und kratzte durch das Gesicht, das jetzt blutig war, und zurück zu seinem, um seine Wange zu streicheln. Sie küsste ihn, wiegte ihn, redete irgendwas. Liebe, stärker als der Schmerz. Auf dem Parkplatz hinter der Bibliothek von Dartbridge.

»Wir brauchen Wasser«, sagte Simon und kam aufgekratzt in die Küche zurück. »Ich gehe raus.«

Ich stellte das Fernglas hin.

Dann hatten wir so was wie einen Streit. Keinen Streit wie sonst immer. Es war eine neue Sorte Streit.

Zunächst mal gab es kein Gebrüll. Seit ich meine Mum gesehen hatte, war nicht mehr gebrüllt worden (außer wegen Wasserhahn und so Sachen). Die Streitrösser wurden zwar gesattelt, aber ganz ruhig und ohne Yiii-haaa. Simon wollte nicht, dass ich mitkam, weil er Angst hatte, es könnte zu gefährlich sein. Ich sagte nicht, ich wüsste schon, dass es gefährlich war, weil ich die beiden (wahrscheinlich inzwischen toten) Leute auf dem Parkplatz der Bibliothek gesehen hatte. So oder so, das waren andere Leute. Uns würde das nicht passieren. Ich weigerte mich glattweg, allein zu Hause zu bleiben.

Du kannst mich nicht alleinlassen, du kannst mich nicht alleinlassen, du kannst mich nicht alleinlassen – das war meine Antwort auf alles, was er sagte.

Außerdem glaubte ich selbst da – und vielleicht da erst recht –, wenn ich mitginge, würde ich ihn vielleicht überreden kön-

nen, mich zu Zak zu fahren. Ich könnte meine Freunde sehen und mein Telefon holen.
Ich glaubte wirklich, alle meine Freunde wären noch bei Zak und überlegten, ob sie ins Freie gehen sollten oder nicht. Da draußen auf dem Lande würden sie natürlich nicht wissen, dass keiner auch nur im Geringsten darauf achtete, was sie im Radio redeten. Und vielleicht würden sie wissen, wie es Caspar ging. Ich hatte gesehen, was mit meiner Mutter und mit Henry passiert war, mit Mrs Fitch und den Leuten auf dem Parkplatz, und trotzdem hatte ich die fixe Idee, Caspar könnte noch leben. Vermutlich könnte man sagen, es war mehr eine Art Hoffnung.

Als Simon und ich unseren streitfreien Streit beendet hatten, waren Wolken am Himmel aufgezogen. Keine dicken Wolken, keine Regenwolken, sondern Schwärme von kleinen, zerfransten Wolken.
Eine Art Altocumulus muss das gewesen sein, glaube ich heute, aber ich weiß nicht mehr, ob sie castellanus (oben ausgefranst) oder floccus (unten ausgefranst) waren. Kleine, zerfranste Wolken.
»Ruby«, sagte Simon, »ich muss *jetzt* los.«
»Du kannst mich nicht alleinlassen«, sagte ich zum hundertmillionsten Mal.
Simon knickte ein. Das musste er auch. Er konnte mich nicht alleinlassen.
»Nicht hinschauen«, befahl er, als er die Tür aufmachte.
Er sagte nicht, wo ich nicht hinschauen sollte. Ich wusste es.

Und schaute doch hin. Es wimmelte von Fliegen auf dem Brei, der mal Mrs Fitchs Gesicht gewesen war. Ich empfand ... was ich eine Zeitlang noch oft empfinden sollte. Etwas, für das ich in dem Moment nicht mal einen Namen hatte, eine Woge von Trauer und Schock und Grauen – nicht so sehr wegen Mrs Fitch, ehrlich gesagt, sondern weil ich bei Mrs Fitch an meine Mum denken musste.
Ich war noch nicht mal durch das Gartentor gegangen, da wollte ich schon wieder zurück und mich unter meiner Bettdecke verkriechen und *Waldvögel der Britischen Inseln* angucken, bis alles vorbei wäre.
Das Tor schlug zu, und ich hörte sie: die Hunde der Nachbarschaft. Alarmsirenen heulten und schrillten zwar von der Stadt herauf, aber man hörte die Hunde trotzdem. Hunde, die sich normalerweise an einem zufallenden Gartentor nicht stören würden, störten sich daran.
Wir stiegen ins Auto und kamen bis zum Ende der Cooper's Lane. Es sah aus, als hätte sich der Verkehrsstau seit dem Abend, als Zaks Mum mich nach Hause gefahren hatte, nicht von der Stelle gerührt. Zum größten Teil hatte er es wahrscheinlich tatsächlich nicht getan. Es dauerte einen Moment, bis ich begriff, dass die meisten der Autos, die in Richtung Stadt standen, einfach nur dastanden, entweder leer oder – schlimmer – mit Leuten darin, die sich nicht bewegten. Zwischen diesen Autos standen die Autos der Lebenden und suchten sinnlos hupend nach einem Weg durch den Stau. Auch auf der anderen Straßenseite standen Autos, die aus der Stadt gekommen waren, aber es waren nicht so viele.

»Vielleicht gehen wir besser zu Fuß«, meinte Simon und legte krachend den Rückwärtsgang ein.
Wir fuhren wieder nach Hause.

Dann ein letzter streitfreier Streit, eine Miniversion, unmittelbar vor unserem Gartentor.
»Ruby«, sagte er, »ich möchte wirklich, dass du zu Hause bleibst.«
Du kannst mich nicht alleinlassen, du kannst mich nicht alleinlassen, du kannst mich nicht alleinlassen, und die ganze Zeit schrillten die Alarmanlagen, die Sirenen heulten, die Hunde der Nachbarn bellten, die Fliegen summten … und die kleinen Schwärme der vergifteten Wolken kuschelten sich aneinander und wurden ein kleines bisschen dicker und fetter und schwerer.
Ich gewann den streitfreien Streit, aber ich bezahlte einen furchtbaren Preis dafür. Obwohl es absolut klar war, dass es in absehbarer Zeit nicht regnen würde, bestand Simon darauf, dass wir ins Haus gingen und Gummistiefel, wasserdichte Hosen und zwei Anoraks übereinander anzogen. Er befahl mir, die Kapuze aufzusetzen, und holte dann einen von seinen »Indiana Jones als Vogelbeobachter«-Hüten heraus.
»Nein. Kommt nicht in Frage«, sagte ich. »Lieber sterbe ich.«
Ich meinte nicht, ich wollte lieber im Killerregen sterben, ich meinte nur … was immer ich meinte, wenn ich so was sagte.
Er stülpte mir den Hut auf den Kopf und zog dann grausam die Kapuze stramm.

Ich war empört über diese grauenvolle Peinlichkeit, aber ich konnte nichts sagen, oder? Doch, ich konnte! Ich zerrte die Kapuze von meinem Mund und meinem verkrusteten Kinn.

»Ja, und was machen wir mit unseren Händen?«, fragte ich.

Damit wollte ich nur auf die Sinnlosigkeit des ganzen Theaters hinweisen. Dass er loszog und Putzhandschuhe für uns beide holte, wollte ich nicht.

Er ließ sie vor meiner Nase baumeln.

»Wenn du nicht möchtest«, sagte er, »können wir auch beide zu Hause bleiben und verdursten.«

Das fand ich jetzt wirklich ein bisschen zu brutal, aber ich zog die verdammten Handschuhe an und zupfte die Kapuze zurecht. Je weniger man von meinem Gesicht sehen konnte, desto unwahrscheinlicher war es mit etwas Glück, dass jemand mich erkennen würde. Simon reichte mir Mums riesigen Regenschirm.

»Den mach ich aber nicht auf«, knurrte ich unter meiner Kapuze.

»Okay«, sagte Simon. Wir marschierten wieder durch das Gartentor, dann öffneter er den Kofferraum unseres Autos und gab mir die Einkaufstüten. Ihr wisst schon, diese großen, nachhaltigen »Öko«-Tüten, die man so benutzt – weil sie so gut in den Kofferraum passen, sagt Ronnie, was natürlich bedeutet, dass nichts daran »öko« ist.

»Du tust, was ich sage und wenn ich es sage, Fräulein.«

»Ja«, sagte ich. Es klang laut und zittrig, als wäre dieses Ja noch einen Mikromillimeter vom Yiii-haaa entfernt, aber die Wahrheit ist: Ich hatte Angst.

Es war affenheiß, und ich schwitzte, als wir ungefähr drei Schritte gegangen waren. Als wir den Gehweg erreicht hatten, der von unserem Haus in die Stadt führte, schwitzte ich noch mehr. Und ich hatte noch mehr Angst.

An dieser Stelle sollte man vielleicht wissen, dass Dartbridge, kurz gesagt, die Hippie-Hauptstadt des Universums ist. Die Stadt ersäuft in Batikstoffen und Biogemüse. Die Leute laufen barfuß herum, nicht weil sie arm sind, sondern weil sie enger mit der Erde verbunden sein wollen (auch wenn da tonnenweise Asphalt draufliegt). Sogar die Graffiti, die cool aussehen, sind Hippiezeichen: Dieses kleine Friedenssymbol wird überall hingesprüht. Dartbridge, sagte Ronnie, war »dermaßen *zurückgeblieben*, dass es praktisch im Koma lag«.

Zwischen Alarmanlagen, Sirenen und Autohupen hörte man … nicht nur Rufe und Schreie, sondern Geräusche von Sachen – aus Glas –, die kaputtgingen.

»Gibt's da Randale?«, fragte ich.

Ich hatte so was schon im Fernsehen gesehen. Es passierte hauptsächlich in anderen Ländern, aber auch in Großbritannien, wenn die Leute wütend waren über das, was die Regierung vorhatte. Ronnie meinte immer, das würden sie viel öfter machen, wenn sie wüssten, was die Regierung *wirklich* vorhatte.

»Randale in Dartbridge? Glaub ich nicht«, sagte Simon. »Ich schätze, die Leute haben nur ein bisschen Panik.«

Wir gingen nicht auf dem gewohnten Weg in die Stadt, einfach über den Parkplatz der Bibliothek. Stattdessen bog Simon nach rechts und ging hinten herum, über die South Street. Von mir aus war das in Ordnung, denn ich hatte keine Lust, am *George* vorbeizukommen. Nicht in Ordnung war der Typ, der da zusammengesackt an einer Mauer lehnte. Sah aus, als ob er da eben eingeschlafen wäre, wie ein Betrunkener, der in der Sonne pennte.

»Nicht hinschauen«, sagte Simon, aber ich tat es doch.

Er pennte nicht. Sein Gesicht war blutig, und wo seine Augen hätten sein sollen, waren Löcher. Ich wusste es damals noch nicht, aber das machen Vögel: Sie hacken alles raus, wo sie am leichtesten mit dem Schnabel reinkommen. Nett.

Bis zum Tag davor hatte ich in meinem ganzen Leben noch keinen Toten gesehen. Die Leute auf dem Parkplatz nicht mitgezählt – das wollte ich nicht, denn ich hatte sie ja nicht wirklich sterben sehen, oder? Und wie bei Caspar war es ja immerhin möglich, dass es ihnen gutging –, also, sie nicht mitgezählt, hatte ich jetzt vier Tote gesehen. *Vier.*

Ha ha ha. Ziemlich komisch, was? Ich hab sie noch *gezählt.*

Und … klingt es zu schräg, wenn ich das sage? Ich war froh, dass meine Mum mit Henry zu Hause war und nicht auf der Straße herumlag – oder im Nachthemd bei anderen Leuten im Vorgarten wie Mrs Fitch.

Simon irrte sich. Es gab Randale.

Die South Street verläuft neben der High Street, macht dann einen Knick und mündet in sie ein. Als wir auf den Lärm zugingen, konnten wir einen kleinen Blick – so breit wie die schmale Straße – auf die High Street werfen. Und in diesem kleinen Ausschnitt liefen Leute hin und her – nicht Massen von Leuten, sondern kleine, schnelle Trupps von Leuten. Manche gingen, manche rannten, manche schrien und brüllten. Ein paar hatten sich Tücher vor das Gesicht gebunden wie bei einer richtigen Straßenschlacht. Manche schoben Einkaufswagen, aber die meisten schleppten alle möglichen Sachen.

Also war das, was wir auf dem Parkplatz gesehen hatten, keine Zufallsgeschichte gewesen. Es lief hier überall ab.

»Wir gehen zu dem anderen Supermarkt«, beschloss Simon und starrte durch die schmale Lücke auf die High Street.

Das war wieder so ein Augenblick, in dem mir irgendwie klarwurde, wie ernst die Lage war. Wir gingen eigentlich nicht oft in den »anderen Supermarkt« (auch bekannt als »der gute Supermarkt«). Wenn bei uns zu Hause etwas aus dem »anderen Supermarkt« im Kühlschrank lag – oder in die Gefriertruhe geschmuggelt wurde, wie diese Pizza –, dann war das ungewöhnlich, ja, ein Schock, und auch ein Anlass zu großer Freude. Lees Familie kaufte da dauernd ein, und sie hatten immer massenhaft leckerste Sachen zum Essen, zum Beispiel Eis und so Snackzeug, das man in Sekunden in der Mikrowelle zubereiten konnte, einschließlich Pommes. Praktisch alle anderen Familien kauften da auch ein, zumindest gelegentlich. Sogar Zaks Eltern.

Wir gingen den Weg zurück und schlängelten uns außen um Snow Hill herum durch Nebenstraßen, bis wir kurz vor dem

Fluss waren. Vor uns sahen wir die Kreuzung, wo die High Street mit einem Haufen anderer Straßen zusammentrifft: mit der Straße, die von der Brücke am Ortsrand herüberführt, wo Leonie wohnte, die Straße, die von Küstenorten wie Paignton und Torquay herüberkommt, und die Straße zum Krankenhaus und zum Supermarkt.

Die Kreuzung war verstopft von verreckten Autos und lebendigen Leuten und Wut – das hörte man schon von weitem: Kreischen, Brüllen, Streiten und mittendrin ein Polizeiwagen mit Blaulicht. Auf dem Dach stand ein Polizist mit Megaphon und sagte den Leuten, sie sollten nach Hause gehen, nach Hause, nach Hause …

Simon sah aus … er sah aus, wie er aussah, wenn er ganz unerwartet den schreienden Henry am Hals hatte. Bestürzt, verwirrt, panisch. Überfordert – was er sich aber nicht anmerken lassen wollte.

Um zum Supermarkt zu kommen, würden wir da durchmüssen. Oder –

»Wir könnten weiter oben über die High Street laufen«, sagte ich. »Nur quer rüber, das geht echt schnell.«

Im Grunde wäre ich quer durch die Sahara gegangen, wenn ich gedacht hätte, auf der anderen Seite könnte es etwas zu trinken geben. Ich spürte, wie sich so ein ekliger Schweißdunst zwischen den wasserdichten Sachen staute, und ich fragte mich langsam, ob ich meinen Anorak von innen würde ablecken müssen, um zu überleben.

»Wo denn?«, blaffte Simon. Yep. Überfordert.

Das ist wahrscheinlich der Vorteil, wenn man ein Teenager

ist. Man kennt sich aus, man weiß Bescheid und hat Abkürzungen, von denen Erwachsene nichts wissen. Die können überallhin fahren und sagen dir: »Das ist nur ein Schauer« – mit anderen Worten, jetzt mach schon und geh. Da findet man dann den kürzesten Weg. Okay, man findet auch geheime Wege … Okay, und man findet Orte, wo man herumlungern kann. Orte ohne Teenager-Abwehranlage, wo man nicht von Eltern gesehen wird, die mit dem Auto vorbeischnüffeln, wenn man angeblich Französisch oder Sport hat. Oder zum Beispiel superteuren privaten Gitarrenunterricht.
Meine Abkürzung führte durch einen schmalen Durchgang zwischen zwei Häusern. Am Ende musste man die High Street überqueren, aber nicht einfach geradeaus, sondern ein kleines Stück nach links, dann rüber und in einen anderen Durchgang. Ich nehme an, Simon war auch verrückt vor Durst, denn er ließ sich drauf ein. Er packte den Regenschirm wie einen Knüppel und nahm meine Hand.
Als ich klein war, als wir gerade hierhergezogen waren, und als ich die ersten Male allein mit Simon irgendwo hinging (was ich lange Zeit nicht getan hatte), da hatte er immer versucht, meine Hand zu halten, wenn wir über die Straße gingen. Aber das machte ich nicht mit. Ich verschränkte die Arme und marschierte allein über die Straße. Wenn mir einer gesagt hätte, ich würde eines Tages am hellllichten Tag die High Street an seiner Hand überqueren … ich hätte es nicht eine Sekunde geglaubt.
Ich habe seine Hand ganz fest gehalten.
So. Das habe ich für meine Mum gesagt. Und für Simon.

Aber um ehrlich zu sein – und das ist das Irre daran –, es war nicht so schlimm, wie ich gedacht hatte. Das mit der Randale, meine ich. Ja, schon, ich hatte so etwas noch nicht gesehen (na ja, jedenfalls nicht in Dartbridge). Da rannten Leute herum, schmissen Fenster ein, klauten Sachen und schrien sich gegenseitig an (UND die Alarmanlagen gingen los). Aber nach ungefähr zehn Sekunden hatte man kapiert, dass es zwar echt furchterregend und so wenig normal war wie nur irgendetwas, das man jemals sehen würde (speziell in der Hippie-Hauptstadt des Universums), aber dass sich kein Mensch im Geringsten um einen kümmerte. Jeder machte seinen eigenen Kram, und du warst ihnen völlig schnuppe – außer du hättest versucht, ihnen den Fernseher oder die Laufschuhe oder ihre Lebensmitteltüten wegzunehmen oder so was. (Das war mir recht, denn es war unwahrscheinlich, dass mitten in diesem Krawall jemand sehen würde, wie ich die Hand meines »Daddys« hielt, und dass er dann stehen bleiben und rufen würde: »Ruby?! Ach du 🦋🦋🦋! Wie bist du denn ANGEZOGEN?!«)
Die Leute da, die den Aufruhr veranstalteten, sahen aus wie alle anderen, die man jeden Tag in Dartbridge sehen konnte. Manche waren ganz normal, andere sahen aus wie Leute, die wahrscheinlich eine Menge Zeit in Korbflechten-Workshops verbrachten oder auf Waldlichtungen Kristalle anbeteten. Der Punkt ist: Hippies und Spießer – ALLE waren durchgedreht. Wenn die Schule das organisiert hätte, wäre es eine »Gruppenaktivität« gewesen, was bedeutete, man durfte nicht nur mit seinen Freunden zusammenbleiben, sondern musste

sich tatsächlich »einbringen«, und zwar bei Leuten, bei denen man lieber *gestorben* wäre (ich muss aufhören, das dauernd zu sagen), als sich einzubringen.
Wir gingen zurück zu der Straße, die zum Krankenhaus führte. Sie war verstopft von stehengebliebenen Autos, und auf der anderen Seite war der Supermarkt.
Wir waren vermutlich zu weit gekommen, um noch umzukehren, also gingen wir weiter.
Ihr wisst, wie es normalerweise auf einem Supermarktparkplatz ist? Wie alle im Kreis herumfahren und einen Platz suchen, der näher am Eingang ist? Tja, aber so war es überhaupt nicht. Die Autos standen überall, nicht säuberlich auf den eingezeichneten Plätzen, sondern blindlings abgestellt, und keins bewegte sich, niemand packte irgendwelche Sachen hinein oder hupte wie verrückt, um rauszukommen. Nur tote Autos, verlassene Autos – und Alarmsirenen ohne Ende.
»Komm«, sagte Simon und zog mich zwischen den Autos durch.
Der Supermarkt vor uns sah aus wie ein Irrenhaus. Scharen von Leuten gingen rein und raus, aber es war der größte Supermarkt im meilenweiten Umkreis, und deshalb war das nicht ungewöhnlich. Wie schlimm es war, sah man erst, wenn man näher herankam. Dann sah man, dass die Eingangstüren allesamt eingeschlagen waren. Und mit »eingeschlagen« meine ich nicht nur die Glasscheiben, sondern die ganzen Türen: Sie waren nicht mehr da. Ein Laster stand im Geschäft, mitten zwischen den Blumen.
Muss ich überhaupt erwähnen, dass niemand an den Kassen

saß oder irgendwas kontrolliert oder verhindert hätte? Nein – hier hieß es nur: Nimm, was du kriegen kannst. Die Leute waren schwer beladen mit allen möglichen Sachen – aber es waren Unmassen von bekloppptem, verrücktem »Was willst du denn DAMIT?«-Zeug. Ein Mann hatte einen Einkaufswagen voll Klopapier, zwei Frauen schoben einen Wagen mit Waschpulverpaketen vor sich her, und ein Kind schleppte einen Korb mit Ketchup und Puderzucker.

Klingt wie ein irrer Spaß, oder?

Simon und ich, wir spazierten da mitten hinein und sahen sofort, dass wir zu spät gekommen waren. Irgendwo in diesem Laden bellte ein Hund, als wir durch die Gänge wanderten und immer mehr begriffen, wie schlimm es tatsächlich war. Die Obst- und Gemüseabteilung war leer. Ich meine – abgeräumt, kahl, nackt, *nada*. Nicht mal eine einzige Packung gekochte Rote Bete war noch da (heul). Molkereiprodukte: leer, keine Milch, kein Joghurt, nichts. Wir kamen zur Getränkeabteilung, wo das Mineralwasser hätte stehen müssen. Wasser, Saft, alles weg. Die Alkoholregale waren auch ziemlich leergeräumt, sah ich. Wir gingen zu den Obstkonserven, aber auch da war nichts mehr. Sogar die Dörrpflaumen waren weg.

»Ich fasse es nicht, ich fasse es nicht«, murmelte Simon.

Ich fasste es schon. Mein Mund war so trocken wie beim Zahnarzt, wenn sie einem das Saugeding da reinhängen, damit sie nicht in einem Spucketümpel arbeiten müssen. Knochentrocken. Als ich diese leeren Regale anstarrte, war es, als hätten sie das Saugeding mitten in mich hineingehängt,

und jetzt saugte es jeden Tropfen Feuchtigkeit aus meinem Körper.
Bis zu den Eiswürfeln kamen wir gar nicht mehr. Aber die waren bestimmt sowieso schon weg. In der Tiefkühlabteilung lagen Pakete mit Tiefkühlkost auf dem Boden verstreut, wo sie langsam auftauten. Kleine Gruppen von Leuten beugten sich in die Kühltruhen, hackten das Eis auf und schaufelten es in Mülltüten, aus denen kostbares Wasser tropfte. Eine Frau kniete auf dem Boden und wischte das Wasser mit Küchentüchern auf, die sie über einem Eimer auswrang. Neben ihr standen zwei kleine Kinder und lutschten an nassen Küchentüchern. Beide hielten eine riesige Bonbonpackung im Arm, und Männer mit harten Gesichtern standen in der Nähe und passten auf. Einer hielt einen bellenden Pitbull mit wütenden Augen und schäumender Schnauze an der Leine, und der andere hatte eine Flinte.
»Wir gehen woanders hin«, sagte Simon.
Er nahm meine Hand und zog mich eilig zum Ausgang. Aus einem Regal mit Sonderangeboten griff er sich eine Dose Steak-and-Kidney-Pie.
»Mein Lieblingsessen«, sagte er.
Hatte ich nicht gewusst.
Als wir an dem verbeulten Truck vorbei hinausgingen, zog ich meine Hand weg und suchte mir den größten und teuersten Blumenstrauß aus, den ich finden konnte. Ich hatte noch nie gesehen, dass Simon eine Dose Steak-and-Kidney-Pie kaufte, obwohl er jetzt behauptete, das wäre sein Lieblingsessen, und genauso hatte meine Mum noch nie Blumen gekauft,

obwohl sie immer total hin und weg davon war. Jedenfalls nicht für sich selbst.

»Für Mum«, sagte ich.

Bevor mir klarwurde, dass es vielleicht dumm war, zeigte sich, dass es genial war.

KAPITEL 9

Simon starrte den Blumenstrauß an. Wasser tropfte von den Stielen.

»Pass ein bisschen auf«, sagte er und tauschte seine Einkaufstaschen und den Schirm gegen die Blumen.

Er stopfte die Blumen wieder in einen Eimer und tat das Gleiche auch mit anderen Sträußen, verschob sie von hier nach da, bis er einen leeren Eimer hatte. Da kapierte ich. Ohne großes Aufsehen zu machen, arbeitete Simon die Blumenabteilung ab und sammelte Wasser. Manche Blumen waren schon welk und standen in leeren Eimern, und andere waren schlaff und hatten nur noch wenig Wasser. Aber manche waren noch ziemlich stramm und frisch. Er arbeitete ganz langsam und verstohlen und behielt die Umgebung im Auge. Ab und zu trat er einen Schritt zurück und sah sich um, so dass er aussah wie ein dummer, verwirrter, ängstlicher Mann, der nicht wusste, was zum Teufel hier eigentlich los war. Durstige Leute, verzweifelte Leute liefen hierhin und dahin, immer an ihm vorbei. Als er einen Eimer voll hatte, fing er mit dem zweiten an.

Und die ganze Zeit ging mir diese Diskussion im Kopf herum. Woher wollte er wissen, dass dieses Wasser okay war?

Aber es musste ja okay sein, denn sonst würde er es doch nicht nehmen.

»Du sollst aufpassen, Ru! Pass auf!«, zischte er.

Ich hechelte nach einem Schluck Wasser. Reiß dich zusammen, dachte ich mit Simons Stimme.

Ich weiß nicht, was mich dazu brachte. Zu viele Filme vielleicht. Zu viele Szenen, in denen Leute schnell abhauen mussten. Na schön, wir wollten sowieso gehen, aber ich zog mich doch zurück und warf einen Blick nach draußen. Der Weg war so frei, wie er es nur sein konnte. Da waren nur die Leute, die kamen und gingen. Ich nahm meinen Indiana-Jones-Vogelbeobachterhut ab und fächelte mir damit das Gesicht. Diese Hitze, dieser Durst. Und dann schaute ich hoch.

Was mich dazu brachte, weiß ich auch nicht. Ich wünschte, ich könnte sagen, ich hätte da schon gelernt, wie wichtig es ist, den Himmel im Auge zu behalten, aber das gehört – genau wie die Wasserhähne – zu den Dingen, die ich öfter vergesse, als ich sollte (wobei natürlich jedes Mal ein Mal zu oft ist). Ich schaute also hoch … in einen Himmel, in dem der Tod schwärte. Es war ein aufziehendes Unwetter: Verrückte Horden von Stratocumulus-Wolken drängten sich da, kleine, verschlagene Fractus-Knäuel hingen unter den dickeren Kollegen und überlegten wohl noch, auf welche Seite sie sich stellen sollten … und hinter ihnen, in der Ferne, ragte die Big Mama: Cumulonimbus Calvus, die Königin der Gewitterwolken, blähte sich zu ihrem großen Auftritt auf.

So kann ich es heute sagen. Damals sah es einfach nach Regen aus.

Ich ging wieder hinein und wollte Simon von den Wolken erzählen, aber –
»Gib mir die Taschen!«, schrie er.
Andere Leute schrien ebenfalls. Man hörte sie bei den Tiefkühltruhen. Männer schrien, aber auch Frauen. Es klang, als ginge eine Prügelei los.
Ich brachte ihm die Taschen, und er stellte die Wassereimer hinein.
»Sei vorsichtig«, sagte er, »und bleib ruhig.«
Wir nahmen die Taschen und gingen hinaus, weg von dem Gebrüll und Geschrei. Als wir ein paar Schritte weit auf den Parkplatz gegangen waren, schaute Simon zum Himmel.
»🦋🦋🦋«, sagte er.
Ich dachte, er würde jetzt sagen, wir müssten wieder hineingehen, aber man hörte, dass es drinnen jetzt richtig zur Sache ging. Einen Moment lang sah Simon so aus, als ob ihm die Synapsen durchschmolzen, aber dann schrie er: »Lauf!«
Ich dachte, wir wollten nach Hause, und ich rannte los. Das kostbare Wasser schwappte aus meinem Eimer.
»Ruby!«, schrie Simon.
Ich drehte mich um und sah, dass er an der offenen Tür eines Autos stand.
»HIERHER!«, befahl er, als ob ich ein Hund wäre.
Ich machte kehrt und hechtete zum Wagen. Ich landete auf dem Fahrersitz, und aus der Tasche auf meinem Schoß spritzte stinkiges Blumenwasser auf meine wasserdichte Hose – aber die war gar nicht richtig wasserdicht. Ich sah, wie der Stoff sich dunkel färbte und das Wasser

einfach durchdrang. Die Diskussion in meinem Kopf kam kreischend aus meinem Mund, lauter als der Krach von den Alarmanlagen.

»*Was ist, wenn das giftig ist?*«

Ich sah Simon an, der gluckernd aus seinem Eimer trank.

»Aaaah!«, rief er und wischte sich über den Mund, als ob er nie was Besseres getrunken hätte. »Ruby, ich glaube wirklich nicht, dass dieses Wasser in den letzten Tagen gewechselt worden ist, oder?«

»*Aber woher weißt du das?*«

»Weil, bei allem, was hier *los* war«, schrie Simon ganz langsam, »glaube ich nicht, dass irgendjemand auf die Idee gekommen ist, er müsste losgehen und in den Supermarkt einbrechen, um den Blumen frisches Wasser zu geben. Genau gesagt, bin ich sogar sicher.«

Er war nicht sicher. Er *konnte* gar nicht sicher sein. Ich starrte in den Eimer auf meinem Schoß. Das Wasser sah schlimmer aus – so viel schlimmer – als das Schmelzwasser von Pizza, Erbsen und Fischstäbchen. UND es stank. UND es wimmelte wahrscheinlich von Millionen von zappelnden kleinen Weltraumbiestern, die mir mit ihren Tentakeln zuwinkten. UND ich dachte, ich werde wahnsinnig vor Durst, wenn ich es nur anschaue. UND ich dachte, Simon ist schon wahnsinnig geworden. So geht das mit dem Durst: Wenn er einen bestimmten Punkt erreicht, trinkst du alles, nur damit er aufhört. Es ist dir einfach egal. Deshalb werden Leute in der Wüste verrückt und trinken den Sand, weil sie glauben, es wäre Wasser, und nach einem Schiffsuntergang gluckern Seeleute in einem Rettungsboot eimerweise Salzwasser hinunter. (Dann werden sie verrückt, und am Ende murksen sie ihre Schiffskameradan ab und nagen an ihren Knochen.) Ich starrte in diesen Eimer mit Stinkwasser und konnte nur noch denken: ICH-MÖCHTE-JETZT-TRINKEN.

»Und mir geht es prima!«, schrie Simon.

Ich trank.

Ja, okay, ich kann sagen, wie scheußlich das Wasser schmeckte. Grässlich – und auch sehr, sehr gut. Ein paar Sekunden lang strahlte die Welt. Nichts passierte, wisst ihr. Die ganze Welt, die ganze durchgeknallte Welt ringsherum machte einfach weiter. Leute wieselten über den Parkplatz – aber wir? Uns ging es gut … dieses Gefühl, dieses herrliche Gefühl, wenn man Durst hat – solchen Durst – und endlich was zu trinken kriegt. Aaaah!

Dann kam dieses gewaltige krachende, klirrende Geräusch von zerbrechendem Glas, gefolgt von … Ich hatte noch nie einen Schuss gehört, nicht im richtigen Leben, aber ich wusste sofort, dass es einer gewesen war.

Was als Nächstes passierte, war ziemlich übel.

Die Leute rannten aus dem Supermarkt und im Zickzack über den Parkplatz. Überall gingen neue Autoalarmsirenen los.

Ein dicker fetter Regentropfen landete auf der Windschutzscheibe. Ich beobachtete ihn, diesen einen, fetten, glasklaren Tropfen, ich sah zu, wie er aufklatschte und herunterrollte. Dann kam noch einer, und noch einer, und noch einer.

»Verriegel die Türen«, sagte Simon.

Ich wusste nicht, wie. Welcher Knopf?
»Auf deiner Seite«, sagte Simon. »Deine Verriegelung –«
Er langte über mich hinweg und drückte auf den Knopf. SCHLOCK! Die Türen waren verriegelt.
Die Leute auf dem Parkplatz rannten schreiend umher und suchten Deckung. Sie liefen zurück zum Supermarkt, wo andere Leute versuchten herauszukommen. Rufe, Schreie, Schüsse. Die Leute rannten hin und her und stürmten durch das Sirenengeplärr auf diesem Autofriedhof.
BLAMM! Eine Frau mit einem kleinen Blutgerinnsel im Gesicht prallte gegen unseren Wagen. Sie sah uns drinnen und versuchte hereinzukommen, hinten auf Simons Seite, wo ein Babysitz hing.
»Lassen Sie mich rein!«, schrie sie.
»Du machst die Türen nicht auf!«, befahl Simon mit harter, kalter Stimme, während die Frau um den Wagen herumflitzte –
BLAMM! Mit flachen Händen schlug sie an mein Fenster und drückte das Gesicht an die Scheibe. Ihr Gesichtsausdruck – das Grauen, das Flehen … Sie hätte meine Mum sein können.
»Bitte!«, kreischte sie.
»Wir können nichts für sie tun!«, schrie Simon. »Ruby: Wir können nichts tun!«
Ich konnte sie nur anschauen, und die Tränen liefen mir übers Gesicht. »Es tut mir so leid«, murmelte ich, »es tut mir so leid, es tut mir so leid.« Auch ihr Gesicht war nass von Tränen. »Bitte, bitte, bitte …«

Sie heulte vor Wut, dicht an der Fensterscheibe, und schlug dann mit der Faust dagegen. Sie spuckte mich an – das Glas zwischen uns – und stolperte davon.

»Geh nach hinten«, sagte Simon. Er nahm mir den Eimer vom Schoß und stellte ihn neben seinen auf den Boden. »Geh nach hinten!«, schrie er, riss mich hoch und schob mich durch die Lücke zwischen den Lehnen zum Rücksitz. »Und leg dich hin!«

Er quetschte sich auf mich, und wir beide klemmten neben dem Babysitz auf der Rückbank.

»Stell dich tot.«

Das sagte er wirklich. »Stell dich tot.«

Die Schüsse gingen weiter. Die Schreie gingen weiter, die Alarmsirenen, weiter und immer weiter. Man hörte, wie Leute sich an dem Auto vorbeidrängten, und zweimal rüttelte jemand an einem Türgriff. Als das passierte, unterdrückte ich nur mit Mühe einen Schrei.

»Glaub ja nicht, dass du damit um deine Prüfung herumkommst«, brüllte Simon mir ins Ohr.

Meine Nase war gegen die Sitzlehne gepresst, und ich spürte seinen Atem in meinem Ohr. Ich hörte die Angst in seiner Stimme und roch den Geruch von faulen Eiern, der aus den Eimern mit dem vergammelten Blumenwasser stieg.

Ich dachte, er wäre verrückt geworden.

»Fangen wir an mit den Gründen für den Abstieg des Britischen Empires im zwanzigsten Jahrhundert«, schrie er und stieß mir den Daumen in die Rippen. »Der Abstieg des Empires wurde verursacht durch …«

Ich weinte – oder ich versuchte es, aber die Tränen wollten nicht kommen.

»Der Abstieg des Empires wurde verursacht durch …«, wiederholte er und stach noch einmal mit dem Daumen zu.

»Durch Ereignisse in Großbritannien und Ereignisse an anderen Orten«, schluchzte ich in den Sitz.

»An anderen Orten?«

»Zum Beispiel in Indien!«, heulte ich.

»Was ist in Indien passiert? Na los! Ich weiß, dass du es weißt, Ru!«

»Gandhi«, schrie ich in das Polster.

»Gandhi? Gandhi wer? Was? Wie? Das ist eine Klausurfrage, kein Multiple-Choice-Test.« Pieks! »Bitte, Ruby! Denk nach!«

»Der indische … der Nationalkongress wurde … 1885 gegründet …«

Wir gingen alles durch: Gandhis Erscheinen, Nehru, Muhammad Ali Jinnah. Simon wusste nicht so genau Bescheid wie ich, aber das hinderte ihn nicht daran, mir schwierige Fragen zu stellen, und er wusste sehr viel mehr über das, was Churchill und die britische Regierung getrieben hatten.

Nach einer Weile verstummten alle menschlichen Geräusche. Man hörte nur noch Alarme, Alarme, Alarme … und den Regen, der auf das Autodach trommelte.

Nach einer Weile hörte auch der Regen auf, am Abend, als es noch hell war, aber am Himmel waren immer noch Wolken zu sehen – eine Art Stratocumulus, glaube ich (Stratocumulus stratiformus? Wolken, die noch schlaff herumhängen, wenn das eigentliche Unwetter vorbei ist) –, so dass wir nicht wagten, das Auto zu verlassen. Wenn es eine alte Klapperkiste gewesen wäre wie das Auto meines Dads, wären wir erledigt gewesen. Das Auto meines Dads war undicht an Stellen, wo man bei einem Auto gar keine Stellen vermutet hätte.

Darüber dachte ich lieber gar nicht nach.

Die Welt draußen glitzerte nass … und die Menschen waren still. Die Alarmsirenen heulten immer noch.

Wir kletterten wieder auf die Vordersitze. Einen Moment lang saßen wir einfach da.

Hinter uns gab es einen wunderschönen Sonnenuntergang.

Das ist etwas, das ich gelernt habe – über die Alarmsirenen. Irgendwie basiert es auf Henrys Geschrei. Wenn man es immer weiter hört, sich drauf einstellt, es fühlt, wird man verrückt. Man muss also einen Weg finden, es auszublenden und nicht zu hören. Wenn man kann, zieht man sich einfach ein Kissen über den Kopf und tut, als wäre man auf einer echt lauten Party eingepennt – aber man hatte jede Menge Spaß, okay, und deshalb macht der Krach nichts. Und wenn kein Kissen da ist, stopft man sich irgendwas in die Ohren.

»Gibt's hier ein Kleenex oder was?«, rief ich – was nahe lag: Elterntypen haben so was selbst in extremen Krisenzeiten.

Die Elterntypen, denen das Auto gehörte, hatten es auch. Simon durchwühlte das Handschuhfach und fand Babytücher und Süßigkeiten. Babytücher und Süßigkeiten gab er mir, und mit seinem Taschenmesser machte er die Dose Steak-and-Kidney-Pie auf. Dabei schnitt er sich in die Hand.

»Ru, möchtest du was davon?«, schrie er und hielt mir die durchweichte, halbrohe Pastete hin.

»Schon okay, danke«, schrie ich zurück, obwohl mir der Magen knurrte. Ich riss Babytücher in Streifen und stopfte sie mir in die Ohren.

»Ich respektiere deine vegetarische Einstellung«, schrie er.

Häh?! Ich zog mir die Babytuchstreifen wieder aus den Ohren, um sicher zu sein, dass ich richtig gehört hatte.

»Ich habe gesagt, ich respektiere deine vegetarische Einstellung«, wiederholte er.

Was?! Das hatte er noch nie gesagt, noch nicht ein einziges Mal.

»Danke!«, schrie ich. Ich stopfte mir das Babytuch wieder in die Ohren und bot ihm auch welches an. Er nahm es und drückte es sich ins Ohr.

»Aber, *Schätzchen.*« Er brüllte praktisch, was den Ohrstöpsel mehr als ausglich.

Auch das hatte er noch nie gesagt, noch nie. *Schätzchen.*

»Ich glaube, im Moment wäre es wirklich okay, wenn du das essen würdest. Ich meine, es wäre wirklich okay. Und was mich betrifft, werde ich es nie wieder erwähnen.«

Ich zögerte. Ich hatte solchen Hunger …

»Obwohl du ja auch Lederschuhe trägst«, schrie er.

Pfffft! Eine Mikrosekunde lang dachte ich, wir stünden am Rand einer uralten Diskussion. Keine Ahnung, woher ich

noch die Kraft dazu nahm, aber ich warf ihm einen blitzenden Yiii-haaa-Blick zu. Er lächelte – sanft – und hielt mir die Dose mit der Pastete entgegen. Steifen vom Babytuch hingen ihm aus den Ohren.
»Ich glaube, das alles ist im Moment nicht so wichtig«, schrie er. »Bitte. Wenn du Hunger hast, iss.«
Ich brach ein aufgeweichtes Stück Teig ab. Es schmeckte super.

Wir aßen – zum Nachtisch gab es die Süßigkeiten –, und ich erzählte ihm von meiner Lärmüberlebenstheorie.

Es wurde dunkel. Und allmählich wurde es auch kalt. Im Krankenhaus brannte Licht, im Supermarkt auch. Man sah bloß niemanden.
»Können wir jetzt nach Hause gehen?«, schrie ich.
Simon hatte zum Himmel hinaufgeschaut. Ich schaute auch hoch. Sterne waren keine zu sehen, und je dunkler es wurde, desto schwerer wurde es, noch zu erkennen, wie dick und wie schwer die Wolken waren, die sie verdeckten – mit anderen Worten, wie wahrscheinlich es war, dass es noch mal regnen würde. Das muss man über Stratocumulus wissen: Die regnen von allein gar nicht so viel und manchmal überhaupt nicht, aber sie *können* auch ein Unwetter ankündigen. Kurz gesagt, sie gehören zu den besten Kumpeln der Königin Cumulonimbus.
Simon lehnte sich über meinen Sitz und spähte nach oben.
»Können wir denn wenigstens die Heizung anmachen?«

»Dazu muss der Motor laufen«, schrie Simon und spähte zum Himmel.
»Na, kann er doch, oder?«, schrie ich.
Simon drehte sich um und sah den Autoschlüssel.
»Bravo, Ru«, seufzte er.
Er drehte den Zündschlüssel um. Die Armaturen leuchteten auf. Es sah sehr schön aus.

Dann entschied Simon, dass wir den Motor doch nicht anlassen konnten. Das Geräusch wäre zu riskant. Trotz der Alarmsirenen hätte es Leute anlocken können. Ich widersprach nicht. Wenn die geringste Gefahr bestand, dass diese Frau noch mal zurückkam …
Und wegfahren konnten wir ja nicht, oder? Wir waren komplett eingekeilt, gestrandet in einem Meer von anderen gestrandeten Autos. Simon meinte, die Autos wären wohl von Leuten zurückgelassen worden, die am ersten Abend versucht hätten, ins Krankenhaus zu kommen, ohne zu wissen – oder sich dafür zu interessieren –, dass es nicht das richtige Krankenhaus war. Ich wünschte mir, er würde die Klappe halten, und zwar wegen dem Babysitz hinten. Dabei kamen mir schreckliche Gedanken, und ich kriegte Gänsehaut, wenn ich daran dachte, wie es Caspar gegangen war, aber ich hatte nicht gesehen, dass Blut oder so was an dem Wagen war. Vielleicht hatten sie nur jemanden besuchen wollen und das Baby zu Hause gelassen. Jemand hatte einen eiligen Besuch gemacht und den Autoschlüssel im Wagen vergessen. Und war nicht zurückgekommen.

Also froren wir, aber wir hatten das Radio. Wir schalteten es ein, leise, und als wir merkten, dass es nichts zu hören gab außer dem, was wir schon vorher gehört hatten, hörten wir Musik. Das heißt, wir hörten *The Carpenters, Greatest Hits Collection, CD 1.* Das war die einzige CD, die es hier gab.

In der Nacht gab es ein heftiges Gewitter. Eine mächtige Ballerei am Himmel. Ich hoffte, diese kleinen runden Mikrobiester da oben kriegten ordentlich Prügel. Der Blitz sollte sie treffen und sie hin und her schubsen. Aber wahrscheinlich fanden sie es toll.
Ich werde jetzt nicht groß erzählen, wie es war in dieser Nacht. Ihr könnt es euch selbst vorstellen. Man muss nur alles im Kopf zusammenrechnen: Mum tot + Henry tot + Schießerei am Supermarkt + ein prasselnder Killerregen + plärrende Autoalarme + Blitz und Donner + »Top of the World« = …
Wenn ihr dieses Lied *Top of the World* nicht kennt, besorgt es euch. Und spielt es immer und immer wieder. Viel Spaß.

KAPITEL 10

Ich wachte auf, wie man beim Camping aufwacht: zu früh und schon verschwitzt. Eigentlich hat man gar nicht geschlafen, man ist komisch verbogen, und alles tut weh vom Liegen auf einem beschissenen, ultradünnen Schaumstoff-»Matratzen«-Ding, das genauso gut gar nicht da zu sein brauchte und durch das man jedes einzelne kleine Gras/Unkraut/Distelbüschel auf dem ABHANG spürt, von dem Simon behauptet hat, es wäre kein Abhang – aber es ist eindeutig einer, denn man ist die ganze Nacht stückchenweise hinuntergerollt, bevor man von der glühenden Sonne wachgebraten wird – wenn die Singvögel einen nicht schon längst wachgebrüllt haben.

Bloß, dass es an diesem Morgen keine Singvögel waren, sondern Alarmsirenen.

Wie lange – ich meine, echt jetzt – WIE LANGE heulen diese Dinger?!?!?!

(Ach – und wisst ihr noch was? Wir mussten den einen Wassereimer in den anderen schütten, damit wir einen Eimer hatten, in den ich auf dem Rücksitz pinkeln konnte. Super.)

Simon hatte den Babysitz rausgemacht, und ich hatte auf dem Rücksitz gelegen und »geschlafen«. Wenn ich mich

nicht bemüht hätte, zumindest so zu tun, als ob ich schliefe, wenn ich ausgeflippt wäre, wie ich es am liebsten getan hätte, dann hätte es höchstwahrscheinlich noch eine Prüfung gegeben. Also hielt ich den Mund. Irgendwann war ich schließlich eingeschlafen, und jetzt war ich wieder wach.
Ich setzte mich auf. Bombenlaune, gebe ich zu. Ich bin morgens sowieso nicht besonders fit, und obwohl ich es nicht glauben konnte, musste ich tatsächlich geschlafen haben.
»Goodbye to Love« ging zu Ende, und »Top of the World« fing wieder an.
Simon saß einfach da.
»Morgen, Ru«, schrie er.
Vielleicht war das alles, was er noch schaffte. Er drehte sich nicht mal um. Ich grunzte zurück. Das war auf alle Fälle alles, was ich noch schaffte.
Die Fenster waren innen beschlagen. Ich wischte mit dem Ärmel über eine Scheibe.
»Das ist schon okay«, schrie Simon. »Das ist nur unser Atem.«
Da fiel es mir wieder ein: *Tau auf einer Libelle.*
Und wenn es nicht okay gewesen wäre? Hätte er es rechtzeitig gesagt? Alles, was furchtbar und angsteinflößend war, flutete mir wieder in den Kopf. Ich schaute aus dem Fenster. Die Welt draußen sah trocken aus – mehr oder weniger. Der Himmel sah blau aus – mehr oder weniger. (Nur ein paar Cirrus-Fibratus-Wolken, feine Streifen, die der Höhenwind zog – als hätte Königin Cumulonimbus mit den Fingernägeln über den Himmel geschrammt, als sie hinausstürmte.)

»Ich glaube, wir können jetzt gehen«, schrie er.
Er zog den Türgriff mit einem Klick zurück und drückte seine Tür mit dem Schirm auf. Ein paar Wassertropfen fielen von der Tür und vom Dach. Regen? Tau? Giftig? Man konnte es nicht wissen. Er ließ uns warten und warten – die Alarmsirenen plärrten , und er beobachtete jeden Tropfen, bis er sicher war, dass es aufgehört hatte.

Der Parkplatz – nicht schön. Da waren viele Tote. Überall lagen blutige Leichen herum. Als wir uns zwischen ihnen hindurchschlängelten, sahen wir auch, was dieses krachende, klirrende Geräusch verursacht hatte: Eins der großen Supermarktfenster war jetzt ein Haufen Glasscherben.
»Ru«, schrie er mir zu, »wir können jetzt nach Hause gehen, oder wir können nachsehen, was noch da ist.«
Ich wollte wirklich, wirklich, wirklich gern nach Hause, aber ich schrie: »Okay.«
Simon nahm die Taschen. In der einen war der kostbare kleine Rest Wasser, den er in seinem Eimer übrig gelassen hatte, und wir suchten uns einen Weg durch das ganze Durcheinander. Ich dachte nichts, ich folgte ihm einfach. Das konnte ich, weil Simon für mich dachte.
Vor den eingeschlagenen Türen des Supermarkts blieben wir stehen und lauschten. Bei all den Alarmsirenen konnte man von drinnen nichts hören. Aber was man sehen konnte, war schrecklich.
»Warte hier«, schrie Simon.
»Du kannst mich nicht alleinlassen«, schrie ich.

Du kannst mich nicht alleinlassen, du kannst mich nicht alleinlassen, du kannst mich nicht alleinlassen.
»Wenn was passiert«, schrie Simon, »rennst du auf dem kürzesten Weg nach Hause. Renn einfach.«

Also gingen wir einkaufen. Normalerweise, wenn man mich zwang, einkaufen zu gehen, meckerte ich wie 🦋🦋🦋. Ich schlich mürrisch hinter Simon und Mum durch den Supermarkt und seufzte beim Anblick all der Sachen, die ich gar nicht erst in die Hand zu nehmen brauchte, weil ich wusste, dass ich sie nicht kaufen durfte. Nicht mal ein einziges besonderes Stück – und schon gar nicht, unter keinen Umständen, irgendwelche Frühstücksflocken mit Schokolade drin.
Ich nahm zwei Schachteln Schokoflocken, eine normale und eine mit kleinen Marshmallows. Und diese Dinger mit Marmeladenfüllung, die man in den Toaster schieben kann.
Simon beobachtete mich nicht … aber ich sah ihn. Er wühlte in den Einkaufswagen der Toten.
»Du musst Wasser suchen, Ru! Such was Trinkbares!«, schrie er und schwenkte einen Karton mit H-Milch.
Ja, so hatte ich im ganzen Leben noch nicht eingekauft. Über Leichen zu steigen, um Sachen aus dem Regal zu nehmen, verdirbt einem ein bisschen den Spaß.
Bei den Tiefkühltruhen lag der Pitbull still neben der Leiche seines Herrchens. Vielleicht war der Mann erschossen worden. Und die Kinder mit den Riesentüten Süßigkeiten sahen aus, als wären sie in den Regen hinausgelaufen und dann wieder hierher zurückgekommen. Ihre Mum sah auch so aus.

Der Hund hob nicht mal den Kopf, sondern knurrte nur leise und traurig, als er mich sah.

»Komm weg«, sagte Simon.

Dann blieb nur noch die Backwarenabteilung. Das Brot war ungefähr so gut zu gebrauchen wie das Brot aus einem Spielzeugkaufladen: steinhart. Mit den Baguettestangen hätte man jemanden erschlagen können.

Während ich mich noch mit Schokohaferkeksen belud – hey, die sind doch richtig gesund, oder? Die ganzen Haferflocken … –, machte Simon eine Entdeckung, die unsere Einkaufstour beendete. Wie alle guten Kunden waren wir in den Bereichen des Supermarkts geblieben, in denen wir sein durften, aber Simon hatte die Tür aufgezogen, die ins Lager führte.

Es war stockdunkel. Simon knipste das Licht an. *Klick, klick, klick, klick.* Dann war es hell genug, um zu sehen, dass alles verwüstet und ausgeräumt worden war. Sogar ein Lastwagen parkte da noch. Irgendwo in diesem Lager stöhnte jemand.

»Du !«, fauchte eine Männerstimme. Aber der Mann hörte sich an, als ob er erledigt wäre, kraftlos und gebrochen … und dann kreischte er: »Du !«

»Lass uns gehen, Ru«, sagte Simon und knipste das Licht wieder aus: *Klick, klick, klick* –

Ich hörte dieses klickety-ratsch-klick, das man immer nur im Kino hört.

Genauso, wie ich noch nie einen Schuss gehört und trotzdem sofort gewusst hatte, was es war, wusste ich jetzt gleich

zweimal so schnell, dass da irgendwo eine Waffe schussbereit gemacht wurde.
Schon wieder rannten wir weg.
Auf dem Weg nach draußen schnappte ich mir, ohne stehenzubleiben, den besten Blumenstrauß, den ich sehen konnte. Und ohne stehenzubleiben, schnappte Simon sich den Eimer mit unserem kümmerlichen bisschen Wasser.
Man darf sich nicht vorstellen, dass das alles mehr als eine Trillionstel Sekunde dauerte. Es gab keine Diskussionen. Wir schnappten uns die Sachen und rannten. Wie angebrannt.

Simon sagte später, das sei Profiarbeit gewesen. Das sagte er immer wieder: Die ganze Supermarktaktion sei Profiarbeit gewesen, denn normale Leute wie wir hätten etwas für andere übrig gelassen. Ich sagte nicht, was mein ganzer Körper, der nach Wasser, Wasser, Wasser, nach irgendetwas Trinkbarem lechzte, gern sagen wollte: NEIN, HÄTTE ICH NICHT … aber vielleicht hatte er recht. Da war der Laster im Eingang gewesen, der Laster im Lager – und waren da, wo wir rausgerannt waren, nicht auch die Blumenbeete plattgewalzt gewesen, die Erde aufgewühlt, die Autos zur Seite geschoben? Bevor die Leute Einkaufswagen voller Klopapier rausgeschoben und angefangen hatten, das Eis aus den Tiefkühltruhen herauszuhacken, waren andere da gewesen und hatten die guten Sachen abtransportiert, das konnte man sehen, denn ich hatte niemanden bemerkt, der auch nur eine einzige Flasche Wasser mitgenommen hatte. Ich hatte niemanden mit einem

Einkaufswagen voll Roter Bete und Backpflaumen gesehen, nicht mal mit einer Plastiktüte. Ich hatte niemanden gesehen, der irgendwas zu trinken rausgetragen hatte. Das war alles schon weg gewesen.

Wir rannten die ganze Jubilee Road entlang. Sie war von Autos verstopft, und Alarmsirenen gellten und hupten, aber kein Mensch war zu sehen. Kein lebender jedenfalls.

Eins will ich sagen – einmal, und dann nie wieder – und zwar nur für den Fall, dass ihr denkt, es wäre mir egal oder ich hätte es – *wie denn?!* – nicht bemerkt. Leichen – tote Menschen – lagen da überall. Ich will nicht noch mal darüber reden, dass man nirgends hingehen kann, ohne sie zu sehen. Nach und nach werden sie wie Laternenmasten, Türen, Bäume – sie werden zu DINGEN, die einfach da sind und die man nicht weiter erwähnen würde (wenn sie nicht im Weg liegen oder besonders wichtig sind). Das klingt furchtbar, und ich würde niemals wollen, dass jemand so über meine Mum denkt, aber andererseits … es *ist* so. Überall liegen Tote, und sie sind einfach da. Einfach da.
Sie sind die Toten. Du atmest. Du atmest noch.

Als wir in die High Street einbogen – atemlos, aber wir rannten nicht mehr, sondern gingen –, stand da ein junger Typ vor dem »Sun and Moon« mit einem Glas Bier in der Hand. Er war ein Typ, bei dem Lee und ich leise Kicheranfälle gekriegt hätten (bevor ich mich in Caspar verliebt hatte). Aus der offenen Tür des Pubs hinter ihm kam Musik – irgendeine Rockmusik, so laut, dass man sie über die Sirenen hinweg hören konnte. Er hob sein Glas und trank uns zu.

Simon sah mich an. Ich zuckte die Schultern. Ich zuckte die Schultern, während ich eigentlich sagen wollte: *Was?! Bist du verrückt geworden??! Willst du stehen bleiben und mit diesem Typen reden? Bist du ernsthaft irre?! LASS UNS NACH HAUSE GEHEN!*

Aber dieser Typ … wir waren jetzt nah genug herangekommen, um zu sehen, dass er weinte.

»Alles klar, Alter?«, rief Simon mit seiner Kumpelstimme, die er benutzte, wenn er mit Bauarbeitern usw. redete, als wäre er einer von ihnen und kein vereidigter Wirtschaftsprüfer, der gern Vögel beobachtete.

»Nicht so richtig, Mann«, rief der Typ.

Mehr gab es eigentlich nicht zu sagen.

»Den Supermarkt kannst du dir sparen, weißt du«, rief Simon. »Ist übel da.«

Der Typ nickte – aber traurig, als ob er das schon wüsste.

»Wir gehen dann mal weiter«, sagte Simon.

»Kommst du nachher auf ein Bier vorbei?«, fragte der Typ.

»Wenn du Lust hast. Ich bin dann noch hier.«

»Danke, Alter«, sagte Simon.

Der Typ hob sein Glas und zwinkerte mir zu – aber es war kein geiles Zwinkern wie meistens, sondern ein nettes, wie ich es von Grandpa Hollis kannte.

»Wartet«, rief er, als wir weitergingen. Er stellte sein Bierglas auf die Türschwelle und verschwand im Pub.

Ich sah Simon an, und er zuckte die Achseln. Unbehaglich, würde ich sagen – er zuckte unbehaglich die Achseln.
Ihr seht, was schon passiert war? Wo man jemandem Hallo sagte oder vielleicht ein bisschen mit ihm schwatzte, kam jetzt Angst ins Spiel. Nicht mal eine konkrete Angst – »Der Kerl hat eine Waffe« oder »Was ist, wenn er krank ist?« Der Typ war eindeutig nicht krank, und wahrscheinlich, nein, ganz sicher wollte er keine Waffe holen. Es war einfach eine Angst, die fragt: »Was hat er vor?«
Es war das erste Mal, dass ich mich auch so fühlte: *unbehaglich.*
Der Typ kam mit einem Haufen kleiner Cola-Flaschen zurück.
»Für dein Mädchen«, sagte er und legte sie in Simons Tüte. Seine Mundwinkel krümmten sich nach oben – aber hart, ganz hart, als ob er sich einen Knoten in die Lippen machen wollte, um nicht zu heulen.
»Ich hatte auch ein kleines Mädchen«, brachte er noch raus.
Simon nahm meine Hand und drückte sie. Wir gingen weg.
»Vergiss das Bier nicht«, rief der Typ Simon noch nach. »Nachher. Wenn du Lust hast. Oder ein andermal.«

Die High Street war ziemlich verwüstet – und völlig verlassen. Wir wichen trotzdem aus, bogen in die South Street ein und gingen auf dem Weg nach Hause, auf dem wir hatten herkommen wollen. Eine Krähe pickte an dem Toten herum, an dem wir vorbeigekommen waren, an seinem Bauch, wo

schon ein anderes Tier, ein Fuchs vielleicht, ein bisschen geknabbert hatte. Die Krähe flatterte hoch, als wir näher kamen.
»Zumindest die Vögel sind nicht krank«, meinte Simon.
Normalerweise wäre ich gleich hochgegangen – wie konnte er so was sagen? Aber es stimmte: Wir hatten überhaupt noch kein krankes Tier gesehen. Nur Menschen waren vernichtet worden.
»M-hm«, sagte ich.
Die leeren Augenhöhlen des Mannes, der jetzt zu Vogelfutter geworden war, starrten mich an.
Und es fiel mir wieder ein: Er war offiziell mein vierter Toter gewesen. Weniger als vierundzwanzig Stunden später hatte ich aufgehört zu zählen.

Meine erste Tote, Mrs Fitch, erwartete uns im Vorgarten. Fliegen summten.
»🦋🦋🦋!«, sagte Simon und würgte, als er mich an ihr vorbeischob und die Haustür aufschloss.
Kaum hatte er die Tür geöffnet, bemerkte man es. Es waren nicht unsere Klo-Eimer – die müffelten zwar ein bisschen, aber wir hatten Putzmittel reingeschüttet –, sondern ein ganz anderer Geruch, der Beginn eines Gestanks, den ich inzwischen so gut kenne, damals aber noch nie gerochen hatte. Seltsam süßlich. Seltsam … beinahe würzig. So klingt es ganz schön, aber das ist es nicht. Es roch wie Mrs Fitch, aber strenger. Mrs Fitch ohne frische Luft.
Wir liefen in die Küche, machten die Tür hinter uns zu, stell-

ten unsere Beute auf den Tisch und öffneten die Tür zum Garten und sämtliche Fenster.

Ich stand mit dem Blumenstrauß da.

»Ruby, ich finde, du solltest nicht in dieses Zimmer gehen«, sagte Simon.

Das war gut. Ich wollte gar nicht in das Zimmer gehen.

»Ich stell sie nur vor die Tür«, sagte ich.

Und rührte mich nicht.

»Du brauchst nicht da raufzugehen, wenn du nicht möchtest«, sagte Simon. »Ich kann das auch tun.«

»Nein«, sagte ich. »Ich möchte es tun.«

Und rührte mich nicht.

»Soll ich mitkommen?«, fragte er.

Ich nickte. Ich fühlte mich wie vor dem Überqueren der High Street: als wäre ich ganz klein.

Ich folgte ihm mit den Blumen die Treppe hinauf. Der Geruch wurde mit jedem Schritt schlimmer. Ich legte den Strauß vor die Tür, und wir standen da und atmeten durch den Mund. Ich musste an einen Jungen in der Schule denken, über den wir immer ein bisschen lachten, weil er durch den Mund atmete. Dann dachte ich plötzlich, Simon und ich müssten eigentlich so aussehen, als hätten wir einen Schock, als stünden wir mit staunend aufgerissenem Mund da, was ja auch ungefähr stimmte. Dann dachte ich, vielleicht war die Welt für den Jungen in der Schule genau das: ein Schock. Oder alles stank, oder so was. Ich schämte mich für diese Gedanken, für diese unpassenden, x-beliebigen Gedanken, aber sie kamen mir in den Sinn, weil ich sie lieber denken wollte als die Gedanken an meine Mutter. Ich wollte nicht über meine Mutter nachdenken.

»Sollten wir beten oder was?«, fragte ich.

Nach einer hundert Jahre langen Pause antwortete er.

»Ich kann nicht.«

Dann kamen noch einmal hundert Jahre Pause, und in dieser Zeit versuchte ich, etwas Schönes mit Gott oder dem Himmel zu denken. Aber mein Gehirn war genauso betäubt wie mein Herz.

»Ich auch nicht«, sagte ich.

Wir gingen wieder in die Küche hinunter, packten die ganzen Lebensmittel aus und aßen tatsächlich ein bisschen; wir stocherten in dem Junkfood herum, das normalerweise so köstlich schmeckt und das man sich reinstopft, bis einem schlecht wird. Aber mir war schon schlecht, und was ich aß, schmeckte nach Durst und Tod.

»Wir können sie nicht begraben«, sagte Simon plötzlich, und sein Gesicht war finster.

Wir hatten gar nicht von »ihnen« gesprochen, aber wir hatten an sie gedacht. Das heißt, ich nicht – aber dann eben doch, wenn ihr versteht, was ich meine. Jeder Gedanke, den ich hatte – warum hörte der Wasserhahn an der Spüle nicht auf zu tropfen, würde ich je wieder duschen können, wie lange würde der Vorrat an Babytüchern halten, würde ich irgendwann verkrustete Dreadlocks kriegen, weil ich mir die Haare nicht wusch –, jeder Gedanke ohne *sie* drehte sich um *sie*.

»Ich würd's gern tun«, sagte Simon, »aber ich weiß nicht, ob es gefährlich ist, weißt du. Zu graben.«
Da musste ich weinen. Ich saß am Tisch und weinte.
»Es tut mir so leid, Ru. Es tut mir so leid«, sagte Simon immer wieder.
»Ist ja nicht deine Schuld«, sagte ich. Das hatte ich noch nie zu ihm gesagt. Noch nie.

KAPITEL 11

Ich wusste, was kam. Im Grunde wollte ich das Haus nie wieder verlassen. Ich wollte mich zusammenrollen, Junkfood essen und darauf warten, dass das alles gar nicht passierte – und deshalb sagte ich kein Wort darüber: nicht über das, was passiert war, und nicht über das, was passieren würde. Nicht über das, was wir tun sollten, was wir tun konnten, was um alles in der Welt uns noch zu tun blieb.

Als ich in der Küche fertig geweint hatte, gingen wir ins Wohnzimmer, zogen die Vorhänge zu und schliefen ein bisschen. Ich jedenfalls. Als ich aufwachte, saß Simon immer noch am selben Platz, und es war immer noch derselbe Tag und noch nicht mal Nachmittag, sondern immer noch Vormittag.

Kaum war ich wach, zuckten meine Hände und streckten sich – ich schwöre! – von ganz allein nach dem Laptop aus.

»Ich hab alles noch mal gecheckt«, sagte Simon und schüttelte den Kopf.

Ich stellte den Laptop wieder weg, und diesmal war die Pause tausend Jahre lang. In dieser Zeit spürte ich, dass Simon mich beobachtete und darauf wartete, dass ich etwas sagte, und ich wusste, wenn ich es täte, würde ich anfangen, über Dinge zu reden, an die ich nicht mal denken wollte. So wie jetzt hätte ich tagelang, wochenlang weitermachen und sogar den Geruch ignorieren können. Den Geruch, den man bemerkte, selbst wenn man dachte, man gewöhnt sich dran und bemerkt ihn nicht mehr. Das hätte ich tun können. Ich wäre die Vogel-Strauß-Königin des Universums gewesen, mit lauter Dingen, an die ich nicht denken wollte. Prüfungen zum Beispiel. Nur, während es normalerweise Simon oder meine Mum waren, die am Ende mit solchen Sachen anfingen, war es jetzt mein eigener Körper, der etwas dazu zu sagen hatte. Denn wir würden bald nichts mehr zu trinken haben.

Die Sache ist die: Als wir unsere Beute auf dem Küchentisch aufstellten, gab es nichts weiter zu trinken. Da waren die Colas und ein Karton H-Milch. Und der letzte faulige, trübe Zollbreit Wasser in dem Blumeneimer, und ich wäre lieber gestorben, als – aber das will ich nicht mehr sagen. Nie mehr. Es sei denn, ich meine es wirklich ernst.

Ich schlich mich in die Küche und holte mir eine Cola. Die letzte Cola. Ich holte meine Zahnbürste und die Zahnpasta aus dem vorderen Zimmer und schlich mich wieder ins Wohnzimmer.

Simon schüttelte den Kopf und schob die Lippen vor, als ich mir die Zähne mit kostbaren kleinen Cola-Schlückchen putzte, die ich in die leere Flasche spuckte, in der die vorletzte Cola gewesen war. Früher (bis zum Tag vor dem Tag vor vorgestern) hätte dieses Kopfschütteln anderthalb Yiii-haaas in Gang gesetzt. *Ja, schön, vielleicht würde ich meine Zähne ein bisschen besser pflegen, wenn ich nicht diese Spangen tragen müsste, und wenn ihr mir erlauben würdet, sie zu weißen*, und so weiter.

Stattdessen lächelte ich nur zaghaft zurück – nervös: Ich wusste, was kam.
»Weißt du«, sagte Simon, »dass man seinen eigenen Urin trinken kann?«
»Das ist ekelhaft!« Ich spuckte Zahnpastaschaum in die leere Cola-Flasche.
»Nein, wirklich«, sagte Simon. »Das kann man. Es wird nur nicht empfohlen.«
Ich fragte mich, woher Simon so etwas wusste. Aber Pipitrinken gehörte wahrscheinlich zu genau den Sachen, über die ein Vogelbeobachter für den Fall Bescheid wusste, dass er mal lange Zeit in seinem Versteck hocken und irgendeinem Vogel auflauern musste. »Die Königliche Gesellschaft zum Schutz der Vögel empfiehlt nicht …«
Ich schluckte meine Cola hinunter und knickte ein. »Was machen wir jetzt?«
»Was meinst du? Was müssen wir machen?«, fragte Simon.
»Wasser auftreiben«, sagte ich, denn mir blieb nichts anderes übrig. Es klang auch ganz einfach.
»Ja«, sagte Simon. »Und wo?«
Das klang nach einer fetten Fangfrage. Aber auch wieder nicht. Es klang, als ob … als schubste er mich behutsam auf das zu, was ich am allerwenigsten tun wollte: nachdenken.
»Keine Ahnung«, sagte ich. Mit anderen Worten: Ich will nicht drüber nachdenken.
Simon sah mich nur an und wartete.
»Ich will nicht noch mal in einen Supermarkt«, sagte ich.
Er nickte.

»Das hat auch keinen Sinn. Die guten Sachen sind sowieso schon alle weg.«

Ich sagte nichts mehr. Ich trank meine Cola aus. Und konnte nicht anders – ich rülpste.

»Entschuldige«, sagte ich.

»Mach ich, Ruby. Immer. Alles«, sagte Simon.

Das Zimmer füllte sich mit Emotionen, klebrig und zäh wie Toffee. Wieder trat eine von diesen Pausen ein. Sie war kürzer – vielleicht nur fünfzehn Jahre lang –, aber für mich war sie lang genug, um zu denken: NEIN NEIN NEIN NEIN NEIN NEIN. BITTE fang nicht an, Sachen zu sagen, denn ich ertrage es nicht, Sachen zu hören. NEIN NEIN NEIN NEIN NEIN NEIN. Das war so, wie wenn die Oma zu viel Sherry getrunken hat und davon redet, wie sehr sie dich liebt (und dass sie ganz doll hofft, du kommst wieder zurecht, denn das war ja eine schreckliche Sache, die Trennung deiner Eltern), oder wenn dein Dad zu viel Wein getrunken hat und davon redet, wie sehr er dich liebt (und er hätte dich niemals verlassen, aber deine Mutter hat ihre Entscheidung getroffen), oder wenn deine beste Freundin sich volllaufen lässt und ein tiefgründiges, bedeutsames Gespräch führen will (und absolut nicht sicher ist, ob Caspar wirklich der Richtige für dich ist) … und wenn sie dann ganz rührselig werden und du einfach nicht tiefgründig und bedeutsam werden willst. NEIN NEIN NEIN NEIN NEIN.

»Na ja … irgendwann jedenfalls.« Simon grinste. »Was machen wir dann, Ru?«

»Wir holen's woanders.«

»Zum Beispiel?«

Hör auf, hör einfach auf, dachte ich.

»Zum Beispiel aus anderen Häusern«, sagte ich.

Ich rülpste noch einmal, absichtlich diesmal. Es war die einzige Möglichkeit, die ich noch hatte, um zu zeigen, dass ich keine Angst hatte, und um die NEIN NEIN NEIN NEIN-NEIN-Mauer des Nichtredens aufrechtzuhalten.

So, jetzt hab ich gesagt, was du hören wolltest, dachte ich …, aber eine Viertelsekunde lang dachte ich auch, er würde jetzt sagen, nein, er hätte schon einen anderen Plan. Er hätte zwar genau wie ich seit dem Tag eins keinen einzigen unserer Nachbarn mehr gesehen, aber denen ginge es bestimmt allen gut, und es käme überhaupt nicht in Frage, dass wir einfach in die Häuser anderer Leute einbrechen.

»Gut gedacht, Ru«, sagte er. »Ich glaube, das ist das Beste, was wir im Moment tun können.«

Und das war's dann. Ohne es tatsächlich auszusprechen, hatten wir beide zugegeben – ja, was? Dass viele Leute, vielleicht sogar die meisten Leute, tot sein mussten. Alle unsere Nachbarn waren es … und warum sollte es in unserer Straße anders sein als in irgendeiner anderen? UND wir hatten zugegeben, dass wir verzweifelt waren und nicht wussten, was wir sonst tun sollten, aber das hatten wir nicht ausgesprochen.

»Aber zuerst klopfen wir an, ja?«, sagte ich, und mir graute vor der ganzen Sache. »Weißt du, weil – vielleicht sind ja welche zu Hause.«

»Ja, natürlich«, sagte Simon, und er ging in den Schuppen und holte das Stemmeisen.

An dem, was als Nächstes passiert, bin ich selbst schuld. Simon sagte ausdrücklich, ich könnte auch zu Hause bleiben, und ich dachte ausdrücklich darüber nach. »Du kannst mich nicht alleinlassen«, sagte ich dann.
Wir vermummten uns wieder (und ich sagte dazu kein Wort, obwohl es glühend heiß war und die Sonne schien). Als wir ins Freie traten, war es irgendwie still. Das war eigentlich der größte Schock. Während wir im Haus gewesen waren, hatten die Autoalarmsirenen nach und nach aufgehört. Zu Anfang waren sie ein jaulender Chor gewesen, die meisten weit entfernt, aber trotzdem hörbar, weil die Luft so still war und kein Wind sie zurücktrieb und keine anderen Geräusche sie übertönten. Als sie nach und nach erstarben, konnte man einzelne unterscheiden: ein schnelles, schrilles Raumschiff – *wiiip-wiiip-wiiip-wiiip*, ein dunkles *honk-honk-honk* mit einem Rhythmus, der aufhörte und wieder anfing, ein *huiii-huii huii-huii* wie von einem amerikanischen Polizeiwagen. Ich lernte eine ganze Menge Alarmsirenen kennen. Jede war anders – und jede wollte dich daran erinnern, was passiert war, und dass es einen Supermarkt und einen Parkplatz und eine Stadt voller Toter gab.
Es ist ja nicht so, dass man je darüber nachdenkt, wie eine Stadt sich anhört. Tut man nicht – warum auch? Bis sie schließlich aufhört, sich anzuhören wie eine Stadt. Man hörte keine Menschengeräusche mehr. Nur noch Vogelgezwitscher, so laut, wie man es noch nie gehört hatte.
Und eine Sekunde später, als das Gartentor zuschlug, hörte ich noch ein Geräusch, nämlich das Bellen und Winseln

von Hunden. Von Hunden, die in den Häusern bellten und winselten. Ich hörte das Heulen des Terriers, der am Ende der Straße wohnte. Ich sah Mrs Wallis' schlechtgelaunte Shih Tzus, Mimi und Clarence, am Wohnzimmerfenster. Tief unten an der Scheibe war ein Strich aus Nasenschleim, wo sie kläffend auf dem Fenstersims hin und her gerannt waren. Ihre Siamkatze war oben und beobachtete uns gelassen durch das Schlafzimmerfenster. (Sie hieß Ruby wie ich, und ich drehte jedes Mal durch, wenn sie abends verschwunden war und Mrs Wallis die Straße rauf und runter lief und schrie: »Ruuuu-by! Ruuu-by!«) Whitby, den Golden Retriever im Haus an der Ecke, konnte man nicht sehen, aber ich hörte sein tiefes, dröhnendes Bellen irgendwo im Haus.

Was man nicht hören – oder sehen – konnte, waren ihre Besitzer.

Ein Teil von mir wusste, dass sie tot waren, und wollte zu Simon sagen: »Stopp, lass uns diese armen Tiere retten!« Aber ich wollte auch glauben, dass die Leute noch lebten. Selbst wenn sie jetzt nicht da waren, würden sie wieder nach Hause kommen, und dann wären sie beunruhigt, wenn ihre Tiere nicht mehr da wären. Also sagte ich nichts.

Wir gingen mit unseren Rucksäcken weiter. Ich kam mir vor wie eine Verbrecherin, und dabei hatten wir noch gar nichts getan. Ich sagte, ich wollte nicht in die Häuser unserer Nachbarn. Ich wollte nicht in Häuser gehen, die Leuten gehörten, die ich kannte, nicht mal, wenn ich sie eigentlich nur vom Sehen kannte. Damit fiel praktisch unsere ganze Straße aus. Es

gab noch andere Häuser, unten am Stadtende unserer Straße, aber da wollte ich auch nicht hin. Ich wollte nirgendwo hin, wo noch andere Leute sein konnten – Leute, die verrückt wurden, Leute mit Gewehren. Also gingen wir in die andere Richtung.
Simon blieb vor einem Haus am Ende unserer Straße stehen.
Ich schüttelte den Kopf. »Nicht das«, sagte ich.
Ich kannte die Leute da überhaupt nicht, aber ich wusste, wie sie aussahen: ein für Dartbridge untypisches Ehepaar, schicke Klamotten, blitzblanke Autos, keine Kinder. Also gingen wir aus unserer Straße in eine andere Straße. Simon blieb wieder stehen. Wer hier wohnte, wusste ich nicht. Draußen stand kein Auto, kein Hund bellte, keine Katze schaute aus dem Fenster. Mir fiel kein Grund mehr ein, nein zu sagen.
Wir gingen zur Haustür. Simon klopfte. Wir standen eine Weile in der brennenden Nachmittagshitze. Simon klopfte noch einmal. Niemand kam.
Simon nahm das Stemmeisen aus dem Rucksack und zog ein Paar supersolide Gartenhandschuhe an.
»Können wir nicht erst mal rufen?«, flüsterte ich. Ich hatte solche Angst, da könnte jemand im Haus sein. Jemand, der noch lebte. Oder jemand, der starb, aber noch lebte. »Ich meine, vielleicht sind sie ja da. Vielleicht haben sie nur Angst.«
»Okay, Ru«, sagte Simon.
Er bückte sich, hob die Briefkastenklappe hoch und rief: *»Hallo?«*

Als niemand antwortete, packte er das Stemmeisen fester.
»Noch einmal?«, sagte ich.
Simon beugte sich ganz zum Briefkastenschlitz hinunter und spähte hindurch.
»*Hallo?!* Wir sind Nachbarn!«, rief er.
Keine Antwort.
Er sah mich an. Ich nickte. Er schlug die Glasscheibe in der Tür ein.
Dieses Krachen – es war so laut. Mir war, als müsste ganz Dartbridge es hören.
»Wenn jemand kommt«, sagte er, »rennst du nach Hause.«
Ich fand, es war ein bisschen spät, um so was zu sagen, aber vielleicht war ihm das Krachen auch unheimlich gewesen. Es war, als hätte man es immer noch hören können. Das Echo hallte durch die ganze Stadt.
Er streckte die Hand durch das Fenster und versuchte, die Tür zu öffnen. Es klappte nicht.
Ich hatte schon eine Menge über Simon gelernt und gesehen, wie clever er war. Aber als Einbrecher war er nicht clever.
»Wir gehen hinten herum«, sagte er.
Das hätten wir eigentlich als Erstes tun sollen. Wir gingen um das Haus herum und versuchten es an der Hintertür. Sie war abgeschlossen. Wir spähten durch das Küchenfenster
Das war einfach. Er schlug das Fenster ein, machte es auf und kletterte hinein.
Mir grauste davor, dass er drinnen war und ich draußen. Wenn einem von uns beiden etwas passieren sollte …
Ich versuchte, nicht daran zu denken. Ohne dass man es mir

aufgetragen hatte, hielt ich Wache, während Simon plünderte.
Er reichte mir eine Dose Obstsalat und einen Beutel Eiswürfel heraus. Wenn es so weiterginge, würden wir in ungefähr zwanzig Häuser einbrechen müssen, um über einen einzigen Tag zu kommen. Und wenn wir jemals etwas für die Hygiene tun wollten – beispielsweise so viel Wasser zusammentragen, dass wir uns waschen konnten –, würden wir wahrscheinlich in alle Häuser von Dartbridge einbrechen müssen. Mit den Babytüchern kam ich gerade so zurecht, aber auch wenn etwas mir sagte, dass Simon es nicht als Priorität betrachten würde, war ich doch gefährlich nah daran, dieses Aufsprüh-Shampoo aufzubrauchen. Tatsächlich hatte ich schon auf das blondgetönte Glitzerzeug zurückgreifen müssen, das eigentlich streng für Ausgehabende reserviert war, denn wenn ich es tagsüber trug, sah ich irgendwie aus, als ob … »Du siehst aus, als ob du Schuppen hättest«, hatte Dan gesagt und so getan, als ob er ersticken müsste, nachdem ich es mir aufgesprüht hatte. Blödmann. (Und, wohlgemerkt, ich hätte es wahrscheinlich gar nicht benutzen müssen, wenn meine Mum mir erlaubt hätte, mir die Haare zu färben. Wobei ich, wohlgemerkt, immer den Verdacht hatte, sie wäre irgendwann eingeknickt, wenn Simon ihr nicht bei ihrem ersten NEIN zugestimmt hätte.)
Als ich an das alles dachte, bekam totale Depressionen. In jeder Hinsicht.
»Sollten wir nicht einen Zettel hinterlassen oder so was?«, fragte ich.

»Nein«, sagte Simon und kam durch das Fenster herausgeklettert.

Ich glaube, ich funkelte ihn ein bisschen an. Es hätte ein Streit daraus werden können, aber ich war ehrlich zu deprimiert, um mir die Mühe zu machen.

»Ru«, sagte er, »ich weiß, es fühlt sich schrecklich an, zu tun, was wir hier tun, aber es geht nicht anders. Ich glaube nicht, dass diese Leute wieder nach Hause kommen. Ich glaube, viele Leute sind tot, Ru.«

So. Jetzt war es ausgesprochen.

Das nächste Haus war schwieriger, aber die Ausbeute war viel besser. Nicht das Hineinkommen war schwieriger – sie hatten die Hintertür offengelassen –, aber … es roch wie bei uns zu Hause: nach Tod. Was wir da im Kühlschrank und in den Schränken fanden, war allerdings so gut, dass es egal war: Saft, Sojamilch, Sprudelwasser – und *vino collapso*, sagte Simon und stopfte sich eine edel aussehende Weinflasche in den Rucksack, während ich mir den Saft durch die Kehle gluckern ließ.

Dann das dritte Haus, und das vierte? Ich kam drüber weg. Ja, wir klopften und riefen immer noch, aber irgendwie wusste man, dass da niemand aufmachen würde … und auch wenn mir graute vor dem, was wir finden würden (Tote), spürte ich doch ein unheimliches Prickeln, eine schräge, hungrige Energie, die uns trieb, Sachen einzusammeln. Den Kick, wenn wir etwas fanden. Den Triumph, als unsere Rucksäcke sich füllten.

Im fünften Haus war es nicht so gut. Zunächst mal lief der Fernseher noch – immer noch dieselbe Sendung: Bleiben Sie zu Hause, bewahren Sie Ruhe. Das war unheimlich. Wir mussten die Katze aus der Küche verscheuchen, wo sie … Aber der Katze ging es anscheinend gut. Das Knabbern an der Leiche auf dem Boden hatte ihr offenbar nicht geschadet. Wir nahmen nichts mit. Wir gingen einfach wieder.

Wie dumm wir waren. Wie dumm *ich* war. Man muss alles nehmen, alles, was man kriegen kann. Die Toten sind tot, und ihnen ist es egal. Vielleicht würden sie sogar wollen, dass man etwas mitnimmt. Ich würde es wollen: Nimm es und lebe. Und viel Glück, 🦋🦋🦋.

Wir traten hinaus in den schönen warmen Abend. Mir war schlecht – ja –, aber da war noch was anderes. Ich war wütend.

»Lass uns dahin gehen«, sagte ich und zeigte zu einem großen Haus oben auf der Anhöhe.

Wir hatten eigentlich genug Zeug. Nötig war es nicht.

»Na ja, warum nicht«, sagte Simon. »Es sei denn, du möchtest lieber –«

»Nein!«, sagte ich. »Ich komm zurecht.«

Ich nahm an, Simon wollte sagen: »Es sei denn, du möchtest lieber nach Hause gehen« – aber vielleicht hatte er das gar nicht gemeint. Vielleicht hatte er sagen wollen: »Es sei denn, du möchtest lieber warten. Einfach hier einen Moment in der Sonne sitzen, und dann gehen wir nach Hause«, oder: »Es sei denn, du möchtest lieber Whitby, Mimi, Clarence und den Terrier rauslassen.« Aber Simon, der mir immer sagte, was

was war und was ich tun sollte, oder auf mich einschwallte, bis ich gezwungen war, es selbst zu sagen – Simon sagte mir diesmal, dieses eine Mal, nicht, was ich tun sollte.
Er sagte: »Okay.«

Ich weiß nicht, warum er das sagte. Vielleicht spürte er auch dieses unheimliche Prickeln – ich hatte ein bisschen das Gefühl –, aber vielleicht dachte er auch nur, wir sollten so viel wie möglich abräumen, solange es ging. Keine Ahnung.

Es war ein freistehendes, großes Haus, und Autos waren keine da. Keine Hunde bellten. Ich wusste nicht, wer da wohnte, aber sie mussten Kohle haben. Nicht nur, weil es ein großes Haus war – ich habe Freunde, die in großen Häusern wohnen, wie Zak zum Beispiel, und die sind genauso schrottig wie unser kleines –, sondern vor allem, weil es so frisch aussah. Ihr wisst schon: geschniegelt und gestriegelt und blitzblank. Jedes Haar an seinem Platz, gekämmt und gescheitelt.
Wir gingen den knirschenden Kiesweg hinauf. Wir läuteten. Sie hatten keine normale Ding-Dong-Türglocke mit Batterie, sondern eine *Glocke*, eine richtige Glocke, die draußen neben der Tür hing. Wir läuteten sie, und dann klopften wir. Nur durch die Tür riefen wir nicht. Wir riefen nicht: »*Hallo? Wir sind Nachbarn!*«
Es war das erste Haus für uns, bei dem die Haustür nicht verschlossen war. Wir traten ein.
Der Geruch war da und empfing uns. Der und eine Katze,

eine kleine getigerte Katze, die hinter uns aus dem Garten gelaufen kam. Sie war kein bisschen zurückhaltend, sondern schnurrte um uns herum, als ob wir ihre Besitzer wären, die nach Hause kamen, um sie zu füttern. Wir gingen ins Haus, und Simon schloss die Wohnzimmertür – aber nicht, bevor ich die Leiche unter einem Laken im vorderen Zimmer gesehen hätte.

Wir schlichen uns weiter in die Küche.

Es war eine Megagoldmine. Da war eine Speisekammer, in die man hineingehen konnte. Darin: Tonnen von Zeug. Sie mussten noch im Supermarkt gewesen sein oder so was, denn da waren ganze Sixpacks mit Wasserflaschen, noch in der Verpackung. Saft, H-Milch, Limo, Tonic Water. Tonnen. Beim bloßen Anblick bekam ich schon Durst, und ich schwöre, ich hätte alles bis auf den letzten Tropfen austrinken können. Ich sage euch: Plündern, Angst, Wut und Trauer – davon bekommt man einen rasenden Durst.

»Bingo«, sagte Simon.

Er packte unsere Rucksäcke und alle Taschen voll, die er finden konnte, während ich die Katze fütterte. Das Katzenfutter fand ich unter der Spüle. Ich holte einen Teller aus dem Schrank und kippte die ganze Dose darauf. Ich zermanschte alles ein bisschen mit einer Gabel, stellte den Teller auf den Boden, und die Katze wandte sich verächtlich ab.

Ich weiß es noch: Die Katze zeigt Verachtung, und ich denke, ich hätte eine gute Tat vollbracht. Und dann denke ich, die Katze hat vielleicht genauso viel Durst wie ich.

Auf dem Tisch stand eine Wasserflasche mit ein paar Gläsern. Ich nahm die Flasche und schraubte sie auf. Sie war schon offen, und ich dachte: *Örk.*

Ich dachte nicht, das Wasser könnte schlecht sein, überhaupt nicht. Ich dachte nur, diese Flasche Wasser hatte mal dem Toten da vorn gehört, und das machte mir Gänsehaut.

Die Hälfte der Hälfte einer halben Sekunde, länger dauerte es nicht. Ich stellte die Flasche hin. Simon schnappte sie sich. Er hatte eben seinen Rucksack aufgesetzt, und jetzt schnappte er sich die Flasche und trank sie aus.

»Lass uns gehen«, sagte er.

Er starrte mich an, und ich starrte zurück. Als ob er es gewusst hätte. Als ob wir beide es gewusst hätten. Sofort.

Und dann verzog er das Gesicht.

Ein bisschen Blut sickerte aus seinem Mundwinkel.

»Ruby«, sagte er, »ich muss nach Hause. Ich muss zu Becky und Henry.«

Er drehte sich um und ging zur Haustür. Stützte sich an den Rahmen, brüllte laut und stieß sich ab, hinaus, die Zufahrt hinunter, nach Hause. Er lief wie … ich hab Marathonläufer so gehen sehen. Man sieht ihnen an, dass der ganze Körper schreit: Stopp, stopp, stopp. Aber sie müssen diese Ziellinie erreichen, egal wie. Ich sprang noch mal in die Küche zurück, um meinen Rucksack zu holen. Ich glaube, ein Teil von mir dachte, Simon würde schon wieder werden, und deshalb würden wir das ganze Wasser und das andere Zeug brauchen, für das wir so hart gearbeitet hatten. Ich raffte den Rucksack an mich und blickte auf. Da stand jemand.

Ein vornehmer Mann. Grauhaarig. Geschniegelt, gestriegelt und blitzblank wie das ganze Haus. Ein unheimlicher Ausdruck, ein langsames, erstauntes Lächeln kroch über sein Gesicht, als er mich sah – und dann fiel sein Blick auf die Flasche, und der Gesichtsausdruck kräuselte sich in sich selbst zusammen und versteinerte.
Du 🦋🦋🦋. Ich wusste Bescheid. Im selben Augenblick wusste ich Bescheid. Er hatte gewusst, dass das Wasser in der Flasche giftig war. Er hatte es da hingestellt. Es war eine Falle gewesen.
Ich stürzte aus dem Haus und rannte hinter Simon her. Am Ende der Einfahrt schaute ich mich um. Der Mann stand in der Tür und hatte die Katze auf dem Arm.

Ich folgte Simon nach Hause. Ich folgte ihm, denn immer, wenn ich ihn rief, winkte er ab: Ich sollte zurückbleiben. Ich hatte zu viel Angst, um nicht zu gehorchen. Ich blieb hinter ihm und winselte vor Angst wie ein dummer Hund. Ich sah mich immer wieder um, aber der grauhaarige Mann kam nicht. Simon schrie lauf auf. Er spuckte Blut, er würgte Blut herauf, er kotzte Blut, während er weiterlief. Auf halbem Weg blieb er stehen, warf seinen Rucksack ab, zog die Flasche mit dem noblen Wein heraus und schlug sie mit dem Hals gegen die Mauer. Dann trank er.
Glas!, dachte ich. Das gibt doch Glassplitter!
Er hob die Flasche zum Himmel und brüllte, und dann schmiss er sie an die Wand, so dass sie in eine Million Scherben zersprang. Dann stolperte er weiter. Ich hob seinen

Rucksack auf … aber dann ließ ich ihn wieder fallen. Er war einfach zu schwer.
Er fand das Haus, er fand die Treppe, er fand meine Mum und Henry.

Ich blieb vor ihrer Schlafzimmertür stehen. Die Blumen, die ich draußen hingestellt hatte, waren schlaff und welk. Simon heulte vor Schmerzen. Ich öffnete die Tür. Der Geruch war ein Faustschlag gegen mein Herz.
»RAUS!«, gurgelte Simon.
Ich werde nie vergessen, dass ich ihn so gesehen habe. Aber wenigstens brauchte ich meine Mum und Henry nicht mehr zu sehen. Simon hatte sie mit einem Laken zugedeckt.
Ich machte die Tür zu und setzte mich davor. Die Angst biss so wütend in meine Eingeweide, dass ich das Gefühl hatte, ich könnte auch gleich kotzen.
»Ru«, rief Simon, und seine Stimme war verzerrt vom Schmerz. »Hilf mir. Bring mir Tabletten. Schmerztabletten. Was immer du findest.«
Ich hatte eine Anweisung. Ich konnte etwas tun. Aber Tabletten? Weil meine Mum das Paracetamol zu Mrs Fitch hinausgeworfen hatte, gab es hier nur noch Tabletten gegen Verdauungsstörungen, Tabletten gegen Heuschnupfen und das Zeug für Henrys Zähne. Das wusste ich. Ich hatte nachgesehen, als ich noch glaubte, was sie im Radio über Paracetamol sagten.
Ich ging die Treppe hinunter und durch die Hintertür hinaus. Ich kletterte über den Zaun zwischen dem ordentlichen Garten der Fitchs und unserem wuchernden Paradies.

Die Hintertür der Fitchs war offen. Ich ging hinein. Der Fernseher lief mit lautem Ton und erfüllte das Haus mit Ratschlägen, die für die Fitchs zu spät kamen. Ich ging durch den Gestank hinauf ins Badezimmer. Leider war Mr Fitch drin. Der Gestank kam von ihm. Ich musste um ihn herumsteigen und dachte, wenn ich ihn jetzt berührte, würde ich bei ihm in diesem grässlichen grünen Badezimmer sterben. Ich riss die Hausapotheke auf und räumte sie aus. Da war eine Menge Zeug drin – Zeug, das ich kannte (Paracetamol, Aspirin), und Zeug, das ich nicht kannte. Medikamente für Mr Fitch, der ein krankes Herz hatte, und Medikamente für Mrs Fitch, die sich Sorgen um Mr Fitchs krankes Herz machte. Und eine kleine Flasche Brandy, aus der sie jeden Abend ein Schlückchen trank. Hatte sie mir und meiner Mum mal erzählt.

»Aus medizinischen Gründen«, sagte sie. »Nur ein Tröpfchen, vor dem Zähneputzen.«

(»Aber sie hat gar keine Zähne!«, flüsterte ich meiner Mum zu. Meine Mum trat mir auf den Fuß, damit ich still war.)

Ich nahm alles mit. Simon würde wissen, was es war.

Ich klopfte an die Tür. Er antwortete nicht. Ich öffnete die Tür. Seine Augen öffneten sich und rollten in den Höhlen, als ich meine Beute auf das Bett kippte. Er winkte mich weg, krallte die Schachteln auf, warf sich Tabletten ein, schluckte sie, goss den Brandy hinterher. Nahm immer mehr von den Tabletten. Simon würde nicht wieder gesund werden. Ich half ihm nicht, am Leben zu bleiben. Ich half ihm sterben.

»Geh weg, Ru«, brachte er hervor. »Geh und such dir Hilfe.«
Ich dachte, er würde noch weitersprechen und mir sagen, was ich tun sollte.
»Ich hab dich lieb«, sagte er.

KAPITEL 12

Simon schlief ein und wachte nicht wieder auf.
Ich saß in der Küche und klebte die blöde, hässliche Vase zusammen, die er getöpfert hatte. Meine Hände zitterten so sehr, dass es immer wieder schiefging. Als die Scherben schließlich zusammenblieben, stellte ich das Ding in die Spüle.
Seit jenem ersten Morgen, als ich den Wasserkessel hatte füllen wollen und Simon mir befohlen hatte, es sein zu lassen, hatte er mir dasselbe immer wieder gesagt, wenn wir in der Küche waren, denn die meiste Zeit vergaß ich es wieder.
Ich vergaß es. Ich drehte den Wasserhahn auf. Wasser floss zu viele Sekunden lang in die Vase, bevor mein Gehirn anfing zu schreien und meine Hände etwas dagegen unternahmen. Ich drehte den Hahn zu und wich vor der Spüle zurück. Wasser tropfte aus dem Hahn in die Vase.
Widerlich. Widerlich, eklig, dreckig – ich zog meine Gummihandschuhe an und warf alle Wassercontainer durch das Küchenfenster nach draußen. Ich schüttete sie nicht aus, ich warf sie raus, Töpfe, Schüsseln, alles. Ich verstreute den letzten Rest Scheuermittel auf dem Boden – aber ich brachte es nicht über mich, diese Vase wegzuwerfen. Ich schüttete sie aus, goss eine Flasche Tonic Water aus meinem Ruck-

sack hinein und trug sie die Treppe hinauf. Ich stellte sie auf den Boden, steckte die Blumen hinein und befahl ihnen mit meiner Willenskraft, weiterzuleben.
»Simon?«, rief ich durch die Schlafzimmertür. »Simon?«
Keine Antwort. Aus einer undichten Stelle in der Vase quoll ein dunkler Fleck über die Bodendielen. Ich starrte ihn an und fragte mich, wie viele von diesen widerlichen kleinen Dingern wohl darin herumwimmelten. Die Panik, die mich befiel, war eine Panik von der schlimmsten Sorte. Blinde Panik – so sagt man wohl, wenn man komplett aufhört, zu denken. Noch nie in meinem ganzen Leben hatte ich mich so allein gefühlt und solche Angst gehabt. An dem, was als Nächstes passierte, hatte mein Verstand keinen Anteil. Es war vermutlich das Dümmste, was ich jemals getan habe – abgesehen von dem, was ich kurz zuvor getan hatte, als ich die Vase mit Wasser füllte, und von dem, was als Übernächstes passierte.
Ich konnte keine einzige Sekunde länger in diesem Haus bleiben.
Ich holte mein Fahrrad aus dem Schuppen und wollte zu Zak fahren. Ich hatte kein Wasser, ich hatte kein Regenzeug. Ich hatte keinen Indiana-Jones-Vogelbeobachterhut … ich hatte nicht mal einen 🦋🦋🦋 Regenschirm. Ha ha.

Normalerweise fuhr ich nirgendwo mit dem Fahrrad hin, wenn ich es vermeiden konnte. Leonie und ich, wir waren mal mit dem Rad zu Zak gefahren, im Sommer davor, und wir wären fast gestorben. Wir hatten vorgehabt, auch zurückzuradeln, aber am Ende hatte Zaks Mum die Räder hinten in den Kombi gepackt und uns nach Hause gefahren. Simon und meine Mum hatten nicht gesehen, wie sie uns absetzte, und dachten, ich wäre mit dem Rad zurückgekommen … und ich klärte sie nicht auf. Wochenlang stöhnte ich, wie erschöpft ich wäre, damit sie mich mit dem Auto überall hinfuhren, und danach stöhnte ich darüber, wie gefährlich es wäre. Das stimmte aber auch. Diese kleinen Landstraßen in Devon, die sehen so süß aus, aber da sind ein paar echte Irre mit ihren Autos unterwegs, und wegen der hohen Böschungen und Hecken kann man ihnen mit dem Rad nicht ausweichen.

Aber an dem Tag, an dem Abend, war das kein Problem. Ich sah und hörte keine Menschenseele. Kein Auto begegnete mir. Ich glaube, für jemanden, der gern Fahrrad fährt, wäre es schön gewesen: eine schöne Fahrt durch den ländlichen Sommerabend. Aber ich bemerkte eigentlich nichts davon, genauso wenig, wie ich die Steigungen bemerkte, an denen Lee und ich abgestiegen waren und geschoben (und gemeckert) hatten. Ich bemerkte überhaupt nichts, bis ich bei Zak ankam und sah, dass der Kombi nicht da war. Der kleine Flitzer war auch weg. Da war nur Zaks Dad. Er sah aus, als wäre er schon lange da. Vielleicht war er an dem ersten Abend herausgekommen und hinter dem Auto hergelaufen. Es war besser, gar nicht darüber nachzudenken und nicht hinzusehen. Armer Barnaby.

Ich nehme an, ihr wisst, was als Nächstes kam. Ich glaube, ihr könnt es euch denken. Meine liebste Leonie und die meisten meiner anderen Freunde waren in der Küche. Aber nicht so, wie ich es mir vorgestellt hatte.

Es sah aus, als wären die meisten so gestorben wie Simon. Ihre Teetassen – halb leergetrunken, schwärend, verkleckert – standen noch auf dem Tisch. Der Kaffee war nie fertig geworden. Die Fliegen, die nicht mit meinen Freunden beschäftigt waren, kümmerten sich um Toast, Butter und Marmelade. Ich erinnerte mich an etwas, das Simon gesagt hatte – besser gesagt, an etwas, das er *nicht* gesagt hatte. Ich hatte die Sache mit dem Leitungswasser in Frage gestellt, nicht wahr? Im Fernsehen hatten sie davon nichts erwähnt, aber Simon hatte gemeint, das sei ein offensichtliches Risiko. Wie sollte es ungefährlich sein? Mir war furchtbar zumute, als ich dachte, es müsste doch massenhaft Leute wie mich geben, die niemals daran gedacht hätten, Leute, die keinen Simon hatten, der für sie dachte. Aber ich hatte mir nicht mal Sorgen um meine Freunde gemacht. Ich hatte Simon erzählt, dass wir an dem Abend Leitungswasser getrunken hatten.
»Und es war okay!«, hatte ich gesagt.
Simon hatte nicht geantwortet. Wahrscheinlich hatte er es gewusst.
Man brauchte kein Detektiv zu sein, um es sich zu erklären. Das Wasser, das wir an dem Abend getrunken hatten, das Wasser, mit dem ich mir das Gesicht geschrubbt hatte, musste der letzte Rest vom guten Wasser in der Leitung gewesen sein. Was wir dann in den Kessel hatten laufen lassen, war schon tödlich gewesen.

Und als ich später noch mal darüber nachdachte, begriff ich noch etwas. Diese Weltraumbazille kann man nicht töten, indem man sie kocht.
Das Radio lief immer noch und forderte meine toten Freunde auf, zu Hause zu bleiben und Ruhe zu bewahren.
Wenn sie an jenem Abend nicht live hierhin und live dahin geschaltet und gesagt hätten: »Ooooh! Wen haben wir denn da im Studio?« – wenn sie, statt Vermutungen anzustellen und über alles Mögliche zu labern, einfach gesagt hätten: TRINKT KEIN LEITUNGSWASSER! ... dann wären vielleicht meine Freunde und vielleicht viele andere Leute noch am Leben. Wenn Simon daran gedacht hatte, begriff ich nicht, wieso die Regierung und die Leute im Radio und im Fernsehen es nicht getan hatten. Wenn sie es nur gesagt hätten, auch wenn sie vielleicht nicht sicher waren. Wenn.
Ich schaltete das Radio ab. Am liebsten hätte ich es zertrümmert.
»Lee?«, fragte ich leise und stand so still da, wie sie am Boden lag.
Da war nicht so viel Blut an ihr oder so was. Da waren nur die summenden Fliegen. Davon abgesehen, sah Lee – meine süße, liebste Leonie Lee – aus, als ob sie nur Blödsinn machte. Wie wir es tausendmal gemacht hatten, als wir klein waren und uns »tot gestellt« hatten. Als ob sie jeden Augenblick die Beherrschung verlieren und sich kaputtlachen würde.
»Lee, bitte steh auf.« Ich wartete darauf, dass das Lächeln auf ihren eingefallenen Wangen aufstrahlte und dass sie anfing zu lachen.

Aber das tat sie nicht. Sie lächelte nicht. Ich würde Leonie nie wieder lachen sehen.
Ich heulte.
Ich heulte weiter und sog die Luft in die Lunge, als ob ich einen Asthmaanfall hätte, während ich mich zwang, mich umzusehen. Ich zwang mich, nach allen zu sehen. Zu sehen, was ich … nicht mitbekommen hatte. So wie man alles über eine Party wissen will, die man früh verlassen musste.
Aber über das alles hier wollte man nichts wissen. Man wäre froh, wenn man es verpasst hätte.
Zak und Ronnie hatten es noch mal nach oben geschafft. Die ganze Tastatur war mit eingetrocknetem, blutigem Schleim verschmiert; also war anscheinend einer – wahrscheinlich Ronnie – noch mal am PC gewesen und hatte nach Antworten gesucht, wo er immer nach Antworten suchte: im Netz. Und dann? Sie lagen zusammengekrümmt nebeneinander auf dem Bett.
Ich fand überall im Haus Leichen. Ich fand sie alle – nur Saskia nicht. Ich schaute noch einmal in jedes Zimmer. Ich rief ihren Namen. Ich ging hinaus und rief, und ich ertrug den Anblick des Hot Tubs nicht, den Gedanken an mich und Caspar und daran, wie wir uns geküsst hatten … an einem schönen Abend wie heute und doch kein bisschen so wie heute. An einem schönen Abend, an dem es so aussah, als würde mein Leben endlich genial werden.
Ich ging in die Scheune. Da waren alle unsere Sachen. Meine Tasche. Meine Klamotten. Mein Schminkzeug. Mein blödes Handy mit leerem Akku.

Ich sammelte auch alle anderen Telefone ein. Ich hatte die Vorstellung, Leute könnten anrufen, um mit meinen Freunden zu sprechen. Mütter, Väter, Tanten, Onkel, Brüder, Schwestern, Cousins und Cousinen. Und andere Freunde. Und irgendwie war es meine Aufgabe, all diesen Leuten zu sagen, dass meine Freunde tot waren. Als ob diese Leute – Mütter, Väter, Tanten, Onkel, Brüder, Schwestern, Cousins und Cousinen und andere Freunde – noch am Leben gewesen wären.

Es gab nur eine, deren Tod ich niemandem würde erklären müssen: Saskia. Ihre Sachen waren nicht in der Scheune. Sie waren weg.

Als ich durch die Küche zurückging, sah ich Caspars Telefon und MP3-Player auf dem Boden neben seiner Jeans. Ich nahm beides mit. Und was ich dann tat, war wirklich die dümmste von allen Dummheiten, die ich je gemacht habe.

Ich fuhr mit dem Rad nach Hause.

Ich glaube, wenn ich die Telefone nicht bei mir gehabt hätte, hätte ich ... vielleicht ... einfach aufgegeben. Ich wäre in den Wald runtergefahren und in einen kühlen Bach gewatet, und ich hätte das Wasser getrunken und mich hineingelegt, und es wär mir egal gewesen. Denn ich war noch nicht weit vom Haus weg, da merkte ich, dass ich am Verdursten war – und es fühlte sich wirklich so an. Was ich bei Zak gesehen hatte, war so furchtbar, so magenumstülpend übelkeiterregend in jeder Hinsicht, dass ich nicht daran gedacht hatte, etwas Trinkbares zu suchen. Dumm, so dumm. Ich hatte nur ein bisschen Saft und ein paar Eiswürfel zu mir genommen, ich war an einem glühend heißen Abend meilenweit mit dem Rad gefahren und musste am selben glühend heißen Abend noch mehr Meilen zurückfahren – was ein weiterer dummer Bestandteil der größten Dummheit meines Lebens war: Man darf niemals unterwegs sein, wenn man den Himmel nicht sehen kann. Selbst wenn Sterne am Himmel stehen – und da waren welche –, sieht man nachts nicht, was für Wolken sich heranschleichen. Und da schlichen sich Wolken heran. Der Himmel, die Nacht, alles rückte an mich heran.

Ich hätte in ein anderes Haus gehen können. Da waren ja Häuser, und in manchen brannte Licht. Das hatte aber nicht mehr viel zu bedeuten. Von unserem Küchenfenster aus hatten wir überall Licht gesehen, aber das hieß nicht, dass die Leute noch lebten – und selbst wenn, wusste man ja nicht, was sie tun würden.

Ich hatte pochende Kopfschmerzen, und meine Zunge rumpelte in meinem Mund herum. Ich erinnerte mich an das, was Simon gesagt hatte: dass man seinen eigenen Urin trinken könnte … und an etwas anderes, was er vor langer Zeit gesagt hatte, als ich noch klein war. Wir waren spazieren, und ich maulte, weil ich Durst hatte – wahrscheinlich ungefähr fünf Minuten, nachdem wir losgegangen waren. Das Ungewöhnliche war, dass wir nicht zehn Tonnen Zeug mithatten, wie Simon sie normalerweise mitnahm. (Ich kann meine Mum immer noch hören: »Müssen wir das wirklich alles mitnehmen?« Und Simon sagte: »Na, ich bin ja derjenige, der es tragen muss.« Er war unser Übervater. Wenn man was brauchte – Simon hatte es dabei.) Nur, an dem Tag eben nicht. Es war keine geplante Wanderung. Wir hatten in einem Pub auf dem Land zu Mittag gegessen (ich hatte eine Cola gewollt und eine Fanta gekriegt, als ob das irgendwie gesünder wäre. Aber so was kam oft vor.).

»Ru«, sagte Simon zu mir, »ich zeig dir eine alte Technik der Sioux-Indianer.«

Wahrscheinlich war es gar keine Indianertechnik. Wahrscheinlich war es so ein Survivaltrick von den Vogelbeobachtern. Dass Simon es erfunden hatte, glaubte ich nicht. Simon erfand nichts.

»Du suchst dir einen Kieselstein«, sagte er, hob einen auf und wischte ihn an der Hose sauber, »und lutschst darauf herum.«

Er steckte sich den Stein in den Mund.

»Das stimuliert die Speichelproduktion«, sagte er und rollte den Kiesel im Mund herum. »Und dann hast du weniger Durst.«

Ich hob den nächstbesten Kieselstein auf.

»Stopp«, sagte meine Mum. »Bring ihr so was nicht bei! Der könnte schmutzig sein, Ruby. Oder du erstickst dran! Du musst dir etwas vorstellen. Was würdest du jetzt gern trinken?«

»Eine Cola«, sagte ich. »Mit viel Eis und einer Scheibe Zitrone.«

Ich weiß es noch heute: Das mit der Scheibe Zitrone hab ich dazugetan, um zu zeigen, wie erwachsen ich war – aber die Cola? Die nahm ich, weil sie mir nicht erlaubt hatten, eine zu

trinken, und ich war sicher, wenn ich es gedurft hätte, wäre ich jetzt nicht so durstig gewesen, wie ich es war.
»Dann stell dir vor, dass du genau das jetzt trinkst«, sagte meine Mum. »Versuch's mal.«

Ich blieb mit dem Rad auf der mondbeschienenen Straße stehen. Ich trank nicht mein eigenes Pipi. Ich hatte sowieso nicht das Gefühl, dass ich noch Pipi in mir hatte. Einen Kieselstein konnte ich nirgends sehen, also hob ich ein scharfkantiges kleines Steinchen von der Straße auf. Ich wischte es ein bisschen ab und steckte es in den Mund. Dann wühlte ich in meiner Tasche herum, zog Caspars MP3-Player heraus und fummelte damit herum. Laut ging die Musik los – so kam es mir jedenfalls vor. Im ersten Moment wollte ich den Track überspringen und nach etwas suchen, das ich kannte. Dann wurde mir klar, dass ich es kannte. Es war Caspar. Nur Caspar und seine Gitarre. Ich schaute zum Himmel – die Sterne verschwanden, der Mond verschwand –, und ich radelte weiter und hörte Caspars weiche Schmusestimme, die mir liebevoll ins Ohr sang, und dabei dachte ich an eine eiskalte Cola mit einer Scheibe Zitrone.

Als ich zu Hause war, trank ich so viele Flaschen Wasser, dass ich mich übergeben musste. Ich übergab mich, bis nichts mehr kam als bitteres, ätzendes Zeug.
Einen entsetzlichen Augenblick lang dachte ich, ich wäre krank – *krank, krank, regenkrank* –, aber dann riss ich mich zusammen. Ich hatte Kopfschmerzen, aber ich wollte nicht

nachsehen, was Simon mir an Tabletten übriggelassen hatte – falls er es überhaupt getan hatte.
Ich hatte seinen Namen gerufen, als ich nach Hause kam. Ein Vogel-Strauß-Ding. Niemand hatte geantwortet. Ich wollte nicht raufgehen und nachsehen. Warum nicht? Ich wusste, warum nicht.
Ich dachte an das, was meine Mum immer gemacht hatte, wenn ich einen Sonnenbrand hatte (den ich nie im Leben gekriegt hätte, wenn wir an vernünftigen Orten Ferien gemacht und/oder sie mir erlaubt hätten, mir anständiges Sonnenspray zu kaufen). Äußerlich musste man die Haut kühlen. Was ich innerlich hatte, war Dehydration. Austrocknung. Ich rührte ein bisschen Zucker und Salz in etwas Wasser und zwang mich, es in kleinen Schlucken zu trinken. Obwohl sich mir der Magen umdrehte und ich es gleichzeitig hinunterstürzen und erbrechen wollte.
Ich sortierte die Telefone, um sie zu laden, und mit meinem fing ich an. Das bedeutete, ich musste nach oben gehen, unters Dach, in mein Zimmer, wo ich seit Tagen nur noch kurz gewesen war, um etwas zu holen. Auch jetzt hielt ich mich da nicht auf. Ich wollte meine Sachen nicht anschauen – Sachen, die etwas mit mir zu tun hatten, wie ich gewesen war – und wie meine Freunde gewesen waren. Vor allem nicht die Fotos, die überall an den Wänden klebten. Von mir und meinen Freunden. Und das Kostbarste von allen: ich und Caspar – und Sask, die sich mit ins Bild gedrängt hatte und jetzt mit Schmollmund auf seiner Schulter lehnte.
Saskia, die vielleicht noch lebte.

Erst jetzt bemerkte ich, dass es regnete. Ein sanftes, gleichmäßiges Prasseln auf den Dachfenstern. Da hätte ich hineingeraten können. Ich hätte sterben können.
Ich holte mein Ladegerät und ging zurück ins Wohnzimmer und zu meinem Nest. Ich trank, trank, trank in kleinen Schlückchen und lud, lud, lud die Telefone meiner Freunde – mit meinem Ladegerät, mit Simons, mit Mums. Das Einzige, was ich nicht aufladen konnte, war Caspars MP3-Player, und ich zwang mich, ihn abzuschalten. Ich wollte, dass dieser Akku noch lange hielt. Die Telefone hatte ich schon ein bisschen durcheinandergebracht – ich wusste nicht mehr genau, welches wem gehörte –, und dafür schämte ich mich. Aber es sah nicht aus, als hätte jemand entgangene Anrufe oder ungelesene SMS. Bei der Schnüffelei war mir zwar auch nicht wohl, aber ich hätte trotzdem hineingeschaut, zumindest um herauszufinden, wem welches Telefon gehörte. Aber ich kannte ihre PIN-Codes nicht. Nur Ronnies Telefon war nicht gesperrt. Yep, so ist es: Herr Verschwörung von Paranoia hatte null Telefonsicherheit. Aber er hatte auch sonst nichts, keine Anrufe, keine SMS an dem Abend, als der Regen gekommen war, und keine seitdem. Die letzte SMS war von Zak. Sie war vom Tag der Party, und ich werde nicht erzählen, was drinstand. Es war privat. Und es war süß.

Irgendwann schlief ich ein. Ich wachte auf, weil ein Telefon piepste. Eine Nachricht!!!, dachte ich. Eins der Telefone leuchtete! Ich griff danach, und auf dem Display stand, es müsste ans Ladegerät.

Hä?! Ich wackelte am Stecker. Nichts passierte. *HÄH?!* Der DVD-Player war gelaufen, da war ich sicher. Jetzt war er aus … und das Licht auch, obwohl ich sicher wusste, dass es an gewesen war. Ich war noch im Halbschlaf, wurde aber schnell wach. Ich stolperte in die Küche und knipste das Licht an – aber das Licht ging nicht an.

Wie dumm ich bin, sieht man daran, dass ich einen Moment lang dachte, mit dem Laden der Telefone hätte ich den Strom irgendwie aufgebraucht oder irgendwo einen Kurzschluss verursacht. Dank Simon wusste ich, was ich da tun musste: Ich schleifte einen Stuhl aus der Küche zum Sicherungsschrank in der Diele. Dank Simon lag eine Taschenlampe drin. Ich nahm sie und schaltete sie ein. Der Lichtstrahl leuchtete über die Sicherungstafel. Nichts war herausgesprungen, aber was wusste ich denn? Elektrizität ist etwas Beängstigendes, aber trotzdem wackelte ich hier und da und klickte Schalter hin und her. Schließlich kletterte ich vom Stuhl herunter. Es war so so so dunkel.

Dripp, dripp, dripp, machte der Wasserhahn in der Küche.

Oh! Einen Moment lang schnappte ich panisch nach Luft.

Ich rannte in die Küche.

Wo Dartbridge gewesen war – seine Lichter, seine Straßenlaternen –, war Dunkelheit. Die vergiftete Welt war pechschwarz.

Dripp, dripp, dripp.

Wenn kein Licht da ist, will man als Allererstes Licht *machen*. Ich hatte die Taschenlampe, und wir hatten Kerzen, wir hat-

ten Streichhölzer, wir hatten Feuerzeuge. Das alles – Kerzen, Streichhölzer – hatten wir am Kamin, im Sicherungskasten, in der Küchenschublade. Im Badezimmer, wo meine Mum gern bei Kerzenlicht badete. Ich hätte alles holen können und … Ich blieb stehen und dachte an den Mann in dem großen Haus und an die Männer im Supermarkt. Ich *DACHTE*, wie Simon es mir aufgetragen hatte.
Dunkel war besser.
Ich knipste die Taschenlampe aus. Ich schaute durch das Küchenfenster. Ich spähte hinaus und wartete. In keinem Haus ging Licht an. Ich holte mir Simons Fernglas und suchte nach Licht, und wenn es nur das Flackern einer Kerze gewesen wäre.
Auf der anderen Seite des Hauses war auch nichts. Es ging bergauf dort, deshalb war nicht viel zu sehen, aber in den Häusern gegenüber brannte kein einziges Licht. Noch immer konnte ich Mrs Fitchs Umrisse in unserem Vorgarten sehen – und dann bewegte sich da etwas (🦋🦋🦋! Ich geriet in Panik!) … etwas Kleines, das um sie herumschnupperte. Ruby. Mrs Wallis' Siamkatze.
Ich lief zur Haustür und riss sie auf.
»Ruuu-by!«, rief ich leise.
Die Katze hörte auf zu schnuppern.
»Ruuu-by!«
Ich knipste für eine Sekunde die Taschenlampe an, und in dem Lichtstrahl sah ich, wie die Augen dieser furchterregenden Katzenart aufleuchteten. Dann spazierte sie davon und schlängelte sich lautlos durch das Gartentor.

»Wie du willst«, flüsterte ich. *Bitte lass mich nicht allein.* Ich machte die Tür zu, verschloss und verriegelte sie und ging zurück in die Küche. Ich wachte, ich wartete. Bald war ich ganz besessen und dachte, ich sähe flackerndes Licht, richtete Simons Fernglas auf einzelne Häuser, wachend, wartend … und dann dachte ich, ich müsste mich geirrt haben – oder sah ich da einen Lichtschimmer aus dem Augenwinkel? Ich richtete das Fernglas auf die Stelle, wachte, wartete … Das »Sun and Moon« – ob der Typ noch da war? Ich wachte, ich wartete … keine Ahnung, wie lange. Stundenlang. Irgendwo da draußen musste doch jemand sein, zu dem ich gehen konnte, jemand, der mir helfen würde. Jemand, der freundlich wäre.

Es war immer noch fast dunkel, als etwas sehr Unheimliches und Schreckliches passierte. Ich spähte immer noch aus dem Küchenfenster, als die Handys losgingen. Alle. Es war wie eine Explosion, ein plärrender, geisteskranker Chor von Piepsern, Alarmsirenen, Musik, individualisierten Klingeltönen – dieser dämliche Dance Track, den Ronnie so gern hatte –, ich wäre fast an die Decke gesprungen, und dann stürzte ich mich auf die Telefone. Meins schnappte ich als Erstes, drückte auf »Nachrichten«, sah eine von meinem Dad und drückte »Absender anrufen«, bevor ich sie gelesen hatte. Anders als vorher, als das Telefon tot gewesen war, hörte ich jetzt eine Stimme, die sagte: »Netz überlastet.« Ich drückte die Wahlwiederholung. »Netz überlastet.« Ich drückte die Wahlwiederholung. Noch mal und noch mal und noch mal. Ich versuchte es mit Mums Handy, mit Simons, mit Ronnies. Mit allen Telefonen versuchte ich meinen Dad anzurufen. Netz überlastet.

Zwischendurch drückte ich auf den gesperrten Telefonen die Notrufnummer und stellte fest, dass man ohne PIN wirklich keine andere Nummer wählen konnte als die 999.

999.

Netz überlastet.

999. 999.

999. 999. 999.

999. 999. 999. 999.

Mein Dad: Netz überlastet.

Ich schaltete die Lautsprecher ein. Ich *würde* durchkommen.

999. 999. 999. 999. 999. 999. 999. 999. 999. 999. 999. 999. 999. 999. 999. 999. 999. 999.

Netz überlastet.

Ich versuchte es wieder bei meinem Dad – Netz überlastet –, und dann rief ich mit Mums Handy Leonies Festnetznummer an. Es war kurz still, als ob die Verbindung hergestellt würde.

Prüüüüüüp.

Mit unserem Festnetztelefon rief ich den Festnetzanschluss von Mollys Eltern an.

Prüüüüüüp.

Als Nächstes die Festnetznummer von Ronnies Eltern.

Prüüüüüüp.

Ich versuchte, mit Mums Handy mein Handy anzurufen.

NETZ ÜBERLASTET.

Ich versuchte es mit jeder Nummer, die ich kannte, auf jedem Telefon, das nicht gesperrt war. Ich versuchte es mit allen, immer und immer wieder und wieder … bis ich vor lauter Verzweiflung auf jedem Telefon dieselbe Nummer wählte, wieder und wieder und wieder:
999, 999, 999, 999, 999, 999, 999, 999, 999, 999, 999, 999, 999, 999, 999, 999, 999, 999, 999, 999, 999, 999, 999, 999, 999, 999, 999, 999, 999, 999, 999, 999, 999, 999, 999, 999, 999, 999, 999, 999, 999, 999, 999, 999, 999, 999, 999, 999, 999, 999, 999, 999, 999, 999, 999, 999, 999, 999, 999, 999, 999, 999, 999, 999, 999, 999, 999, 999, 999, 999, 999, 999, 999, 999, 999, 999, 999, 999, 999, 999, 999, 999, 999, 999, 999, 999, 999, 999 …

NETZ ÜBERLASTET

Es war hell, als auch das aufhörte. Die Leitungen waren wieder tot. Nichts mehr, nicht mal ein *prüüüüüüüp*. Ich verfluchte mich, weil ich nicht versucht hatte, die Voicemails abzuhören. Aber wenigstens hatte ich alle SMS. Ich sah sie mir an, die Nachrichten auf meinem Handy, auf Mums, auf Simons, auf Ronnies. Und wisst ihr, was … was in allen stand, in jeder einzelnen, vielleicht nicht immer mit denselben Worten, aber doch immer mit demselben Sinn: **ALLES OKAY?!**

NEIN! Nein, nein, nein!
Nein! Nichts ist okay!

Ich antwortete meinem Dad, nur für den Fall, dass ich durchkommen würde.

Komme zu dir. Ruby X

Ich tippte auf *Senden*. Es klappte nicht.

KAPITEL 13

Kein Problem: Ich hatte einen Plan.

Für den Fall, dass ich einen Bekannten treffen sollte, der noch lebte, ging ich rauf ins Bad, um mein Make-up in Ordnung zu bringen. Und schon wieder bekam ich einen Schrecken: Selbst im trüben Morgenlicht sah ich, dass ich kleine rote, geschwollene Schweinsäuglein hatte, mit bösen Säcken drunter. Die Caspar-Knutsch-Kruste an meinem Kinn war kleiner geworden und bröckelte ab. Okay, sie hatte gejuckt, und vielleicht hatte ich ein bisschen dran herumgefummelt. Die Haut darunter war babyrosa. Ich wischte mir mit zwei Babytüchern über das Gesicht und spachtelte dann die Magische Grundierung auf, die ich bei Zak gerettet hatte. Dann noch dicke Wimperntusche – und schließlich schmierte ich mir den ganzen Rest von dem glitzernden Trockenshampoo ins Haar. Das Problem »Ist es Flitter oder sind es Schuppen?« war nur durch maximalen Einsatz zu lösen. Dazu kam pinkfarbener Lipgloss.

Ich sah ein bisschen retro aus, aber das war okay. Ich packte nicht mal – ich schaufelte einfach alle Handys, Caspars MP3-Player und meine Handtasche in die Reisetasche. Fertig.

Vermutlich hätte ich mich auf die Straße stellen und mir die

Lunge aus dem Hals schreien können, bis jemand, irgendjemand, gekommen wäre … aber ich hatte an den Mann in dem großen Haus gedacht und an die Männer mit den Gewehren im Supermarkt. »Jemand, irgendjemand« war keine gute Idee. Also würde ich zur Polizei gehen. Dafür ist sie doch da, oder? Um den Leuten zu helfen. Das MUSS sie. Oh, oh, oh! Ich sah es vor mir: wie ich ihnen erzählte, was passiert war, und dass ich unbedingt nach London musste, und wie der Polizist sagen würde: »Okay, Schätzchen, kein Grund zur Sorge. Wir bringen dich hin.« Würden sie ja praktisch müssen, oder? Ich meine, selbst wenn da nur noch zwei von ihnen übrig waren, konnten sie ja ein Mädchen von gerade mal fünfzehn Jahren nicht allein losziehen lassen, oder? Sie würden mir helfen müssen.
Ich glaube, ich kann sagen, das war so ungefähr das letzte Mal, dass ich versucht habe, etwas Normales zu tun.

Ich weiß nicht, wann mir klar wurde, dass es hoffnungslos war. Als das Gartentor scheppernd zufiel und alle Hunde in der Nachbarschaft anfingen zu bellen? Als mir dabei einfiel – bravo! –, zum Himmel zu schauen? (Der okay war, ganz okay – klar und blau.) Als ich mit dem Rad den Berg runtersausen wollte, wie ich es normalerweise tat, und es nicht konnte, weil da – hey, schon vergessen? – überall Autos und Leichen waren? Als ich auf dem ganzen Weg keine einzige lebende Menschenseele sah? Oder vielleicht, als ich ankam? Ja, da ganz bestimmt. Ein Polizeiwagen parkte quer in der Einfahrt, und daran lehnte eine weiße Hinweistafel, aber was

immer darauf gestanden hatte, war im Regen zu schwarzroten Streifen verlaufen.
Ich versuchte es am Haupteingang. Er war verschlossen. Ein Teil von mir, auf den ich nicht gern hörte, hatte gewusst, dass es so sein würde. Der andere Teil, der Teil, der das nicht gewusst hatte, starrte das Gebäude an und begriff. An der Vorderseite und außen herum auf beiden Seiten sah ich eine Wand von Nachrichten, die Leute hinterlassen hatten. Die meisten waren so sehr vom Regen verwaschen, dass man nichts mehr lesen konnte – aber die Fotos … selbst wenn sie stark verwaschen waren, konnte man immer noch Gesichter erkennen, Klecksgesichter, die einmal richtige Menschen gewesen waren: Schnappschüsse aus den Ferien, Porträts aus der Schule, Automatenfotos, ein Foto von einem Brautpaar. Ich ging davor hin und her. Leute, die ich nicht kannte, Leute, die mir irgendwie bekannt vorkamen, Leute, die ich ganz bestimmt kannte.
Bilder von Leuten, die wahrscheinlich tot waren, hier aufgehängt von Leuten, die wahrscheinlich auch tot waren.
Mit steifen Knien ging ich zurück zum Eingang. Wohlbehalten hingen hinter Glas ihre blöden Mitteilungen über Terrorismus und Taschendiebe und Tollwut und die Nachbarschaftswache.
Ich trat gegen die Eingangstür.
Wie konnten sie es WAGEN, nicht hier zu sein? Wie KONNTEN sie?
Schlimmer als das hektische Kläffen eines verängstigten, hungrigen Hundes ist der Schrei eines eingesperrten Menschen.

Wenn Autos auf der Straße unterwegs gewesen wären, wenn die Welt halbwegs normal gewesen wäre – ich hätte sie wahrscheinlich gar nicht gehört. Aber in der Stille hörte ich sie. Ich hörte sie, und mein Herz krampfte sich vor Angst zusammen. Ich drückte mein Ohr an die Tür. Ich hörte Männer, die um Hilfe riefen ... so gedämpft, dass ich dachte, vielleicht wäre ich verrückt geworden und bildete mir Sachen ein. Aber nein. Ich hörte sie.

»***HALLO?! HALLO?!***«, schrie ich aus vollem Hals, und ich trat gegen die Tür und hämmerte mit den Fäusten dagegen.

Die Tür ging nicht auf, aber ich hörte sie jetzt deutlicher, schon bevor ich das Ohr wieder an die Tür presste und die Männerstimmen – gedämpft – brüllten: »HEY! HILFE! HEY! HEY!«

Ich schnallte es nicht, okay? Mein Herz und mein Bauch sagten mir, das sei nicht gut. Mein Kopf dachte ... keine Ahnung, was er dachte: dass vielleicht die Polizei da drinnen eingesperrt war?

Ich ging um das Gebäude herum. Das Polizeirevier von Dartbridge ist nicht wie ein Knast im Wilden Westen, sondern ein großes, büroartiges Gebäude mit massenhaft Fenstern. Keins war offen, und drinnen konnte ich nur Schreibtische erkennen ... bis ich an der Rückseite ankam, wo ich eine Reihe von sechs schmalen, hohen Fenstern sah, die nicht büroartig aussahen, sondern aus solchen geriffelten Glasbausteinen bestanden, wie man sie beispielsweise im Schwimmbad findet.

Das »HEY! HILFE! HEY! HEY!« ... es kam von dort.

»***HEY! HEY!***«, schrie ich aus voller Lunge.

Hinter den Fenstern erschienen die geriffelten Schatten menschlicher Köpfe.

»HEY! HILFE! HEY! HEY!«, schrien sie.

»*HALLO?!*«, schrie ich zurück.

»HEY! HILFE! HEY! HEY!«, schrien sie.

»*Hallo?*«, schrie ich.

»HEY! HILFE! HEY! HEY!«, schrien sie.

Die geriffelten Schatten menschlicher Fäuste hämmerten gegen das Glas.

Und jetzt fiel der Penny. Mit einem übelkeiterregenden, schweren Klappern. Diese Männer waren keine Polizisten. Sie waren in Zellen eingesperrt.

Etwas raschelte hinter mir. Ich drehte mich um. Da waren dieses DING und dieses MINI-DING.

Es waren Menschen, nahm ich an. Sie hatten ungefähr Menschengestalt, aber sie waren vollständig, von Kopf bis Fuß, am ganzen Körper mit schwarzem Plastik und Klebstreifen umwickelt. Mehr sah ich nicht – nur noch, dass der Große eine unheimlich klumpige, bucklige Form hatte und dass der Kleine ein riesiges grünes Gewehr trug.

Das Nächste könnte ich für mich behalten, aber ich habe gesagt, ich will mich bemühen, ehrlich zu sein. Ich fiel in Ohnmacht.

In romantischen Romanen fallen Frauen mit Korsetts und weiten bauschigen Kleidern in Ohnmacht. Sie fallen in Ohnmacht, weil … keine Ahnung … weil jemand in einer Stickerei einen falschen Stich gemacht hat, oder weil sie gerade gemerkt haben, dass sie in den Vikar verknallt sind oder so was, und dieser knackige Typ (oder der Vikar, der sich als ziemlich knackig erweist) rafft sie auf und belebt sie wieder. Mit einer schönen Tasse starkem Tee wahrscheinlich, oder vielleicht mit einem winzigen silbernen Fingerhut französischem Cognac.

Ich fiel im wirklichen Leben in Ohnmacht. Ich fiel in Ohnmacht, weil ich nichts gegessen und fast nichts getrunken hatte, und weil ich komplett, total und absolut erschöpft und panisch war. Vielleicht brauchte mein von Angst verschmortes Gehirn nur noch einen Blick auf diese DINGER zu werfen, um zu sagen: *Das war's. Licht aus.*

Ich sank nicht in meinen Röcken zusammen. Ich klatschte einfach der Länge nach hin.

KAPITEL 14

Es war, als wäre der peinlichste aller Albträume über die Schule wahr geworden. Ihr wisst schon – wenn dir mitten in der Mathestunde plötzlich klarwird, dass du nichts anhast, und alle lachen dich aus, und was immer du findest, um dich zu bedecken, schrumpft auf die Größe eines Taschentuchs zusammen. Oder du musst plötzlich kacken, und sämtliche Klos sind abgeschlossen, aber du kannst es nicht mehr einhalten und rennst herum und suchst eine versteckte Ecke, wo du es ablassen kannst, aber du findest keine. Oder du träumst, du küsst einen abscheulichen – ich meine, *echt* abscheulichen – Jungen, den du NIE IM LEBEN küssen würdest.

Ihr wisst, was ich meine? Ein Albtraum, den du nicht mal deiner besten Freundin erzählen würdest. Weil er ZU krass und ZU eklig ist. Obwohl du deiner besten Freundin im Prinzip vollständig vertraust, hast du jetzt Angst, sie könnte sich kaputtlachen und allen davon erzählen. (Und dann lachen alle über dich, genau wie sie es in deinem Albtraum schon getan haben.)

Yeah. Als ich aufwachte, war ich in der stabilen Seitenlage. Ihr wisst, was das ist? So legt man Leute hin, die gerade in Ohnmacht gefallen sind oder sonst was Scheußliches erlebt haben, damit sie nicht an der eigenen Zunge ersticken. Ich wachte auf, und meine Wange klebte an einem Müllsack, und … und … als ich die Augen öffnete, sah ich vor meinem Gesicht auf dem Plastik noch ein anderes Gesicht. Das bebrillte, verpickelte, streberhafte, nerdige Gesicht von …

Ein Freak aus der sechsten Klasse. Ein bebrillter, verpickelter, streberhafter, nerdiger Nobody-Freak.

»Ruby?«, sagte er.

Sein Gesicht war ungefähr einen halben Nanometer von meinem entfernt.

Ich schrie in fassungslosem Entsetzen auf, stieß ihn weg von mir und richtete mich auf – zu schnell, denn sofort tanzten kleine, flauschige Feenfunken aus Licht vor dem Gesicht von –

»Hier«, sagte er und hätte mich beinahe ertränkt, als er mir Wasser in den Mund kippte.

Ich schälte mir den Müllsack vom Gesicht, riss ihm die Flasche aus der Hand und trank. Es war eklig warm.

Kleine Schlucke, hörte ich meine Mum sagen. Kleine Schlucke, Ruby. Ich ignorierte sie noch ein paar Sekunden, und dann zwang ich mich, langsam zu trinken. In kleinen Schlucken.

Ich erinnere mich, dass ich die Flasche anschaute und kleine Krümel darin schwimmen sah. Von mir konnten sie nicht stammen, denn ich hatte nichts gegessen, was da hätte zurückfließen können … ÖÖÖRRRK!

Ziemlich genau in diesem Moment wusste ich mit Sicherheit, dass ich hier keinen unheimlichen Albtraum erlebte, sondern wirklich war, wo ich war, und zwar mit –

»Was hast du mit deinen Haaren gemacht?«, fragte er.

Darius Spratt.

Im Gegensatz zu dem, was man in Romanen und dergleichen tut – dass man sich nämlich alle möglichen ausgefallenen Namen ausdenkt, um eine li-te-rarische Aussage zu machen, oder dass man Namen ändert, um zum Beispiel in der Zeitung Unschuldige zu beschützen –, ist dieser Name nicht geändert worden. *Darius Spratt.* Wenn das mein Familienname wäre, würde ich ihn auf der Stelle ändern lassen … und selbst wenn ich das nicht könnte oder das Gefühl hätte, ich dürfte es aus irgendwelchen familiären Gründen nicht – zum Beispiel, weil meine Vorfahren ein Land entdeckt hätten (Sprattland), oder wenigstens eine Insel (The Isle of Spratt), oder weil sie ihr kleines Dorf (Sprattlington) verlassen und als Auswanderer eine Großstadt gegründet hätten (Sprattsville, USA) –, würde ich auf keinen Fall und nie im Leben meinen Sohn auf den Namen Darius taufen. Ich würde ihn, was weiß ich, George nennen, Anthony oder sonstwie. Aber sein Kind so zu nennen, Darius … genauso gut kann man einen riesigen Pfeil aufstellen, der auf das Wort S-P-R-A-T-T zeigt, in dicken weißen Lettern wie beim HOLLYWOOD-Zeichen.

SPRATTYWOOD

Es erstaunte mich selbst da, selbst in der Mitte des massivsten Traumas, das ich oder die Welt je erlebt hatten – damit meine ich nicht die Ohnmacht, sondern den ganzen Rest –, dass ich mich an seinen Namen erinnern konnte, ja, dass ich überhaupt wusste, wer er war. Ich hatte in meinem ganzen Leben noch nie mit ihm gesprochen. Warum hätte ich sollen? Er war der König von Loserville. Nein, nicht der König – der war vermutlich doch Ross Ramsden, ein so erbärmlicher Vollpfosten, dass seine einzigen Freunde die Lehrer waren – und man merkte, dass selbst sie ihn nicht besonders mochten. Darius Spratt war nicht der König von Loserville. Er war nicht mal der Kronprinz, nicht mal ein bescheidener Leibeigener. Er war, wie ich schon sagte, ein bebrillter, verpickelter, streberhafter, nerdiger Nobody-Freak. Mein Ritter in Müllsack-Rüstung.

HAHAHAHAHAHAHAHOOOOOOR.

»Nichts!«, fauchte ich (meine Antwort auf seine Frage nach meinen Haaren). Frechheit, Nerdyboy.

»Brauchst du etwas zu essen?«, fragte er.

Bläach! Dieser TON. Ein Ton wie … wie Simon. Wenn er eine Frage stellt, die eigentlich keine Frage ist. BLÄACH! ÖRK! Als ob er in Wirklichkeit sagen wollte: »Fräulein, ich glaube, du brauchst etwas zu essen, und zwar sofort!«

Er schaute zum Himmel, zog die Gummibänder (o ja) vom Bund seiner knallgelben Gummihandschuhe ab (die sind in dieser Saison der absolute Renner), damit er sie ausziehen konnte, und dann riss er sich (mannhaft – pffft) den Müllsack auf, der sich um seine dürre Brust spannte. Darunter trug er tatsächlich noch einen Anorak und darüber einen Rucksack. In dem wühlte er herum und zog eine zerdrückte Jumbotüte Erdnüsse heraus. Eine offene zerdrückte Jumbotüte Erdnüsse. Tja, das erklärte die Krümel in der Flasche.

ÖRRRK!!! KANN MAN SICH ETWAS EKELHAFTERES VORSTELLEN?!

Ich stopfte zwei Handvoll in mich rein.

»Hast du noch Wasser?«, fragte ich mit klebrigen Zähnen.

Er schaute wieder zum Himmel und riss dann (mannhaft – pffft!) noch ein Stück von seiner Müllsackrüstung herunter, um leichter an den Rucksack heranzukommen. Er nahm ihn ab, ließ ihn fallen, öffnete ihn und zog eine Flasche Wasser heraus – nicht bevor ich sehen konnte, dass der Rucksack voll (und ich meine VOLL) mit Wasserflaschen und Tablettenschachteln war. Egal. Ich riss ihm das Wasser aus der Hand und ließ es durch die Kehle gluckern. Nippte. Gluckerte. Nippte. Gluckerte – und Darius Spratt riss mir das Wasser wieder weg.

»Hey!«, sagte ich und stand auf. Kleine, flauschige Feenfunken aus Licht tanzten in der Luft, aber nicht mehr so viele.

»Langsam«, sagte Spratt.

Ich riss ihm die Flasche aus der Hand und gluckerte noch mehr.

Dann sah ich den Kleinen. Das Minidings mit der Weltraumkanone … und die war eine von diesen Super-Soaker-Wasserblaster-Pistolen. Aus Plastik. Es – sie, wie ich gleich erfahren würde – war immer noch eingewickelt. Anscheinend war das Atemloch nicht genau an der richtigen Stelle, denn die Plastikfolie ringsherum bewegte sich aus- und einwärts, und man konnte ihre Augen nicht sehen, obwohl kleine Schlitze in der Folie waren.

»Wer ist das?«, fragte ich zwischen zwei Gluckerschlucken.

»Keine Ahnung«, sagte Darius Spratt.

Ich ließ die Flasche sinken und sah ihn an. Hä?

»Sie redet nicht. Hab sie kürzlich gefunden.« Er überlegte kurz. »Genau gesagt, sie hat mich gefunden. In der Schule.« Er zeigte hinüber.

Als ob ich nicht wüsste, wo unsere Schule war. Ungefähr drei Minuten weiter oben an der Straße. Ich meine, ich hatte mir eine Menge Möglichkeiten überlegt, wohin ich gehen könnte, und es gab viele Ziele, an die ich gar nicht gedacht hatte und die ich mir wahrscheinlich hätte vornehmen sollen, aber eins war mir nicht mal für ein Millionstel einer Millisekunde in den Sinn gekommen, nämlich –

»In der *Schule?!*«, fragte ich.

(Der Ton. Man muss auf den Ton achten. Die ganze Welt war … und er war … in die *SCHULE* gegangen?!)

Darius zuckte die Achseln.

»Na, und was machst du hier?«, fragte er.

Ich zuckte die Achseln.

Seht ihr … Ich glaube, das ist das Schlimmste, was man über mich wissen könnte. Oder mit das Schlimmste. Schlimmer als die Meerschweinchen. Ich wäre … möglicherweise … einfach abgehauen. Wenn ich Darius Spratt nicht über den Weg gelaufen wäre, hätte ich … möglicherweise … diese Männer einfach zurückgelassen. Hätte ich vielleicht. Vielleicht hätte ich zu viel Angst gehabt, in ein Polizeirevier einzubrechen und –

»Da sind Leute eingesperrt«, sagte ich. »Ich werde sie rausholen.«

Das würde ich tun? Wirklich?

Er zuckte nicht die Achseln, aber er machte so ein Geräusch, so ein »hn«-Grunzgeräusch, das genauso gut war wie ein Achselzucken. Es hatte keinen *Ton*, es war nur ein »hn«.

»Du hast das *gewusst?!*«, fragte ich.

»Hn.«

»Na, wir können sie doch nicht einfach dalassen!«

Darauf sagte er nichts.

»Ich hole sie raus«, sagte ich.

Ich riss ihm die Erdnüsse weg, verschlang eine Handvoll und kippte noch mehr Wasser in mich rein. Ehrlich gesagt glaube ich, ich hoffte irgendwie, er würde etwas sagen – zum Beispiel würde er mir einen richtig, richtig guten Grund dafür nennen, dass wir das lieber lassen sollten. Aber er tat es nicht.

»Okay …«, sagte ich und sah mich um … äh, yeah, als ob ich irgendeinen Weg ins Gebäude suchte, den ich dann nicht finden würde, so dass ich leider gehen müsste.

»Ich hab den hier«, sagte Darius Spratt und nahm einen spillerigen Hammer aus seinem Rucksack.

»Danke«, sagte ich.

Ich nahm den Hammer und hoffte, er würde jetzt weggehen, damit ich auch gehen könnte.

Ich stakste davon und musterte die Fenster.

HAU AB, HAU AB, HAU AB. Aber jedes Mal, wenn ich mich umdrehte, waren Darius und die Kleine noch da und folgten mir.

»Hör mal, 🦋🦋🦋 euch einfach, ja? Wenn ihr mir schon nicht helft«, sagte ich.

Ich ging hinten herum zurück zum Vordereingang und attackierte die Tür. Sie war aus Spezialglas. Der Hammer prallte daran ab. Wer hätte das gedacht? Das Polizeirevier von Dartbridge hat eine Tür aus schlagfestem Plexiglas! Mit etwas Glück waren auch alle Fenster aus diesem Glas, und ich hätte (mit Würde) aufgeben können. Ich ging wieder um das Gebäude herum, und Darius Spratt und der kleine schwarze Plastikzwerg kamen mir nach. Ich probierte es mit einem Fenster, und es ging sofort kaputt, wie normales Glas kaputtgeht. Und sofort –

»HEY! HILFE! HEY! HEY!«

Man hörte sie ganz deutlich.

Ein bisschen deutlicher, würde ich gern sagen, aber es war wirklich total deutlich. Jetzt gab es kein Zurück mehr.

Aber das Fenster war zu hoch, um allein hinaufzuklettern Ich sah Darius Spratt an.

»HEY! HILFE! HEY! HEY!«

»Das ist dumm«, sagte er. »Das ist so dumm.«

Ich wollte ein Yiii-haaa starten, und zwar nicht zu knapp, denn wie Darius Spratt es sagte, klang es, wie wenn Simon es sagte – nämlich, als ob er sagen wollte: *Du* bist so dumm –, aber er kam heran und machte mir eine Räuberleiter. Ich fühlte, wie seine schwachen Arme sich anstrengten, während ich auf das restliche Glas einschlug. Dann zog ich mich über das Fenstersims hinein und landete auf einem Schreibtisch.

»HEY! HILFE! HEY! HEY!«

Ich machte das Fenster von innen auf, und die Bohnenstange hievte sich mitsamt Rucksack herauf und zu mir herein.

Dann drehte er sich um und drohte dem Plastikzwerg mit dem Finger.
»Du bleibst da«, sagte er. »Wenn jemand kommt, rennst du weg und versteckst dich. In der Schule. Du weißt schon, wo.«
Keine Ahnung, ob der Plastikzwerg das verstand. Die Kleine rührte sich nicht.

Sie waren hinter einer Tür, einer verschlossenen Tür. Einer Tür, die zu einer anderen Tür führte, mit einem kleinen Zwischenraum, in dem nur eine Bank stand. Und dahinter konnte man sie rufen hören.
Schlösser haben Schlüssel. Schlüssel werden irgendwo aufbewahrt.
Zu meinem Ärger war es Darius, der sie fand – an der Empfangstheke. Da, wo man hingeht, um der Polizei etwas mitzuteilen. Zum Beispiel: Hilfe, Hilfe, die ganze Stadt ist in Aufruhr. Oder dass jemand dein Rad geklaut hat (das du aus Versehen nicht abgeschlossen hattest). Dahinter hingen unzählige Schlüssel, und damit kamen wir durch den Zwischenraum. Als wir den Korridor mit den Zellen betraten, fingen die Männer an zu schreien.
Der Gestank von toten und lebendigen Körpern war unglaublich, ein Schlag in die Magengrube, so heftig wie das Geschrei und Gehämmer an den Türen. In jeder Tür war ein Guckloch, aber ich hatte zu viel Angst, um auch nur durch eins hindurchzuschauen. Ich glaube, man kann ruhig sagen, ich war starr vor Angst. Es war, als ob … als ob sie uns zerrei-

ßen würden, wenn wir sie herausließen. Als ob sie tollwütige Hunde waren, oder Dämonen.
Ich schaute Darius an und sah, dass mein eigenes Entsetzen sich in seinem Gesicht spiegelte. Wir wichen in den Zwischenraum zurück.
»Wir müssen ihnen was von deinen Sachen geben«, sagte ich.
Er zögerte.
»Die haben nur Hunger und Durst. Sie sind verzweifelt. Wir geben ihnen deine Sachen, und dann lassen wir sie raus.«
»Das könnten Mörder sein«, meinte Darius.
»Was denn, die alle?«
Er zuckte die Achseln. »Hn«, sagte er. »Sie sind ja nicht ohne Grund hier, oder?«
So wenig ich Darius Spratt leiden kann, so wenig kann ich behaupten, dass ich nicht seiner Meinung war. Ich kann nicht behaupten, dass ich nicht am liebsten einfach wegspaziert wäre. Am liebsten wäre ich sogar *weggerannt* – aber dann sah ich die Wahrheit, die sich nicht bestreiten ließ:
»Wenn wir sie nicht rauslassen, sind *wir* Mörder.«
Darius starrte einen Moment lang zu Boden. Dann seufzte er und kippte seine Vorräte aus.

In jeder Zellentür war eine Luke. Wir entriegelten sie eine nach der anderen, und Hände grabschten nach dem, was wir hinhielten. Man musste seine Sinne davor verschließen – vor dem Gestank und dem Geschrei und Gefluche – und dann auch vor den Streitigkeiten, die in den Zellen losgingen, als verzweifelte Männer sich um Wasserflaschen und blöde Erdnusstüten prügelten.

»Lasst uns hier raus! 🦋🦋🦋! 🦋🦋🦋! 🦋🦋🦋! Lasst uns raus!«

Aber keiner der Schlüssel passte.

»🦋🦋🦋 nochmal!«, schrie ein Kerl durch die Luke in der ersten Zellentür. »Macht schon!«

Seine Stimme klang so gebrochen. Trocken, wund und gebrochen.

»Die Schlüssel passen nicht!«, rief ich.

»🦋🦋🦋! Das ist ein Kind! Das ist ein 🦋🦋🦋 Kind! SCHNAUZE! SCHNAUZE!« Er schrie immer lauter. »**DAS IST EIN KIND!!! SCHNAUZE!**«

Im Zellenkorridor wurde es ruhig.

»Die Schlüssel passen nicht!«, schrie ich die Türen an.

Noch einmal ging lautes Gefluche los, bis der Typ in der ersten Zelle sie wieder zum Schweigen brachte.

»Versuch's am Aufsichtstisch, Schätzchen – hinter dir auf dem Weg herein. Versuch's da.«

Darius nickte mir zu und ging nachsehen.

»Schätzchen?«, rief der Kerl.

»Mein Freund ist hingegangen«, sagte ich, und vor Angst klang meine Stimme zittrig und unsicher.

(Man beachte, wie traumatisiert ich war: Ich nannte Darius Spratt meinen Freund.)

Darius kam sofort zurück und hatte einen Schlüsselbund, der aussah, als gehöre er zum Haus eines Riesen, viermal so groß wie normale Schlüssel.

»Habt ihr sie?«, rief der Typ aus der Zelle, als er es klirren hörte.
»Ja …«, sagte ich.
Im Vergleich zu vorher war es ruhig, aber aus jeder Zelle hörte man immer noch dieses verzweifelte Geblubber der fluchenden, schimpfenden Verzweiflung. Es war, als könnten sie jeden Augenblick alle wieder durchdrehen – und wer konnte sagen, was passieren würde, wenn diese Türen tatsächlich geöffnet wurden?
Darius räusperte sich. »Hören Sie, Sie müssen uns versprechen, dass Sie uns nichts tun oder so«, sagte er zu der Reihe der Türen.
Das klingt jetzt so dämlich, dass er das sagte. Es klang sogar in dem Moment irgendwie dämlich, und es machte die Männer wütend. Das Gefluche ging wieder los, bis der Typ in der ersten Zelle sie wieder zum Schweigen brachte.
»Ich schwör's euch«, sagte er, »beim Leben meiner Mutter. Niemand wird euch was tun.«
Sofort dachte ich: Deine Mutter ist wahrscheinlich tot. Genau wie meine.
Weiter konnten wir nichts tun. Darius schloss die erste Zelle auf.
Fünf Männer drängten sich drinnen zusammen. Drei kamen nicht raus.
Der, der mit uns gesprochen hatte, stand mit verzerrtem, zuckendem Gesicht da. Kann wohl sein, dass er weinen wollte, aber wenn man so ausgedörrt ist, hat man keine Tränen mehr.
»Danke«, brachte er heraus und lehnte sich an die Wand.

»Alle sind tot«, sagte ich. »Alle sind tot.«
Ich weiß nicht, warum ich das sagte. Ich weiß es wirklich nicht.
Der Mann nickte, als ob er das glauben könnte, als ob er es schon gewusst hätte.
Er streckte die Hand nach dem Schlüsselbund aus.
»Ich mache den Rest«, sagte er. »Ihr könnt gehen.«
Wir widersprachen nicht.
»Ihr seid in Ordnung«, rief er uns nach. »Gott segne euch!«
»Trinken Sie kein Wasser!«, rief Darius zurück.
Ich glaube, Darius hatte nicht gesehen, was ich gesehen hatte. In der Zelle war ein Trinkbrunnen. Ich darf nicht darüber nachdenken. Sie müssen auf die harte Tour herausgefunden haben, dass mit dem Wasser etwas nicht stimmte.
Wir kletterten durch das Fenster zurück nach draußen. Die Kleine war noch da und wartete. Irgendein furchterregender Typ voller Blut – aber er blutete von einer Prügelei an den Augen und aus der Nase – kippte hinter uns aus dem Fenster. Er landete auf dem Boden, nickte uns höflich zu und rannte weg.
»Wir sollten hier verschwinden«, meinte Darius Spratt.
Was du nicht sagst, dachte ich.
Wir liefen zum Vordereingang des Polizeireviers, und noch ein Typ kam an uns vorbeigestolpert. Ich schnappte mir mein Rad.
»Willst du nicht mit uns kommen?«, fragte Darius Spratt.
»Nein!«, sagte ich, und dieses Nein hieß: Nie im Leben. Es hieß: Sonst noch was? »Ich fahre zu meinem Dad.«

Ich fuhr los.
Nach Hause. Ich war ja nicht so bekloppt, mit dem Rad nach London zu fahren, oder? Ich hatte keine Ahnung, wie ich da hinkommen würde. Ich hatte das, was Simon als »kleines Logistikproblem« bezeichnet hätte. Das sagte er immer, wenn ich ihm mitteilte, wo ich hinwollte. Dann wies er mich darauf hin, dass ich darauf angewiesen war, von »jemandem« mit dem Auto hingefahren zu werden, und dass dieser »Jemand« aber Pläne hatte, in denen nicht vorgesehen war, dass er mich durch die Gegend kutschierte wie ein Chauffeur.
»Wir sind in der Schule!«, schrie Darius Spratt hinter mir her.
Ich warf einen Blick zu den beiden zurück. Sie standen einfach da.
»Bye!«, rief ich, und das fand ich sehr barmherzig von mir, alles in allem.
Barmherzig – und insofern ein weiteres Zeichen für den Ernst der Lage: Mädchen wie ich nehmen die Existenz von Jungen wie Darius Spratt eigentlich nicht zur Kenntnis. Das ist ein grundlegendes Naturgesetz.

KAPITEL 15

Ich nahm den kürzesten Weg nach Hause, quer über das obere Ende der High Street.

Das war ein Wahnsinnsanblick: Im Licht der Spätnachmittagssonne glitzerte sie wie ein Fluss aus zerbrochenem Glas. Ich lehnte das Rad an eine Mauer und watete ein kleines Stück weit hinein, nur um es mir anzusehen.

Sachen schwammen in diesem wasserlosen Fluss. Leichen, ja – aber auch andere Sachen: Spielzeug, Elektrogeräte, Bücher, Süßigkeiten, sogar Möbelstücke … und Schuhe, Kleidung, Schmuck. Schminksachen. Richtig gute Schminksachen, wie ich sie mir nicht leisten konnte, selbst wenn ich sie mir hätte kaufen dürfen.

Ich sagte mir, ich brauchte sowieso noch mehr von diesem Trockenshampoo, und während ich danach suchte, spazierte ich unabsichtlich noch in ein, zwei andere Läden, nur um mich ein bisschen umzusehen, und … äh, na ja, kurz gesagt … ich verwandelte mich in mein ganz privates One Girl Riot.

Normalerweise musste man ja ungefähr eine Stunde lang mit viel Hin und Her lauter Tester auf dem Handrücken ausprobieren, weil man sich nur einen einzigen Lippenstift leisten konnte – und deshalb musste der dann auch stimmen. Aber mit den Testern gab ich mich jetzt gar nicht mehr ab. Ich nahm einfach jeden Lippenstift, der mir gefiel. Und normalerweise kam man doch gar nicht auf die Idee, sich eine CD oder DVD im Laden zu kaufen, weil sie so teuer waren. Man musste sich genau überlegen, welche Farbe ein neues Top haben sollte, denn nicht mal in einer Billion Jahren konnte man sich beide oder alle drei (oder vier) kaufen, egal, wie gut sie waren. Diese spezielle Jacke musstest du zurückhängen, weil sie weit außerhalb aller finanziellen Möglichkeiten lag. Und Mum würde TOBEN, wenn du dir dieses Kleid kaufen würdest. Die Schuhe da waren toll, aber wozu solltest du sie tragen? Nie im Leben würden sie dir erlauben, so einen Bikini anzuziehen, und nie im Leben dürftest du dir diese irre süße, dünne sexy Unterwäsche kaufen. Eine Flasche Parfüm musste reichen. Und eine vernünftige Handtasche. Und nie-nie-nie-nie-niemals würdest du so was wie richtigen Schmuck kriegen, Mega-Bling-Bling aus echtem Silber oder gleich Diamanten mit passenden Ohrringen UND Tiara.

HAHAHAHAHAHAHAHAHAHAHAHAHAHA!

ICH BEKAM SOOOOOOOOOOOO VIEL ZEUG!!!!

(Obwohl das erstens die High Street von Dartbridge war – also, wie man sich vorstellen kann, nicht gerade Camden Lock oder Covent Garden oder Oxford Street oder auch nur Exeter – und ich zweitens in manchen Fällen ein bisschen zu spät kam und z.B. der Laden mit MP3-Playern und Handys und Tablets usw. bereits leergeräumt war. Ich hab nachgesehen. Gründlich.)

Ist mir egal, wie furchtbar sich das anhört. In dem Moment war es mir auf jeden Fall egal, das steht fest, und jetzt ist es mir eigentlich immer noch egal. Zum ersten Mal seit vor dem Regen war ich tatsächlich glücklich – oder abgelenkt, sollte ich wohl sagen … aber wisst ihr was? Ich glaube, ich war wirklich glücklich. Ich hatte einen irren Haufen Zeug – so viel Zeug, dass ich noch mal zurückfahren und größere (und bessere!) Taschen abräumen musste, um alles zu transportieren, und ich glaube, ich hätte immer so weitergemacht, wenn da nicht das *George* gewesen wäre. Ich hatte gar nicht mehr daran gedacht, und so, wie es überall stank, hatte ich nicht gemerkt, dass es nicht nur nach Leichen roch – sondern nach einem abgebrannten Pub.

Wow. Der Laden war weg. Da war ein kohlschwarzes Loch, wo das *George* gestanden hatte. Nur die Balken waren noch da, schwarze Knochen, die über den Haufen von verbranntem Schutt hingen. Dieser Ort, an dem mir endgültig klargeworden war, dass ich mich verliebt hatte, war so tot wie jeder andere Leichnam.

Es war schwer, danach weiterzumachen. Ich versuchte es aber. Da gab es diesen einen besonders boutiquemäßigen Laden, der wirklich DIE besten Sachen hatte und einer bösartigen alten Hexe gehörte, die sich raffiniert als superschicke Designer-Model-Tante tarnte und die mich und meine Freundinnen und überhaupt alle hasste, die jünger waren als sie, wie es solche Frauen tun, wenn sie begreifen, dass wir locker besser aussehen könnten als sie, wenn wir nur die richtigen Klamotten hätten, und die uns mit Blicken wie Todesstrahlen durchbohren und ganz unverhohlen verfolgen, indem sie fragen: »Kann ich helfen?«, was keineswegs »Kann ich helfen?« bedeutet, sondern »Verschwinde aus meinem Laden, du unverschämte Kröte«, wann immer wir es wagten, ihr irrsinnig teures Königreich des exklusiven Stils zu betreten, was nicht oft vorkam, aber oft genug, um jeden einzelnen Artikel darin sehnsüchtig anzustarren.

Ich räumte eine Stange mit Paillettenteilen ab, raffte Gürtel zusammen, von denen jeder einzelne das Taschengeld eines ganzen Jahres kostete, und stopfte alles in Drei-Trillionen-Pfund-Handtaschen, die ich nicht mal besonders schön fand.

Umgeben von meiner Beute saß ich dann auf der Kirchhofsmauer, nuckelte an einem Bio-Ginseng-Sprudeldrink, den ich aus dem Designerkühlschrank hinten im Reich der alten Hexe geklaut hatte, und hechelte praktisch. Nicht wegen der Hitze – und es war glühend, ja, leichenverschmorend heiß –, sondern von diesem irren, schwindelerregenden Kick. Ich konnte mir alles – ALLES – nehmen, was ich wollte.

Und ich hätte alles gegeben, wenn ich Lee hätte dabeihaben können. Dann hätte es wirklich Spaß gemacht. Alles war schrecklich, aber es gab das hier. Das hier – und niemand, mit dem ich es teilen konnte.

Ich rülpste.

Außer Saskia. Ich wusste, wo sie wohnte, nämlich gleich hinter der Kirche. Ich war noch nicht bei ihr zu Hause gewesen, aber Lee. Ich würde da mal nachgucken, dachte ich mir. Nur mal nachgucken.

Und in Wahrheit? Ich wusste nicht mal genau, wie groß mein Verlangen danach war, Saskia zu sehen, denn ich hatte das Gefühl, es gab Dinge, die ich sie vielleicht fragen wollte, ohne dass ich die Antwort wirklich wissen wollte. Nicht mal, wie sie eigentlich von Zaks Haus weggekommen war ... Hatte ich nicht gesehen, wie Saskia das Glas Wasser ablehnte, das Sarah ihr geben wollte? Hatte sie an Dinge gedacht, an die alle andern vor lauter Panik nicht hatten denken können? Hatte sie daran gedacht ... und sich nicht die Mühe gemacht, irgendjemandem etwas zu sagen? Hatte sie einfach dagestanden und genervt, weil sie nach Hause wollte, und dabei zugesehen, wie alle anderen starben?

In der Straße, in der sie wohnte, war es nicht schön. Sie war nah beim Krankenhaus. Normalerweise durften hier nur Anwohner parken, aber jetzt war auch hier alles verstopft mit Autos und Leichen. Ich hatte meine Sachen an der Kirche zurückgelassen, weil ich dachte, es würde nicht lange dauern. Ich wollte nur kurz nachsehen. Wenn ich sie nicht sofort finden sollte, würde ich wieder verschwinden – sofort.

Der Kick meiner Shoppingtour verpuffte angesichts dieser Straße, aber ich spürte ein neues Kribbeln, wie es dich überkommt, wenn du jemanden suchst, wenn du einfach wissen willst ... Also schlängelte ich mich die ganze Straße hinunter, und dann machte ich kehrt, wechselte die Seite und schlängelte mich zurück. Ich hatte nicht vor, ihren Namen zu rufen oder so was. Ich wusste ja nicht mal, in welchem Haus sie wohnte – bis ich es sah.

Im Wohnzimmerfenster saß die süßeste, knuddeligste, wei-

ßeste Chihuahua-Hündin, die man je gesehen hat. Sie wedelte mit dem Schwänzchen und kratzte mit einer winzigen, eindrücklichen Pfote an der Scheibe.
Ich kannte diesen Chihuahua. Ich hatte diesen Chihuahua schon gesehen. Dieses Chihuahua-Mädchen musste, ja, MUSSTE Saskias Mum gehören. Waren wir nicht alle mit Oooh und Aaah über sie hergefallen, als Saskias Mum uns von Ronnies öder Party abgeholt hatte?
Ihr Name war Tiffany – oder hieß Saskias Mum so?
»Hallo, Darling!«, flüsterte ich, und mir schmolz das Herz.
Ich rannte zur Haustür. Ich klingelte. Ich schrie durch den Briefschlitz.
»Saskia! Hey, Sask!«
Und dann: »Ich bin's, Ruby!« Aber niemand antwortete.
Ich ging durch das Gartentor nach hinten.
Saskias Mum und eine Menge andere Leute waren im Garten. Sie hatten gegrillt – mit einem schicken Buffet, das zertrümmert worden war. Essen lag überall verstreut. Saskias Mum lag mitten drin. Saskias Mum plus Dips. Das da musste Guacamole sein, oder?
Der Chihuahua scharrte an der Küchentür.
»Sask!«, schrie ich und hämmerte an die Tür. »Sask!«
Ich wusste, ich sollte nicht tun, was ich als Nächstes tat. Möglicherweise war Saskia nur mal ausgegangen – wie ich –, und gleich würde sie zurückkommen und mich dabei erwischen, wie ich in ihr Haus einbrach … aber genauso gut konnte sie ja krank oder tot drinnen liegen, und das würde ich auch sagen, falls sie zurückkommen sollte: »Ich dachte, du liegst

vielleicht krank oder tot da drin.« Am Gartenteich stand so eine kniehohe griechische Lady aus Beton. Das Mädel war schwer, aber zu schaffen. Ich packte sie und wuchtete sie mit dem Kopf voran gegen das Küchenfenster. Der Kopf brach ab. Aber nur eine Scheibe ging kaputt. Doppelverglasung – ein Albtraum, oder? Das Glas ist superhart, und selbst wenn man ausgiebig üben kann – wozu ich in dem Augenblick eher keine Zeit hatte –, ist es immer noch harte Arbeit. Ich baldowerte die Alternativen aus, wie Einbrecher es tun müssen. Holzgerahmte Terrassentüren, einfach verglast, Schlüssel im Schloss, und der süße kleine Hund, der da scharrte, um zu mir herauszukommen.

»Na, komm her! Komm!«, rief ich und lockte sie zurück zum vorderen Fenster, lockte sie dort an die Scheibe – flitzte dann wieder nach hinten und schmetterte – CRASH! – die Lady mit dem nackten Hintern, die Füße voran, durch die Terrassentür. Sie stand auf einem Steinsockel, und weder der Sockel noch die stämmigen Beine der Lady zerbrachen.

Gut getroffen, Ruby. (Ich kann's nicht erwarten, Dan zu erzählen, dass ich inzwischen praktisch eine professionelle Einbrecherin bin!)

Ich schob die Hand durch die Tür und öffnete sie.

»Saskia?«, rief ich.

Der süße kleine Hund kam angerannt. Ich hob ihn auf, bevor er sich die kostbaren Pfötchen an den Glasscherben zerschneiden konnte.

»Saskia!«

Mit der zitternden kleinen Töle auf dem Arm machte ich

einen Rundgang durch das Haus. Es war unheimlich. Saskia hatte zwei Schwestern, und ich hätte nicht sagen können, welches von diesen gespenstisch ordentlichen und aufgeräumten Zimmern ihres war, wenn die Fotos nicht gewesen wären: an den Wänden, in Bilderrahmen – unzählige Fotos von Saskia – wie sie Gymnastik machte, wie sie etwas gewonnen hatte, wie sie in den Ferien posierte, irgendwo, wo es heiß war, im Bikini … und das Foto von mir und Caspar – nur, dass es nicht mehr von mir und Caspar war. Sondern von Caspar und Saskia. Sie hatte mich abgeschnitten.
Und wisst ihr, was ich noch sah? Ich sah es nur, weil ich zufällig ihren Kleiderschrank und die Kommodenschubladen aufmachte. Saskias Sachen waren weg. Sie hatte ihre Sachen gepackt und war abgehauen.
Ich hätte diesen Hund im Haus lassen können. Ich hielt ihn vor meinem Gesicht hoch. Wie konnte – WIE KONNTE – dieses Caspar-stehlende 🦋🦋🦋 diesen süßen kleinen Hund allein zurücklassen?
»Keine Sorge, Darling!«, sagte ich. »Ruby wird für dich sorgen!«

Mit MEINEM Hund auf dem Arm stapfte ich zurück zur Kirche, setzte meine erbeutete Tiara auf, damit sie nicht zerdrückt wurde, nahm so viel von meinem Zeug, wie ich tragen konnte, und stapfte die High Street hinauf. Ich holte mein Rad, setzte Darling in den Korb und fuhr die High Street wieder hinunter. Ich machte einen kleinen Umweg zur Kirchenmauer, um noch mehr von meiner abgelegten Beute

einzusammeln, weil ich es nicht ertrug, die Sachen zurückzulassen. Dann fuhr ich nach Hause.
Ich und mein Darling bogen nach rechts ab und fuhren über den Parkplatz der Bibliothek, und wir kamen an dem Mann vorbei, der sich geprügelt hatte, und an der Frau, die ihn in den Arm genommen und gewiegt und geküsst hatte.
Mir war … nein, nicht traurig zumute, aber wirklich, wirklich ernst und feierlich, und ich machte in Holywell Gardens halt, wie meine Mum und ich es immer getan hatten, als ich klein war.
Es gibt dort eine Quelle, einen heiligen Brunnen, und darum heißt es so: Holy Well. Im Mittelalter glaubte man, das Wasser aus dieser Quelle könnte Leprakranke heilen. Konnte es aber nicht. Es gab keine Heilung für Lepra.
Heute würde nicht mal ein völlig verzweifelter Leprakranker daraus trinken wollen.
Mum sagte, es wäre ein Feenbrunnen. Als wir anfangs herkamen, war ich noch klein genug, um an Feen zu glauben. Auf dem Heimweg vom Einkaufen pflückten wir eine Blume – oder einfach ein schönes Blatt, wenn es keine Blumen gab – und legten sie hier für die Feen hin. Wenn die Feen sich darüber freuten, sagte meine Mum, dann würden sie auch eine Blume hierlassen. Und manchmal legten sie auch andere Sachen für mich hin: hübsche Muscheln oder Steine, manchmal Bänder, manchmal auch kleine Schmuckstücke, die meine Finger gern berührten. Und manchmal war es sogar ein Gedicht.
Ich brauchte ziemlich lange – eigentlich war es schon peinlich, *wie* lange –, bis ich draufkam, dass es nicht die Feen

waren. Zum Teil, glaube ich, lag es daran, dass wir Simon nie davon erzählten. Er konnte so etwas nicht ausstehen, nicht nur, weil es Hippiekram war (was ja stimmte), sondern auch, weil solche Sachen – die Zahnfee, der Weihnachtsmann, der Schutzengel – in seinen Augen nicht nur alberner Unfug waren, sondern Lügen, die man Kindern nicht erzählen sollte. Was für ein humorvoller Typ, nicht?

Der Feenbrunnen war unser Geheimnis. Meins und Mums. Und ich glaube, das ist der eigentliche Grund, weshalb ich so lange daran geglaubt hab: Weil es etwas war, das nur uns gehörte. Ich hab daran geglaubt, weil ich daran glauben musste – wie die Leprakranken, nehme ich an.

Und noch im letzten Frühling hab ich meine Mum an dem Brunnen gesehen – mit Henry. Sie hielt ihn auf dem Arm, und ich konnte sehen, wie sie ihm etwas zuflüsterte – über Feen, nehme ich an. Und ich … ich war plötzlich schrecklich eifersüchtig. Es war wie ein schmerzhafter Stich. Ein schmerzhafter Stich von Eifersucht und Trauer und dem Wissen, dass sie nicht mehr nur mir gehörte, sondern auch Henry … und was ich dann tat, war vermutlich das Erwachsenste, was ich je getan hab. Am liebsten wäre ich nach Hause gerannt, um zu heulen. Ich weiß, das hört sich an, als wäre ich ein Baby, aber so ging es mir eben. (»Veränderungen sind schwierig«, sagte meine Mum immer, damit ich kein so schlechtes Gefühl hatte, wenn ich Neuerungen nicht leiden konnte, Simon zum Beispiel oder die Entdeckung, dass ich einen Halbbruder namens Dan hatte, dass ich auf die Oberschule gehen musste und dass meine Mum schwanger war.)

Ich rannte *nicht* nach Hause, um zu heulen. Ich pflückte eine Blume und ging zu ihr, und wir erzählten Henry beide von den Feen. Ich legte den Kopf auf ihre Schulter, und sie gab mir einen von ihren speziellen Küssen, auf die Stirn, und streichelte mir die Wange. Und dann fing Henry an zu plärren, weil ich ihm nicht erlaubte, die Blume zu essen, und wir gingen nach Hause.

Ich ließ meine Darling im Gras herumstöbern und suchte eine Blume. Ich fand eine perfekte: eine einzelne Geißblattblüte, zart und duftend. Ich legte sie auf die Mauer an der Quelle – die anderen Blumen dort waren vom Regen zerdrückt, von der Sonne gedörrt und verrottet –, und ich bat die Feen, meine Mum nicht zu vergessen. Und um ihnen zu zeigen, wie ernst es mir war, ließ ich ihnen meine Tiara da.

KAPITEL 16

Ich schob mein Fahrrad mitsamt Beute nach Hause. Als ich in unsere Straße einbog, fing es an.

Das Heulen des Terriers schnitt durch die Stille. Ich konnte es nicht mehr ignorieren. Die Haustiere der Nachbarn. Die Haustiere der ❦❦❦ Nachbarn.

Schweren Herzens ließ ich mein süßes Darling und meine Beute in unserem stinkigen Haus zurück und ging wieder hinaus, um noch eine barmherzige Tat zu tun.

Auf dem Weg zu dem Haus, wo Whitby, der Golden Retriever, wohnte, holte ich die Brechstange aus Simons Rucksack, der immer noch mitten auf der Straße lag, wo ich ihn hatte fallen lassen. Zu Whitby ging ich als Erstes, weil ich ihn am meisten mochte. Ich klopfte, ich rief, die Hintertür war offen: Whitby kam herausgestürmt. Er musste wie verrückt gebellt haben, denn er bekam keinen Laut mehr heraus, hätte mich aber fast über den Haufen gerannt. Er freute sich wie verrückt, mich zu sehen … und mir, mir ging es genauso. (Jahrelang hatte ich mir einen Hund gewünscht, und zwar keinen Hund wie Darling, sondern einen wie Whitby. Genau gesagt, ich hatte mir Whitby gewünscht.) Tapfer überwand ich den Gestank in seinem Haus, um ihn zu füttern – aber obwohl

Tieren das Wasser anscheinend nichts ausmachte, brachte ich es einfach nicht über mich, ihm Leitungswasser zu geben. Ich ging noch mal zurück, holte eine Flasche Sprudelwasser aus Simons Rucksack und gab ihm etwas davon. Er schlabberte und fraß und schlabberte und fraß. Und wedelte und wedelte und wedelte mit dem Schwanz. Er war echt in Ekstase.

Dann bekam ich plötzlich Gewissensbisse, denn ich wusste, dass die Kinder, die hier wohnten (gewohnt hatten), einen Goldhamster hatten. Also ging ich noch mal hinein und holte ihn. Ich piekste Löcher in eine alte After-Eight-Schachtel und packte Fluffysnuggles mit Futter und Holzwolle hinein. Sollte ich jemals nach London kommen, würde ich Dan diesen Hamster schenken. Er würde sich freuen.

Ich ließ die Haustür für Whitby offen, stellte Fluffysnuggles neben Simons Rucksack und ging über die Straße zu Mrs Wallis. Wenn ich mir überhaupt etwas dachte, dann das: Die Freude darüber, Whitby noch lebend zu sehen, würde vielleicht ausgleichen, was immer mit Clarence und Mimi passiert war. Ich hatte nämlich schon gesehen, dass die schlechtgelaunten kleinen Shih Tzus nicht mehr auf dem Fenstersims hin und her rannten.

Die Haustür stand weit offen. Mrs Wallis war nicht zu Hause. Clarence war tot. Er lag in der Küche auf dem Boden. Mimi war nicht weit davon entfernt. Ich rannte wieder hinaus und holte noch eine Flasche Wasser aus Simons Rucksack.

Ich goss ihr Wasser ein und stellte ihr ein Schälchen mit Futter hin.

»Bitte friss, Mimi, bitte friss.«

Sie trank. Dann fraß sie ein bisschen und erbrach es wieder. Winselnd lag sie auf dem Boden in der Küche. Ich lockte sie mit Futter, und die ganze Zeit rief ich nach der Katze: »Ruu-by! Ruu-by!« Aber sie kam nicht.

Ich streichelte Mimi. Normalerweise kam man nicht so nah an sie heran. Ich strich ihr das Fell aus dem kleinen Gesicht. Zum ersten Mal konnte ich ihre Augen sehen, ihre traurigen kleinen braunen Augen, und jetzt fiel mir der Gedanke, sie zu verlassen, noch schwerer … aber das musste ich doch, oder? Rückwärts ging ich aus der Küche. Whitby saß draußen neben der Tür und wedelte mit dem Schwanz. Er hatte einen Arm in der Schnauze – einen Frauenarm: Der zerrissene Ärmel einer geblümten Bluse hing noch dran. Ihre Fingernägel waren pflaumenrot lackiert, und sie trug ein paar hübsche Ringe.

»Whitby! Nicht!«, schrie ich ihn an. »Loslassen!«

Er ließ den Arm fallen und kam wie ein Trottel angetappt, und wollte mich abschlecken. Ekelhaft! Ich stieß ihn weg und ließ ihn an Clarence schnuppern (hoffentlich erinnerte er sich daran, dass Clarence sein Freund gewesen war, und kaute nicht auch an ihm herum), und ich ging über die Straße und klopfte und rief und rüttelte an der Tür des Hauses, in dem der Terrier jetzt wie blöd kläffte. Die Haustür war verschlossen, die Hintertür war verschlossen. Ich zerschlug das Küchenfenster (einfach verglast) mit dem Stemmeisen und öffnete es. Der Terrier – hooo! irgendwie schaffte er es, auf die Spüle zu springen, über die Glasscherben hinwegzurutschen und aus dem Fenster zu klettern, und sofort

stürzte er sich auf Whitby, der mit dem baumelnden Arm in der Schnauze hinter mir her gekommen war.
So was will man wirklich nicht sehen: zwei Hunde, die sich um einen Arm raufen. Aber anscheinend half es Whitby dabei, seine Stimme wiederzufinden. Ich schrie die beiden an – mit null Wirkung –, bevor mir klarwurde, was für einen Krach wir machten … plus: Ich hatte nicht mal gemerkt, dass Whitby mir nachgekommen war, und das war ganz sicher nicht gut. Wenn er sich an mich ranschleichen konnte, dann konnte das jeder.
Wirklich jeder.
Ich entschied, dass ich endgültig von hier verschwinden musste. Mir war nicht wohl dabei, denn ich fand, ich müsste noch weiter nach Tieren suchen, die ich befreien konnte, aber mehr Barmherzigkeit konnte ich einfach nicht aufbringen. Ging einfach nicht.

KAPITEL 17

Es gibt einen Grund, weshalb man sich die Haare nicht bei Kerzenlicht färbt, genauso wie es einen Grund gibt, weshalb man sich bei Kerzenlicht keine Bräunungscreme ins Gesicht schmiert. Es ist einfach zu schwer zu erkennen, ob man die Farbe richtig hingekriegt hat, erst recht, wenn man sich nicht die Mühe macht, die Zeit so zu stoppen, wie man es tun soll. An dem Abend, also nach meinem privaten One Girl Riot, und nachdem ich hinaufgegangen war und Saskia aus dem Foto von Caspar herausgeschnitten hatte (so wie sie es mit mir auch gemacht hatte), und nachdem ich das Foto wieder an die Wand gepinnt und ihn geküsst hatte und traurig gewesen war (und zwar *unsagbar* traurig, so traurig, dass ich mir jeden Augenblick die Seele aus dem Leib schreien werde, weil ich einfach nicht glauben kann, dass das, was hier passiert, wirklich passiert) – nach all dem startete ich meine private One Girl Beauty Session. Wenn ich alles bedachte – nämlich dies:

- Der Geruch im Haus hatte einen neuen, unglaublichen Höhepunkt (oder Tiefpunkt) erreicht.
- Ich hatte Simons scheußlichen Pott mit Limonade aufgefüllt, aber die Blumen, die waren offenbar erledigt.

- Keines der Telefone schien wieder zu funktionieren.
- Ich checkte das Internet noch mal und begriff dann – tadaaa! –, dass der Akku im Laptop zwar noch voll war, das WLAN im Haus aber nicht funktionierte.
- Ganz Dartbridge lag immer noch im Dunkeln, und das leiseste Geräusch ließ mich zusammenschrecken.
- Ich wagte nicht, irgendwelche Kerzen außer einer winzig kleinen im Badezimmer anzuzünden, und selbst da stellte ich mich ein paarmal in den Garten, um sicher zu sein, dass man wirklich keinen Lichtschimmer sehen konnte.
- Ich schaute auch da ein paarmal nach, aber in keinem Haus in der Stadt war auch nur ein Funken Licht zu sehen.
- Mir war fast wieder übel, weil ich mich mit erbeuteter Schokocreme vollstopfte.
- Mitten in der Nacht flog hoch oben ein Flugzeug vorbei.
- Ich konnte keine Musik hören, weil alles, was wir hatten, an der Steckdose hing. Deshalb musste ich noch mal nach nebenan, um den riesigen batteriebetriebenen Old-School-Boom-Box-Ghettoblaster zu holen, den Mr Fitch beim Unkrautjäten im Garten herumschleppte, damit er seine Marschmusik hören konnte (seine Pflanzen liebten sie auch, behauptete er – seht ihr, was ich meine, wenn ich über Dartbridge rede? Selbst die normalsten Menschen …). Aber mit dem Ding konnte man nur Kassetten abspielen, und die einzigen Kassetten, die ich hatte, waren … Mr Fitchs Marschmusik.

Also – wenn ich das alles bedachte, hatten ich und Darling eigentlich einen ausgefüllten Mädelsabend, der beinahe sogar Spaß machte … wenn man den Aspekt der globalen Kernschmelze mit »alle sind tot, ich bin ganz allein, was soll ich nur machen?« ignorierte.

Am nächsten Morgen war von Spaß nicht mehr die Rede. Ich schnappte wirklich und buchstäblich vor Entsetzen nach Luft, als ich mich im Spiegel sah. Dass das Make-up, mit dem ich hantiert hatte, in meinem Gesicht verschmiert war, war nicht das Problem. Das ließ sich entfernen, aber nicht entfernen ließ sich die gestreifte, orangegelbe Bräune, die kein bisschen zu den roten Haaren passte. Ich hatte mir die Haare zuerst gebleicht, und im Kerzenlicht hatte das Weiß gespenstisch und furchterregend ausgesehen. Deshalb hatte ich gedacht, ich lasse es drauf ankommen. Aber warum nur, warum hatte ich *Rot* genommen? Meine Mum hatte recht, es stand mir wirklich nicht. Und das wusste ich, obwohl es schwer zu sagen war, solange mein Gesicht ORANGE war.

Ich musste es waschen, gründlich und sofort. Ich wusste, was ich tun würde. Ich würde Simons Rucksack holen und jede Flasche Wasser und Tonic und Limo, und was sonst noch da sein mochte, dazu benutzen, meine Haut und meine Haare zu schrubben und zu waschen. (Selbst da war mir noch nicht klar, dass ich an meinen Haaren NICHTS ändern konnte. Ich hatte eine leuchtend rote, permanente Haarfarbe auf mein weißgebleichtes Haar gestrichen – und abgehen würde es nur, wenn ich mir den Kopf kahlrasierte und mein natürliches, mausfarbenes Haar nachwachsen ließ. Oder sollte ich es schwarz färben? Hmmm …)

Ich rannte aus dem Haus, ohne zum Himmel zu schauen (was ich hätte tun sollen). Whitby musste den Kampf um den Arm gewonnen haben, denn er lag damit vor unserem Gartentor und nagte daran herum – am Knochen. Ich ging um ihn herum hinaus auf die Straße.

Simons Rucksack war weg.

Kein Tier könnte oder würde etwas so Großes und Schweres wegschleppen. Nur ein Mensch konnte ihn genommen haben. Ein »Jemand«. Ich spürte, wie die Angst in meinen Knochen knisterte.

»LASST DAS UND GEHT REIN!«, zischte ich Darling und Whitby zu. Die beiden schnupperten an Mrs Fitch herum und beäugten einander, als überlegten sie noch, ob sie zusammen knabbern oder sich lieber raufen sollten. (Mein Mädel – sie ist so mutig!)

Ich warf das Gartentor zu und bekam einen Schreck, weil es so laut war. Ich sah mich um und bereute es sofort. Mimi kam über die Straße spaziert, und hinter ihr lungerte der verrückte Terrier, als wäre er nur zufällig vorbeigekommen.

»REIN MIT EUCH! REIN!«, zischte ich und hielt das Gartentor auf. Der Terrier kam hereingesprungen.

»LASS DAS!«, fauchte ich, als er an Mrs Fitch schnupperte. Dann ließ auch Mimi sich dazu herab, unseren Garten zu betreten. »Nicht mal dran denken!«, knurrte ich, als sie vom Weg herunter und auf Mrs Fitch zulief.

Ich hielt die Haustür auf, und alle Hunde trabten hinein, als ob sie dort wohnten.
Ich warf noch einen nervösen Blick über die Straße und machte die Tür zu.
Und schloss sie ab.
Drinnen gingen die Hunde bereits aufeinander los. Whitby und der Terrier hatten es offensichtlich noch nicht geschafft, sich nach ihrem Kampf vom Vortag wieder zu vertragen. Sie knurrten einander an und überlegten offenbar, ob sie es noch einmal drauf ankommen lassen sollten, und das machte Mimi und Darling so nervös, dass sie zu kläffen anfingen. So sah es für mich aus. Vielleicht wollten sie die beiden aber auch nur anfeuern.
Ich wäre vielleicht Vegetarierin, aber meine Mum und Simon waren wütende Fleischfresser. In der Kühltruhe war Fleisch. Es taute langsam auf, aber es war okay, es roch gut und stank nicht. Ich sperrte Whitby mit einem Huhn in die Küche. Irgendwie dachte ich, es waren nur die gekochten Knochen, die Hunde nicht essen durften … oder? … und nachdem ich gesehen hatte, wie er Finger zerkaute, nahm ich an, das sei schon in Ordnung. Den Terrier lockte ich mit einem halb aufgetauten Päckchen Steak nach oben und sperrte ihn im Badezimmer ein. Mimi und Darling würden sich schon vertragen, dachte ich. Ich öffnete die Tür zum vorderen Zimmer, das vom blumigen Duft meines Pipieimers erfüllt war, und scheuchte sie mit ein paar Lammkoteletts hinein. Als ich gehen wollte, hörte ich, wie Mimi zuschnappte. Ich hob Darling auf und trug sie mit einem eigenen Kotelett in

Henrys kleines Zimmer, das er fast nicht hatte bewohnen können.
Der verrückte Terrier knurrte ein bisschen, als ich ins Badezimmer kam, als ob ich ihm sein Steak klauen wollte. Ich wagte nicht ihn anzuschreien, damit er nicht anfing, laut zu bellen. Ich ignorierte ihn einfach und stopfte zwei Plündertaschen mit den besten Beutesachen voll. Dann ging ich nach oben und packte noch eine Tasche mit *meinen* Sachen – einschließlich sämtlicher Fotos.
Schwer zu wissen, was ich einpacken sollte. Schwer zu wissen, wofür ich packte ... aber hört es sich an, als wäre ich gut organisiert gewesen? Als hätte ich gewusst, was ich tat? Ich sage euch, ich hatte keine klare Vorstellung von dem, was in diese Tasche gehörte – und schon gar nicht davon, wie die Tasche und ich zu meinem Dad kommen sollten. Den ganzen letzten Abend, an dem ich über einen Fluchtplan B hätte nachdenken sollen, hatte ich überlegt, ob ich Flitter oder lieber Crackle Finish als Nagellack nehmen sollte und welcher Lippenstift besser wäre, der Super-Moisturizer oder der Lipgloss.
Ich ging wieder ins Bad. Der Terrier hatte das ganze Steak verschlungen und streckte sich auf dem Boden aus, als wollte er sagen: »Komm, streichle mich, ich will jetzt auch brav sein, ganz ehrlich.« Ich ignorierte ihn und nahm Sachen aus der Tasche, um Gesicht und Haare in Ordnung zu bringen, so gut es ging. Ich raffte das furchterregend rote Haar oben zu einem Knoten zusammen (man muss sich einen ausbrechenden Vulkan oben auf meinem Schädel vorstellen) und bestrich mein orangegelbes Gesicht mit geklauter Grundie-

rung. Wimperntusche und Lippenstift machten alles noch schlimmer: Ich sah aus wie aus Plastik. Wie eine furchterregende Puppe. Eine spezielle Halloween-Gruselpuppe.
Und während ich mich vergebens bemühte, mir ein halbwegs menschliches Aussehen zu geben, dachte ich: Was machst du hier? Was machst du?! WAS HAST du JETZT VOR? Und als ich fertig war und die Gruselpuppe im Spiegel anstarrte, antwortete sie mir.
Ich werde fahren, sagte sie.
WAS?!, fragte ich.
Hat Saskia doch auch getan, oder?, meinte sie. Was glaubst du, wie sie von Zaks Haus weggekommen ist? Dummi.

Ich drückte einen Kuss auf die Tür von Simons und Mums Zimmer.
Und atmete.
»Bye, Mum«, flüsterte ich.

ABER ICH KANN DOCH GAR NICHT FAHREN!!!, dachte ich, als ich meine Taschen die Treppe hinunterschleppte. ICH WEISS NICHT, WIE DAS GEHT!
Reiß dich zusammen, dachte ich. Sei wie Saskia. Sei wie die Halloween-Gruselpuppe Saskia.
Ich nahm alle Telefone und Caspars kostbaren MP3-Player und Simons kostbaren Laptop und packte sie – mitsamt Ladegeräten – in eine Tasche. Dann durchsuchte ich Simons Jackentaschen und angelte unseren Autoschlüssel heraus. Schließlich nahm ich das Stemmeisen.

Im Kopf hatte ich alles klar. Ich würde ganz simpel vorgehen – so, wie man sich an die Schritte der Gebrauchsanweisung auf einer Packung Haarfarbe hält. (Das Stemmeisen war kein Schritt, sondern eher wie das, was *nicht* auf der Packung steht, nämlich, was man tun muss, wenn das alles schrecklich schiefgeht.)

SCHRITT EINS. Ich atmete tief durch, um mich zu beruhigen. Dann schloss ich die Tür auf, ging hinaus und verstaute die Taschen hinten im Wagen. Das ging glatt.

SCHRITT ZWEI. Ich lief wieder ins Haus, um die Tiere zu holen.

Das dauerte länger, als es sollte.

Darling war einfach, denn ich hatte auf dem Rückweg meiner Plünder-Expedition einen Miniumweg gemacht und eine hübsche kleine Leine mit Halsband für sie besorgt. Noch mal in Whitbys Haus zu gehen, brachte ich nicht über mich. Ich ging hinaus zum Auto, holte einen meiner neuen Gürtel und hakte ihn an sein Halsband. Das Gleiche tat ich mit Mimi. Der verrückte Terrier war zu verrückt, um gerettet zu werden, entschied die Halloween-Gruselpuppe Ruby skrupellos als Teil meiner selbst.

Als ich meine Hundemeute zum Auto hinausführte, zog Mimi an der Leine und wollte nach Hause. Ich zerrte sie mit. Sie schnappte nach mir, als ich sie aufheben wollte; also musste ich sie praktisch am Halsband auf den Rücksitz hieven. Darling setzte ich neben ihr in Henrys Babysitz, und dann

verstaute ich Whitby im Kofferraum bei meinen Taschen. Ich ging zurück ins Haus, scheuchte den Terrier aus dem Badezimmer, die Treppe hinunter und aus dem Haus.
»Aus!«, befahl ich, als er geradewegs auf Mrs Fitch zulaufen wollte.
Ich öffnete das Gartentor, und er lief hinaus – und drehte sich um. Er wartete, was ich tun würde. Ich nehme an, er fragte sich, ob ich mit ihm Gassi gehen würde.
Sei wie Saskia.
Ich machte ihm das Gartentor vor der Nase zu und ging wieder ins Haus, um Fluffysnuggles zu holen.
In der Diele blieb ich stehen. Das Haus … die ganze Welt … war still.
Dripp, dripp, dripp, machte der Wasserhahn in der Küche.
Fang jetzt ja nicht an zu heulen, befahl ich mir.

SCHRITT DREI. Der hieß »Losfahren«.
Und ging furchtbar schief.
Der Terrier tänzelte hinter mir her, als ich auf das Auto zuging.
Die Hunde im Wagen hatten sich umsortiert. Whitby saß jetzt auf dem Beifahrersitz und hechelte seinen stinkigen Hundeatem überall hin. Darling wartete niedlich auf dem Fahrersitz, und Mimi schmollte hinter dem Rücksitz im Kofferraum. Ich schaufelte Darling vom Sitz, nahm sie auf den Schoß und stellte Fluffysnuggles auf den Boden vor dem Beifahrersitz.
Dann startete ich den Motor.

Dieser Motor dröhnte in der Stille wie ein Düsenflugzeug, eine Million Milliarden Mal lauter als das Flugzeug, das in der Nacht vorbeigeflogen war. Laut genug, um Tote aufzuwecken, hätte Grandma Hollis gesagt.

Als Erstes musste ich mein Fenster aufmachen, sonst würde mir von Whitbys Todesatem schlecht werden. Dann probierte ich die Pedale aus und fummelte nervös mit den Gängen herum. Nur mein Dad hatte mich jemals ans Steuer seines Autos gelassen, und meine Mum und Simon waren ausgetickt, als ich es ihnen erzählte – obwohl es auf einer völlig verlassenen Landstraße in Lancashire gewesen war *(»Er hat dich auf einer öffentlichen Straße Auto fahren lassen!?!«)*, und sie hatten sich absolut und total und entschieden geweigert, mich in unserem Auto ans Steuer zu lassen.

Wie ein Känguru verließen wir unseren Parkplatz und rammten das Auto der übernächsten Nachbarn. Whitby rutschte vom Sitz hinunter zu Fluffysnuggles. Darling fiel nicht, verzog sich aber trotzdem auf den Boden. Der Motor heulte auf, und der Wagen schoss vorwärts, als mein Fuß das Gaspedal hinuntertrat, während ich vor dem Sitz herumangelte und Darling aufhob.

»🦋🦋🦋 Viecher!«, schrie ich. Das war die Nervenanspannung.

O nein. Ich stellte den Motor ab.

»Zwei Sekunden«, murmelte ich den 🦋🦋🦋 Viechern zu, stieg aus und lief zurück zum Haus.

Jetzt habt ihr vielleicht gedacht, wie nett ich doch bin und dass ich Tiere wirklich lieben muss und so weiter. (Na ja, abgesehen von dem Terrier.) Aber wisst ihr, was ich vergessen hatte? Unsere blöden Meerschweinchen.

Ich wusste nicht mal, ob sie überhaupt noch lebten. Ich schloss die Haustür auf und stürmte durch das Haus und durch die Hintertür hinaus in den Garten. Ich glaube, Meerschweinchen kommen aus Peru, und ich nehme an, das Leben dort muss ziemlich hart sein, denn obwohl sie kein Fitzelchen Futter oder Wasser mehr übrig hatten, waren Gimli und Prince Charming (fragt nicht – das ist eine ganz andere Geschichte) noch sehr lebendig und verlangten laut quiekend etwas zu fressen. Ich machte den Käfig auf und –

Ich erstarrte. Nicht, weil mir klarwurde, dass es zu lange dauern würde, eine Kiste oder so was zu finden, sondern weil die Hunde durchdrehten. Die Mädels kläfften gedämpft, und Whitby bellte dröhnend. Der Terrier auf der Straße war völlig außer sich. Entweder war Clarence von den Toten auferstanden und jagte ihnen eine Mordsangst ein, oder ein anderer Hund war aufgekreuzt und hatte Streit angefangen, oder –

Ich rannte zurück ins Haus und riss die Haustür auf –

Oder etwas anderes hatte sie in Aufruhr gebracht.

Nicht etwas. Jemand. Und zwar nicht irgendjemand.

Er stand nur zwei Schritte weit vor mir. Ein vornehmer Mann mit grauen Haaren. Der Terrier stürmte an ihm vorbei ins Haus, und das genügte – die zwei Sekunden, die der Hund brauchte, um vorbeizurennen –, um dem vornehmen Mann

Gelegenheit zu geben, einen Satz nach vorn zu machen und den Fuß in die Tür zu stellen, ehe ich sie zuschlagen konnte. Ich stemmte mich mit aller Kraft dagegen. Der Terrier legte wieder los und bellte dicht hinter mir wie ein Irrer. *Hinter* mir, als ob er mich unterstützen wollte, als ob ich tatsächlich irgendetwas tun könnte.

»Ich will nur mit dir sprechen«, sagte der Mann. »Ich will nur mit dir sprechen.«

Diese Stimme. Sie klang geschniegelt und gestriegelt und blitzblank wie sein Haus.

Seine Finger krümmten sich um die Türkante. Ich hatte das Gefühl … wie … wisst ihr, wie es ist, wenn man klein ist und mit einem Erwachsenen Armdrücken macht? Wenn sie dich glauben lassen, du hättest eine Chance, während sie dich in Wirklichkeit im nächsten Moment plattmachen können? So fühlte sich das an. Ich drückte so fest, wie ich konnte, aber mir war klar, wenn er wollte, konnte er mich jeden Moment an die Wand nageln, und dann wäre GAME OVER. Also machte ich ihm den Whitby: Ich grub meine Zähne in seine Finger. Ich biss zu, so fest ich konnte. Er schrie auf und riss die Hand weg – aber sein Fuß blieb in der Tür.

»Ich tu dir nichts«, rief er.

Ich spuckte den ekligen Geschmack seiner Hand aus.

MACH WAS!, schrie die Halloween-Gruselpuppe Ruby in mir.

Das Stemmeisen lag im Auto.

DENK NACH!, schrie mein Simon-Ich.

Ich hatte keine Anweisungen, die ich befolgen konnte. Ich

sah mich nach etwas um, nach irgendetwas … Die Tür zum Vorderzimmer stand offen. Ich sah meinen Pinkeleimer.

Ich ließ die Tür los, hechtete ins Wohnzimmer und packte den Eimer.

Der Mann kam mir nicht nach. Er stieß die Tür mit der Fingerspitze weit auf, blieb stehen und rieb sich die Hand. Ich stand mit meinem Pinkeleimer in der Diele.

Der Terrier wurde still – aber vielleicht nicht, weil der Kampf an der Tür vorbei war, sondern weil die Menschen ihm einfach zu verrückt geworden waren.

»Gehen-Sie-weg-von-mir«, sagte ich.

Meine Stimme war erstickt von Wut und Angst und Hass. Sie klang wie die eines anderen Menschen, einer gefährlichen Irren. Ich hob den Eimer, als wollte ich ihn damit überschütten, und ich hielt ihn fest umklammert, damit meine Hände nicht zitterten. Ich ließ ihn ein bisschen kreisen. Drohend.

Der Mann wich sofort zurück, drückte sich durch das Gartentor, hielt es fest.

»Ich tu dir nichts«, sagte er. »Bitte –«

»Sie haben ihn umgebracht«, sagte ich.

»Das war ein Unfall –«

»Es war eine Falle!«

»Ich hatte Angst –«

»Wir hatten Durst. WIR. HATTEN. NUR. DURST.«

»Das weiß ich. Es ist mir klar –«

»Sie haben ihn ermordet.«

Ich ging auf ihn zu, mehr wütend als tapfer. Ich ging den Weg hinunter, und er drehte sich um und rannte weg.

»Bleiben Sie weg von mir!«, schrie ich hinter ihm her. »Bleiben Sie weg von meinem Haus! *MÖRDER!*«

Ich konnte nicht aufhören zu zittern, und dachte die ganze Zeit, er würde zurückkommen. Ich nahm den Pinkeleimer mit, als ich das Haus abschloss. Ich nahm den Pinkeleimer mit, als ich zum Auto zurückging. Der verrückte Terrier kam auch mit. Jetzt konnte ich ihn nicht mehr zurücklassen – nicht, nachdem er hinter *mir* gestanden und *ihn* angebellt hatte. Ich öffnete die hintere Tür auf der Beifahrerseite. Der Terrier sprang hinein, sah Whitby und knurrte. Whitby knurrte zurück.
»SEID STILL!«, schrie ich sie an. Ich öffnete die Fahrertür, schaufelte Darling wieder mit einer Hand hoch und stieg ein. Ich stellte den Pinkeleimer vor den Beifahrersitz, klemmte ihn neben Fluffysnuggles' Karton und machte die Tür zu. Ich schnallte mich an.
Der Autoschlüssel war weg.
Nicht weg wie »heruntergefallen«. Nicht weg wie »ach, ich Dummerchen, ich hab ihn ja eingesteckt«. Sondern »weg« weg.
Ich sah mich um. Der Mann stand in einiger Entfernung auf der Straße und hielt den Schlüssel hoch.
»ICH WILL NUR MIT DIR REDEN!«, rief er. »ICH VERSPRECHE DIR, ICH TU DIR NICHTS!«
Ich öffnete meinen Sicherheitsgurt. Ich nahm Darling hoch, küsste sie und tauschte sie gegen den Pinkeleimer aus. Ich stieg aus, aber ich machte die Fahrertür nicht zu, sondern blieb daneben stehen.

»Ich wusste nicht, dass du und dein Dad das waren!«, rief er und kam langsam auf mich zu. »Ich hatte Angst!«

Ich sagte nichts. Nicht mal: »Er war nicht mein Dad.«

»Hör zu, ich will dir wirklich nichts tun.« Er kam näher und breitete die Hände aus, seine blöden, bösen Mörderhände, als wollte er es mir beweisen – und in der einen Hand war mein Autoschlüssel. MEIN AUTOSCHLÜSSEL.

»Und ich weiß, dass du mir auch nichts tun wirst ... Ich weiß, du bist gut ... du hast die Katze gefüttert ...«

Er war jetzt am Kofferraum angekommen und legte eine Hand darauf, als wollte er sich stützen.

»Ich sehe, du hast Tiere wirklich gern«, sagte er.

Noch einen Schritt weiter ...

Er machte diesen Schritt. Seine Hand strich über die Seite des Autos, der Terrier sprang ans Fenster und bellte wie verrückt, der Mann machte einen Satz rückwärts, und ich kippte ihm die Pisse in sein adrettes, glattes Gesicht.

Ich glaube, es brennt, wenn man Pisse und Scheuermittel in die Augen kriegt, und ich glaube, es brennt noch mehr, wenn man glaubt, dass man davon stirbt. Er schrie noch schlimmer als vorher, als ich ihn gebissen hatte. Er ließ den Schlüssel fallen und schlug die Hände vors Gesicht. Ich raffte den Schlüssel vom Boden auf. Die Hunde – alle vier – drehten komplett durch. Ich hob Darling auf, die wieder auf den Fahrersitz gekrabbelt war, und warf sie nach hinten. Dann schlug ich die Tür zu, drehte den Schlüssel im Zündschloss und machte das Känguru.

Schritt drei dauerte wirklich ziemlich lange. Es war die langsamste und beschissenste Flucht in der Geschichte der Menschheit. Wenn der Blockbuster gedreht wird, will ich, dass das geändert wird. Ich will einen schicken Sportwagen haben – rot, nein, weiß, nein, schwarz. Und mein Haar soll so blond sein, wie ich es hatte haben wollen, und nicht aussehen wie ein gespenstischer Heuhaufen und schon gar nicht wie ein Halloween-Horror. Der Wagen soll ein Cabrio sein, meine Tiara soll triumphierend in der Sonne glänzen und meine Haut pickelfrei und knutsch-ekzem-frei sein, prachtvoll von der Sonne geküsst (und nicht ORANGE! und schon gar nicht plastikbeschichtet). Darling muss dabei sein, mit einem punkig stacheligen Leder-Nieten-Halsband. Mein Hund: klein, aber megahart.
Whitby könnte wohl auch dabei sein, aber nur, wenn er vorher gebadet und geföhnt worden ist und eine ernsthafte Hundezahnhygienebehandlung hinter sich hat. Keine Fasern von Toten dürfen zwischen seinen Zähnen stecken. Und Mimi, der Terrier und der Typ, den ich heulend auf der Straße zurückgelassen habe, die sollten einfach gestrichen werden. Die sind nicht dabei, kommen in der Szene gar nicht vor. Fluffysnuggles auch nicht, es sei denn … er entkommt aus seiner After-Eight-Schachtel und lebt am Ende harmonisch mit den Meerschweinchen zusammen. Das wäre süß.
Ich hab immer noch Albträume von Schritt drei. Darin bin ich die Halloween-Gruselpuppe. Ich fahre einen Panzer. Ich bringe Leute um. Ich bin allein.

KAPITEL 18

Ich würgte den Wagen ungefähr hundertmal ab, bevor ich am Ende unserer Straße war. Wenn der Mann uns nachgekommen wäre, hätte er ganz gemütlich gehen können und uns trotzdem eingeholt.

Die Hunde – alle – legten sich hin und hielten die Klappe, während wir uns ruckweise in die Freiheit bewegten. Fluffysnuggles kauerte wahrscheinlich total verängstigt in einer Ecke seines Kartons.

An der Kreuzung hielt ich vorschriftsmäßig an. Wieder würgte ich den Motor ab, und wir rollten rückwärts bergab. Ich bremste, ließ den Motor an und machte wieder das Känguru hinaus auf die Hauptstraße – ganz hinüber bis auf die falsche Straßenseite. Das war Absicht; auf der falschen Seite war mehr Platz. Musste also sein. Die nächste halbe Meile schaffte ich, ohne den Motor abzuwürgen oder das Känguru zu machen. Ich schaffte es sogar, in den dritten Gang zu schalten, und streifte nur zwei Autos, nur ein bisschen … aber ich sage euch: Spaß hat es mir nicht gemacht. KEIN BISSCHEN.

Kein Wunder, dass Leute am Steuer biestig werden! Selbst wenn sie seit x Jahren Auto fahren und nicht mehr alles

Mögliche rammen und dabei eigentlich auch NICHT BESONDERS ANGESTRENGT DENKEN müssen, ist es im Grunde doch stressiger als ALLES andere. Im Ernst, als ich bei der Ashton Road war, dachte ich eigentlich, mit dem Fahrrad wäre ich besser dran, und viel länger würde es wahrscheinlich auch nicht dauern.

An der Kreuzung hielt ich an und würgte den Motor wieder mal ab. Das war sogar okay, denn sonst wäre ich nach rechts abgebogen und geradewegs auf den riesigen Autofriedhof der Stadt gefahren. So konnte ich einen Moment lang nachdenken und fuhr nach links. Okay, ich machte das Känguru nach links. Aber diesmal auf der richtigen Straßenseite; auf der Spur, die in die Stadt führte, stauten sich verlassene Autos. Ich bereitete mich gerade darauf vor, in den zweiten Gang zu schalten, als der verrückte Terrier fand, er wäre jetzt lange genug still gewesen, und sich auf Whitby stürzte.

Es kam zu einem wütenden Hundejungskampf in meinem Auto, während ich, Darling und Mimi kreischten und herumschrien, wie es die meisten Mädels tun, wenn es eine Prügelei gibt. (Es sei denn, sie machen mit.)

Ich sagte mir, das wäre der Grund, weshalb ich auf den Schulhof einbiegen musste. Ich stieß die Tür auf, und der Terrier sprang raus. Die hinterhältige Mimi kletterte hinterher, und beide flitzten ab, während ich auf die Hupe drückte.

Ihr könnt es als Akt der Barmherzigkeit bezeichnen. Aber ihr müsst wissen, ich hatte Angst.

Also, ja, ich drückte auf die Hupe.

Schon mal von einem Rücksitzfahrer gehört? Nein? Das ist einer, der hinten sitzt und dem Fahrer sagt, was er tun soll. Kurz gesagt, ein Schlauberger, der lieber aussteigen und zu Fuß gehen sollte. Ich hatte einen Schock nach den drei Schritten meiner Flucht, und eigentlich wollte ich nur eine Weile meine Ruhe haben, aber nach zehn Minuten im Auto mit Spratt platzte mir langsam der Kragen.

Dass sie überhaupt im Auto saßen, kam so:

»Oh. Okay. Hey«, sagte ich lässig, als die schwarzen Plastikgestalten aus dem Lehrerzimmer kamen. (Geht's noch? Er war nicht einfach in die *Schule* gegangen, er war ins *Lehrerzimmer* gegangen.) Ich wette, die Kleine war die ganze Nacht nicht aus ihrer Plastikverpackung herausgekommen, und Darius hatte sich auch wieder eingewickelt. Hab ich erwähnt, dass zu keinem meiner Schritte das Anlegen wasserdichter Kleidung gehört hatte? Äh … nein. Ich hatte das an, was man so anhatte. Jeans und so.

»Bist du *verrückt?!* Es gibt jeden Moment Regen! Was *machst* du denn?«, plärrte Darius Spratt. »STEIG WIEDER INS AUTO!«

Hab ich erwähnt, dass ich nicht zum Himmel geschaut hatte? Äh … nein. Und da war dieses Stratus-Ding, das da heranzog. Grau und dick. Es sah nicht aus, als ob es wirklich und auf jeden Fall Regen geben würde, aber möglich war es. So ist Stratus nebulosus: Er lässt seine Absichten gern im Ungewissen. Ich hatte jedenfalls nicht vor zu widersprechen. Ich fegte Darling von meinem Sitz, stieg ein und holte sie auf meinen Schoß. Darius und die Kleine stiegen auch ein und zwängten sich mit Plastikquietschen auf den Rücksitz neben Henrys Babysitz.

»Was MACHST du denn?« Darius riss sich die Plastikfolie vom Gesicht, damit er besser meckern konnte.

Hooo. Ich, Darling und Whitby drehten uns um, damit wir die Neuen besser sehen konnten. Whitby, der große Dussel, schien seine Prügelei im Wagen ganz gut überstanden zu haben und warf sich ihnen entgegen, um hallo zu sagen. Die Kleine – und Darius, die Memme! – drückten sich an die Sitzlehne, als ob Whitby eine wilde Bestie wäre.

Ich packte Whitby beim Halsband. »Platz!«, befahl ich (als hätte ich ihn irgendwie unter Kontrolle).

Yeah, und was machst du?, dachte ich. Versteckst du dich in der Schule, bis der Lehrer kommt und dir sagt, was du tun sollst?

»Ich fahre nach London«, sagte ich.

Zu meinem Ärger fiel Darius nicht auf die Knie und flehte mich an, mitkommen zu dürfen – was schwierig gewesen wäre, so auf dem Rücksitz des Autos und mit dem wilden Whitby in Reichweite. Aber ihr wisst, was ich meine.

»Wozu?«, fragte er.

»Mein Dad wohnt da«, sagte ich. Es tat ein bisschen weh, es laut auszusprechen. Ich erwischte einen ungebetenen Schluchzer im letzten Moment und stopfte ihn zurück.

Darius dachte kurz nach.

»Hn«, sagte er und machte wieder eine anstrengende Pause, bevor er sagte: »Ich glaube, nach London zu fahren, ist keine besonders gute Idee.«

Hooo Nr. 2. Ich hatte zwar nicht gefragt, ob er meinen Plan für gut hielt oder nicht, aber eins hatte ich auf die harte Tour in den »sozialen Netzen« gelernt: Manchmal muss man eine Sekunde abwarten, bevor man auf die frechen Unverschämtheiten von jemandem, den man nicht besonders gut kennt, eine vernichtende Antwort abschießt – besonders dann, wenn man etwas von ihm will, zum Beispiel die Einladung auf eine Party oder so was. Also hielt ich den Schnabel – obwohl ich selbstverständlich im Geiste mit verschiedenen vernichtenden Antworten spielte und sie mit einer farbenfrohen Auswahl aus der verführerischen Palette von Schimpfwörtern mischte, die ich gern jederzeit zur Verfügung halte.
»Aber ich denke, wir können ruhig ein Stück weit mitkommen«, sagte Darius nach einer weiteren Ewigkeit.
»Ja, klar, von mir aus.« *Du kannst mich nicht alleinlassen.*
»Bis wir uns überlegt haben, was wir tun«, sagte Darius.
»Ja, sagte ich, »natürlich.«
Bis *sie* sich überlegt haben, was sie tun? Redete der Plastikzwerg eigentlich nie?

Dass sie zehn Minuten später kurz davor waren, NICHT mehr im Wagen zu sitzen, kam so:
»Vielleicht lässt du die Kupplung zu schnell kommen«, sagte Darius, als ich im Kreisverkehr an der Ashton Road zum zweiten Mal den Motor abwürgte.
Es war der fünfhundertste hilfreiche Tipp, den er mir über die letzte Meile hinweg gegeben hatte.
»Wollt ihr aussteigen?«, fauchte ich. »Hier zum Beispiel?«

»Ich will doch nur helfen«, sagte Darius,
»Ach ja?! Warum fährst du dann nicht?«
»Ich kann nicht«, sagte er. Das passte. Wahrscheinlich fuhr er immer noch ein Fahrrad mit Stützrädern. »Ich darf es im Moment nicht.«
»Du *darfst* nicht?! Hallo?! Du *darfst* nicht? Rate mal, Darius Spratt –«
Seinen Namen auszusprechen, hätte eigentlich NICHT DAS GERINGSTE bedeuten dürfen, aber kaum hatte ich es getan, wusste ich – ÖRRK! Er wusste, dass ich ihn kannte.
»Ich *darf* auch nicht fahren!«, schrie ich.
Der Plastikzwerg raschelte ein bisschen.
Nicht vor den Kindern, hm? Ich stieß meine Tür auf und stieg aus. Ich atmete eine Sekunde lang tief durch – nicht lange genug –, und dann klopfte ich an sein Fenster und winkte ihn heraus. Ich winkte ihn heraus, wie einer der Fantasy-Helden in Dans Computerspielen sein Opfer zum Kampf herausfordert.
Er stieg aus.
»Das ist keine gute Idee, Ruby«, sagte er und schaute zum Himmel.
»Was bist du, mein Dad?!«, platzte ich heraus. Das Verrückte war, dass ich Simon meinte und überhaupt nicht meinen *Dad*, der so etwas nie gesagt hätte. Egal. *Ich* schaute zum Himmel, *ich* traf eine Entscheidung, und *ich* tobte weiter. »Ich *darf* nicht in Polizeiwachen einbrechen! Ich *darf* nicht in Geschäfte einbrechen! Oder in fremde Häuser! Ich darf keine HUNDE STEHLEN, und ich *DARF* mir die Haare nicht rot färben.«

Und bevor er ein Wort dazwischenschieben konnte, beendete ich meine zischende, spuckende Tirade. »Genau genommen *darf* ich überhaupt nichts!«

»Ich bin Epileptiker«, sagte er.

Was?! Was? *Du bist was?!* Ich klappte den Mund auf und zu wie ein Goldfisch. Die Bohnenstange wurde puterrot.

Die Pause, die jetzt kam, war furchtbar. Dann schauten wir beide zum Himmel und stiegen wieder ins Auto.

»Dein Haar gefällt mir«, sagte er leise. »Ich glaube, es könnte dir wirklich gut stehen. Die Sache ist nur –«

»Ich weiß, mein Gesicht ist ein bisschen orange, okay? Das weiß ich«, schnarrte ich.

Ich startete den Motor, und mit einem Ruck fuhren wir weiter. Darius Spratt beugte sich nach vorn.

»Die Sache ist nur – ich wollte dich fragen, ob du irgendwas zu essen oder zu trinken hast, Ruby«, sagte er. »Weil, ich hab einen Blick hinten reingeworfen, und …«

Wir hielten in Ashton auf dem Gehweg vor dem Supermarkt. Die Tür war offen. Als ich die Hände vom Steuer nahm, hinterließen sie nasse Schweißflecke. Der Himmel war unverändert. So ist das mit Stratus Nebulosus: Er sieht stundenlang – tagelang – gleich aus – und dann tut er es ganz heimlich nicht mehr. Wir stiegen aus und rannten geradewegs hinein.

Der Supermarkt war nicht ausgeplündert worden wie die Geschäfte in Dartbridge. Nichts war kaputt. Vieles war weg, aber die Regale waren nicht leergeräumt, und nichts lag auf dem Boden verstreut. Keine Schaufenster waren zerschossen worden, und keine Toten lagen herum. Wahrscheinlich hatten die Leute, die hier gewesen waren, sogar bezahlt, was sie genommen hatten, denn auf der Theke neben der Kasse lagen Stapel von Geldscheinen.

Ashton Village – das ist ein Dorf, in dem ich eines Tages wohnen möchte, ein Ort, wo die Leute nicht DURCHKNALLEN und alles zerschlagen und sich gegenseitig mit dem Tod bedrohen, sich erschießen, nur weil die Welt von einer Killerbazille aus dem All zerstört wird.

»Warte kurz«, sagte Darius.

Ich weiß nicht, wo er hinging – wahrscheinlich noch mehr Erdnüsse suchen, deren Krümel er ins Wasser spucken konnte. Ich achtete nicht darauf, wie ich normalerweise auch nicht auf die Zeitungen geachtet hätte, aber jetzt war es, als ob sie mich *hypnotisierten*. Es war einfach irre: Sie waren von Samstag, dem 23. Mai – alle. Etwas von einem Skandal bei der staatlichen Gesundheitsbehörde stand in fetten Lettern auf allen großen Blättern, aber die kleinen blieben bei der wichtigsten Story: »GROSSBRITANNIEN GRILLT!« – das Bild dazu zeigte die Umrisse des Landes auf einer Riesenbratwurst – und »TROPENHITZE IM MAI« (mit Volkstänzern in Badehose). Weitere Nachrichten gab es nicht.

Aber die Illustrierten waren noch aktuell. Ich belud mich mit all den dicken, hochglänzenden, appetitlichen, stylischen Zeitschriften, die ich mir nie hatte leisten können, und nahm noch ein paar Promi-Klatsch-Magazine, die ich mir wahrscheinlich hätte leisten können, aber in der Öffentlichkeit niemals angerührt hätte, auch wenn das, was drinstand, total faszinierend war, und man es verzweifelt gern wissen wollte.

Darius kam zurück. Er hatte Sachen dabei. (Gesunde Sachen.) Einen Moment lang stand er einfach neben mir, und ich dachte, trotz der Tatsache, dass er eine nerdige Bohnenstange war, erlebten wir zusammen einen verrückten Augenblick. Alles hatte aufgehört, und wie es aussah, würde es nie wieder so sein wie früher. Ich biss mir auf die Lippe. Irgendwie wollte ich etwas darüber sagen, aber ich wusste nicht, was …

»Nicht mal der Wetterbericht hat gestimmt«, meinte Darius.

»Das tut er nie«, sagte ich. Ich schwöre, dieser Simon-Satz kam ohne den Umweg durch mein Gehirn aus meinem Mund. *Ich* kümmerte mich *nie* um den Wetterbericht. Ich meckerte, wenn es regnete oder kalt war, und freute mich, wenn die Sonne schien.

»Trotzdem, ich glaube, wir sollten ein paar Zeitungen mitnehmen«, sagte er. »Damit wir sie unseren Kindern zeigen können.«

WAAAAAAAAAAAAAAAAAAAAAAAS?!

Total entsetzt starrte ich ihn an.

»Ich meine nicht, *unseren* Kindern.« Er wurde wieder puterrot. »Ich meine, Kindern halt … irgendwelchen Kindern … Kindern in der Zukunft.«

»Oh«, sagte ich. Wenn ich nicht so orange gewesen wäre, hätte man wahrscheinlich sehen können, dass ich auch knallrot geworden war. Glaubte er im Ernst, ich hätte im Ernst gedacht … ich würde JEMALS …

»Ich meine, diese Zeitungen könnten eines Tages etwas wert sein«, sagte er. »Aber wahrscheinlich nicht … Ist ja nicht so, als gäb's die nicht tonnenweise. Tote kaufen keine Zeitungen.«

Ich schaute ihn wieder an und wollte ihm sagen, dass es schrecklich wäre, so etwas zu sagen, und – ÖÖRRRK!!!! Er guckte zum oberen Regal hinauf, zu den nackten Brüsten und Hintern auf den Schmuddelheften, die sogar die Leute in Ashton Village gelesen haben mussten … und zu den Sachen, die kein vernünftiger Mensch würde lesen wollen, so was wie *Trainspotters Monatsheft.* Er streckte die Hand hoch und nahm sich das letzte – hey, wahrscheinlich das EINZIGE – Exemplar des *New Scientist.*

»Oooh, super«, sagte er und blätterte eifrig darin.

Ich meine, wirklich – WIRKLICH –, hat denn die monströse Grausamkeit des Universums kein Ende? Ich war wirklich unterwegs mit einem Nerd. Möglicherweise der letzte Junge auf der Erde … und er WAR ein Nerd. Kein Geek – Geeks waren nützlich und cool und irgendwie scharf –, sondern ein Nerd. Ein zutiefst unsexy Nerd, der soeben gedacht hatte, ich hätte gedacht – echt, ich kann es nicht wiederholen.

Das brachte mich wieder zur Besinnung. Dem Plastikzwerg zuliebe stöberte ich im Laden herum und packte Softdrinks, Fruchtgummis, ungesunde Schokolade, Chips und Bubble Gum in eine ihrer Plastiktüten. Und um Darius Spratt zu schocken, nahm ich noch eine Schachtel Zigaretten mit.

»Fertig?« Ich nahm mir ein Feuerzeug und testete es.
»Ja«, sagte er. Er klappte seine perverse Naturwissenschaftszeitschrift zu und schob sie vorn unter seinen Müllsack. »Ruby«, sagte er, »wäre es okay, wenn der große Hund in den Kofferraum geht? Ich denke nur … vielleicht wäre es besser, wenn die Kleine vorn sitzen kann.«
»Ja, klar, von mir aus«, sagte ich und warf eine Flasche Wodka in die Tüte mit meinen guten Sachen.

Darius (schaute zum Himmel und) wartete, während ich Whitby in den Kofferraum schob. Dann winkte er den Plastikzwerg auf den Vordersitz, aber sie musste über die Lehne klettern und durfte nicht aussteigen. Er schnallte sie an.
Wir stiegen ein. Whitby wurschtelte sich sofort über die hintere Lehne und wollte zu Darius auf den Schoß.
»Aaahh! Er mag dich!« Ich kicherte, als Darius versuchte, ihn wegzuschieben.
Ich lachte nicht, als Darling von meinem Schoß zum Plastikzwerg hinüberkrabbelte – und zwar schon, bevor die Süßigkeiten ausgepackt waren.
Ich ließ die Tüte mit den guten Sachen auf den Boden (und auf Fluffysnuggles) plumpsen, startete den Motor und hoppelte auf die Straße.
»Bedien dich«, sagte ich zu der Kleinen.
Die Entscheidung war klar: Sie nahm meine Auswahl an Köstlichkeiten, nicht das Vollkornzeugs, das Darius mitgebracht hatte. Softdrinks und Chips und Gummibärchen verschwanden unter dem schwarzen Plastik.

»Kann sie das Zeug jetzt nicht abmachen?«, fragte ich Darius.
»Lass uns lieber warten, bis wir in Sicherheit sind«, sagte Darius.
Das war was Neues: Ich hatte gedacht, wir *wären* in Sicherheit. Meine Fahrgäste schienen nicht zu merken, wie geschickt ich inzwischen das Auto fuhr. Keiner von ihnen. Darling lag auf dem raschelnden Schoß des Plastikzwergs und bekam leckere Häppchen.
»Das ist nicht gut für sie«, sagte ich.
»Für sie auch nicht«, sage Darius und meinte die Kleine.
Aus dem Augenwinkel sah ich, dass der Plastikzwerg tat, was ich auch getan hätte. Sie fütterte Darling trotzdem mit dem Zeug und tat, als passierte es aus Versehen, was aber total nicht stimmte. Whitby lehnte die gesunden Angebote von Darius ab und schob seinen Stinkschädel über den Schalthebel, damit die Kleine ihm auch was von dem Junk abgeben konnte. Ich hielt den Mund.
Die Kleine war stumm, Darius war Darius, und die Welt war zerstört. Insofern war die allgemeine Unterhaltung im Auto auch nicht toll.
»Und – wie kommt's, dass ihr nicht tot seid?«, fragte ich, um das Eis zu brechen. Das war so eine Frage, wie man sie stellt, wenn man nicht weiß, was man sonst sagen soll. Ich hatte es tausendmal bei meiner Mum mitbekommen, wenn sie jemanden fragte: »Und – wie war die Fahrt?« oder »Woher kennen sie Mrs So-und-so?« Selbst wenn die Antwort dann voll peinlich war – zum Beispiel: »Sie ist meine Nachbarin«

oder »Ehrlich gesagt, ich *bin* Mrs So-und-so« –, war es okay. Man lachte dann einfach, trank einen Schluck und stellte die gleiche Frage zurück.

Aber mein Eisbrecher war Mist. Kaum hatte ich ihn ausgesprochen, passierte etwas Schreckliches. Ich spürte, wie alles, was passiert war, und alles, was ich dabei empfand, in mir heraufblubberte. Es war ein Gefühl, als ob … als ob ein Tsunami anrollte, der alles – ALLES – mit sich riss.

Es schnürte mir die Kehle zu. Ich verwandelte das Würgen in einen Huster.

»Reines Glück, glaub ich«, sagte er. »Und du?«

»Gleichfalls«, sagte ich.

Ich fuhr das Auto. Ich kannte ihn doch gar nicht. Dieser Tsunami musste gestoppt werden, sonst würde ich so schlimm zu heulen anfangen, dass ich irgendwo gegenfuhr und uns alle umbrachte. ICH – MUSSTE – ZU – MEINEM – DAD. Ich fuhr weiter, mit stahlhartem Blick. Mit stahlhartem Herzen.

»Ich war drinnen und hab gelernt«, sagte Darius Spratt.

»*WAS?!*«, quiekte ich.

Ich verhakte den Schalthebel, und der Wagen schlingerte ein bisschen.

»Ich hab gelernt«, wiederholte Spratt, als ich Whitbys Kopf aus dem Weg geschoben und den dritten Gang gefunden hatte. »Weißt du, für die Prüfung?«

Verkaufte der mich für dämlich? Wer kannte das Grauen der Prüfung nicht? Es war nur –

»Es war Bank Holiday!«, schrie ich.

»Und?«

Jetzt sah ich ihn im Rückspiegel an. Er sah aus, als ob er auch Tsunami-Probleme hätte. Er funkelte mich an.
Ende der Diskussion. Ich schaute weg – nach vorn auf die Straße, wo ich die ganze Zeit hätte hinschauen sollen.
Hinter mir redete er weiter.
»Ich war drinnen«, sagte Darius Spratt. »Und meine Eltern, meine ganze Familie, alle unsere Freunde, alle Nachbarn, alle außer mir, waren draußen.«
Ich sagte nichts.
Ich sagte auch nichts von Exeter. Als ich die Schilder sah, als ich sah, wo ich abbiegen konnte, dachte ich an Caspar. Ich fasste einen Entschluss: Ich würde meinen Dad suchen. Und dann würde ich Caspar suchen. Nach allem, was ich gesehen hatte, und nach allem, was ich wusste, ging es mir trotzdem nicht in den Kopf, dass Caspar nicht mehr leben sollte. Also würde ich ihn suchen. Später.
So geht's einem, oder? Ich meine, im Ernst, solange du nicht mit Sicherheit weißt, dass jemand tot ist, gibt es immer noch dieses winzige, flatternde Fähnchen Hoffnung, nicht wahr? Den Cirrus Floccus der Hoffnung. Eine winzig kleine, einsame Gehirnzelle – die vielleicht durch ein hauchzartes Fädchen aus Feenseide mit einer winzig kleinen, einsamen Herzzelle verbunden ist – glaubt in Ewigkeit daran, dass er noch lebt. Und wird diesen Glauben nie und nimmer aufgeben. Egal, wie weh es tut.
Selbst, wenn diese Person Saskia ist, nicht wahr? Selbst, wenn du sie nie besonders gut leiden konntest. Die Hoffnung ist einfach da.

KAPITEL 19

Ich trat fester auf das Gaspedal, als man es vermutlich sollte. Als wir auf die Autobahn kamen, war das Fahren viel einfacher. Weniger schalten! Weniger bremsen! Weniger lenken! Hier und da standen Autos, einige waren auch zu Schrott gefahren, aber die meisten waren auf dem Randstreifen, und ich sauste auf der Überholspur vorbei an allem anderen.

Ich fuhr! Es war leicht! Was so unmöglich ausgesehen hatte – zu meinem Dad zu kommen –, wurde mit jeder Meile wahrscheinlicher. Ganz einfach: auf der Autobahn hinauf nach Bristol und dann rechts auf die andere Autobahn.

Der Teil mit der Überschrift »Was passiert, wenn wir in London sind?« war ein bisschen unklar – ich war ja noch nie mit dem Auto zu meinem Dad gefahren, oder? Aber ich würde es rausfinden, wenn wir da wären. Eigentlich war ich in ruhigem Fahrwasser.

Ha ha ha ha. Ob irgendjemand so eine Redensart noch mal benutzen wird?

Aus dem Regen in die Traufe. Ha ha ha ha.

Und dann fing das Tankanzeigedingsbums an, rot zu blinken.

Ich wollte es ignorieren. Ich hätte es auch ignoriert. Es gehörte nicht zu meinem Plan. Pffft.

»Ru«, sagte Darius und lehnte sich über meine Schulter. »Wir sollten abfahren, oder?«
Er sprach leise. Der Plastikzwerg war eingeschlafen – glaube ich. Es war schwer zu sagen. Sie war ein bisschen zusammengesackt, und das Plastik an ihrem Mund bewegte sich gleichmäßig ein- und auswärts. Darling war auf ihrem Schoß ebenfalls eingepennt. Whitby schnarchte auf dem Rücksitz.
»Nein«, sagte ich. Und nenn mich nicht Ru, dachte ich.
Es wurde dunkel, aber ich hatte nicht vor haltzumachen. Hatte Simon nicht immer davon geredet, dass bei leerer Tankanzeige noch fünfzig Meilen drin waren?
Ich kurvte um ein verlassenes Auto herum. Man sieht sie nicht so gut kommen, wenn man schnell fährt und es dunkel wird und man nicht weiß, wie das Licht angeht, und wenn man außerdem gerade begriffen hat, dass es so was wie ein größeres Problem mit dem Plan gibt.
»Fahr runter«, sagte Darius.
Nein, nein, nein, nein! Ich wollte nicht! Ich konnte nicht! Alles war GUT! Ich fand den Lichtschalter – gerade noch rechtzeitig, um zu sehen, dass da eine Leiche auf der Straße lag. Ich schwenkte herum und fuhr weiter.
»Wenn du nicht runterfährst, geht uns der Sprit aus.«
Nein!
»Dann sitzen wir auf der Autobahn fest.«
Nein!
»Im Regen.« Darius Spratt beugte sich vor und tippte mir auf die Schulter.

Erschrocken über diesen willkürlichen Angriff auf meine Person drehte ich mich um und wollte verlangen, dass er aufhörte mich anzustupsen. Sein Finger stach mir praktisch ins Gesicht. Ich schob ihn zur Seite.
🦋🦋🦋. Von der Seite war eine dicke neue Schicht von Stratus nebulosus tief herangezogen – vom Meer her, vermutlich, denn da hängen diese Wolken gern – und war jetzt damit beschäftigt, die ganze Küste mit einer gemütlichen, weltraumbazillenverseuchten Decke einzumummeln.
Ich hatte ja immer nur geradeaus geschaut, nicht wahr? Wir waren der einen Wetterlage entkommen, und eine andere hatte sich an uns rangeschlichen. Der Wagen eierte gefährlich hin und her, als ich hinausspähte. Ich konnte nur noch daran denken, wie es gewesen war, in dem Auto vor dem Supermarkt gefangen zu sein, und ich trat aufs Gaspedal.
An der nächsten Ausfahrt fuhr ich ab. Wir bretterten zu einem Kreisverkehr hinauf: Ich bremste und würgte den Motor ab. Der Plastikzwerg wurde wach, die Hunde wurden wach. Ich startete den Motor neu. Ich war so panisch, dass ich einfach weiterfuhr.
»Ruby, wo fahren wir hin?«, fragte Darius.
»Nach Weston-super-Mare«, blaffte ich und gab Vollgas.
Da war ich schon gewesen, mit Leonies Familie. Mit etwas Glück würden wir es zur Seebrücke schaffen, und dann könnten wir die Nacht in der Spielhalle verbringen. Genial! Bloß, dass da vermutlich nichts mehr funktionieren würde …
»Das ist der falsche Weg«, sagte Darius.
»WAS?!«

»Der falsche Weg!«

»🦋🦋🦋!«

Ich suchte nach einer Stelle zum Wenden. Ein Stück weit sah ich nur Hecken rechts und links, aber dann kam links ein Feldweg. Ich bremste –

»*Was machst du?!*«, quiekte Darius.

Ich setzte zurück.

»Ich WEN-DE!«, brüllte ich.

Wir rumpelten rückwärts auf den Feldweg. Ich würgte den Motor ab.

Der Wagen sprang nicht wieder an. Ich tat das, was ich meinen Dad in seiner alten Karre zu oft hatte tun sehen: Ich schlug mit beiden Handballen auf das Lenkrad – aber Simon war derjenige, an den ich dachte. »Mit leerer Tankanzeige sind immer noch fünfzig Meilen drin.« Yeah! Toll! Im selben Moment wusste ich, dass er das immer nur gesagt hatte, damit meine Mum nicht in Panik geriet. Es stellte sich heraus, dass Simon durchaus Sachen erfunden hatte. Eine Supergelegenheit, das herauszufinden.

»Genial«, sagte Darius. »Absolut genial.«

Ich öffnete meinen Sicherheitsgurt, damit ich mich umdrehen und richtig auf ihn losgehen konnte – und da sah ich es: Im Dämmerlicht ragte eins von diesen riesigen Plastikplanentunneldingern auf, in dem man Pflanzen züchtet.

»Ich gehe da rein«, sagte ich.

Ich stieg aus und schlug die Tür zu, und dann riss ich seine auf.

»Komm, Whitby«, sagte ich. Whitby, der ausgestreckt auf

Darius gelegen hatte, trampelte über ihn hinweg, um rauszukommen.
»Ruby, ich glaube nicht –«
Ich hörte nicht, was Spratt glaubte, denn ich schlug die Wagentür zu … aber ich kann es mir denken. Wie ich schon sagte, es ist wirklich dumm, abends irgendwo hinzugehen, selbst wenn es überhaupt nicht weit ist – und vor allem, wenn man schon weiß, dass es bewölkt ist. Das wusste ich damals alles schon, aber es war mir egal. Unter KEINEN Umständen würde ich die Nacht in diesem Auto verbringen.
Ich stürmte in den Plastiktunnel und … Ich stehe ja nicht so besonders auf Gärtnerei und so Zeug (okay, ich kann es nicht ausstehen), aber hier war es prachtvoll. Auf langen Metalltischen standen unzählige Blumentöpfe, und es roch wie im Himmel. Meine Mum wäre entzückt gewesen. *Und* es war herrlich warm. Perfekt – nein, besser als perfekt: Neben dem Eingang war eine Reihe Schalter, ich drückte darauf, und es ward – LICHT! Schönes, wunderschönes e-lek-tri-sches Licht! Der Blumenhimmel erstrahlte in allen Farben des Regenbogens.
Darius sprang aus dem Wagen.
»MACH DAS LICHT AUS!«, flüsterquietschte er.
Er hatte seine Gummihandschuhe angezogen, und jetzt riss er die Beifahrertür auf, hob den Plastikzwerg hoch (plus Darling und die Wasserpistole, weil der Plastikzwerg beides entschlossen festhielt) und flitzte mit ihr in den Tunnel.
»Man kann uns meilenweit im Umkreis sehen!«, sagte er und knipste das Licht aus.

»Na und?«, fragte ich, knipste es aber nicht wieder an. »Ich hole meine Sachen.«

»Das mach ich schon«, sagte Darius.

Yeah, genau. Er flitzte hinaus und kam mit Essen und Trinken und EINER x-beliebigen Tüte mit MEINEN Sachen: Make-up, obwohl ich in Wirklichkeit frische Anziehsachen haben wollte.

»Nicht!«, sagte Darius und packte mich am Arm, um zu verhindern, dass ich zum Auto zurückging.

Nerd Boy hatte mich tatsächlich angefasst. MICH. Ich sah ihn zähnefletschend an. Seine Brille war beschlagen.

»Bitte, Ruby. Es ist nicht sicher.«

Der Plastikzwerg raschelte. Spratt ließ meinen Arm los.

»Okay«, sagte ich leise. »Okay.«

Es fing nicht zehn Sekunden danach an zu regnen, und deshalb kann man nicht sagen, Darius Spratt hätte mir das Leben gerettet oder so was ... aber es *fing* an zu regnen. Es war ein so sanfter, leichter Regen, dass man es wahrscheinlich gar nicht gehört hätte, wenn man im Haus gewesen wäre, aber in dem Plastiktunnel hörte man es doch: ein feines Trommeln, das sich ganz hübsch angehört hätte, wenn nicht ... ja, wenn man nicht gewusst hätte, was *drin* war. In seinem Vollkorn-Survival-Kit hatte Spratt auch (popelige) Taschenlampen, und eine Zeitlang waren wir voll paranoid und checkten immer wieder die Kunststoffplane. Es sah nicht so aus, als ob sie irgendwo undicht gewesen wäre, aber es war so unheimlich, nur diese dünne Plastikhaut zwischen uns und DEM zu haben. Im Licht der Taschenlampen sah man hauchzarte Schatten des

Regens. Tröpfchen flossen mit anderen Tröpfchen zusammen und rollten verstohlen an den Seiten des Tunnels herunter. Suchten nach einem Weg herein. Je dunkler es wurde, desto schwerer war es, nicht schon bei dem bloßen Gedanken daran in Panik zu geraten. Es half nicht gerade, dass im Tunnel gespenstische Knistergeräusche zu hören waren: Der Plastikzwerg folgte Darius wie ein kleines, raschelndes Gespenst.

»Kann sie das Zeug jetzt nicht abmachen?«, fragte ich Darius.

»Möchtest du es jetzt abmachen?«, fragte er sie.

Der Plastikzwerg stand einfach nur da.

»Vielleicht, wenn du deins zuerst abmachst?«, schlug ich Darius vor.

Ehrlich, ich hatte halb damit gerechnet, dass er unter der wasserdichten Folie seine Schuluniform anhatte. Vielleicht wäre das besser gewesen als das, was er tatsächlich trug (eine rote Cordhose auf Halbmast und ein »Star Wars«-Sweatshirt, das cool und retro ausgesehen hätte – an jemand anderem). Wenn wir das nächste Mal in die Nähe eines Klamottenladens kämen, würde ich ihn zwingen müssen, diesen Look in Ordnung zu bringen. Aber Priorität hatte ein Deodorant: Darius Spratt stank. Ein ordentlicher Hauch davon wehte mir in die Nase, und –

HOOO! Das war ZU krass! Hatte Lee mir nicht genau darüber einen Artikel vorgelesen? Dass man einen Jungen nehmen konnte, der GEIL, wirklich total und unbestreitbar GEIL aussah, und einen, der wirklich total und unbestreitbar UNGEIL aussah, und dass man einem Mädchen, dem man die Augen verbunden hatte, den Schweiß der beiden unter die Nase halten und sie aussuchen lassen konnte … und es war wissenschaftlich bewiesen, dass da irgendeine abgefahrene animalische Schweißnummer lief, die bewirkte, dass das Mädchen, wenn es den Jungen, von dem der Schweiß stammte, nicht SEHEN konnte, nicht unbedingt den geilen Typen wählte, sondern von ihrer Nase tatsächlich gezwungen wurde, sich für …

HOOOO!!

Ich riss mich zusammen.

»Du stinkst«, sagte ich zu Darius Spratt.

»Entschuldige«, sagte er. »*Körperpflege* hatte in letzter Zeit nicht gerade oberste Priorität.«

»Na, hätte sie aber vielleicht haben sollen.« Ich war ziemlich sicher, dass die Bemerkung über Körperpflege irgendeine hinterhältige Spitze gegen mich gewesen war.

Er schälte sich das Sweatshirt herunter und reichte es der Kleinen. Seine Arme waren nicht dürr, sondern drahtig. Er war drahtig und langgliedrig – aber zum Glück bestand nicht die GERINGSTE Gefahr eines weiteren verrückten, animalischen Attraktivitätsanfalls, denn er trug eine Weste. Ich meine, echt! Und zwar nicht irgendeine coole T-Shirt-Weste, sondern so was wie ein LEIBCHEN, das man von seiner Mutter aufgezwungen kriegt, wenn man ungefähr FÜNF ist.

Aber es wirkte. Der Plastikzwerg schob sich an Darius heran, offenbar immun gegen den *abscheulichen* Geruch. Ich hatte schon gesehen, wie die Kommunikation funktionierte, die sie miteinander entwickelt hatten, diese kleine Privatsprache, bei der Darius etwas sagte und der Plastikzwerg sich auf eine bestimmte Weise bewegte, was er dann interpretierte … und anscheinend bakam er es jedes Mal richtig hin – obwohl, solange der Plastikzwerg nicht sprach, konnte man das natürlich nicht mit Sicherheit sagen.

»Okay«, sagte Darius, als ob die Kleine gesprochen *hätte*. Er schnitt (mit seinem Vollkorn-Multifunktions-Taschenmesser) das Plastik auf und zog es von ihr herunter.

Auf eine verrückte Weise wünschte ich, er hätte es nicht getan. Denn solange man diese stumme Kleine nicht sehen konnte, war sie nur ein Ding. Was hinter dem Plastik versteckt war – es brach mir das Herz.

Tränenflecken auf den Wangen. Ich hatte mir eine weibliche Miniversion von Darius Spratt vorgestellt, aber sie war schön. Ein ernstes, trauriges Kind. Asiatisch, vielleicht indisch? Und schön, so schön. Ein dünnes Mädchen in Leggings und einem Sonnenkleidchen, mit einem Mopp von verfilzten Locken, in denen eine Spange mit einer kleinen Schleife halb vergraben war. Ihr Gesicht war übersät von winzigen Narben, kleinen, verkrusteten Kratzern.

»Ich glaube, sie hatte einen Autounfall«, sagte Darius.

Das Auto. Meine Fahrerei. Sie musste Todesangst gehabt haben.

Die Kleine schob sich noch ein Stück näher an ihn heran.

»Sie hatte Glas in den Haaren, lauter kleine Splitter«, sagte Darius. »Aber ich glaube, wir haben alles rausgekriegt.«

Wirklich? Es sah aus, als wäre ihr Haar seit einer Woche nicht mehr gebürstet worden.

Die Kleine schaute zu Darius auf. Anscheinend war sie auch ein bisschen älter, als ich gedacht hatte – nicht sechs oder sieben, sondern vielleicht acht oder sogar neun? Vielleicht. Vielleicht auch nicht. Sie kratzte sich im Gesicht, und ihre kleinen Finger suchten nach Krusten.

»Nicht«, sagte ich. »Sonst kriegst du Narben.«

Sie sah mich nicht an. (Aber sie hörte auf zu kratzen.)

»Ich glaube, sie hat ein bisschen Angst vor dir«, sagte Darius.

Häh?! Kinder LIEBEN mich.

»Ich meine, irgendwie schreist du ja viel rum«, sagte Darius.

Jetzt war mir so schrecklich zumute, dass ich am liebsten in Tränen ausgebrochen wäre. Und die Kleine, sie hatte sich in die Hose gemacht. Man sah es an ihren Leggings.

»Sie braucht frische Sachen«, sagte ich.

Ich hörte meine eigene Stimme, kalt und tot … während das, was ich im Herzen fühlte, das genaue Gegenteil war. Was ich im Herzen fühlte, war rotglühend und lebendig und weinte um dieses kleine Mädchen.

»Wir haben nichts«, sagte Darius.

Ich zog mein Hoodie für sie aus – und sie wich zurück. Ich gab Darius einen Rippenstoß, und der bot ihr sein Sweatshirt an.

Die Kleine stand einfach da – und dann drehte sie sich stirnrunzelnd hin und her.

Aaaaah! Ich kapierte! Alt genug, um sich nicht nackig zu zeigen? Wie alt waren Kinder, wenn sie anfingen, sich dagegen zu sträuben. Dan war jetzt zwölf, und dem war es manchmal anscheinend immer noch egal … Aber er war auch ein Junge und mein Halbbruder und ein Angeber (wenn er Lust dazu hatte). Und wann hatte ich angefangen, mich daran zu stören?

Darius wirkte selbst ein bisschen verlegen. Er verschränkte die schlaksigen Arme vor der schmalen Brust.

»Drch dich um«, sagte ich zu ihm.

Wir drehten uns um, damit die Kleine sich ein bisschen unbeobachtet fühlen konnte.

»Sag ihr, es ist okay«, forderte ich ihn auf. »Wir gucken nicht.«

»Zieh dich um«, sagte er zu der Kleinen.

Aus dem Augenwinkel sah ich, wie sie ihn anstupste und ihm ihre Sachen gab, als sie fertig war. Ich nahm sie ihm ab und hängte sie an die Tischkante und klemmte sie mit Pflanztöpfen fest.

Ich drehte mich um. Es gefiel der Kleinen nicht, dass ich ihre Sachen anrührte; das war ihr anzusehen.

»Das ist okay«, sagte ich. »Wir sorgen dafür, dass sie schön trocken werden …«

Die Kleine in dem »Star Wars«-Sweatshirt schaute weg. Nicht, als ob ich nicht da wäre, sondern eher so, als ob sie es gern hätte, wenn ich nicht da wäre.

AUTSCH. Und Darling war auch lieber bei ihr? Ja. Bei einer, die still ist und dich streichelt und dir Süßigkeiten gibt, ist es ja auch schöner als bei einem brüllenden Oger, der dich überallhin zerrt und auf den Rücksitz geworfen hat. Aber ich konnte die Kleine für mich gewinnen. Wie gesagt, Kinder LIEBTEN mich. Ich konnte toll mit ihnen umgehen …

wenn ich wollte. Also … Ich sah eine dicke Rolle von dem Zeug, mit dem man Pflanzen zudeckt. Man nennt es Vlies, und meine Mum legt es im Winter über ihre zartesten, kostbarsten Pflanzen. Okay. Ich riss ganze Armladungen von dem Zeug herunter.

»Ich mach dir ein Nest«, sagte ich zu ihr.

Sie drückte sich an Darius. Es würde ein hartes Stück Arbeit werden, aber ich WÜRDE sie erobern. Ich plauderte – leise – mit ihr, während ich das Nest zusammenbaute, und erzählte ihr von meinem Bruder Dan, und dass er überall schlafen könnte, weil er sich immer ein kleines Nest baute, genau wie Fluffysnuggles – der wohlbehalten in seinem Bettchen lag und schon fest schlief (fügte ich hastig hinzu, denn ihn hatte ich total vergessen und im Auto zurückgelassen). Vielleicht, sagte ich, könnten wir ja auch ein kleines Nest für Darling bauen. Vielleicht würde das ihr Interesse wecken, dachte ich. Tat es nicht, aber ich machte trotzdem eins und schwatzte über Darling, und ob sie nicht vielleicht eine Gutenachtgeschichte hören wollte, und ob wir ihr nicht eine erzählen sollten, und welche …? Ich stellte sogar hübsche Blumentöpfe um die Nester herum.

NICHTS. Die Kleine sah mich nicht an, und die Kleine sprach kein Wort.

»Vielleicht möchte Darius auch eine Geschichte hören?«, sagte ich.

»Hn«, sagte Darius.

Ich warf ihm einen wütenden Blick zu, und er kam und setzte sich neben das Nest. Ich setzte mich auch und bemühte mich,

die Welle des Gestanks zu ignorieren, die seine vom Shirt befreiten Achselhöhlen verströmten.
(HOOOO – NEIN, NEIN, NEIN – HOOO: NEIN. BITTE NICHT. NEIN. Wenn Leonie noch lebte und wenn Handys noch funktionierten, hätte ich ihr sofort eine SMS geschickt und ihr erzählt, dass diese ihre animalische Schweißgeschichte stimmte – oder vielleicht doch nicht: Dieser entsetzliche, gespenstische Zauber, den Spratts Achselhöhlen ausübten, gehörte wohl zu der Kategorie der Dinge, die ZU verrückt und ZU eklig waren, um sie jemandem zu erzählen, selbst wenn es deine beste Freundin wäre.)
»Schlafenszeit«, sagte er zu ihr.
Sie kroch ins Nest und setzte Darling in ihres. Whitby wollte sich in die ganze kuschlige Nestgeschichte gewaltsam hineindrängen, aber ich zog ihn zurück, und er ließ sich neben mir auf den Boden plumpsen. Einer zumindest, der mich mochte.
Ich entschied mich für *Rumpelstilzchen*. Ich weiß nicht, warum, denn ich konnte mich kaum daran erinnern. Also erfand ich einiges. Die Müllerstochter wurde Prinzessin, und niemandem passierte etwas allzu Schreckliches – auch Rumpelstilzchen nicht: Er bat um Entschuldigung und wurde als Kindermädchen engagiert, denn obwohl er anfangs ziemlich abscheulich aussah und viel rumschrie, war er in Wirklichkeit doch richtig RICHTIG nett und konnte sehr SEHR gut mit Kindern umgehen.
Am Ende hatte ich einen total genialen Moment, typisch Ruby.

»Tja, aber jetzt rate ich mal, wie *du* wohl heißt?«, sagte ich. Ich rasselte die Namen sämtlicher asiatischen Mädels runter, die ich kannte, und dann alle anderen Namen: verrückte Namen, hübsche Namen, Jungennamen, Tiernamen ... mit anderen Worten, bei dem, was ich tat, hätte jedes andere Kind Seitenstiche vor Lachen gekriegt oder mindestens gequiekt: »Nein! Ich heiße nicht Malcolm!« – oder so was. Sogar Darius machte ein Weilchen mit und fragte Sachen wie »Dingsbums?« und »So-und-so?« und kam dann mit abgedrehten Namen, die sich anhörten wie die Fantasy-Helden, von denen Dan immer quasselte: »Heißt du Thorgella, Tochter des Kriksor?«, solche Namen.
Und schließlich ...
»Weißt du was?«, sagte ich. »Ich glaube, bis wir wissen, wie du heißt, nennen wir dich einfach –«
»Rumpelstilzchen«, brummte Darius.
Ich schlug ihn – aber ich ließ es scherzhaft aussehen, weil die Kleine dabei war.
»Prinzessin«, sagte ich.
Ich war ziemlich sicher, dass sie so nicht hieß, aber ich sah, wie ihr Näschen zuckte und wie das allerwinzigste Flackern eines winzigen Beinahelächelns über ihre Lippen huschte.
»Gute Nacht, Prinzessin, gute Nacht, Darling«, sagte ich und warf beiden eine Kusshand zu.
»Schlaft jetzt«, ordnete Darius an.
Die Kleine mummelte sich in ihr Vlies, und Darling – die alte Verräterin – kuschelte sich an sie.

Wenn sich das alles irgendwie süß anhört – das war es nicht.
Mir war scheußlich zumute. Richtig, richtig scheußlich. Die Kleine … dass sie so war, wie sie war, dass sie nicht sprechen konnte … Auf eine unheimliche Weise fand ich das so schlimm wie nur irgendetwas, das ich gesehen hatte, und ich fragte mich, was *sie* wohl gesehen haben mochte und was ihr passiert war, denn irgendwie hatte ich das Gefühl, sie *konnte* sprechen, aber was immer sie erlebt hatte, war so schrecklich, dass es sie stumm machte. Und … wisst ihr noch was? Ich musste an Simon denken, an all die Jahre, in denen er sich bemüht hatte, nett zu mir zu sein, während ich ihn immer nur angefaucht hatte und nichts mit ihm zu tun haben wollte. Ich hatte diese Behandlung jetzt – wie lange? – weniger als eine Stunde von einem Kind erlebt, das ich nicht mal kannte, und schon fühlte ich mich nutzlos und frustriert und erschöpft. Und ich war sehr, sehr traurig.
So konnte ich es nicht lassen, nicht wahr? Ich bestand darauf, dass wir singen. Darius sagte, er wollte nicht. Die Kleine sagte – natürlich – gar nichts, aber man sah ihr an, dass sie auch nicht singen wollte. Also sang ich alleine.
Hab ich es schon gesagt? Ich kann nicht singen.
Kaum hatte ich das erste trillernde Wort herausgebracht, wusste ich, ich hatte schon wieder einen schrecklichen Fehler begangen. Nicht, weil ich nicht singen konnte, sondern weil dieses Lied das Lied war, das meine Mum mir vorgesungen hatte, als ich klein war, und das sie nicht hatte singen wollen, als sie an dem Abend vor meiner Tür saß. Es war das Lied,

das ihre Mum ihr vorgesungen hatte, als sie klein war, hatte sie immer gesagt.

Es ist ein altes Lied, und es geht so:

Hell am Himmel stehn die Sterne.
(STANDEN SIE GAR NICHT. NICHT MAL DIE STERNE KONNTE MAN SEHEN, WEIL ES BEWÖLKT WAR UND KILLERREGEN HERUNTERFIEL.)
Der Nachtwind wispert leise, ich hab dich so gerne.
(DA WAR KEIN NACHTWIND. DA WAR NUR DER KILLERREGEN, DER WISPERTE: »ICH MÖCHTE DICH TÖTEN.«)
Vöglein singen im Platanenbaum.
(NACHDEM SIE GERADE EIN PAAR TOTEN DIE AUGEN AUSGEHACKT HABEN.)
Träum von mir 'nen kleinen Traum …

Das letzte Stück … ich konnte nicht weitersingen. Nicht, weil ich Angst hatte, die Kleine würde einen Traum von mir träumen (oder Darius Spratt würde es tun), sondern weil es mir die Kehle zuschnürte. Ich wollte zu meiner Mum.

Genial, Ruby. Du bist ein echtes Genie.

Jetzt war allen beschissen zumute, das konnte man sehen. Die Kleine hatte die Augen zugemacht, wie Kinder sie zumachen, wenn sie nur so tun, als ob sie schliefen. Als wollten sie sagen: Hau ab. Eine einsame kleine Träne quoll zwischen ihren Wimpern heraus.

Ich und Darius, wir teilten uns das restliche Vlies und wickelten uns darin ein (JEDER FÜR SICH!). Es war eigentlich nicht so kalt, aber das Vlies war behaglich. Es gab ein paar verlegene Augenblicke, als es darum ging, wo wir schlafen sollten (für mich jedenfalls), aber Darius machte sich einfach ein bisschen Platz zwischen den Blumentöpfen und legte sich auf einen der langen Tische. Also machte ich mir Platz auf einem Tisch auf der anderen Seite des Durchgangs und errichtete eine kleine Wand aus Pflanzen, damit ich ihn nicht ansehen musste. Aber ich wollte mich wirklich gern unterhalten, wie ich mich mit Leonie unterhalten hatte oder manchmal auch mit meiner Mum, bevor Henry geboren wurde. Einfach mein Herz ausschütten … aber kein Wort kam mir über die Lippen. Schweigend lagen wir da.

»Schade, dass es kein Zombie-Angriff ist, nicht wahr?«, sagte Darius nach einer Weile.

»Wie bitte?«

»Na ja, weil – wenn es Zombies wären oder Vampire, dann wüssten wir halbwegs, was wir tun müssen, oder? Also, *ich* wüsste es.«

»Ich auch«, sagte ich.

Er hatte recht. Wir wüssten dann genau, was wir tun müssten. Wenn es nur so einfach gewesen wäre.

»Oder sogar Aliens«, sagte Darius. »Wir müssten nur das Mutterschiff ausfindig machen und zerstören. Obwohl, dieses Bakterium ist ja wohl ein Alien. Aber ein sehr kleiner.«

»Man weiß doch noch nicht, ob es diese Weltraumbazille ist«, sagte ich. »Nicht mit Sicherheit.«

»Doch«, sagte Darius.
Es regnete gleichmäßig auf das Dach, Millionen von kleinen Tröpfchen schlängelten sich an der Plastikfolie herunter.
»Trotzdem, alles hat auch sein Gutes«, meinte Spratt.
»Was ist denn … das Gute hier?«
»Keine Schule mehr.«
»Und keine Prüfung«, sagte ich. Das war wirklich gut.
Jede Wolke hat einen Silberstreifen. Ha ha ha ha ha.
»Das hab ich nicht gemeint. Darauf hab ich mich gefreut«, sagte Darius Spratt.
SEHT IHR? SEHT IHR, WAS FÜR EINEN FREAK ICH DA AM HALS HATTE? Ich setzte mich auf, damit ich ihn besser sehen konnte, aber es war so dunkel, dass ich den Freak nur in groben Umrissen erkennen konnte.
»Das ist ein Witz, oder?«
»Nein, ich hab zwei Jahre hart gearbeitet für diese Prüfung. Ich wollte Bauingenieurwissenschaften an der Uni studieren.«
»Wow.« Ich legte mich wieder hin. »Super.« Ich wusste nicht genau, was Bauingenieurwissenschaften im Einzelnen waren, aber im Ernst …
»Aber siehst du, das meine ich, wenn ich von der Schule rede«, sagte Darius Spratt.
»Was?«
»Sie ist voll mit Leuten wie dir. Große Klappe, aber keine Ahnung.«
»*Was?!*«
»Na ja, du bist wohl eher ein Snob«, sagte er und gähnte. Wirklich und wahrhaftig: Er GÄHNTE.

»*Wie bitte?!* Ich bin kein Snob!«
»Bist du wohl. Du und deine Kumpel. Ihr seid so was von super-cool, nicht? Äh! Dieser Caspar, der hält sich für James Dean oder so.«
Wer James Dean war, wusste ich auch nicht, aber mir gefiel nicht, wie es sich anhörte. Ich setzte mich wieder auf und funkelte den schattenklecksförmigen Freak an.
»Meine *Kumpel* sind alle tot, Darius Spratt. Genau wie meine Mum. Und mein Stiefdad. Und mein kleiner Babybruder. Und … mein *Freund* Caspar.« Ich hatte ihn nie so genannt – »mein Freund«. Ich hatte nie Gelegenheit dazu gehabt. Ich atmete durch. »Wahrscheinlich.«
»Yeah. Alle sind tot«, murmelte er schläfrig.
Er drehte sich um und schlief ein. Das glaube ich zumindest, aber vielleicht war es auch eine höherentwickelte Version des »So-tun-als-ob«.
Ich legte mich wieder hin, und mein Hirn summte und zischte, *infiziert* von Wut und Trauer.

KAPITEL 20

Ich träumte von meiner Mum.

Passiert euch das auch? Man träumt von den Leuten, die gestorben sind – aber im Traum leben sie noch, und alles ist gut oder wenigstens normal. Und dann wachst du auf und fragst dich, wie es sein kann, dass du sie gesehen, sie gehört, sie berührt hast. Sie waren da, und jetzt sind sie wieder weg. Und diese Erkenntnis tut weh wie ein Messerstich. Ich weiß wirklich nicht, was schlimmer ist – diese Träume oder die Albträume.

Als ich aufwachte und begriff, dass es ein Traum gewesen war, musste ich schluchzen. Ich kämpfte mich aus meinem Vliesknäuel. Die andern schliefen noch: Darling bei der Prinzessin, und Whitby, auch so ein Verräter, war unter Darius' Tisch gekrochen (wahrscheinlich angezogen von dem Gestank). Ich stand auf, und – ehrlich – ich hab nach Darius Spratt gesehen. Ich hab nur kurz hingeschaut, wie man es macht, wenn jemand schläft: Man muss einfach kurz hinschauen.

🦋🦋🦋. Was wäre, wenn er wirklich der letzte Junge auf der Welt wäre?

Ich fühlte, dass ein neues Schluchzen heraufkam – und ich möchte gern glauben, ich wäre nicht rausgegangen, wenn ich gedacht hätte, es könnte noch regnen, aber die Wahrheit ist, ich hab nicht mal daran gedacht, ich hab einfach die Tür aufgestoßen und bin rausgegangen. Dann schaute ich hoch. Der Himmel sah komisch aus: die eine Hälfte milchig und gestreift (Cirrostratus Fibratus!), die andere gelblich und krank. Der kranke Teil war über mir. Einen Moment lang dachte ich, etwas Neues und Furchtbares passierte mit dem Himmel, und panisch fragte ich mich, wo die 🦋🦋🦋 Sonne hin war. Bravo. Das war das Morgengrauen, weiter nichts. Ich und die Sonne waren zusammen aufgestanden. Der Morgen graute, und es war kalt. Ich rettete mein Vliesbett aus dem Plastiktunnel, wickelte mich darin ein und ging den Feldweg hinauf.

Am Ende stand ein Bauernhaus. Anscheinend war niemand da, aber ich ging nicht näher heran, und irgendwo gleich um die Ecke muhten Kühe. Das war gut. Niemand würde mich hören, wenn ich mir die Augen aus dem Kopf heulte.

Die milchigen Streifen waren verdunstet, und die Sonne leistete mir Gesellschaft und versprach einen angenehm warmen Tag. Ich ging den Weg zurück und öffnete die Heckklappe des Wagens. Zum ersten Mal sah ich, wie verrückt ich gepackt hatte: Da war nichts, was irgendjemand als vernünftig bezeichnet hätte, abgesehen von rund zehntausend Unterhosen. Nachdem ich von meiner Mutter geträumt hatte, war mir jetzt, als ob sie mir über die Schulter schaute und sich fragte, warum ich so bekloppte Sachen eingepackt hatte.

»Sorry, Mum«, flüsterte ich.

Ich zog mir – mitten auf dem Feldweg – ein geklautes Kleid an. Es war ein mit silbernen Pailletten besetztes Ding aus dem Laden der bösen alten Hexe. Normalerweise hätte ich so was niemals tragen dürfen. Aber als ich es jetzt anzog, fühlte ich mich besser – und ich schwöre, es war ungefähr das Vernünftigste, was ich hatte, abgesehen von einer superengen Skinny Jeans. Aber mich da reinzuzwängen, war eine Anstrengung, auf die ich keine große Lust hatte. Ich nahm eine von diesen Trash-Zeitschriften und ging zurück in den Tunnel, um mein Make-up in Ordnung zu bringen.

Es roch sehr süß da (trotz einem Hauch Darius). Die andern schliefen noch. Nur Whitby klappte faul ein Auge auf, aber er tat nicht mal so, als ob er sich für mich interessierte. Ich kletterte wieder auf den Tisch und zwischen die Töpfe und setzte mich im Schneidersitz in ein Meer von Blumen, wo ich in den Klatschgeschichten blätterte und zwischendurch mein Gesicht in Ordnung brachte.

Yep. Es war immer noch orange. Der Knutschausschlag am Kinn war praktisch weg, und darüber war ich sogar irgendwie traurig. Weg. Ich hatte Augen wie ein Schweinchen. Dagegen musste ich ernsthaft was unternehmen. Ich schmierte mir Moisturizer ins Gesicht, gefolgt von einer Megaschicht Grundierung.

Ich war eine weiße Leinwand. Ich, Ruby, betrachtete mich in meinem Schminkspiegel.

Ich musste zu meinem Dad, sagte ich mir. Ich musste unbedingt zu meinem Dad.

Ich seufzte … und während ich seufzte, bemerkte ich ein kleines Augenpaar, das mich beobachtete. Ich schaute hin. Die Kleine klappte die Augen zu.
Genau, dachte ich. Erwischt.
Ich schaute sie nicht noch mal an, sondern machte mich an die Arbeit. Ich beförderte mengenweise Zeug in mein Gesicht – Lidschatten, Wimperntusche, Blusher, Lippenstift –, und dann überlegte ich es mir anders und schminkte mich neu. Ich tat so, als ob ich nicht wüsste, welche Lidschattenfarbe ich nehmen sollte und welcher Lippenstift am besten passte … Die Kleine stand auf und schob sich an den Tisch heran. Erwischt, erwischt, erwischt!
Die ganze Zeit wurde es immer wärmer. Es war eine köstliche Wärme, als wären wir an irgendeinem schönen Urlaubsort.
»Hmmm.« Seufzend betrachtete ich den violetten Lidschatten und wischte ihn wieder ab.
»Wenn mir nur jemand helfen könnte«, sagte ich.
Es funktionierte nicht.
Ich versuchte es mit dem goldenen Lidschatten. Glitzerndes, prachtvolles Gold. Als ich mit dem einen Auge fertig war, sah ich etwas flattern. Ich blickte auf und entdeckte einen Schmetterling.
»Oh«, sagte ich.
Ich zeigte auf ihn, im Interesse meines Ein-Personen-Publikums.
Der Schmetterling, dieser weißgeflügelte Vernichter der Weißkohlköpfe, flatterte umher.

Aus dem Augenwinkel sah ich, dass mein Ein-Personen-Publikum ihn ebenfalls beobachtete.

Und dann passierte eine Kleinigkeit.

Ich hörte ein Klicken und dann ein *DZZZZZZZ* – ein sanftes Summen aus einem Kasten in der Ecke des Tunnels.

Darling stellte die Ohren auf. Whitby kam unter dem Tisch hervor und streckte sich, und dann schlurfte er hinaus, um draußen herumzuschnüffeln. Darling wollte hinterher, aber die Kleine hob sie auf. Jetzt hatte ich ein Zwei-Personen-Publikum.

Okay … Ich tupfte den Puderquast in das Gold, hob den Kopf und wollte über das andere Lid streichen, als ich ein komisches Gurgeln über mir hörte.

Ich schaute hoch. Ich sah Röhren. In einer halben Millinanosekunde hatte ich verstanden.

So schöne Blumen.

»RAUS!«, schrie ich.

PSSSSSSSSSSSSSSSSSSSSSSSCCHHHHHT!

Ich sprang vom Tisch. Blumentöpfe rollten herum und fielen klirrend auf den Boden.

»LAUF!«, schrie ich die Kleine an. Ich packte sie und stieß sie zum Ausgang – und dann drehte ich mich um und zerrte Darius Spratt an seiner Weste auf die Beine. Hinter uns ging ein Wasserschauer herunter wie ein schimmernder Vorhang, der sich auf uns zubewegte, als – *PSSSSCHT! PSSSSSSSSSCHHT! PSSSSSSSSSSSSSSCHT!* – ein Sprinkler nach dem anderen erwachte zum Leben. Kühle Luft küsste unseren Nacken, als wir rannten.

An der Tür stolperte Whitby uns vor die Füße.
»RAUS!«, kreischte ich.

Wisst ihr was? Ich zögerte nicht. Wir stürzten aus dem Plastiktunnel, und ich rannte geradewegs zum Kofferraum, um das Stemmeisen zu suchen, denn es war, als wären wir überfallen worden. Als hätte jemand die Sprinkleranlage absichtlich eingeschaltet.

»Die geht automatisch«, japste Darius und betrachtete den Himmel. »Die geht sicher automatisch.«

»Das kannst du nicht wissen!«, schrie ich ihm ins Gesicht und wühlte dann weiter.

»Da ist 'ne Batterie.«

»Das Ding in dem Kasten?«

»Ja. Da hängt sicher ein Timer dran, oder?«

Meine Hände fanden das Stemmeisen, aber mein Gehirn hatte schon entschieden, dass er recht hatte: Diese Pflanzen waren perfekt, und wie Simon schon bei den Supermarktblumen gesagt hatte, es war schwer vorstellbar, dass jemand dachte: Hey, die Welt geht unter, aber ich glaube, ich werde den Blumen mal Wasser geben. Und das jeden Tag.

»Das Wasser ist wahrscheinlich auch okay«, meinte Darius. Als er sicher war, dass mit dem Himmel alles in Ordnung war, sah er mich tatsächlich an. »Kommt wahrscheinlich aus einem Tank.«

»Ach ja? Und warum gehst du dann nicht wieder rein?«, giftete ich. »Dann kannst du auch gleich duschen – das hast du nämlich nötig.«

Whitby sprang herum wie ein junger Hund. Er war noch ganz aufgedreht von der Rennerei und glaubte, hier würde ein geniales neues Spiel gespielt. Darling zappelte und wollte zu ihm, aber die Kleine ließ sie nicht los. Für die Menschen war das Trauma noch nicht zu Ende. Darius' komplettes Vollkorn-Survival-Kit lag im Regen in dem Tunnel. Alles, was wir zu essen und zu trinken dabeihatten (außer dem Wodka!), wurde zusammen mit den Blumen begossen. Der Beutel mit den Telefonen lag noch im Auto, aber ich hatte mein Make-up nicht mehr – eine totale Katastrophe –, und die Kleine hatte jetzt nur dieses ranzige Sweatshirt zum Anziehen. Aber das größte Missgeschick von allen hatte Darius Spratt getroffen, denn der hatte seine Hose verloren. Scharfe Unterhose, Grandpa.

»Mir war zu heiß«, sagte er und wurde ganz rot.

Ich konnte nicht anders, ich schnaubte vor spöttischem Lachen.

»Hör auf!«, sagte Darius und drehte sich schamhaft weg.

Ich versuchte mich zu beherrschen und bot ihm an, was ich hatte. Die Skinny Jeans kam nicht in Frage. Also blieben nur ein paar schicke Kleidchen und Flattertops – und ein mit silbernen Pailletten besetzter Stretch-Minirock aus derselben Linie wie mein Kleid.

Ich brach zusammen, als er ihn anzog. Wie die Kleine es schaffte, nicht zu lachen, weiß ich nicht. Man sah ihr an, dass sie es gern getan hätte.

»So laufe ich NICHT rum«, sagte Darius.

Dann sah ich, dass wir irgendwie zusammenpassten. Ich hörte auf zu lachen. So wollte ich auch nicht rumlaufen.

Ich wollte überhaupt nicht rumlaufen, Punkt. Wir brauchten Benzin, oder wir brauchten ein neues Auto.

»Da ist ein Bauernhof«, sagte ich.

Darius und die Kleine *konnten* nicht rumlaufen, Punkt. Ich hatte geniale Stiefel mit Killerabsätzen aus dem Laden der alten Hexe, aber sie waren barfuß. Der Feldweg sah feucht aus. Er trocknete allmählich, war aber furchterregend feucht. (Wie viel Wasser muss den Körper berühren, damit man stirbt? Ja, wie viel wirklich?) Ich wühlte in meinen Taschen herum und warf die einzigen Reserveschuhe, die ich bei mir hatte, auf den Boden: strassbesetzte Flipflops. Der Kleinen schienen ihre zu gefallen (obwohl sie sie von mir nicht annahm, so dass Darius sie aufheben und ihr noch einmal vor die Füßen werfen musste, und obwohl sie ihr hundert Nummern zu groß waren). Darius Spratt quetschte seine Füße mit den behaarten Zehen in seine. Sie quollen vorn, hinten und an den Seiten über die Sohle wie die Füße eines Ogers. Hilflos sah er mich an.

»Tragen werde ich dich nicht«, sagte ich. »ECHT nicht.«

»Hn«, sagte Darius Spratt.

Ich hakte den Gürtel an Whitbys Halsband. Er war ganz aus dem Häuschen, weil er immer noch versuchte, dieses neue Spiel zu kapieren, bei dem man herumrannte und Flipflops auf den Boden warf. Ich sah, wie er sich in den Hundekopf setzte, sich mit einer Herde Kühe ein bisschen zu amüsieren. Wir gingen den Feldweg hinauf.

Erinnert ihr euch an das Spiel, das wir als Kinder alle gespielt haben? Bei dem man nur auf die hellen Stellen des Gehwegs treten durfte, auf die trockenen, und nicht auf die dunklen Flecken, die noch feucht vom Regen waren? Und dann machte man ein Wettrennen mit seiner Mum, und ehe man sich versah, war man da, wo man hinwollte – in der Bücherei oder in der Schule –, obwohl es einem so weit vorgekommen war? So war es nicht. Oger-Fuß Spratt eierte von einem hellen Fleck zum anderen, und dann saß er fest.

Ich musste ihn auf den Rücken nehmen. Eselchen Ruby. Auf Killerabsätzen.

Whitby tickte aus, als er die Kühe sah, und die Kühe tickten aus, als sie uns sahen. Ich musste Spratt auf dem Hof abkippen, weil Whitby diesen Kühen so dringend Hallo sagen musste, dass er mich sonst umgerissen hätte – und sie hatten bei dieser Kennenlernveranstaltung keine Wahl, denn sie waren im Stall eingesperrt. Das konnte man als ziemlich sicheres Anzeichen dafür nehmen, dass niemand zu Hause war (zumindest nicht lebend), aber der endgültige Beweis waren die Hunde: zwei Collies, angekettet neben der Haustür, tot. Da stand nicht mal ein Wassernapf für sie. Wer immer sie angekettet haben mochte, hatte offensichtlich nicht damit gerechnet, dass es für immer sein würde.

Einen besseren Anblick bot der alte, vergammelte Truck auf dem Hof. Der Schlüssel steckte. Super. Ich sperrte Whitby hinein. Die Kleine schnappte sich Darling, damit ich mit ihr nicht genauso verfahren konnte.

Spratt stelzte über den Hof zur Haustür. Abgeschlossen.

»Du musst erst klopfen«, sagte ich, »und rufen. Du musst ihnen sagen, dass wir nur Hilfe brauchen.«

»Ich glaube, da ist niemand zu Hause«, sagte Spratt.
Ich schob ihn zur Seite, klopfte und rief, wir wollten nur Hilfe – »Und wir sind nur Kinder!«, schrie ich –, aber die Kühe machten so viel Krach, dass es wahrscheinlich absolut sinnlos war.
Wir schlichen um das Haus herum und stellten fest, dass auch die Bauern gegrillt hatten. Im kleinen Garten hinter dem Haus war alles noch da: halbgares Fleisch, nassgeregnet, Salatschüsseln voll Wasser, angenagte feuchte Brotstücke und Chips. *Großbritannien grillt.*

Wir mussten durch ein Fenster hineinklettern und ließen die Kleine dann durch die Hintertür ins Haus. Drinnen roch es schlecht. Süßlich, würzig schlecht. Aus dem Kühlschrank rührte man besser nichts an, und da war auch nichts Trinkbares drin. Aber sie hatten eine Speisekammer mit lauter Konserven. Darius setzte die Kleine an den Küchentisch und gab ihr einen Löffel und eine Dose Pfirsiche, und die Kleine setzte Darling *auf* den Küchentisch und ließ sie an einer Büchse Sardinen schnuppern, die ich aufgemacht hatte.
»Wenn du Angst kriegst, schlägst du mit dem Löffel auf den Tisch«, sagte Darius zu ihr, und dann zogen wir los, um zu sehen, was wir finden konnten.
Wir waren noch nicht halb oben, als der Löffel auf den Tisch hämmerte. Wir rannten wieder zurück und rechneten damit, irgendetwas Grauenhaftes zu sehen. Aber stattdessen fanden wir eine riesige rotbraun gestreifte Katze, die auf dem Tisch saß und Darling beäugte.

»Sie will nur sehen, was es da zu essen gibt«, sagte ich, und weil Darling die Sardinen nicht angerührt hatte, lockte ich die Katze damit vom Tisch und sperrte sie ins Wohnzimmer. Die Kleine beobachtete alles mit schmalen Lippen.
»Hunde mögen keinen Fisch«, sagte Darius und schmiss eine Handvoll Hundekekse auf den Tisch, die viel zu groß für Darling waren.
Ich suchte ein Nudelholz heraus und zertrümmerte sie damit. Die Kleine und Darling zuckten zusammen.
»Dann kann sie das essen«, sagte ich leise, und ich fragte mich, wieso alles, was ich tat, damit endete, dass ich aussah wie ein Oger, obwohl ich doch immer nur HELFEN wollte. Darling mampfte zierlich knirschend, und die Kleine entspannte sich und löffelte sich noch einen Pfirsich in den Mund.

Schon mal Secondhand-Klamotten getragen? Und dich gefragt, wem sie wohl gehört haben mochten? Diese Frage brauchten wir uns nicht zu stellen. Auf dem Bett lag ein totes Ehepaar. Ich entschied, dass mir ein Paillettenkleid lieber war als die Sachen einer toten Bäuerin, aber Darius hatte eigentlich keine große Wahl.
»Kann ich hier vielleicht mal kurz allein sein?«, fragte er und nahm Kleidungsstücke aus dem Kleiderschrank.
Es gab weiter keinen Grund, hier herumzustöbern. Ich suchte nur das Badezimmer, weil ich dachte, ich könnte da vielleicht was für Darius' Achselhöhlen finden. Ich öffnete eine Tür.
Sie lag auf dem Bett. Ihr Zimmer sah aus wie meins. Das

gleiche Durcheinander, für das sie sich wahrscheinlich jeden Tag den gleichen Vortrag hatte anhören dürfen. Ihr Zeug, wild auf dem Boden verstreut zwischen Schulbüchern: die gleichen Bücher, die gleichen Prüfungen, die bevorstanden. Das gleiche Schminkzeug-Chaos auf ihrer Kommode. Die gleichen Fotos von ihr und ihren Freunden an der Wand … Welchen von diesen Jungen hatte sie wohl gemocht? Wahrscheinlich den Dunkelhaarigen, dachte ich.
War sie vor ihren Eltern gestorben? War ihre Mum dagewesen, um sie zu trösten? Oder war sie allein gestorben?
Mir wurde kalt, und ich fror. Ich warf einen Blick in ihren Kleiderschrank und nahm eine von ihren Strickjacken, weil ich es musste, und ein T-Shirt als Kleid für eine Prinzessin.
»Danke«, sagte ich zu ihr. Ich wollte etwas für sie tun.
Als Mädchen weiß man, wie Mädchen ticken. Ich wusste, welches ihr bestes Kleid gewesen war – dieses prachtvolle weiße Spitzenteil, um das sie wahrscheinlich hatte betteln müssen. Ich nahm es vom Bügel, hielt es bei den Trägern und passte auf, dass ich sie nicht berührte, als ich es über sie breitete.
»Das ist ein tolles Kleid«, sagte ich. »Du siehst wirklich schön aus.«

Als ich aus dem Zimmer kam, erschien Darius in Jeans in der Badezimmertür und sprühte sich Zeug unter die Achseln.
»Alles okay?« Er warf die leere Dose Männerspray weg und zog ein kariertes Hemd an.
Bevor mir der schräge Zufallsgedanke durch den Kopf gehen

konnte, dass er eigentlich ganz okay aussah, so alles in allem, übertönte ich ihn, indem ich die Socken des Toten anstarrte. Wieder hatte ich das Gefühl, dass ich mich wirklich, wirklich unterhalten wollte. Aber das war nicht der richtige Augenblick.

»Hier«, sagte ich und warf ihm das T-Shirt zu. »Besser, du gibst es ihr.«

»Ich hol deinen Rock«, sagte er.

»Ich will ihn nicht«, sagte ich.

»Ruby«, sagte Darius. »Ist *wirklich* alles okay?«

Klappe, Klappe, Klappe, dachte ich. Aber ich wusste nicht, ob ich ihn meinte oder mich selbst.

»Geh da nicht rein«, sagte ich und machte die Tür zu ihrem Zimmer zu.

Abgesehen davon, dass es außer dem Sirup aus den Obstkonserven nicht viel zu trinken gab, war das Haus gut zu uns. Sehr gut sogar. Es klingt furchtbar – na ja, es hätte für die, die ich war, furchtbar geklungen –, aber sie hatten einen großen alten Herd, wie Zaks Eltern einen gehabt hatten, nur noch älter, und er ging noch. Also machten wir uns einen Riesenberg Rührei und setzten uns hin und aßen es in einem stinkenden Haus mit toten Leuten. Es war die erste warme Mahlzeit, die ich gegessen hatte, seit … seit diesem Eintopf, den Simon gemacht hatte. Also seit …

»Wie lange ist es jetzt her?«, fragte ich laut.

Darius fragte nicht, was ich meinte.

»Sechs Tage«, sagte er.

Nach dem Frühstück ging's dann los. Als Erstes hatten wir Streit. Darius, der die Socken des toten Mannes und ein Paar Gummistiefel trug, wollte, dass wir alle eine Müllsackrüstung anzogen, aber ich weigerte mich. Ich musste mich auf den Hof stellen und lautstark darauf hinweisen, wie blau der Himmel war (und das war er!), bevor er mir zuhörte. Dann konnte ich weitermachen. Ich sah mir den Truck an und achtete weder auf Whitbys dröhnendes Gebell (ich nehme an, er wollte raus) noch auf das Muhen der Kühe (ich nehme an, sie wollten auch raus). Ich ließ den Motor an: Der Tank war noch halb voll. Ich wusste nicht, wie weit wir damit kommen würden, aber es reichte ja, nur hier rauszukommen. Wir plünderten das Haus und nahmen alles mit, was brauchbar war – und ich meine, wirklich alles: Lebensmittel, Regenzeug, Gummistiefel, Müllsäcke, Klebstreifen, Decken. Werkzeug, einen ganzen Sack voll. Aber keine sinnlosen Elektrogeräte. Verrückt, eigentlich. Ich dachte nicht, dass ich jemals wieder ohne Sprit irgendwo hängenbleiben würde, und wie es aussah, konnten wir wahrscheinlich in praktisch jedes x-beliebige Haus und jeden Laden spazieren und uns holen, was wir brauchten. Es war nur, dass … Da ist die Sache mit der Angst, stimmt doch, oder? Jedes Mal, wenn du irgendwo reingehst, ist da die Angst, jemand könnte dort sein, irgendjemand … und die andere Angst, eigentlich eher eine Angst vor dir selbst: Du könntest etwas, *noch* etwas, zu sehen bekommen, was dich fertigmacht. *Kernschmelze im Mai.* Deshalb ist es einfacher – oder nicht? –, sich Vorräte anzulegen.

»Wir sollten sie rauslassen«, sagte ich zu Darius und schaute hinüber zu den lärmenden Kühen.

»Hn«, sagte er.

»Na, oder nicht? Ist ja nicht so, dass das Mörder wären, oder?«

»Kühe töten mehr Menschen als Haie«, sagte er.

»Dann geh aus dem Weg, wenn du Angst hast.«

»Ich hab keine Angst. Ich sag bloß.«

Ich hatte Angst, aber unter anderem hatte ich bei Simons Landspaziergängen gelernt, mit Kühen umzugehen. Meistens kommen sie sowieso nicht in deine Nähe. Also solltest du sie einfach ignorieren und sie nicht bedrängen. Aber wenn sie frech oder neugierig sind, musst du ihnen zeigen, wer der Chef ist. Du musst groß und streng und laut sein. Und wenn du dir wirklich Sorgen machst, nimm einen Ast oder einen dicken fetten Knüppel mit. Ich holte mir einen Mopp aus dem Haus.

Darius kam mit der Kleinen heraus, damit sie zuschauen konnte. (Sie trug ihr neues Prinzessinnen-T-Shirt, das ihr hundert Nummern zu groß war, und Gummistiefel, die ihr auch hundert Nummern zu groß waren.) Ich war überrascht (ich meine, warum tat er das?) und verärgert (ich meine, wollten sie da rumstehen und zuschauen, wie ich wieder alles vermasselte?). Nachher dachte ich, er hatte es vielleicht getan, damit sie was lernen konnte: entweder, dass Kühe fies werden können und man ihnen besser aus dem Weg geht (»Siehst du, wie sie Ruby zertrampeln?«), oder sonst etwas über den Umgang mit Tieren (»Siehst du, wie sie Ruby beinahe zer-

trampelt hätten?«). In beiden Fällen war es keine so tolle Lektion.
Als ich auf den Stall zuging, stürmten die Kühe heran. Als ich dann am Gatter stand, wichen sie ein Stückchen zurück und rempelten sich nervös gegenseitig an. Ich lotete meinen Fluchtweg aus, und dann schob ich den Riegel zur Seite, schwenkte das Tor auf und kletterte auf den Zaun. Die Kühe kamen tatsächlich heraus, aber ziemlich geordnet – nicht gerade in einer Reihe hintereinander, aber doch fast. Sie muhten vor Freude und waren verdammt flink für solche Riesenviecher. Worüber ich eher nicht nachgedacht hatte, war die Frage, wohin sie laufen würden, aber anscheinend wussten sie genau, was sie vorhatten. Sie bogen alle nach rechts und verschwanden auf einem schlammigen Feldweg. Darius und die Kleine kamen herüber, um ihnen nachzuschauen. Wir gingen an der Seite um den Stall herum und sahen, wie die Kühe im Sausetrab auf eine Wiese liefen und dort ausschwärmten, um sich am Gras zu mästen.
Da war noch etwas, worüber ich nicht nachgedacht hatte. Das waren keine Kuhmädels, keine Milchkühe, sondern Kuhjungs. Jugendliche. Ich weiß (von Simon) zwei Dinge über sie. 1.: Eine Kuhlady wird dich einfach auf die Hörner nehmen, wenn sie glaubt, du willst was von ihrem Kalb, aber wenn ihr Kalb weg ist, wird sie wahrscheinlich nichts tun, während junge Kuhmänner gern nur zum Spaß Leute schikanieren … Und 2.: Männliche Kühe werden nur wegen ihres Fleisches gehalten. Insofern hatte ich sie doppelt gerettet, oder?

Die Kleine kletterte auf den Zaun, damit sie besser sehen konnte.

»Jetzt sind sie glücklich«, sagte ich. »So schönes frisches Gras!«

Die Prinzessin ignorierte mich, aber ich wusste, sie hatte mich gehört.

»Wir könnten einfach hierbleiben«, sagte Darius.

Häh? Ich sah ihn an und zog die Stirn kraus.

»Wir müssten losziehen und was zu trinken besorgen, und ein bisschen Proviant, aber dann könnten wir zurückkommen und uns hier niederlassen – nur für ein paar Wochen oder so … bis wir wissen, was wir machen wollen.«

»Ich weiß, was ich machen will!«, sagte ich.

»Nein, weißt du nicht. Ich meine, du glaubst doch nicht ernsthaft, dass dein Dad noch lebt, oder?«

KAPITEL 21

Ich hab nur dieses eine Mal einen Laster gefahren. Er war alt und noch klappriger als die Karre meines Dads. Er rüttelte unsere Knochen durch, er war langsam, er soff Benzin, und NIE IM LEBEN würde er den Regen abhalten, nicht mal eine Sekunde lang. In den Furchen, in denen die Fenster rauf- und runtergehen sollten, wuchs Moos.

Ach ja, und er war sehr laut. Das war GUT so, denn – kurz gesagt – ich wollte NIE WIEDER mit Darius Spratt sprechen.

Er entschuldigte sich nicht mal. Okay, die Worte »Es tut mir leid« kamen aus seinem Mund, aber sofort gefolgt von den Worten »Aber es ist doch ziemlich unwahrscheinlich, dass er noch lebt, oder?«.

Ohne mich noch um die Kleine zu scheren, flippte ich AUS. Ich schrie so laut, dass die Kühe erschraken und über die Wiese wegrannten. Ich warf ihm jede Gemeinheit an den Kopf, die mir einfiel. Ich tobte und wütete und stapfte hin und her. Ich glaube, was ich sagte, lässt sich mit den Worten »*WIE KANNST DU ES WAGEN?!*« zusammenfassen, und was Darius Spratt dazu einfiel, war: »Ich versuche nur, realistisch zu sein« – was anscheinend bedeutet, dass man sich KEIN BISSCHEN für die Gefühle anderer Leute interessiert.

Es hätte damit enden müssen, dass ich in den Laster stieg und wegfuhr. Dazu hatte ich auch große Lust. Es endete aber damit, dass ich in den Laster stieg, den Motor startete und einfach dasaß.

Bitte lass mich nicht allein!

Im Geknatter des Motors hörte ich nicht, was Darius zur Prinzessin sagte, aber ich hatte das ungute Gefühl, dass es letzten Endes ihre Entscheidung sein würde, ob sie hierblieben oder mit mir fuhren. Und soweit es die Kleine betraf, war ich Rumpelstilzchen, oder? Und zwar nicht die liebreizende, von mir erfundene Version, sondern das brüllende, schreckliche, echte Rumpelstilzchen. Wenn sie beschließen sollten hierzubleiben, würde ich ihr Darling wegnehmen – daran dachte ich jedenfalls. Hey, ich konnte sogar *drohen*, ihr Darling wegzunehmen, wenn sie nicht in den Laster stiegen. Daran dachte ich auch. Ich glaube, ich hätte es getan, weil ich so sauer war, aber dann zuckte die Kleine plötzlich in einer komischen Geste mit den Schultern und kam auf den Laster zuspaziert … aber nicht zur Beifahrertür. Anscheinend war es zu grausig, neben mir zu sitzen. Anscheinend war ich schlimmer als die Erinnerung an einen Autounfall. Anscheinend war ich jetzt abstoßender als Whitby mit seinem Todesatem. Sein Hinterteil ließ uns übrigens jetzt wissen, dass er den Rest Rührei nicht so gut vertragen hatte.

Wir rumpelten schweigend eine Zeitlang so dahin. Jedes Mal, wenn ich zufällig einen Blick zu Spratt hinüberwarf, runzelte er die Stirn. Es sah aus, als wäre er tief in Gedanken versunken – hoffentlich darüber, wie leid ihm das alles tat.

»Null Komma zwei sieben Prozent«, schrie er.

»WIE BITTE?«, schrie ich zurück.

»ANGENOMMEN, DIE EINWOHNERZAHL VON DARTBRIDGE BETRÄGT UNGEFÄHR ZEHNTAUSEND. ICH MEINE, SO VIELE KÖNNEN ES EIGENTLICH NICHT SEIN, ABER WENN MAN DIE UMLIEGENDEN DÖRFER MITRECHNET, KOMMT ES WAHRSCHEINLICH HIN. ANGENOMMEN, IN JEDER ZELLE WAREN ZWEI ÜBERLEBENDE, PLUS WIR ... DANN MACHT DAS SIEBENUNDZWANZIG. SIEBENUNDZWANZIG PERSONEN, DAS BEDEUTET, NULLKOMMA ZWEI SIEBEN PROZENT HABEN ÜBERLEBT.«

Ich fuhr. Ich fuhr einfach. Ich war nur ein Mädchen auf einer Spazierfahrt an einem schönen, sonnigen Tag.

»ANGENOMMEN, DIE BRITISCHE BEVÖLKERUNG BELÄUFT SICH AUF DREIUNDSECHZIG MILLIONEN«, brüllte Darius, »DANN BEDEUTET DAS ... ES GIBT UNGEFÄHR ...«

Eine Ewigkeit verging. Wie gesagt, ich war nur ein Mädchen auf einer Spazierfahrt an einem schönen, sonnigen Tag.

»EINHUNDERTSIEBZIGTAUSENDEINHUNDERT MENSCHEN, DIE NOCH DA SIND«, brüllte Darius triumphierend.

Ich umklammerte das Lenkrad.

»KOMMT DIR DAS RICHTIG VOR?«, schrie Darius.

»VON MIR AUS«, schrie ich.
»NEIN, SAG MAL!«
»NEIN! EHRLICH GESAGT, NEIN!«, schrie ich. »DAS KANNST DU NICHT WISSEN. ES KANN NOCH MASSENHAFT LEUTE GEBEN. SIE KÖNNEN SICH VERSTECKEN. DA WAR EIN TYP BEIM SUPERMARKT, UND DA WAR EINER IM PUB.«
Ich sah, wie Darius seine Klappe aufmachte.
»UND ICH DENKE, SASKIA KÖNNTE AUCH NOCH AM LEBEN SEIN«, sagte ich.
Und Caspar – und Caspar – und Caspar, dachte ich. Aber ich sagte es nicht. Ich hätte es nicht ertragen können, darüber zu reden und zu hören, was Darius dachte.
»*SASKIA MILLER?*«, schrie er.
»Du KENNST SIE?«, schrie ich zurück.
Jetzt mal wirklich – war er so was wie ein Perverser aus der Sechsten? Wieso kannte er uns alle beim Namen?
»NA JA, SCHON!«, sagte Darius.
Ich warf einen Blick zu ihm hinüber. Er grinste spöttisch. Ekelhaft. Anscheinend war Darius Spratt scharf auf sie, wie jeder andere Junge in der Schule.
»UND DA WAR DER KERL, DER MEINEN STIEFDAD ERMORDET HAT!«, schrie ich noch, damit er die Klappe hielt.
Es funktionierte nicht. Eine intensive Woge von Gestank wehte mich an – vielleicht aus Whitbys Hinterteil, vielleicht auch von Darius Spratt infolge seiner anstrengenden Rechnerei.

»EINHUNDERTFÜNFUNDNEUNZIGTAUSEND-DREIHUNDERT!«, schrie er.
»WARUM HÄLTST DU NICHT DIE KLAPPE?«, schrie ich.
»ICH SAG JA NUR!«
»HAAAAALT DIIIIE KLAPPPPPPEE!«

Bitte, dachte mein Herz, bitte sag kein Wort mehr, das ich nicht ertrage.

Ich wusste, wir mussten von der Autobahn runter und ein neues Auto suchen. Der Gedanke, in diesem Zusammenhang mit Darius sprechen zu müssen, war mir zuwider, aber es musste sein. Da war auf keinen Fall noch genug Benzin im Tank, um viel weiter zu fahren.
Ich war so sehr damit beschäftigt, daran zu denken, wie furchtbar es sein würde, mit ihm zu sprechen, dass ich die erste Ausfahrt verpasste. Ich hätte wenden und zurückfahren können, aber ich brachte es nicht über mich, zuzugeben, dass ich einen Fehler gemacht hatte. Darüber war ich so wütend, dass ich auch an der nächsten Ausfahrt vorbeiratterte. Jetzt meldete Darius sich zu Wort.
»RUBY!«, schrie er durch das Dröhnen des Motors.
»ICH WEISS!«, schrie ich.
Er schwieg einen Moment lang.
»ICH MUSS IN EINE APOTHEKE!«, schrie er dann.
»*WAS?!*«
»IN EINE APOTHEKE!«

»WOZU?«
Im selben Moment wusste ich es. Darius hatte nicht nur seine Hose in dem Plastiktunnel gelassen, sondern auch seinen Medikamentenvorrat, den er in seiner Tasche gehabt hatte.
»ICH BRAUCHE TABLETTEN!«, schrie er.
»KRIEGST DU EINEN EPILEPTISCHEN ANFALL?!«
Ich geriet in Panik.
»NEIN.«
Ich sah ihn an. Er war dunkelrot.
»ICH BRAUCHE SIE EINFACH, DAS IST ALLES.«
»WAS MUSS ICH MACHEN, WENN DU EINEN ANFALL KRIEGST?«
»ICH KRIEGE KEINEN ANFALL.«
»JA, ABER WENN?«
»ICH KRIEGE KEINEN. ICH BRAUCHE NUR TABLETTEN.«
Also: Die Epilepsie-Geschichte war ein wunder Punkt, eine totale No-Go-Zone in jedem Gespräch. Hallo, Darius Spratt! Genau wie die Chancen, dass mein Dad noch lebt! Gern hätte ich ihn darauf hingewiesen. Das Einzige, was mich daran hinderte, war die Wahrscheinlichkeit, dass er am Ende wieder behaupten würde, mein Dad wäre TOT. Also hielt ich den Mund. Aber ich kochte vor Wut, und außerdem hatte ich ziemlich große Angst, Nerd Boy könnte mir hier einen Anfall hinlegen.
Krass, nicht? Aber wartet. Es wird noch besser.

Als wir in Bristol an die Hängebrücke kamen, war die Schranke unten. Clever, wie ich bin, setzte ich zurück und fuhr auf der anderen Fahrbahn hinüber. Doch nicht so clever: Auf der anderen Seite war die Schranke auch unten, und wie es aussah, hatte jemand versucht, durch die Auffahrt runterzufahren, denn er steckte da noch fest. Eine tolle Wahl: Ich konnte entweder rückwärts über die Brücke zurückfahren oder versuchen, zu wenden.

Wisst ihr, wie hoch diese Brücke ist? Wisst ihr, wie tief es da runtergeht? Wisst ihr, dass man aus dem Augenwinkel Möwen sehen kann, die durch die Luft und UNTER der Straße durchschwirren?

Wollt ihr was über mich erfahren?

ICH HAB'S NICHT MIT HÖHEN. ICH HAB'S NICHT MIT HÖHEN.

Ich gab ein bisschen Gas – okay, eine Menge Gas – und –

»RUUUU-BY!«, kreischte Darius.

Zu spät. Die Schranke brach ab. Easy.

(Wahrscheinlich kriegen viele Leute auf dieser Brücke Panik, und deshalb macht man sich gar nicht mehr die Mühe, die Schranke jedes Mal durch eine ordentliche zu ersetzen.)

Ihr denkt, das war jetzt der Knaller? Nei-hein!

Die Tür der Apotheke war schon eingeschlagen, und die Regale waren geplündert – aber die Medikamente, hinter denen Darius her war, hatte niemand haben wollen. Er nahm, was sie hatten: zwei Schachteln.

»Wie weit kommst du damit?«, fragte ich und durchwühlte die (kümmerliche) Auswahl von Kosmetika nach Notfallartikeln.
Darius zuckte die Achseln. »Eine Weile«, sagte er und schluckte zwei große lila Tabletten mit etwas Hagebuttensirup für Babys.
Ich tupfte mir ein bisschen Lidschatten einer Marke, von der ich noch nie gehört hatte, aufs Auge, während Darius etwas, irgendetwas, zu trinken suchte. Er fand exakt nichts außer noch mehr fiesen Babygetränken.
»Glaubst du, so was kann man trinken?«, fragte er. Dann untersuchte er eine Flasche mit Kontaktlinsenflüssigkeit. »Hier steht, das ist hauptsächlich Wasser …«
»Natürlich nicht!« Ich entschied mich gegen einen pflaumenfarbenen Lippenstift (der mich zu sehr an die Fingernägel an einer bestimmten Frauenhand erinnerte).
Die Sache ist, ich war echt durstig. Beinahe hätte ich das Kontaktlinsenzeug selbst zumindest mal probiert. Hatte ich Darius nicht gesagt, er sollte nicht so viel Salz in das Rührei tun?

Jetzt sind wir kurz vor dem Knaller.

Wir ließen die Kleine mit Darling auf dem Arm draußen auf der Straße stehen und sagten ihr, sie sollte mit dem Stemmeisen gegen den Laster schlagen, wenn sie Angst bekäme. Man konnte ihr nicht verdenken, dass sie nicht im Wagen sitzen bleiben wollte. Die Fenster waren alle offen, aber Whitbys Darm war außer Kontrolle. Also schlug die Kleine gegen den Laster … und sie schlug ziemlich fest, denn man hörte es durch den Lärm eines Motors, durch laute Musik und durch Whitbys machtvoll dröhnendes Gebell.

Aber Whitbys Gebell war das Erste, was ich hörte. Der dumme, clevere, große, stinkige Hund. Der sanfte, ubelriechende Riese. Er hörte das Auto lange vor uns. Und er warnte uns.

Ich und Darius sahen einander an. Ich kann das nicht leiden, wenn man seine eigene Angst im Gesicht eines anderen sieht. So war es mit meinen Freunden bei Zak gewesen, und so war es mit Simon gewesen. Man sollte einander einfach nicht ansehen, wenn man Angst hat. Was konnten wir tun? Wir konnten die Kleine nicht einfach draußen stehen lassen, oder? Wir mussten rausgehen – und wir hatten nichts, womit wir uns hätten verteidigen können, wenn jemand, irgendjemand Böses da aufkreuzen sollte. Oder? Sollten wir sie mit Babyschwämmen und Badewannenspielzeug beschmeißen? Oder mit pflaumenfarbenen Lippenstiften? Die Angst knisterte nicht nur in meinen Knochen, sie hüpfte in jeder meiner Zellen herum.

Neben unserem Laster – so dass wir eingeklemmt waren – parkte eine pinkfarbene Stretch-Limo. O ja. Eins von diesen Partyautos, die einerseits irgendwie peinlich sind, aber andererseits will man unbedingt da rein. Drinnen stampfte Musik, aber durch die schwarz getönten Fenster konnte man nichts sehen. Man sah nur diesen jugendlichen Fahrer mit der Schirmmütze (er sah aus, als wäre er ungefähr zwölf!), der vorn im Wagen saß und starr geradeaus blickte, und einen

Haufen Kids mit wildem Blick, die sich neben ihm auf dem Beifahrersitz drängten.
Dann gingen die anderen Türen auf wie bei einem Raumschiff – und es hätte fast eins sein können! –, und Rauch und Leute quollen heraus … aber nicht irgendwelche, sondern supercoole Leute. Die meisten schienen in den Zwanzigern zu sein – zwei trendige Fashionista-Mädels, ein Skater-Typ, ein paar punkig aussehende Figuren und ein Junge, der ultra-preppy gestylt war. Selbst die Älteste – sie kam mir so alt vor wie Grandma Hollis, trug aber einen hautengen Lycra-Catsuit mit Leopardenmuster und eine Federboa – sah verzweifelt cool aus.
»Hallo, Süße!«, gurrte eine der Fashionistas und bot der Prinzessin eine Flasche Wasser an.
Ich spreizte die Schultern – aber nicht kampfbereit. Es war unheimlich, diesen Leuten zu begegnen, aber ich hatte keine Angst vor ihnen. Ich bemühte mich, würdevoll aufzutreten, als ob ich nie Angst gehabt hätte, nicht mal für eine Sekunde … und gleichzeitig war ich erstens erleichtert, weil ich ein erstklassiges Outfit anhatte und sie trotz fleckiger Haare und Make-up sehen konnten, dass ich auch cool war, und zweitens fragte ich mich, wieso manche Leute, wenn die Welt durchdrehte, an Leute gerieten, die geradewegs aus einem mega-stylischen Style-Magazin entsprungen waren, während andere plötzlich Darius Spratt und einen furzenden Hund am Hals hatten.
Sie umschwärmten die Prinzessin. Es schien sie nicht zu interessieren, dass Darius Spratt sich zwischen ihnen hindurch-

drängte und den Arm um die Kleine legte, und es schien sie auch nicht zu interessieren, dass die Kleine nichts mit ihnen zu tun haben wollte und nur dastand und (beeindruckend) feindselig aussah: ein kleines, wütendes Ding in Gummistiefeln.

»Seht euch doch ihren kleinen Hund an!«, gurrte die andere Fashionista und streckte die Hand aus, um Darling zu streicheln (die nicht mal knurrte).

Die Kleine hob (noch beeindruckender) tatsächlich das Stemmeisen, um die Streichlerin abzuwehren. Darius nahm ihr das Eisen ab und hielt es gesenkt an seiner Seite, aber ich sah, dass seine Hand es angespannt umklammerte – und sein Blick war genauso wütend wie der Blick der Kleinen.

»Möchtest du mitkommen?«, fragte der Preppy Boy die Prinzessin, und die andern lachten, als wäre das eine ziemlich geniale Idee.

»Hey!«, sagte ich. Allmählich fand ich sie in gewisser Weise ziemlich unhöflich. Es war, als ob ich und Darius Spratt gar nicht da gewesen wären.

Ich sah ihn an, er sah mich an. Und er runzelte die Stirn. Junge, runzelte der die Stirn!

Dann stieg dieser … dieser andere Typ aus dem Wagen. Faltete sich auseinander. Groß – also, beinahe riesenhaft groß – und von Kopf bis Fuß in Schwarz. Aber nicht das ließ ihn gothic-mäßig aussehen. Er trug keinen Schmuck, keine Totenschädel, kein Leder abgesehen von den Handschuhen, dic genau wie sein schwarzes Beanie das waren, was meine Mum »dramatisch« und Simon »komplett lächerlich« genannt hätten, und selbst ich hätte es als »ein bisschen unnötig« empfunden, denn der Tag war schon jetzt ziemlich heiß. Nein, was ihn gothic-mäßig aussehen ließ, war sein Gesicht. Es war auf unheimliche Weise hübsch, das konnte man sehen, aber es war auch schockierend: bleich wie ein Schädel und ungefähr genauso knochig. Das Gesicht eines sexy Skeletts, das eben aus dem Grab gekommen war. Irgendwie überwältigend. Und die andern? So, wie sie sich um ihn herum benahmen, hätte man glauben können, er wäre ihr König oder so was.

»Xar! Sieh doch! Können wir sie behalten?«, fragte die eine Fashionista.

»Du hast die Letzte ausgesucht!«, sagte ein punkig aussehender Junge.

»Aber sie ist so niedlich!«, sagte die Fashionista. »Xar! *Bitte?*« Sie winselte.

»🦋🦋🦋 euch!«, schrie Darius.

Wow. Spratt konnte fluchen!

Es hatte mehr oder weniger die gleiche Wirkung wie Whitbys Gebell, aber sie nahmen wenigstens ein *bisschen* Notiz von uns. Es war, als ob sie jetzt erst bemerkt hätten, dass ich und Darius da waren – obwohl der mitten zwischen ihnen stand. Es war ziemlich peinlich – nicht, wie die Kleine sich benahm, denn sie war klein, und man konnte es ihr nicht verdenken. Aber Darius … denn es war ziemlich offensichtlich, zumindest für mich, dass diese Leute niemandem etwas tun würden. Sie würden die Prinzessin nicht einfach *mitnehmen*. Wenn ich überhaupt etwas befürchtete, dann höchstens, dass sie vielleicht – ganz vielleicht – versuchen würden, MEINEN

Hund mitzunehmen ... auch wenn MEIN Hund anscheinend gar nicht mehr MEIN Hund war.
König Alexander seufzte. Sein Blick ging über uns hinweg: über die Prinzessin, Spratt, mich.
»Die Mädchen können mitkommen«, sagte er. »Nur die Mädchen.«
»Und der kleine Hund!«, quiekte eine Fashionista.
»Bei uns seid ihr in Sicherheit«, gurrte Oma Lycra.
»Das stimmt«, sagte der Skater-Typ zu mir und nickte gelassen. »Alles cool.«
»Wir wollen nach London«, sagte Spratt.
Frechheit! *Ich* wollte nach London.
»Aaaachh!«, stöhnte König Xar.
»Aber wir haben so ein Wahnsinnshaus! Kommt und seht es euch wenigstens an!«, sagte ein punkiges Mädchen. Sie zeigte die Straße hinauf, und ich bewunderte die erstklassige Sammlung von Armreifen an ihrem Handgelenk.
»Ruby«, sagte Darius. Es klang wie: Komm zu dir!
Noch eine Frechheit!
In Anbetracht dessen, dass ich nie auf Festivals hatte gehen dürfen, kann ich, glaube ich, ehrlich sagen, dass sie – natürlich abgesehen von mir und meinen Freunden – die interessantesten und spannendsten Leute waren, in deren Nähe ich jemals gekommen war, auch wenn sie sich gewissermaßen ein kleines bisschen schlecht benahmen und ein wandelndes Skelett als König hatten. Wenn ich ihnen rein zufällig an irgendeinem Tag vor der globalen Kernschmelze über den Weg gelaufen wäre, und wenn ich, sagen wir mal, mit Leonie

zusammen gewesen wäre … wisst ihr was? Ich glaube, ich wäre mitgegangen. Nur um zu gucken. Aber heute war nicht irgendein Tag davor. Heute war Tag sechs danach.

»Ich fahre nach London«, sagte ich.

»Aaaachh …«, seufzte der Hofstaat.

Preppy Boy klopfte mit dem Finger an das Seitenfenster des Lasters. Whitby wurde wahnsinnig.

»Viel Spaß«, sagte König Xar zu mir. Er öffnete die Tür der Stretch-Limo weit. Keine Ahnung, wie die da alle reingepasst hatten, denn der Wagen war vollgestopft mit Flaschen und Wasserkanistern.

»Kommt, Kinder«, sagte er zu seiner Meute.

Quengelnd wie enttäuschte Gören kletterten sie nacheinander wieder in den Wagen, und Darius – 🦋🦋🦋 Darius! – streckte die Hand aus und hielt König Xars Arm fest. Echt, diese dauernde Angrabscherei war eine sehr schlechte Angewohnheit. Früher oder später würde jemand (irgendjemand?) ihm dafür eins verpassen.

»Woher habt ihr das Wasser?«, wollte Darius wissen.

König Xar entfernte Darius' Hand von seinem Ärmel. Er pflückte sie ab wie ein Haar. Dann stieg er ein und schloss die Tür. Nach einer kurzen Pause glitt eins der schwarz getönten Fenster herunter, und Oma Lycra streckte den Kopf heraus. Was sie in der einen Hand hielt, war eindeutig ein Joint. In der andern hatte sie ein Glas Champagner.

»Ihr müsst zum Schwimmbad«, erklärte sie.

»Zu welchem Schwimmbad?«, fragte Darius, als würde ihm im nächsten Moment der Kragen platzen.

»Wir sind aus Dartbridge«, platzte ich heraus – und wünschte mir im nächsten Moment, ich hätte es nicht getan, denn die Leute im Auto lachten.

Der Skater-Typ – der eigentlich auch ganz schnucklig war, und das auf eine gesund aussehende Art – beugte sich vor.

»Fahrt in die Stadt und folgt den Schildern zur Autobahn«, sagte er und streckte den Zeigefinger aus.

»Ihr könnt es nicht verfehlen«, schnurrte Oma Lycra und blies uns eine Rauchwolke ins Gesicht.

Das war, wie sich zeigte, leider wahr.

»Was für ein Haufen *Wichser*«, fauchte Darius, als König Xars Stretch-Limo abgefahren war.

Ich war noch dabei, mir eine vernichtende Antwort auszudenken – so was wie »Da kennst du dich ja aus«, aber ohne dass es sich so anhörte, als fände ich auch, dass diese Leute Wichser waren, denn das fand ich nicht –, aber da legte er schon los.

»Ruby …«, sagte er.

»Nein!«, sagte ich und arbeitete mich an der Reihe der parkenden Autos entlang. Es waren Unmassen, manche abgeschlossen, manche offen … aber alle ohne Schlüssel.

»Aber, Ruby …«, sagte Darius,

Und er redete weiter. Er redete – und redete … dass wir uns wirklich Wasser besorgen sollten, solange wir es konnten, dass wir nicht immer weiter irgendwelches Mistzeug trinken konnten, dass wir ja nirgendwo mehr einbrechen mussten, wenn wir es täten, dass alles viel einfacher wäre, wenn wir jetzt losgingen und welches besorgten … und er redete und redete und redete. Ich ignorierte ihn. Ich suchte weiter nach einem Auto, und Darius stolperte quengelnd hinter mir her. Dann fand ich einen Wagen – eins von diesen klotzigen Familien-SUVs –, und ich ignorierte ihn weiter, während wir alle unsere Sachen aus dem Laster in den neuen Wagen luden.

Aber in Wirklichkeit ignorierte ich ihn überhaupt nicht. So geschickt ich auch darin bin, alle möglichen Sachen auszublenden, von denen ich nicht wissen will, ob es Sachen in meinem Kopf sind oder ob sie aus dem Mund anderer Leute kommen – sein endloses Gerede über Wasser trieb mich zusehends in den Wahnsinn. Es war wie … wenn du wirklich pinkeln musst und deine idiotische Freundin dich quält, indem sie »psssssschhhh« macht, bis du das Gefühl hast, gleich zu platzen.

Aber ich bin Ruby, und ich bin *tough*. Also hielt ich meinen staubtrockenen Mund.

Bis ich einknickte. Ausschlaggebend war, dass er sagte, wir könnten vielleicht sogar genug Wasser finden, um uns zu waschen. Inzwischen hatte ich mich zwar komplett mit den Babytüchern abgefunden – damit kann man viel machen (sehr viel mehr, als man sich je hätte träumen lassen!) –, aber ich hatte mein Gesicht im Geschäft im Spiegel gesehen und war wieder geschockt gewesen, weil ich so orange aussah (trotz der Grundierung!). Es war eine Art Generalorange, die man nur mit ernsthaftem und ausgiebigem Schrubben (mit Seife!) wegkriegt.

»Okay«, sagte ich.

ALSO. JETZT KOMMT ER: DER GUTE TEIL …
(›GUT‹ BEDEUTET HIER ÜBRIGENS SEHR, SEHR SCHLECHT.)

KAPITEL 22

Wir folgten den Schildern. Die Straße führte lange bergab; sie war von zerstörten Geschäften gesäumt, und vor uns sahen wir die Stadt. Hier und da stiegen dünne Rauchsäulen beinahe senkrecht in die warme, stille Luft und streckten sich nach den zartesten, feinsten, hoch am Himmel schwebenden Wolken, ohne sie nur annähernd zu erreichen. Cumulus Humilis müssen es gewesen sein. Sie sahen aus wie die kleinen, fluffigen Wolken, die Kinder malen. Als ob die Welt ein Märchenbuch wäre, in dem nie etwas Böses geschieht.

Wir kurvten durch das Stadtzentrum und sahen eine Lady mit einem Einkaufswagen voller Wasserflaschen. Wir hielten nicht an, um zu fragen. Das brauchten wir nicht. Die Autobahn fängt in der Stadtmitte an. Gerade sind da noch überall Häuser und Büros und Geschäfte, und im nächsten Moment … Es war keine Autobahn wie andere Autobahnen – drei Fahrstreifen auf jeder Seite, mitten im Nirgendwo, und man kann nie sehen, wo man gerade ist –, sondern es waren zwei Fahrstreifen und Unmengen von liegengebliebenen Autos, um die man herumfahren musste. Und selbst wenn wir das Schild mit der Aufschrift »WASSER« nicht gesehen hätten, das an der Brücke hing und mit einem dicken fetten

Pfeil in die Richtung wies, in die wir fahren sollten – wir hätten gewusst, wo wir hin mussten, denn vor uns waren andere Autos, die auffuhren, und Leute schoben Einkaufswagen und schleppten große Taschen über die Brücke.
Niemand – niemand – der in diese Stadt hinein- oder aus ihr hinausfuhr, hätte es übersehen können.

WASSER

Ich konnte nicht durch die Ausfahrt hinauffahren, weil sie von Autos verstopft war. Also fuhr ich da hoch, wo die Autos auf die Autobahn herunterkamen. Bin ich nicht clever? Wir konnten nicht näher heranfahren, aber das war okay: Oben auf der Höhe konnte man das Schwimmbad sehen. Draußen stand eine Menschenschlange. Es sah sehr geordnet aus und schien okay zu sein.
Wir kippten jeden Behälter aus, den wir hatten, und es waren mehr, als ich dachte. Als wir Mums und Simons Auto ausgeräumt hatten, hatten wir alles zusammengerafft, und zwar so schnell, dass wir auch alle Sachen aus dem Laden in Ashton mitgenommen hatten. Dann hatten wir den Laster ausgeräumt und das Gleiche wieder getan. Wir kippten meine Plündertaschen aus und stopften sie mit leeren Flaschen voll. Trotzdem schien es nicht annähernd genug zu sein. Ich schüttete den Wodka in die Gosse und überlegte, was wir sonst noch nehmen konnten, und dann … fiel mir ein … Ich hatte Fluffysnuggles' After-Eight-Schachtel aufgehoben … ich hatte Fluffysnuggles' After-Eight-Schachtel auf den Fah-

rersitz gestellt … und dann hatte ich Fluffysnuggles' After-Eight-Schachtel auf dem Fahrersitz stehen lassen. Auf dem Bauernhof.

Ich bin ein schlechter Mensch. Ich bin ein ganz schlechter Mensch. Bitte mach, dass jemand Fluffysnuggles gefunden hat. Bitte mach, dass jemand Mitleid hatte.

Wir ließen die Prinzessin im verschlossenen Auto in Whitbys und Darlings Obhut zurück – oder andersrum. So zuversichtlich waren wir; abgesehen von den Kinderbilderwolken war der Himmel so blau, wie ein Himmel es nur sein kann. Wir würden nicht lange brauchen. Wir würden nicht weit weggehen.

Als wir uns hinten in die Schlange stellten, kam irgendein Junge – er musste in Darius' Alter sein – und sah sich unsere Taschen an. Dann kletterte er hinten in einen Bus der Pfadfinderinnen und reichte uns große Plastikbehälter, jedem zwei. Sie sahen aus wie die Kanister, in denen Simon mal auf dem Heimweg von irgendeiner furchtbaren Wanderung Cider gekauft hatte – damals, bevor Henry geboren wurde. (Am nächsten Tag lief meine Mum im Haus herum, hielt sich den Kopf und sagte: »Nie wieder.« Bis sie erklärte, dass sie den Cider meinte, hatte ich gedacht – gehofft –, wir würden »nie wieder« so eine Wanderung machen müssen. Gepfiffen.)

Und dann warteten wir. Immer mehr Leute kamen und stellten sich hinter uns an. Es kam mir so vor, als warteten wir sehr lange.

Das Erste, was mir auffiel … vielleicht hatte Darius Spratt sich geirrt, als er ausgerechnet hatte, wie viele Menschen

überlebt hatten, denn hier waren viele – VIELE –, die da hineinschlurften, immer dreißig auf einmal. So viele zählte ich. (Ja, ich kann übrigens zählen.)
Als Zweites fiel mir auf, dass anscheinend nur vier Leute hier was »zu sagen« hatten: dieser alltägliche Junge hier draußen, irgendein x-beliebiger Typ drinnen, die Pfadfinderführerin, die drinnen und draußen hin und her ging, und ein Mädchen in meinem Alter in Pfadfinderinnenuniform, das dafür zu sorgen versuchte, dass alle in der Reihe blieben. Der Typ drinnen schien seine Sache nicht besonders gut zu machen. Man hörte ihn »Stopp!« schreien, wenn jemand sich zu viel Wasser nehmen wollte, und wenn sie dann nicht aufhörten – was oft vorkam –, schrie er: »Melissa!«, und dann drängte das Mädchen uns alle zurück, und die Pfadfinderinnenführerin ging hinein und brüllte rum. Dann hörten sie auf.
Soll ich ehrlich sein? Ich WAR Pfadfinderin. Ich kann mich immer noch an das Pfadfindergesetz erinnern – und wenn man es sich überlegt: Falls diese Katastrophe nicht der Augenblick sein sollte, in dem Teenager die Macht auf der Erde übernahmen, dann sollte man die Macht an die Pfadfinderinnen übergeben. Warum?

> Eine Pfadfinderin ist ehrlich, zuverlässig und vertrauenswürdig.
> Eine Pfadfinderin ist hilfsbereit und nutzt ihre Zeit und ihre Fähigkeiten sinnvoll.
> Eine Pfadfinderin stellt sich neuen Herausforderungen und lernt aus ihren Erfahrungen.

Eine Pfadfinderin ist eine gute Freundin und Schwester (und zwar für alle anderen Pfadfinderinnen, aber wahrscheinlich hätte man dafür votiert, angesichts der globalen Katastrophe noch ein paar andere Leute einzuschließen).
Eine Pfadfinderin ist höflich und rücksichtsvoll.
Eine Pfadfinderin respektiert jedes Lebewesen und achtet auf ihre Umwelt.

Pfadfinderin zu sein, ist nicht einfach. Wahrscheinlich gibt es ganze Religionen, die einfacher sind. Aber ich glaube nicht, dass es Religionen gibt, die mehr Spaß machen oder bei denen man so viele verschiedene Sachen zu tun hat. Trotzdem hatte ich damit aufhören müssen. Ich war gern dabei gewesen … und dann hatte ich es aus meinem Leben rausgeschnitten, bei der großen Hobby-Keulung zum Ende des achten Jahres. Ich hätte es am Ende des Sommers tun sollen, aber – pfffft – ich tat es am Anfang. Leonie war noch dabeigeblieben, und sie zog los und machte dies und jenes. In meinem gesellschaftlichen Leben zirpten die Zikaden, und als ob mein Dad daran schuld gewesen wäre, fing ich damals an, darüber zu meckern, dass ich nach London rauffahren und mit Dad und Dan beschissene Ferien machen musste. (Beschissene Ferien? Das war der Sommer, in dem Dad mich das Auto fahren ließ!)
Ich glaube, ich war nie eine besonders gute Pfadfinderin. Aber ich hab mir Mühe gegeben. Echt.
Ich hatte genug Zeit, um an das alles zu denken. Wir hatten reichlich Zeit. In der ersten Ära standen wir auf der Straße. In der nächsten Ära stand die Schlange im Gebäude. Lang-

sam ging es die Treppe hinunter. Stufe für Stufe kamen wir ihm näher: dem Schwimmbecken, dem wunderbaren Wasser.
Die Leute redeten nicht viel. Vermutlich war es eine Situation, in der sie normalerweise über das Wetter gequatscht hätten, aber das kam nicht in Frage, und was gab es sonst? *Kernschmelze im Mai.*
Ich war kein bisschen beunruhigt. Mit Schwimmbädern kannte ich mich aus. Kinder und Jugendliche tun es dauernd: Schlangestehen vor dem Schwimmbad. Der Chlorgeruch, die hallenden Geräusche, die Schwüle. Ich erinnerte mich an das Schlangestehen in Dartbridge an der Hand meiner Mum, als ich klein war. Dann Schlangestehen mit Leonie in der Grundschule, kichernd – bis zur brutalen Hobby-Keulung im achten Jahr. Handtuch, Badeanzug und Taschengeld im Beutel ... und du wünschst dir, sie würden sich beeilen und euch endlich reinlassen ...
Ich band mir die Strickjacke des toten Mädchens immer wieder neu um die Hüften, und mein Make-up zerfloss in der Hitze.
»Meine Frau ist krank!«, fing irgendein feiner Typ plötzlich an. »Hört zu, Leute! Meine Frau ist krank!«
»Wahrscheinlich machst *du* sie krank«, sagte eine Frau.
Wir kicherten. Alle kicherten. Das tut man, wenn man aufgeregt in der Schlange vor dem Schwimmbad wartet.
Und dann ... kam die Sirene näher. Auf der Treppe zum Schwimmbecken hatten wir einen verrückten Blick auf die Welt. Wir sahen nur die Beine der Leute draußen, und wir

mussten in die Hocke gehen und den Hals recken, um den Feuerwehrwagen zu sehen.

HUIIII-HUII! – HUIIII HUII!, ging die Sirene.

Aber die Männer auf dem Wagen waren keine Feuerwehrleute. Ein paar waren betrunken, das sah man sofort: Sie hielten Flaschen in den Händen und turnten da oben herum, und andere sahen ganz normal aus. Normal wie die Väter normaler Leute.

HUIIII-HUII! – HUIIII HUII!, ging die Sirene.

Wir in der Schlange, wir rührten uns nicht. Wir blieben, wo wir waren. Wir hörten, die Männer wären gekommen, um Wasser zu holen. Aus Gloucester wären sie gekommen, um es zu holen. Die Leute in der Schlange sagten, dafür wäre nicht genug da.

Es gab Streit. Die Pfadfinderin schaute mich an, und ich sah, dass sie Angst hatte. Vielleicht wünschte sie sich an meine Stelle; dann könnte sie in einem Paillettenkleid und mit roten Haaren hier stehen und einfach weglaufen, wenn sie wollte. Aber sie stand da in einer Uniform und ohne Make-up, und all die vielen Leute erwarteten, dass sie hilfsbereit war und ihre Zeit und Fähigkeiten sinnvoll nutzte, usw.

Und die Wahrheit ist? Ich schaute weg. So. Ich hab's gesagt. Ich wandte mich von diesem Mädchen ab. Ich konnte nichts für sie tun, aber ich hätte sie ansehen können. Ich glaube, das Mindeste, was man für einen anderen Menschen tun kann, besteht manchmal darin, zu zeigen, dass man ihn gesehen hat. Noch ein Punkt für das Ruby-Morris-Schuldverzeichnis.

Der Streit wurde lauter. Die Pfadfinderin, Melissa, ging ins Gebäude.
Ich hab keine Ahnung, woher man es weiß, woher man tief im Bauch weiß, dass etwas Schlimmes passieren wird. Ich wusste es ganz genau. Und ich ignorierte es. Ich lief nicht hinaus, solange ich noch konnte, denn niemand um mich herum schien hinauslaufen zu wollen – bis es zu spät war.
Aus dem Streit draußen war ein Handgemenge geworden. Wir sahen es in Kniehöhe, wir sahen, wie Männer hin und her rannten, und wir sahen, was Füße und Beine tun, wenn Männer sich prügeln.

KA-PSSSSSSCHHHH!

Wasser spritzte an die Fenster und floss daran herunter. Offenbar hatten sie ihre Feuerwehrschläuche aufgedreht. Wir sahen den ersten Mann fallen. Alle auf der Treppe sahen es, wir sahen ihn fallen, und wir sahen, wie seine Hände sich an das Glas krallten – nach uns greifen wollten. Er war dicht vor unserer Nase. Wir sahen, dass er blutete – aber nicht, wie man nach einer Schlägerei blutet. Wir begriffen, dass das Wasser in diesem Feuerwehrauto, in den Schläuchen, die sie aufgedreht hatten und mit denen sie jetzt überallhin spritzten …
Das Wasser war schlecht.
Eine Pfadfinderin ist mutig, und auch in schwierigen Situationen bleibt sie fröhlich.
Die Leute in der Schlange gerieten in Panik. Plötzlich wollten alle raus, und die Leute, die draußen warteten, wollten rein.

So sah es jetzt aus: Viele Leute waren schon drinnen, im Schwimmbad, und viele Leute warteten schon auf der Treppe. Und noch viel mehr Leute kamen jetzt von draußen herein.

Ich und Darius Spratt, wir hatten keine Wahl. Wir wurden zum Schwimmbecken gedrängt und geschoben und gestoßen, bis wir unmittelbar am Rand standen, eingezwängt zwischen allen anderen. Manche versuchten immer noch, ihre Kanister zu füllen, als oben am Eingang das Geschrei losbrach und diese Welle durch die Menge ging und sich ausbreitete und nirgends hinkonnte. Sie konnte nirgends hin. Unten am Ende des Beckens war ein Notausgang. Man sah das Schild mit dem kleinen weißen Männchen darüber, ein kleines weißes Cartoonmännchen, das weglief – aber das konnte niemand. Leute hämmerten gegen die Tür, aber der Notausgang war anscheinend abgeschlossen. Das Einzige, was noch passieren konnte, was die Leute tun konnten, war – *PLATSSSCHH!* – der Erste, ein Junge, fiel ins Becken. Aber das war okay, denn das Wasser war okay, und das kapierten irgendwie alle, und – *PLATSSSCHH PLATSSSCHH PLATSSSCHH PLATSSSCHH PLATSSSCHH* – ein ganzer Haufen Leute sprang hinein, weil es nur dort noch ein bisschen Platz für sie gab.

Ich und Darius Spratt, wir sprangen auch.

Es war kälter, als das Wasser im Schwimmbad sein sollte. Daran erinnere ich mich noch – wie kalt es war. Aber wir tranken von dem Wasser, wir strampelten und tranken.

Zwei verrückte Minuten lang dachte ich, vielleicht würde tatsächlich alles gutgehen, vielleicht würden alle diese panisch drängenden Leute sich zusammenreißen. Ich riss mich sogar selbst zusammen. Mein Make-up war wohl sowieso erledigt, und deshalb schrubbte ich mir das Gesicht mit der Strickjacke des toten Mädchens.

»Was *machst* du da?!«, japste Darius.

»Geht dich nichts an!«, prustete ich, kurz vor dem Ertrinken.

Dann hörte man wieder Schreie – lauter, näher –, und diesmal war es nicht einfach eine Welle, sondern eine Woge. *PLATSSSCHH PLATSSSCHH PLATSSSCHH PLATSSSCHH.*

Wir sahen ihn alle, diesen nutzlosen Bademeister, der da am oberen Rand stand. Die Leute um ihn herum wichen zurück, denn er blutete von der Krankheit. Er hatte einen Schlüsselbund in der Hand und versuchte, seitwärts um das Becken herumzukommen – um den Notausgang aufzuschließen, möchte ich wetten. Er versuchte es, aber er kam den Leuten zu nah, und jemand stieß ihn weg.

Der nutzlose Bademeister fiel ins Becken.

Die Panik explodierte. Den Leuten war alles egal, sie wollten nur raus, und zwar schnell. Ich und Darius, wir stemmten uns aus dem Wasser und wurden fast niedergetrampelt, als wir uns aufrappelten … und … die Krankheit breitete sich um uns herum aus: Gerade tropfte noch Wasser von jemandem herunter, und im nächsten Augenblick war es Blut. Das Schwimmbecken war kein Schwimmbecken mehr, sondern ein Riesenfass mit unsichtbaren, tentakelschlängelnden Mikrobazillen aus dem Weltall, die sich vermehrten, angriffen und töteten.

Wo wir herausgekommen waren, auf der anderen Seite des Beckens, lag eine dicke Frau stöhnend auf dem Boden, und hinter ihr war eine Tür ohne das kleine weiße, rennende Cartoonmännchen, aber eine Tür immerhin, und ich riss sie auf. Ich achtete nicht auf die arme Frau, ich dachte nicht mal: »Die arme Frau«, ich riss nur die Tür auf, so weit, dass ich Darius mitzerren konnte, und dann waren wir in einem Schrank. Es war nur ein Schrank, ein blöder Schrank voll Badespielzeug für Kinder. Die Tür fiel zu, und es war stockdunkel.
Draußen wurde an der Tür gerüttelt, und ich und Darius hielten sie zu, als ob es um unser Leben ginge, und das tat es ja auch. Ich dachte, ich würde sterben. Das war's, schlicht und einfach: Ich dachte, ich würde sterben.
Immer wieder sagte ich die Adresse meines Dads auf, immer und immer wieder, und Darius musste sie wiederholen, immer wieder.
»Wenn du hier rauskommst, musst du meinen Dad suchen und es ihm sagen.«
Ihm was sagen? Dass ich in einem Schrank voll schwammig weicher Schwimmnudeln gestorben war?
»Sag ihm, ich hab ihn lieb«, schluchzte ich, und dann musste Darius die Adresse noch mal wiederholen. Und noch mal. Und noch mal.
»Okay – jetzt du«, sagte ich dann.
»Du musst dich um die Prinzessin kümmern«, sagte er.
UPF! An die Kleine hatte ich gar nicht mehr gedacht, seit hier das Chaos ausgebrochen war.
»Und –«, fuhr er fort.

Mooooment! Eine letzte Bitte ist eine letzte Bitte, okay? Keine letzte To-Do-Liste!
Er ratterte Zahlen herunter. Vor lauter Angst begriff ich am Anfang nicht mal, dass es ein Geburtsdatum war. *Sein* Geburtsdatum.
»Hast du's?«
»Ja«, sagte ich, obwohl die Zahl sofort wieder aus meinem panischen Schädel verschwunden war.
»Ich möchte, dass du meine Mum suchst.«
»Aber –« Er hatte doch gesagt, seine ganze Familie sei tot.
»Mein Mum. Meine richtige Mum –«
Jemand riss wild an der Tür. Wir hielten sie zu.
»Ich wollte sie nach der Prüfung suchen, und –«
Wieder riss jemand an der Tür, und bevor wir zurückreißen konnten, sah ich im Lichtspalt für einen Augenblick Darius' Gesicht, und ich sah, dass er weinte. Als die Tür wieder zu war, fragte das winzige, erbsengroße Stückchen Gehirn in meinem Kopf, das noch denken konnte: »Du bist *adoptiert*?«
»JA!«, schrie Darius.
Ich wusste nicht, was ich sagen sollte. Also sagte ich die Zahlen auf.
»Das war falsch!«, rief er. »Hör zu, du brauchst es dir nicht zu merken. Geh in die Schule und sieh in meiner Akte nach.«
»Und dann?«
»Ich weiß es nicht genau«, sagte er. »Du musst die Adoptionsurkunde finden.«
»Oh«, sagte ich, und die Erbse in meinem Kopf dachte be-

reits, dass die ganze Sache für eine letzte Bitte schon ziemlich knifflig war. »Und wie soll ich das machen?«
Jemand schlug dumpf an die Tür, und wir hielten den Türgriff fester.
»Ich weiß nicht, wie das geht«, platzte Darius Spratt heraus. »Ich wollte das alles online machen.«
Unsere Hände waren ineinander verschränkt, und wir umklammerten den Türknauf.
»Aber du kannst es doch rausfinden, oder? Du kannst es versuchen?«, flehte Darius.
»Ja!«, schrie ich. Es war mehr oder weniger die schlimmste und komplizierteste und unmöglichste letzte Bitte der Welt. Das wusste ich – und er wusste es auch. Ich wusste, dass er es wusste.
Es war übel, was man da draußen hörte. Es war ganz, ganz übel.
»Darius, wenn ich das nicht kann«, sagte ich, »nur mal angenommen, ich kann es aus irgendeinem Grund nicht …«
Wieder riss jemand an der Tür. Der Knoten unserer Hände hielt sie fest.
ZUM BEISPIEL, WEIL WIR BEIDE HIER STERBEN WERDEN, JETZT GLEICH, HIER IN DIESEM SCHRANK!, dachte ich.
»Gibt's noch was anderes, was ich tun kann?«
JETZT SAG WAS LEICHTES!, dachte ich.
Darius schwieg kurz.
»Du kannst mich küssen«, sagte er dann.

Ich küsste Spratt. Wir waren in einem Schrank. Ich dachte, ich würde sterben.

Also tat ich es. Er bat mich, ihn zu küssen, und ich küsste ihn.

Ich nahm eine Hand vom Türknauf, umfasste seinen Kopf mit dem Ziel, es schnell zu erledigen, und drückte im Dunkeln meine Lippen – BOMF! – auf seine.

So. Ich hatte ihm seine letzte Bitte erfüllt.

Ende.

ABER DAS WAR ES NICHT.

Jemand rüttelte an der Tür, und eine Sekunde lang flutete Licht herein – für mich lange genug, um zu sehen, wie Darius' Gesicht aussah: traurig und grimmig und angstvoll und weinend – und kein bisschen so, wie es aussehen sollte (DANKBAR!), nachdem ich, Ruby Morris, ihn geküsst hatte.

»Du könntest immerhin danke sagen«, stellte ich fest, als der Türrüttler aufgegeben hatte.

»Oh yeah, cheers«, sagte Darius.

Cheers?, dachte ich. *Cheers?!*

»Ich hab dich gerade geküsst!«, platzte ich heraus … und wollte damit sagen, ich, Ruby Morris, hatte soeben einen … einen SUB-NERD geküsst.

»Yeah«, sagte Darius. »Danke. Von mir aus.«
MOOOMENT! OH, WOW! !
»*Von mir aus?!*«
»Ich meine, du weißt schon, danke. War okay«, sagte Darius.
»*Okay?!*«
»Ja … es war okay.«
»***OKAY?!***«
»Ja. Andrew Difford hat gesagt, du küsst okay.«
»*WAS?!*«
»Komm drüber weg, Ru. Jetzt wäre eine gute Gelegenheit, einfach … über Sachen wegzukommen.«
»*WAS?!* **WAS?!**«
»Genau genommen hat er gesagt, du küsst miserabel.«
»Andrew Difford hat gesagt …?«
»Ja. Hat er allen erzählt.«
»Er hat *allen* erzählt … Er ist ein Penner, ein totaler Penner. Und *er* küsst miserabel!«
»Von mir aus.«
»Ich kann erstklassig küssen!«
»Hn.«
»KANN ich auch!«, schrie ich.
»Beweise es mir, Ruby Morris«, sagte Darius.
Jemand zog an der Tür, und wieder schien einen Moment lang Licht herein. Ich sah sein Gesicht, und es war wie mein eigenes. Angst. Hoffnungslosigkeit. Die Tür schlug wieder zu.
»Bitte«, flüsterte er.
Ich nahm eine Hand vom Türgriff und tastete nach seinem

Gesicht. Er nahm eine Hand vom Türgriff und berührte mein Gesicht, und sanft streichelte er meine Wange. Ich streichelte seine Wange. Unsere Fingerspitzen zitterten vor Angst. Wir weinten, wir weinten beide. Meine Lippen fanden seine Lippen. Es war nicht wie mit Caspar im Hot Tub … denn vielleicht hatten wir keine Zeit mehr auf dieser Welt, aber es war, als hätten wir alle Zeit der Welt.

KAPITEL 23

Wollt ihr wissen, woher ich weiß, dass niemand länger als drei Stunden überlebt?
Weil wir so lange in diesem Schrank waren.

Nach einer Weile versuchte niemand mehr hereinzukommen, aber wir kamen erst raus, als die ganze Welt still war. Als all die Leute da draußen tot waren.
Wir drückten die Tür auf. Es wäre schwierig gewesen, aus dem Schwimmbad zu kommen, ohne in Blut- und Schleimpfützen zu treten, aber in dem Schrank war ein Haufen dieser kleinen blauen Beutel mit Gummizug, die Schwimmlehrer und Besucher über ihre Schuhe ziehen müssen. Wir zogen sie auch über die Hände – für den Fall, dass wir etwas anfassen mussten, und mit knisternden Schritten suchten wir uns sehr, sehr langsam und sehr, sehr vorsichtig den Weg durch die abscheuliche Szenerie am Pool entlang.
Alles um uns herum, im Schwimmbecken und außerhalb, bot einen grauenhaften, entsetzlichen Anblick. Man wollte eigentlich nicht hinschauen.
Ich wollte eigentlich auch Darius Spratts Gesicht nicht anschauen. Noch ein grauenhafter, entsetzlicher Anblick.

Yep. Ich bildete mir das nicht ein. Mitten in dem Albtraum unserer Umgebung und dessen, was passiert war, schlich sich immer wieder ein komisches kleines, leicht bekloppptes Lächeln über sein Gesicht.
»Hör auf!«, fauchte ich.
»*Womit?*«, fragte er.
Yep. Da war es wieder.
Oh, 🦋🦋🦋! Das nackte Grauen ließ mir den Verstand schmelzen. MÖRDERISCH.
»Damit!«, zischte ich.
Was in dem Schwimmnudelschrank passiert war, hatte in dem Schwimmnudelschrank zu bleiben. Das war meine Ansicht.
Ich hatte dieses grässliche, grässliche Gefühl, irgendwie ausgetrickst worden zu sein, aber das war doch kein Trick gewesen, oder? Er hatte gesagt, ich sollte ihn küssen, und ich hatte …
🦋🦋🦋! Es war zu grässlich, um darüber nachzudenken … und in gewisser Weise war es nur gut, dass praktisch alle in der Schule tot sein mussten, denn wenn sich das, was da in dem Schwimmnudelschrank passiert war, herumgesprochen hätte, wäre mein Leben nicht mehr lebenswert gewesen. Mir ist klar, dass das vielleicht ein bisschen scheußlich klingt, aber es ist doch wahr.
Zumindest konnte er nicht mehr sagen, ich würde miserabel küssen.
Ich schoss ihm das bekloppte Grinsen mit der Mutter aller Todesstrahlblicke vom Gesicht – »noch ein Wort, und du bist tot« – und stolzierte um den Feuerwehrwagen herum zu

unserem Auto. (Das mit dem Stolzieren war nicht so einfach. Da war 'ne Menge Wasser und Blut.) Darius kam mir nach. Das Grinsen, das sich schon wieder auf sein Gesicht geschlichen hatte, schmolz ganz von allein, als er die Kleine sah. Die Prinzessin saß steif und aufrecht im Wagen. Darling schlief auf dem Fahrersitz, und das war nicht in Ordnung. Die Kleine ließ sie sonst nie los. Ich schloss die Heckklappe auf, um Whitby aus dem Kofferraum zu lassen – o Mann! Was für ein Gestank! –, und Darius öffnete die Beifahrertür. Sie sprang ihm entgegen.

Kinder – Dan zum Beispiel, als er klein war – werfen sich einem manchmal an den Hals, aber was die Kleine tat, hatte ich noch nie gesehen. Sie sprang ihn an wie ein wildes Tier und ließ ihn nicht mehr los.

Unterdessen kam das Böse, das sich in Whitbys Eingeweiden angekündigt hatte, jetzt hervor – und es kam und kam. Als er draußen war, feierte Whitby ein wahres Kackfest.

»Wir könnten einfach hierbleiben«, sagte Darius. Die Kleine hing an ihm wie ein Blutegel.

Es war ein schöner, warmer Tag. Die kleinen Cumuli Humilis, die immer noch hoch oben über den Himmel zogen, ließen die Welt so einfach aussehen wie in einem Märchenbuch.

»Wir könnten wieder nach Bristol hineinfahren. Uns eine Bleibe suchen. Nur für die Nacht«, meinte er.

Ein Teil meiner selbst wollte genau das: Pause machen und ausruhen. Aber in den Geschichten in den Büchern, in den Märchen, geht gerade dann alles schrecklich schief, oder? Ich hatte eine Aufgabe zu erfüllen, ein Ziel zu erreichen. Es kommt darauf an, nicht zu vergessen, was man zu tun hat, nicht wahr? Es kommt darauf an, sich nicht aus der Bahn werfen und ablenken zu lassen. Es kommt darauf an, nicht auf- und nicht nachzugeben. Stark zu sein, selbst wenn man sich noch nie so schwach und so müde gefühlt hat und die Angst so satt hat. Oder?

Es wurde spät, aber bis es dunkel wurde, hatten wir bestimmt noch ein paar Stunden Zeit.

»Ich fahre nach London«, sagte ich. »Ihr beide könnt machen, was ihr wollt.«

Bitte lass mich nicht allein.

»War ja nur so 'ne Idee.« Er hebelte die Kleine von sich herunter und setzte sie praktisch mit Gewalt auf den Rücksitz.

»Ja, schön, aber ich hab genug von dir und deinen tollen Ideen«, knurrte ich. Ich reichte ihm Darling, er gab sie an die Kleine weiter und schloss die Wagentür.

»Ru«, sagte er.

Ich weiß nicht, was er noch sagen wollte. Ich wollte es nicht wissen.

»Steig einfach ein, ja?«, giftete ich.

Ich öffnete den Mund, um Whitby zu rufen, und ich kam bis WHIT-, bevor ich ihn sah. Er schlabberte das Wasser aus einer Pfütze neben dem Feuerwehrauto.

Ich und Darius Spratt, wir sahen einander an.

Jetzt erscheint es einem offensichtlich, dass die Hunde eine Gefahr waren. Und zwar keine kleine, sondern eine MASSIVE Gefahr. Selbst als ich Whitby auf Leichenteilen hatte

kauen sehen, hatte ich nur gedacht: ÖRK! Ich hatte *nicht* daran gedacht … und Darius auch nicht, das sah ich ihm an.
»Wir müssen ihn loswerden«, sagte Darius.
»Nein!«, sagte ich, aber eher vor Schreck über diese Erkenntnis.
Whitby hob den Kopf, und das Wasser tropfte von seinen Lefzen.
»Okay«, sagte ich.
Als Whitby sah, dass wir ihn anschauten, kam er auf uns zugaloppiert. Wir hechteten beide auf den Fahrersitz und zogen die Tür zu.
»Geh auf deine eigene Seite!«, schrie ich Darius Spratt ins Gesicht.
Er wand sich los und kletterte hinüber.
Whitby, der große liebe süße alte Trottel, kapierte nichts: Warum war die Tür zu? Er zuckte mit den Hundeschultern, trabte schwanzwedelnd um den Wagen herum und suchte einen Eingang. Er bellte. *Hey, Leute, jetzt kommt! Lasst mich rein!*
Ich brach in Tränen aus – und dann sah ich, wie Darius Spratt sich umdrehte und Darling beäugte. Die Prinzessin drückte sie fest an sich, und ich redete. Ich redete für Darling, für mich selbst … und vermutlich auch für die Kleine.
»Nein!«, keuchte ich. »Darling ist okay! Sie ist sauber, und wir werden vorsichtig sein!«
Die kleine Prinzessin regelte die Sache ganz allein. Sie sah Darius mit ihren großen, ernsten Augen an und nickte. Sie nickte tatsächlich.

Dieses Nicken war irgendwie lauter als alles, was ich hätte schreien können.

Spratt knickte ein.

»Hn. Okay.«

Das hast du nicht zu entscheiden!, wollte ich schreien. Draußen fing Whitby an zu winseln. Sein Weinen hörte sich furchtbar an, und ich stand unmittelbar vor einem totalen Yiii-haaaa, aber dann … irgendetwas rastete ein, nur für eine Sekunde … keine Ahnung. Dass es jetzt so schwer ist, aus allem schlau zu werden. Dass es vielleicht einfacher ist, zusammen mit anderen zu versuchen, daraus schlau zu werden. Aber dass das Zusammensein mit anderen Leuten nicht nur sicherer ist, sondern auch gefährlich, weil du immer einer Meinung mit ihnen sein musst. Denn wenn du es nicht bist, kann vieles falsch laufen. Kurz gesagt, Leute können zu Tode kommen.

In dem Moment dachte ich das aber nicht. In dem Moment ging es darum … für wen hielt Darius sich eigentlich? Und er sollte die Klappe halten, denn ICH hatte die beiden aus Dartbridge rausgebracht, oder nicht? Aber er hatte mich daran gehindert, in den Regen rauszulaufen und meine Sachen zu holen, auch wenn es da eigentlich gar nicht geregnet hatte. Ich hatte sie aus diesem Plastiktunnel gerettet, und wir hatten uns gegenseitig geholfen, aus dem Schwimmbad zu entkommen … also … Es war alles so kompliziert, dass es vielleicht besser war, wenn *ich* die Klappe hielt.

Meine Augen schwammen in Tränen, und deshalb konnte ich kaum sehen, wie Whitby hinter dem Auto herrannte und bellte. *Bitte lasst mich nicht allein, bitte lasst mich nicht allein, bitte lasst mich nicht allein.*

Ich konnte ihn kaum sehen, und dann war er ein winziger Punkt, der mitten auf der Autobahn saß und heulte.

KAPITEL 24

Wir rasten in Richtung London, und Darius fummelte am Radio herum. Zwischen meilenweitem Rauschen stieß er immer wieder auf die Wiederholung der Sendung, die unverändert geblieben war: »Bleiben Sie zu Hause, bewahren Sie Ruhe.«

Ja, genau. Jemand sollte denen mal sagen, dass dieser Rat eigentlich nicht weiterhalf.

»Kannst du das jetzt bitte ausmachen?«, fragte ich.

Ich fragte ihn beim ersten Mal freundlich. Als er mich ignorierte, tat ich es beim zweiten Mal weniger freundlich.

»Moment noch«, sagte er und startete den nächsten Durchlauf.

Also fauchte ich beim dritten Mal: »MACH ES AUS!« und schickte ihm einen Todesstrahlblick.

»Wieso willst du nicht wissen, was draußen in der Welt abgeht?«, fragte er und legte die nackten Füße auf das Armaturenbrett. Die Abendsonne fing sich in den Haaren auf seinen Zehen. Er hatte seine und meine Socken zum Trocknen in sein Fenster geklemmt. Sie flatterten zusammen umeinander im Fahrtwind. Unsere Kleider, immer noch feucht vom Pool, trockneten am Körper.

»Es stimmt nicht, dass ich es nicht wissen will«, sagte ich. »Aber das ganze Zeug da hab ich schon gehört, oder? Was hat das für einen Sinn?«
Ich fühlte mich nicht wirklich wohl, weder in meinen Kleidern noch im Kopf. Ich rutschte dauernd hin und her.
»Sie könnten was Neues sagen.«
»Äh … *hallo*? Wer denn? Alle sind tot.«
Als ich es ausgesprochen hatte, wartete ich darauf, dass er es WAGTE, etwas über meinen Dad zu sagen, aber das tat er nicht. Brauchte er auch nicht. Ich dachte es sowieso.
Mir war flau, und ich brauchte frische Luft. Ich drückte auf den falschen Fensterknopf, und unsere Socken flogen weg. Ich drückte auf den richtigen Fensterknopf und starrte gefährlich lange hinaus und atmete. Atmete nur.
Danach zankten wir uns wegen der Musik, die wir hören wollten. Die Musiksammlung in diesem Auto war eine Schatztruhe mit »Best of«-CDs (aber zumindest waren die Carpenters nicht dabei). Das ist mir inzwischen in vielen Autos aufgefallen. Es unterstützt meine Theorie, dass Autofahren stressig ist: Gleichzeitig noch was Interessantes zu hören, das schafft man nicht. Ich befahl ihm, eine Retro-CD einzuschieben, *Best of the 80s*, und sofort machte sie mich nervös, denn anscheinend handelte jedes einzelne Stück von LIEBE und KÜSSEN und so, aber zum Glück stellte ich fest, dass ich eine Generalfernbedienung an dem Hebel hatte, von dem ich gedacht hatte, er wäre für die Scheibenwischer, und damit konnte ich alles überspringen, das sich allzu schmalzig anhörte, worüber Spratt sich ärgerte.

»Jetzt hör auf!«, jammerte er, als ich es wieder tat. »Das wollte ich hören!«
Er beugte sich tatsächlich vor und drückte auf die ZURÜCK-Taste am CD-Player, um diese Turtelballade noch mal zu spielen. Und dann fing er an zu singen. Darius Spratt fing an zu singen! Und das Schlimmste und Ärgerlichste an seinem Gesang war, dass er *gut* war. Nicht besser als Caspars. Das werde ich niemals sagen.
»Mir gefällt das nicht«, sagte ich und drückte auf VORWÄRTS.
»Warum muss immer alles gehen, wie du es willst?«
»Darum«, sagte ich. »Ich bin hier die Fahrerin.«
»Na und?«
Spratt drückte auf ZURÜCK, ich drückte auf VORWÄRTS.
»Wir hören, was ich will«, sagte ich. »Oder wir machen das Ding aus und spielen ›Ich sehe was, was du nicht siehst‹. Das würde Spaß machen, was? Ich sehe was, was du nicht siehst, und das fängt an mit L.«
Spratt war verwirrt.
»Leiche?«, sagte ich. »Oder KA? Kaputtes Auto! Oh, sieh doch, schon wieder ein L!«
Spratt wurde still. Jetzt kam ich mir gemein vor, und obwohl ich das nächste Stück am liebsten auch übersprungen hätte, weil es anscheinend nur von SEX handelte (was war nur los mit den Leuten in den Achtzigern?! Die waren ja besessen!), ließ ich es laufen. Spratt schmollte auf dem Beifahrersitz.

Ehrlich: Wie kommt es, dass Lieder – selbst Kacklieder, die du dir normalerweise niemals anhören würdest – dich dazu bringen können, jedes PEINLICHE Wort zu hören, wenn du es am wenigsten hören willst?
Aber dabei kam mir eine geniale Idee. Eine geniale Ruby-Idee.
»Ich höre was, was du nicht hörst, nämlich etwas, worüber man nicht mehr singen kann«, sagte ich.
»Womit fängt es an?«, fragte Spratt.
»Keine Ahnung«, sagte ich. »Aber es muss was geben.«
Ich sah, dass Spratt ein bisschen weniger schmollte. Ich sah, dass seine Zehen sich krümmten. Und ich sah, dass die Kleine auf dem Rücksitz die Ohren spitzte.
(Mehr noch, ich sah, wie sie Darius ein paarmal anstupste, wenn so ein Wort vorkam. Es stellte sich raus, dass die Prinzessin ein paar von diesen Liedern kannte.)
»LS! LASER-STRAHLEN!«, quietschte ich.
Und sprang zum nächsten Titel.
»Wieso können wir den Rest nicht hören?«, rief Darius.
»Pech gehabt! Der Gewinner ist der Bestimmer!«
»Mach weiter«, sagte Darius und richtete sich auf.
Es war voll komisch. Wirklich – nachdem ich Darius sorgfältig erklärt hatte, dass es nicht mal darum ging, ob es etwas noch *gab* oder nicht, sondern nur um Sachen, die ganz OFFENSICHTLICH nie wieder so sein würden wie früher.
(»Pass auf, es ist echt einfach, Dummi! Kein Mensch wird mehr singen ›Hot in the City‹, oder, du Idiot? ›Hot‹ bedeutet ja nicht ›heiß‹ wie in ›oooh, ist mir heiß!‹, sondern es bedeutet

›aufregend‹. Also: HITC – Punkt an mich – nächstes Stück. Loser!«)
CB (Cocktail-Bar!), G (Geld!), DL (Dampflok!), T (Telefon!), TK (Telefon klingelt!), E (elektrisch!).
Bei »elektrisch« wurde Darius zickig. Ich war zwar bereit, zuzugeben, dass man elektrischen Strom immer noch aus Batterien und Generatoren und so Zeug beziehen konnte, aber trotzdem entschied ich, dass das Wort zulässig war, weil die Leute in dem Lied ganz eindeutig nicht die Elektrizität meinten, die aus Batterien und Generatoren und so Zeug kam.
»Elektrisch« kam übrigens immer wieder vor. Die Leute in den Achtzigern waren besessen von solchen Sachen: Elektrizität, Atom, Nuklearkram … N (Neutronen!).
P (Penny!). D (Dollar!). T (Ticket!). M (Miete!).
Wir wurden albern (J! Jam! Das ist keine Marmelade, das ist Musik!). Wir wurden pingelig (T! Du kannst nicht noch mal Telefon nehmen – Telefon war schon!). Wir hatten einen atemberaubenden Streit darüber, ob es VUF (vier Uhr früh!) noch geben würde, wenn man keine Uhren mehr herstellen konnte – Streit von der Sorte, die man mit Google klären konnte. Aber googeln konnten wir ja nicht. I (Internet!) kam in diesen Achtziger-Songs überhaupt nicht vor, und auch das meiste andere nicht, das in unserem Leben so wichtig war. Ich nehme an, darum machte es solchen Spaß … Ich meine, es war zwar schrecklich, aber es war doch eigentlich nicht gerade genau *jetzt*, oder?
»M!«, schrie Darius. »Medizin!«

Eine Sekunde später sprang er vorwärts zum nächsten Stück, wie der Gewinner es durfte.
Mir kam so ein Gedanke. Ein Gedanke über Darius und Medizin und … »Wie lange kommst du mit diesen Tabletten aus?«, fragte ich.
»Halt die Klappe, Ru«, sagte Darius.
Er lehnte den Kopf ans Fenster. Okay, alles war halt ein bisschen unheimlich geworden. Also fragte man besser nicht.
»Hey.« Ich streckte die Hand aus und piekste ihn in die Rippen. Aber ich hätte einfach nur »sorry« sagen sollen.
»Z«, sagte er.
»Z?«
Er sah mich nicht mal an. Er sagte nur: »Zahnspange.«
Meine Zahnspange ist nicht zum Rausnehmen. Sie ist an die Zähne geklebt. Wie würde ich sie jemals abkriegen? Ich würde den Rest meines Lebens eine Zahnspange tragen. Ich würde im Altersheim sitzen, Obst aus der Dose essen, über das Wetter meckern und … immer noch meine Zahnspange tragen.
»Sorry«, sagte Darius. »Tut mir leid.«
Irgendeine Band quakte was über LIIIIEEBEEE.
»Das ist Mist«, maulte ich und drückte auf die EJECT-Taste.
Der Wagen kam ins Schleudern.
»Ich mach's schon«, sagte Darius. Er nahm die CD heraus. »Was möchtest du hören?«
»Das jedenfalls nicht.«
»Das hier?« Er hielt eine Best-of-Classic-CD hoch.
Ich nahm an, das war ein Witz. Also sagte ich ja, um ihn zu ärgern.

Es war kein Witz.
Tatsächlich war es besser, keine Leute zu hören, die über etwas sangen (zum Beispiel über LIIIEEEBEEE), und das Auf und Ab der traurigen Geigenmusik war ein viel besserer Soundtrack für meine Stimmung, die jetzt wieder ganz und gar düster und tragisch geworden war.
Und dann schrie ich.
Ich schrie, weil ein Auto an uns vorbeischoss. Ein kleiner roter Sportwagen, der so schnell fuhr, dass ich nicht mal sah, wer drin saß.
Danach war ich zu nervös für Tragik. Ich schaute immer wieder in den Rückspiegel. Im Laufe der nächsten Stunde kamen noch drei andere Autos. Zwei sah ich kommen. Das erste, ein silberner Wagen, hupte im Vorbeifahren. Ein Mann saß drin, allein.
»Hup zurück!«, rief Darius und winkte aus dem Fenster.
Ich zögerte und hupte dann. Ich weiß nicht, ob er es hörte. Er hielt jedenfalls nicht an.
Irgendwo hinter der Ausfahrt Chippenham sah ich wieder ein Auto hinter uns herankommen. Es rauschte nicht vorbei, sondern näherte sich stetig.
»Guck mal«, sagte ich.
»Wohin?«, fragte Darius.
»Der Wagen. Hinter uns.«
Er drehte sich um.
»Hn«, sagte er und drehte sich wieder nach vorn.
Hn?! Wir wurden verfolgt! Ich sah Darius an. Und wieder ging mir ein Riesenlicht auf.

»Wo ist deine Brille?«, fragte ich.
»Im Plastiktunnel.«
»Oh, 🦋🦋🦋! Siehst du überhaupt noch was?«
»Bisschen. Nicht viel. Hör zu – ich *kann* sehen. Ich kann *dich* sehen, okay? Also mach nicht so ein Gesicht. Ist ja nicht meine Schuld, oder?«
»Ich sehe was, was du nicht siehst«, quietschte ich. »Kein Wunder, dass du das nicht spielen wolltest!«
»Ich kann doch nichts dran machen, oder? Ich kann ja nicht einfach in einen Optikerladen spazieren und mir eine neue Brille kaufen, oder?«
»*Nicht?!*«
»Nein! Dafür brauche ich ein *Rezept*!«
»Wieso? Sind deine Augen auch krank?«
»Nein! Es bedeutet nur, man braucht jemanden, der weiß, was er tut. Genau wie du mit deiner Zahnspange!«
Hahaaaa! Kein Wunder, dass er auf dem Bauernhof bleiben wollte. Er hätte uns alle da rumhängen lassen, bis er sich getraut hätte, wieder in den Plastiktunnel zu gehen und seine Brille zu holen! Kein Wunder, dass er in Bristol bleiben wollte! Wenn er blind wie eine Fledermaus war, konnte er kaum durch die Gegend ziehen, oder? Das hatte er aber getan, nicht wahr? Er war mit MIR durch die Gegend gezogen! Er hatte MICH in Gefahr gebracht!
»Hol die Brechstange«, sagte ich.
»Ru–«
»Hol sie einfach!«
Seufzend öffnete Darius seinen Sicherheitsgurt.

»Bau jetzt keinen Unfall«, sagte er und kletterte nach hinten.

»Yeah, und du nenn mich nicht Ru. Nenn mich NICHT Ru«, sagte ich. »Nie.«

Der Wagen im Rückspiegel wurde größer. Darius kam wieder nach vorn und hatte das Stemmeisen in der Hand.

»Lass sie es nicht sehen«, sagte ich. Dann: »Doch!«

Der Wagen kam dicht heran. Dann scherte er aus, um zu überholen … aber er überholte nicht, sondern blieb längsseits.

🦋🦋🦋, dachte ich. 🦋🦋🦋!

Darius lehnte sich über mich hinweg, blinzelte und winkte dann. Ich schaute hinüber. Da saß eine Familie in dem Wagen: eine Mum, ein Dad am Steuer, und hinten zwei Kinder, ein Junge und ein Mädchen. Alle winkten wie verrückt – und sie lächelten. Sie lächelten!

»Hupen«, sagte Darius. »Du musst hupen!«

Ich hupte.

»Halt an!«, rief Darius.

Das Herz schlug mir bis zum Hals, aber ich gehorchte. Ich fuhr auf den Standstreifen und hielt an.

Sie stoppten vor uns und setzten zurück.

Und stiegen aus. Die Mum zuerst, und dann der Dad. Ich sah, wie die Kinder sich hinten losschnallten und über die Rücksitzlehne streckten, um uns zu sehen.

»Bleib hier«, sagte ich.

Ich stieg aus und schlenderte nach vorn, kampfbereit wie einer von Dans Superhelden. Es ärgerte mich sehr, als Darius

auch ausstieg – und zwar ohne die Brechstange. Die Prinzessin kam hinten heraus und hatte Darling auf dem Arm. Man sieht, wie groß meine Autorität war.
Die Mum kam heran, aber der Dad hielt sie zurück.
»Alles okay mit euch?«, fragte der Dad. Die Mundart … walisisch?
Alles okay? Das konnte unter diesen Umständen vieles bedeuten – zum Beispiel, seid ihr krank? Oder, wie zum kommt ihr dazu, ein Auto zu fahren? Oder, wieso ist kein Erwachsener bei euch? Kurz gesagt, es war ziemlich schwer vorstellbar, dass mit uns alles okay sein sollte.
»Ja, alles in Ordnung«, schrie ich. Es gab keinen Grund zu schreien; wir waren auf der stillsten Autobahn der Welt. Aber irgendwie kam meine Stimme so aus meinem Mund.
Ich hab inzwischen begriffen, dass ich unter Stress einfach laut werde. Das weiß ich von mir. Echt. Ich kann bloß nichts dran ändern.
»Wir wollen nach Salisbury«, sagte der Dad. Walisisch. Eindeutig walisisch.
Na und?, dachte ich.
»Was gibt's in Salisbury«, fragte Darius.
»Einen großen Militärstützpunkt«, erklärte die Mum. »Da bekommt man Hilfe.«
Sie sah den Dad an, und der nickte.
»Wollt ihr mitkommen?«, fragte sie.
Das war was anderes als die Einladung von König Xar und seinem Hofstaat. Ich spürte einen Stich – *auuutsch* –, eine ernsthaft schmerzhafte Sehnsucht nach meiner Mutter. Die

Sehnsucht nach Fürsorge und danach, mir um nichts mehr Sorgen machen zu müssen.
»Wir kommen zurecht«, sagte ich.
»Ru –«, sagte Darius.
»Du kannst mit ihnen fahren, wenn du willst«, sagte ich.
Bitte lass mich nicht allein.
»Ist schon okay«, sagte er zu ihnen.
Musste es wirklich so klingen, als würde er gegen seinen Willen entführt?!
»Wir fahren nach London«, sagte ich.
»Um ihren Dad zu suchen«, fügte Darius hinzu.
Oh! Man sah ihnen gleich an, wie gut sie diese Idee fanden. Und wie sehr sie davon überzeugt waren, dass mein Dad noch lebte.
Die Mum sah den Dad mit sorgenvollem Gesicht an.
»Wenn ihr es euch noch anders überlegt«, sagte der Dad, »dann müsst ihr in Swindon abfahren. Da sind dann Schilder.«
»Vielleicht ist dein Dad ja auch schon da«, sagte die Mum. »Alle werden da hingehen.«
»Glaub ich nicht«, sagte ich. »Er wäre vorher zu mir gekommen.«
Der Dad nickte. Ein bisschen traurig vielleicht, aber eindeutig so, als ob er genau das auch getan hätte, wenn er mein Dad wäre … nur … Irgendwo tief in mir sagte ein dünnes Stimmchen: *Nur, dein Dad ist nicht gekommen, oder? Was glaubst du, was das bedeutet, Ruby Morris?*
»Ich bin Sandra«, sagte die Mum.

Dann stürzte sie wirklich auf mich zu. Ich glaube, sie wollte mich umarmen, aber ich wich zurück, und so packte sie stattdessen meine Hand und schüttelte sie. Sie hatte Tränen in den Augen.

»Ich bin Ruby«, sagte ich. Ihre Hand war warm und weich, und ich wollte sie nicht loslassen. »Das ist Darius«, sagte ich – aber der Dad war schon dabei, Darius die Hand zu schütteln.

»Darius«, sagte die Mum und schüttelte ihm auch die Hand. Mike, der Dad, schüttelte meine. »Ein ungewöhnlicher Name.« Sie wandte sich der Kleinen zu, die mit Darling auf dem Arm dastand. »Hallo, mein Schatz«, sagte sie. »Und wie heißt du?«

Die Kleine stand nur da.

»Das ist Prinzessin«, sagte ich. »Und Darling, mein Hund.« Mein Hund. Das ist MEIN Hund. MEIN Hund, dachte ich. Und ich wusste, das stimmte nicht mehr. Ich wusste, die Kleine brauchte diesen Hund nötiger als ich. Und ich brauchte Darling schon sehr nötig.

»Prinzessin, ja?« Die Mum ging in die Hocke und versuchte, der Kleinen ein Lächeln zu entlocken.

»Wir wissen nicht, wie sie wirklich heißt«, erklärte Darius. »Wir haben sie gefunden.«

»Sie hat ihn gefunden«, sagte ich. »Sie spricht nicht.«

»Oh! Du bist eine *schüchterne* Prinzessin«, gurrte die Mum … und was soll ich sagen? Die Kleine ließ es zu, dass sie ihr die Wange streichelte. »Das da sind Ethan und Holly.« Die Mum legte der Prinzessin einen Arm um die Schultern und

winkte ihren eigenen Kindern zu. Ethan und Holly winkten zurück.
Die Mum drückte die Prinzessin und stand dann wieder auf. Die Tränen in ihren Augen rollten ihr über die Wangen, und sie wischte sie weg.
»Tja«, sagte der Dad und legte einen Arm um die Mum, »wir sollten dann weiter …«
Sein Blick verriet, warum. *Ich sehe was, was du nicht siehst, und das fängt an mit C.* Die süßen kleinen Cumuli Humilis flüchteten vor ihren größeren, niederträchtigeren Geschwistern. Dicke Wolken, aufgebläht vom Tod. Ich kann sie nicht gut auseinanderhalten, Cumulus Mediocris und Cumulus Congestus, und das ist blöd, denn die eine kann urplötzlich anfangen zu schütten, und die andere sieht nur so aus.
»Seid ihr sicher, dass ihr nicht mitkommen wollt?«, fragte die Mum und sah den Dad an.
»Wir könnten auch nur die Kleine mitnehmen, wenn ihr möchtet«, sagte der Dad sanft.

Aaaa-oooo!

Innerlich heulte ich wie Whitby. Ich heulte wie Whitby … denn ich fühlte mich, als wäre *ich* die Kleine hier. Ich wollte, dass sie MICH mitnahmen.
»Möchtest du mit ihnen fahren?«, fragte Darius.
Die Kleine sah ihn an.
»Sie weiß es nicht genau«, sagte Darius.
»Dann sollte sie«, sagte ich leise zu Darius.

Ich muss sagen, in dem Moment war mir ziemlich grässlich zumute. Ich hielt es für das Beste, wenn die Kleine mit ihnen fuhr, und ich war ziemlich sicher, dass sie Darius nicht verlassen wollte. Und – stöhn! – die Wahrheit war, ich wollte nicht, dass Darius mich verließ. Ich meine, ich wollte es schon, aber dann doch nicht. Hauptsächlich nicht. Stöhn. Örk. Stöhn.
»Überlegt es euch einfach«, schlug der Dad vor. »Wir fahren bis Swindon vor euch her, okay? Mal sehen, was ihr dann meint.«
Ich sah Darius an. Er zuckte die Achseln. Er sah genauso hin- und hergerissen aus wie ich.
»Okay«, sagte ich.

Wir stiegen ein und fuhren weiter. Mum und Dad und die Kinder blieben vor uns. Ich und Darius, wir sprachen kein Wort, bis ich mich umdrehte, um zu sehen, wie es der Kleinen ging.
»Sie denkt drüber nach«, sagte Darius.
Und das war's. Mehr gab es nicht zu sagen.

Der letzte Wagen, dem wir begegneten und den ich nicht kommen sah, kam uns entgegen. Er fuhr schnell, ließ die Scheinwerfer aufstrahlen, hupte und bremste ab … aber dann waren wir schon vorbei. Ich hielt nicht an, um zurückzusetzen, und die Mum und der Dad taten es auch nicht. Sie fuhren einen Augenblick lang ein bisschen langsamer, als überlegten sie, und ich tat es auch. Aber dann fuhren wir weiter.

So sieht's aus, nicht wahr? Jedes Mal, wenn man jemandem begegnet, steht man vor der Wahl: weglaufen oder reden. Es sei denn, die Angst nimmt einem diese Entscheidung ab. Wir werden nie wissen, was diese Leute uns zu sagen, was sie zu erzählen hatten. Und bei den Nächsten hatten wir keine Wahl.

Ich war in einer düsteren Trance versunken, als die Kleine – die Kleine! – sich nach vorn lehnte und mich anstieß. Ich fuhr erschrocken herum. Der Wagen schleuderte. Die Kleine zeigte nach vorn. Ich schaute hin. Auf einer Brücke über der Autobahn standen zwei Männer in weißen Overalls mit Masken und Sonnenbrillen. Beide hatten riesige Gewehre – *Maschinengewehre?* –, und der eine hielt ein Walkie Talkie in der Hand.

»*Darius?*«, flüsterte ich.

Äh … bravo. Er sah ja nichts, oder?

»Da stehen Männer auf der Brücke«, sagte ich leise.

Einer der Männer winkte uns weiter. Wir bretterten unter der Brücke hindurch.

»Was für Männer?«, fragte Darius.

»Woher soll ich das wissen?«, zischelte ich, als ob sie mich hören könnten.

Ich musste ihm beschreiben, was ich gesehen hatte, und er meinte, das sei Militär gewesen. Sie hatten biologische Schutzanzüge an, sagte er. Das wusste ich schon; ich hatte Krimizeugs im Fernsehen gesehen, in den Nachrichten, aber auch in Filmen, und im Netz hatte Ronnie uns »authentisches Material« von einem abgestürzten Alien-Raumschiff gezeigt. Ich hatte nur noch nie Leute in Bioschutzanzügen mit Gewehren gesehen. Mit Clipboards vielleicht, aber nicht mit megagroßen *Maschinengewehren.* Ich sagte ihm gerade, er könne doch gar nicht wissen, ob das Militär gewesen sei, als die Kegel anfingen, uns einzufangen.

KAPITEL 25

Die ganze Welt ist verrückt und still geworden … und du folgst einem Haufen Leitkegel.

Die Kegel sagten: Nein, hier dürft ihr nicht abfahren. An jeder Ausfahrt, zu der wir kamen. Und wir gehorchten. Kegel bedeuten Ordnung. Kegel bedeuten, jemand hat die Verantwortung. Aber wer?

Dann standen sie auch auf der Straße und bildeten einen Trichter, der uns immer weiter in die Mitte drängte … weiter und weiter, bis wir nicht mehr nach links oder rechts ausweichen konnten. Die Autobahn, die mich nach London bringen sollte, war hier zu Ende. Vor uns hatten sie ein Lager unter der Brücke aufgeschlagen. Die ganze Straße war gesperrt, in beide Richtungen.

Sie warteten dort, um uns zu begrüßen: vier, fünf, sechs, sieben Männer in den gleichen weißen Overalls und Masken, und alle hatten … Maschinengewehre.

»Halleluja!«, sagte Darius und spähte durch die Scheibe.

Das war nicht das, was ich dachte. Ich dachte: *O mein Gott …*

Sorry, Mum … aber diesen Gedanken, diesen einen Gedanken, ersetze ich nicht durch einen 🦋🦋🦋. Das kann ich nicht. Wenn ich es täte, könntest du denken, ich meine irgendein anderes Wort. In den meisten Fällen käme es darauf nicht an, aber hier, finde ich, eben doch. Ich dachte es nicht, weil ich an Gott glaube (ich nehme an, das tu ich nicht – nicht nach all dem), sondern weil in mir ein solches Kuddelmuddel war, dass ich mir wünschte, es gäbe etwas außerhalb von mir, das mir helfen konnte. Insofern war das eigentlich auch kein Fluch, sondern ernst gemeint. Was ich empfand, war ein Kuddelmuddel aus Angst und Schrecken. Ich kann die einzelnen Teile aufzählen:

1. Ich hatte wirklich nicht geglaubt, dass da noch jemand sein würde. Ich hatte nicht gedacht, dass da noch eine ernstzunehmende Organisation, irgendeine echte Ordnung, übrig sein könnte. (Von den Pfadfinderinnen abgesehen.) Das war ein Schreck.
2. Obwohl ich verstand, warum diese Männer Bioschutzanzüge trugen, war auch das ein Schreck, und es machte mir Angst.
3. Aber es machte mir nicht so viel Angst wie die Gewehre, die sie trugen.
4. Ein bisschen so, wie wenn man während des Unterrichts von einem Lehrer außerhalb der Schule erwischt wird, dachte ich sofort (und keineswegs »irgendwie«), dass diese Leute mich nicht einfach meiner Wege gehen lassen würden.
5. Deshalb hatte ich sofort das Gefühl, dass ich in der Patsche saß.

6. Und dass es besser sein konnte, abzuhauen.
7. Aber dass sie in dem Fall vielleicht auf mich schießen würden.
8. Und wenn ich weglaufen sollte, würde ich es allein tun müssen.

Und da ist noch etwas – etwas, das nicht so ganz in irgendeine Art Liste passt. Etwas, das größer war als dieser Augenblick, größer und furchterregender und formloser als alles andere ... nämlich: Würde es jetzt so werden? Männer mit Gewehren, die Leute auf Lastwagen verluden? Männer mit Gewehren, die den Leuten sagten, was sie zu tun hatten? Würde die Welt von jetzt an so aussehen?

Die Überholspur der Autobahn war eine Art Parkplatz geworden. An unserem Ende sah ich den roten Sportwagen – leer. Ich sah den silbernen Wagen, in dem der Mann gesessen hatte – leer. Und ich sah die Leute aus diesen Autos auf der Ladefläche eines Militärlasters unter der Brücke. Ein Mann im Biooverall saß bei ihnen. Er hatte die Maske abgenommen, und das Gewehr lag über seinem Schoß. Er rauchte und plauderte mit den Männern auf dem Laster.

Die Leute – alle – wirkten entspannt. Als ob das alles irgendwie *normal* wäre.

Die Familie hatte vor uns angehalten. Die Eltern waren ausgestiegen und redeten mit den Männern, und zwischendurch zeigten sie zu uns herüber. Dann holten sie die Kinder aus dem Wagen, scheuchten sie hinüber zu dem Militärlaster, schleppten ihr Gepäck aus dem Wagen und winkten uns.

Ich schaute Darius an und begriff, dass er wahrscheinlich nicht genau sehen konnte, was hier vorging.
»Wir sollen kommen«, sagte ich, und meine Stimme war wie Eis.
»Dann los«, meinte Darius.
Er half der Prinzessin beim Aussteigen.
»Komm«, rief er und ging geradewegs auf die Männer zu.
Ich stieg aus. Seit unserer Flucht aus dem Schwimmbad war ich barfuß gefahren. Ich öffnete den Kofferraum und angelte die einzigen Schuhe heraus, die ich noch hatte, die strassbesetzten Flipflops, die ich Darius geliehen hatte. Die Mum kam auf mich zu. Ich weiß, wie Eltern aussehen, wenn sie irgendwas auf Lager haben. Also legte ich zuerst los.
»Ich muss meinen Dad suchen«, sagte ich. »Bitte passen Sie auf die beiden auf.«
Wir schauten hinüber und sahen, wie Darius die Kleine hinten auf den Armeelaster stemmte. Die Mum nickte langsam, als ob sie es ernst meinte. Der größte Schock war, zu begreifen, dass ich es auch ernst meinte.
Ich zog die Flipflops an, und bevor sie oder mein dummes Herz noch ein Wort herausbringen konnten, machte ich die Biege.
Das *»Bitte lass mich nicht allein«*-Mädchen haute ab. *Gone Girl.* Das Mädchen war weg. Ich nahm mir nicht die Zeit, irgendjemanden irgendetwas zu fragen. Ich nahm auch nichts mit. Gar nichts. Ich rannte einfach.
»Oh! Nein! Warte!«, rief die Mum.
Sie hatte wohl nicht damit gerechnet, dass ich einfach ab-

hauen würde. So muss man es mit Eltern manchmal machen: Man muss den ersten Schritt machen, sonst bombardieren sie einen mit lauter Sachen, die man tun und die man nicht tun sollte – und ehe man sich versieht, tut man nichts.

Ich stürmte durch den Dschungel aus Unkraut am Rand der Autobahn und kraxelte über einen Holzzaun. »RUBY!«, schrie Darius, als ich durch Gestrüpp und Unterholz brach. Irgendwie hatte ich erwartet, das Swindon gleich dahinter sein würde, aber das war es nicht. Da war nur eine kleine Wiese, und dann kamen wieder Bäume.

»RUBY!«

HALT DIE KLAPPE, DARIUS!, dachte ich und schaute über die Schulter, um ihm einen Todesstrahlblick zu verpassen, aber das war sinnlos. Mr Ich-sehe-was brüllte einfach nur meinen Namen ins Leere und schaute nicht mal in die richtige Richtung. Die Mum schon. Sie hielt seinen Arm fest.

Ich galoppierte über die Wiese und dachte, dass man gleich auf mich schießen würde. Jeden Augenblick würden die Kugeln um mich herumschwirren. Aber stattdessen kam etwas anderes.

»STOPP«!, trompetete die Stimme eines Soldaten aus dem Megaphon. »KOMM ZURÜCK … WIR RATEN DIR, KOMM ZURÜCK … ***RUBY! WIR RATEN DIR, KOMM ZURÜCK!***«

Super. Jetzt meckerte die British Army – UND sie kannten meinen Namen. Sofort gab ich Darius die Schuld. Wenn ich ihn je wiedersehen sollte, würde ich mich gezwungen sehen, ihn zu schlagen.

Ich erreichte die nächste Baumreihe und warf mich hinein. Auf der anderen Seite war wieder eine Wiese, aber größer – zu groß, um einfach quer hinüberzulaufen, zu ungeschützt. Ich blieb zwischen den Bäumen und würde in der Deckung um das Feld herumlaufen.

»DIESER SAMMELPUNKT WIRD FÜR DIE NÄCHSTEN VIERUNDZWANZIG STUNDEN IN BETRIEB SEIN.«

So lange würde ich auch noch hier sein, wie es aussah. Die Bäume wurden struppiger und stachliger, und Dornen griffen nach meinen Beinen und zerkratzten sie.

»ICH WIEDERHOLE: DIESER SAMMELPUNKT WIRD FÜR DIE NÄCHSTEN VIERUNDZWANZIG STUNDEN IN BETRIEB SEIN.«

Ich erreichte die Ecke einer anderen Wiese: Ein kurzer Sprint, und ich würde wieder zwischen Bäumen verschwinden können. Ich rannte darauf zu. Das Megaphon war jetzt weiter weg, aber ich verstand es immer noch:

»ES GIBT EINEN WEITEREN SAMMELPUNKT IM HYDE PARK IN LONDON.«

Sie kannten meinen Namen, und sie wussten, wo ich hinwollte. Wahrscheinlich hatte Spratt sogar die genaue Adresse ausgeplaudert.

»ICH WIEDERHOLE: IM HYDE PARK.«

Vor meinem geistigen Auge kollidierte meine Faust mit Darius Spratts Nase.

Es dauerte länger, als es sollte, bis ich ein neues Auto gefunden hatte. Zunächst mal war Swindon nicht da, wo es hingehörte. Wenn man einen Wegweiser zu einem Ort aufstellt, dann sollte der Ort zumindest da sein. Aber nach der Wiese kam noch eine Wiese, und danach kam ein Teich.

Ich will hier eine kurze Pause machen, denn das tat ich da auch. Stellt euch vor: ein schwitzendes Mädchen mit Seitenstechen, atemlos und zerkratzt und verängstigt und wütend und *durstig*.
Ich meine, ich weiß nicht, ob ich aus einem Teich getrunken hätte, bevor alles vergiftet war, und jetzt würde ich es ganz sicher nicht tun, aber … das Wasser sah so kühl aus und funkelte so einladend, als könnte man einfach reinspringen. Okay, oder wenigstens die Beine darin baumeln lassen, um ein bisschen Abkühlung zu finden.
Seht ihr, wie sehr diese Welt im Eimer ist? Wie Dinge, die so schön waren, abscheulich und kaputt sind? Blau schillernde Libellen tanzen über einem Todestümpel.
Ich machte eine kurze Pause und verfluchte das alles.
Ich bückte mich und hob einen Kieselstein auf, ich rieb ihn, aber er sah immer noch schmutzig aus. Ich warf ihn in den See, und er zerschmetterte das Spiegelbild … des Cumulus Congestus. Dicke fette Wolken, die aussahen, als ob sie es ernst meinten. Ich schaute hoch und verfluchte sie auch, und ich rannte um den See herum und hasste die ganze Welt.
Hinter einem Golfplatz standen Häuser – feine Häuser –, und ich lief darauf zu, flitzte über den schicken Golfrasen in Richtung Sonnenuntergang. Ein schöner Sonnenuntergang,

und ich rannte darauf zu, als wollte ich die Sonne selbst einholen.
Das ist alles, was man sich wünscht, oder? Wenn man nicht wohlbehalten und gemütlich irgendwo im Trockenen sitzt und genug zu essen und zu trinken hat, dann wünscht man sich, dass die Sonne immer dableibt, dass die Nacht niemals kommt, und dass alle Wolken – selbst die hübschen, unschuldigen – nochmal verschwinden.

Die feine Wohnsiedlung war ziemlich fest verrammelt: Autos, Türen, Fenster – sogar Gartenschuppen –, alles war verschlossen. Ich hatte kein Werkzeug, sah keine handlichen Steine herumliegen und konnte nicht mal irgendwelche griechischen Steinladys entdecken, mit denen ich ein Fenster einschmeißen hätte können. Wut und Frustration – und Verzweiflung – nahmen zu, und mein Durst ebenfalls. Ich war so durstig! Dann kam ich zu dem Haus, in dem der MG-Mann wohnte: Die Haustür war offen, das Garagentor war offen, der Wagen stand drin, und er lag tot davor.
Ein gescheiteres Mädchen als ich – Saskia zum Beispiel – wäre geradewegs ins Haus gegangen, nehme ich an. Ich ging in die Garage.
Danke, Mister, dachte ich, als ich den Schlüssel in dem coolen kleinen Sportwagen sah. Ich ließ den Motor an und sah, dass der Tank fast voll war … und ich wäre losgefahren. Aber jetzt, da ich wusste, dass ich einen Fluchtweg hatte, ließ der Drang, zu fliehen, ein winziges bisschen nach, und der Drang, etwas zu trinken, setzte sich durch. Er packte und würgte mich und

schrie mir ins Gesicht, ich müsse etwas trinken, und zwar SOFORT.
Ich ging vor dem Garagentor auf und ab. So, wie der MG-Mann aussah, war er gestorben wie Simon: Er war nicht in den Regen gekommen, aber seine Lippen waren verschmiert mit etwas, das die Fliegen mochten.
Der Durst, der jetzt wirklich wütend geworden war, brachte mich fast um. Also tat ich es. Wie ein aufgeheizter Computerkrieger in Dans Spielen, der sich in einen Kampf um Leben und Tod stürzt, brüllte ich der Welt etwas Furchtbares ins Gesicht und rannte zur Haustür.
Es war das erste Mal, dass ich irgendwo reinging, ohne zu klopfen oder zu rufen. Von mir aus konnte die ganze vornehme Nachbarschaft sich da drin verstecken und darüber diskutieren, dass das alles doch einfach furchtbar sei (tat sie aber nicht). Ich ging einfach rein, ging geradewegs in die Küche und plünderte sie. Das war bescheuert, aber toll – denn da war etwas. Zumindest war da etwas. Ich schnappte mir eine Flasche Fruchtsaftsirup, trank sie aus, unverdünnt – eklig –, und suchte weiter. Der Kühlschrank war ausgeräumt, aber in der Gefriertruhe war ein ungeöffneter Karton mit aufgetauter Hühnerbrühe, und in der Obstschale lag eine Apfelsine, die okay aussah. Ich schälte sie gar nicht erst; ich riss sie mit den Zähnen auseinander und lutschte sie aus, während ich die Schränke nach irgendetwas Trinkbarem durchwühlte und die Hühnerbrühe in meinem Magen brodelte. Zu salzig. Und zu dunkel war es jetzt auch. Eine blöde Weihnachtskerze auf dem Tisch – die hatte ich doch gesehen, oder? Eine blöde

Weihnachtsmannkerze und eine Schachtel Streichhölzer. Ich zündete Streichhölzer an. Der Weihnachtsmann brannte, aber zu trinken fand ich nichts … außer … Ich dachte plötzlich an die Apotheke und raste hinauf ins Badezimmer.

Du trägst doch Kontaktlinsen, oder? Ich weiß, du trägst welche, dachte ich, und riss alles heraus, was im Badezimmerschrank war.

Der MG-Mann trug keine Kontaktlinsen. Ich starrte die Toilette an. Ich dachte an das Wasser, das da im Spülkasten wartete. Ich dachte an das giftige Wasser, das überall im Haus wartete, eingesperrt in den Rohrleitungen. *Trink mich.*

Der Kopf des Weihnachtsmanns war abgebrannt, und er knisterte.

Wieder schaute ich die Toilette an. Ich dachte an den Rat der Königlichen Gesellschaft zum Schutz der Vögel. »Die KGSV empfiehlt nicht …«

Ich auch nicht. Aber ich sage immerhin, das eigene Pipi zu trinken, ist wahrscheinlich nicht annähernd so übel, wie man vielleicht glauben möchte. Ich meine, es ist schon übel, aber …

Erfrischt – so erfrischt, wie ich es in diesem Haus je sein würde – erlebte ich einen Anfall von Vernunft. Ich schaute aus dem Fenster und studierte den Himmel … aber ich konnte den Himmel nicht sehen. Denn es war dunkel. Wolkendunkel. So ist das mit Wolken: Sie machen die Nacht dunkler, als sie wäre, damit man nicht sehen kann, was sie vorhaben.

Aber es regnete nicht, oder?
Aus der alten Ruby – die gar nicht erst hinausgeschaut und nachgedacht hätte – war eine neue geworden, und die schaute hinaus und dachte nach. Aber ich war eine noch neuere Version der neuen Ruby, und ich schaute nicht nur hinaus und dachte nach und stellte fest: Hey, es regnet nicht – los geht's! Die aktuellste Version der neuen Ruby dachte: Nei-en!
Es war nur ein Sprung zur Garage und zum Auto, aber ich zog mich an, ich machte ein Darius Spratt Special und klebte tausend Müllsäcke um meinen Körper. Ich schob die Füße in Mr MGs Wanderstiefel und klebte die Lücken zu. Wenn er einen Schirm hatte, konnte ich ihn nicht finden, aber ich fand eine Baseballmütze und machte mir daraus eine »Indiana Jones und der Tempel der Müllsäcke«-Regenhaube. Und schließlich verwandelte ich meine Hände in schwarze Plastiktatzen.
Genial. Jetzt kannst du gehen, Ruby, jetzt kannst du gehen. Und ich ging – denn die aktuelle Version der neuen Ruby wollte immer noch nicht in diesem Haus bleiben. Ich pustete den Weihnachtsmann aus – er war jetzt bis zum Bauch heruntergebrannt, und seine Gürtelschnalle fing an zu brutzeln –, warf ihn und die Streichhölzer in eine Plastiktüte und –
BOMF! Ich schlug die Tür hinter mir zu – wie man es tut – und –

KREIIIISCH!

Es wäre falsch, wenn das rüberkäme wie aus einem Cartoon. Es hatte nicht mal annähernd Ähnlichkeit mit einem Cartoon.
Einen Millimeter vor meinem Gesicht strömte der Regen herunter.
Der 🦋🦋🦋 vergiftete Regen.
Der 🦋🦋🦋🦋🦋 🦋 🦋🦋🦋 vergiftete 🦋🦋🦋 🦋🦋🦋 Regen, wimmelnd von einer Million Milliarden mikroskopisch kleinen Killern.
Ich drückte den Rücken flach an die Haustür unter dem mickrigen kleinen Vordach. Meine ängstliche Hand schlich sich hinter mich und wollte die Tür aufmachen. Die Tür ging nicht auf. Das Vordach, unter dem ich stand, war so schmal, dass ich nicht mal wagte, mich umzudrehen und am Türknauf zu rütteln – aber das hätte auch nichts geändert, denn die Tür war wirklich und wahrhaftig zu. Zu, verschlossen, verriegelt – und sie würde nie wieder aufgehen.
Ich versuchte, den Weihnachtsmann wieder anzuzünden. Meine schwarzen Plastikpfoten fummelten nervös herum, ich ließ die einzelnen Streichhölzer ständig fallen, ich zündete mich beinahe selber an, und als schließlich eins brannte, ohne dass es mir hinunterfiel, sah ich ihn: diesen einen funkelnden kleinen Regentropfen am Schirm meiner Indiana-Müllsack-Mütze. Ich ließ Weihnachtsmann und Streichholz fallen. Ich langte an meinen Hinterkopf, packte den Rand der Mütze und schleuderte sie in die Dunkelheit.
Dann hatte ich ein paar wirklich schlimme Minuten lang das Gefühl, dass meine Hände nass wurden und brannten, blutig

unter dem Plastik … denn das ist es ja, oder? Ein paar Müllsäcke und ein bisschen Klebstreifen … ist das vertrauenswürdig? Schon bevor ich die Mütze weggeworfen hatte, wäre ich NIE IM LEBEN in diesen Regen hinausgelaufen. Müllsäcke, Regensachen – der einzige Nutzen, den sie vielleicht – vielleicht – haben, besteht in ein paar Sekunden, die du damit herausschinden kannst. Mehr Zeit würde doch niemand riskieren.

Wenn du glaubst, solches Zeug kann dich retten, kannst du genauso gut nackt herumstolzieren.

Es kam mir vor wie eine Ewigkeit – so lange stand ich unter diesem Vordach mit dem Rücken an der Haustür. Wenn der Wind sich drehen sollte, wenn er stärker würde, wenn dieses blöde, popelige Vordach UNDICHT wäre … dann wäre ich erledigt.

Nicht gut, Ruby Morris, nicht gut. NICHT GUT. Der Regen strömte vor meinem Gesicht vom Himmel.

»Jetzt sind wir allein, du und ich«, flüsterte ich ihm zu. *»Nur du und ich.«*

Früher oder später hört der Regen immer auf. Er hört auf, aber er lacht dich aus.

Ich kann jederzeit wiederkommen, wenn ich Lust habe. Vielleicht genau in dem Augenblick, wenn du unter dem Dach hervorkommst.

Als es dann wirklich aufhörte, wartete ich. Ich hob den Weihnachtsmann auf und zündete ihn wieder an. Ich sah zu, wie die Tropfen vom Vordach fielen. Ich wartete nicht so lange, wie ich es hätte tun sollen. Ich wartete nur ein bisschen. Ich

wartete, als ob ich den Regen hätte austricksen können. Vielleicht könnte ich mich selbst austricksen und glauben, jetzt sei es ungefährlich.
Ohne jede Vorwarnung an mich oder den Regen sprang ich hinaus in die Dunkelheit und stieß ein furchtbares Gebrüll aus.
Es war also doch gut gewesen, dass ich mir zuerst die Garage angesehen hatte. Ich wusste, was dort war. Ich klebte den Weihnachtsmann auf das Autodach. Ich schob und wuchtete den dunklen Klumpen namens Mr MG mit einer Gartenforke aus dem Weg. Ich pustete den Weihnachtsmann aus, stieg in den Wagen, startete den Motor und machte, dass ich wegkam.

Es war eine Reise aus der Hölle.
Mit dem Rad zu Zak und wieder zurückzufahren, war im Vergleich dazu einfach gewesen. Auf dem Hinweg war ich zu panisch und hektisch, um irgendeinen klaren Gedanken zu fassen, und auf dem Rückweg war ich so geschockt, dass ich eigentlich nicht begriff, was für eine Dummheit ich da machte. Plus: Ich kannte mich in der Gegend aus. Aber hier hatte ich keine Ahnung. Im Wagen lag ein Straßenatlas, und ich hatte trotzdem keine Ahnung … aber wenn da kein Atlas gewesen wäre, hätte ich von Anfang an keine Chance gehabt. Wahrscheinlich würde ich heute noch im Kreis herumfahren – wo immer ich da war.
In dem Wagen war kein Licht, und ich musste dauernd anhalten und die Weihnachtsmannkerze anzünden, um raus-

zufinden, wo ich war. Von Oxford abgesehen waren hier lauter Orte, von denen ich noch nie gehört hatte: Kingston Bagpuize, Monks Roisborough, Great Missenden. *Hatten die diese Namen erfunden?!* Wer hatte denn je davon *gehört*?! Und ich hätte mir – *wahrscheinlich* passt hier nicht – ein anderes Auto suchen sollen. Aber beim Anblick dieses Wagens hatte ein winziger Teil meiner selbst gedacht ... keine Ahnung: wie cool es wäre, damit zu fahren. Wie cool es wäre, mit einem Sportwagen bei meinem Dad vorzufahren.

Ja, ein MG ist ein Sportwagen, aber ein richtig, richtig alter Sportwagen – kein Flitzer und kein bisschen aufgepimpt. Wenn ich, was ich hoffe, noch lange genug lebe, um *Ruby Morris' Leitfaden zum Überleben in der Katastrophe* zu schreiben, werde ich ein eigenes Kapitel über die Auswahl von Autos einfügen müssen.

Da war keine Innenbeleuchtung, und da war kein CD-Player. Ich hatte nur das knatternde Dröhnen des Motors und – darunter – das knatternde Dröhnen meines eigenen Herzschlags. Leichen, verlassene Autos, verbranntes Zeug, zertrümmertes Zeug – im Zickzack fuhr ich zwischen all dem hindurch, und soweit ich es feststellen konnte, fuhr ich überhaupt im Zickzack, Punkt. Nach links, nach rechts. Anhalten, Weihnachtsmann anzunden, Karte checken. Nach links, nach rechts. Anhalten, Weihnachtsmann anzünden, Karte checken.

Was vermutlich hätte anhalten sollen, war ich selbst. Es gab reichlich Gelegenheiten dazu. Reichlich Gelegenheiten, anzuhalten und mich für die Nacht zu verkriechen. Reichlich Gelegenheiten, wenigstens anzuhalten und ein besseres Auto

zu suchen. Und etwas zu essen. Und – bitte – etwas zu trinken. Aber nein, mein einziger Gedanke war: *Ich fahre zu meinem Dad, ich fahre zu meinem Dad, ich fahre zu meinem Dad.*
Das letzte Streichholz war aufgebraucht, der Weihnachtsmann klebte auf dem Armaturenbrett, brannte bis auf seine Stiefel herunter und ging aus.

Es dauerte tausend Stunden, bis ich etwas sah, das ich erkannte. Der Weihnachtsmann war längst weg. Ich wusste, ich war in London – Häuser und Wohnblocks rückten näher –, aber erst als die Straße zu einer Überführung hinaufführte, wusste ich (einigermaßen) sicher, wo ich war. Ich sah das Gebäude mit der riesigen Flasche auf der Fassade, aus der eine neonfunkelnde Flüssigkeit in ein Neonglas floss. Nur, dass da jetzt nichts mehr floss.
Genau wie ich, stöhnte auch der MG vor Durst. Wahrscheinlich wäre ich so oder so nicht viel weiter gekommen … nur hätte ich nicht freiwillig genau hier haltgemacht, ganz oben auf der Überführung. Es war immer schwieriger geworden, auf dieser Straße voranzukommen, und jetzt war sie komplett blockiert. Ich nahm den Straßenatlas und stieg aus.
Es regnete nicht mehr, aber man sollte doch annehmen, ich hätte wenigstens versucht, zuerst zum Himmel zu schauen. Man sollte doch annehmen, das hätte ich inzwischen gerafft. Aber nein. Nicht ich. Ich stieg aus, und *dann* dachte ich daran, und *dann* schaute ich zum Himmel. Ich sah Sterne, Unmassen von Sternen.
Sterne, wunderschöne Sterne, wie man sie in London niemals

zu sehen bekam, wo der Himmel immer schmutzig orangegelb aussah. Und ein Vollmond, rund wie ein »O«.
Wie ein O! O sieh doch! Keine Wolken!
Von einer Überführung kommt man nicht runter. Es geht nur vorwärts. (Denn auf keinen Fall wollte ich zurückgehen.) Also ging ich los. Wenn ich um die Autos und Leichen auf meinem Weg nicht herumgehen konnte, kletterte ich drüber weg: *Ich gehe zu meinem Dad, ich gehe zu meinem Dad, ich gehe zu meinem Dad.*
Als ich unten auf der Straße angekommen war, fing ich an, Autos zu checken. Ich checkte auch Autos, bei denen es gar keinen Sinn hatte. Ich checkte Autos, die eingeklemmt waren. Ich dachte nicht mehr klar, sondern ging einfach immer weiter. Ich sah Dinge, ich hörte Dinge, ich sah Leute. Ich ging weiter.
Ich erkannte, dass ich vor der Euston Station war. Ich bog nach links. So kam man dahin, wo mein Dad wohnte: nach Kentish Town. Bald würde ich da sein. Ich ging … ich ging. Ich checkte keine Autos mehr, ich ging nur noch … schneller und schneller … bis ich rannte. Ich rannte. *Ich gehe zu meinem Dad.*

Ich weiß nicht, wie spät es war, als ich seine Wohnung fand. Es war stockdunkel, schon seit Stunden. Nur das »O!« des Mondes und die Sterne leuchteten am Himmel. Die Tür war offen – nicht »offen«, aber offen: nicht abgeschlossen. Ich stürmte hinein.
»DAD! DAD! DAD!«, schrie ich. »***DADDY!***«

Er war nicht da. Ich war eine leere Person in einem leeren Haus, und nur um gründlich dafür zu sorgen, dass wirklich gar nichts mehr in mir war, legte ich mich auf sein Bett und weinte jede letzte Träne hinaus, die ich noch hatte.

KAPITEL 26

Wie ich da bereits lernte, die Sachen von Toten zu deuten und zu sagen, wie jemand gestorben war und wie lange er schon tot war, so kann ich heute die Sachen in Häusern deuten. Da wären zunächst die offensichtlichen Sachen – wie groß die Panik war, ob sie draußen gewesen waren und geplündert hatten –, aber dann auch das Wichtigste – nämlich, ob jemand wie ich schon da gewesen ist und wie lange das her ist. Von uns sind so wenige übrig, dass wir uns nur selten über den Weg laufen, und wenn es passiert, ist es immer ein Schock. Die Hinweise findet man meistens in der Küche. Man muss genau darauf achten, wie vertrocknet Sachen sind und was schon vergammelt. Es gibt zum Beispiel ekelhaften Schimmel in allen Regenbogenfarben, die zu verschiedenen Zeiten auftreten. Bei Lebensmitteln, die mit weißem Pelz überzogen sind, würde ich sagen, vor einer Woche ist ein Besucher im Haus gewesen – je nachdem, wie dick dieser Pelz ist. Selbst wenn nur ein paar Krümel auf dem Tisch liegen – man kann draufdrücken, und wenn sie auch nur ein winziges bisschen weich sind, sollte man lieber sofort verschwinden, wenn man nicht den Mut hat, dazubleiben und ein bisschen zu plaudern.

Am nächsten Morgen in der Wohnung meines Dad fing ich an, zu lernen, wie man sich umschaut und auf alles achtet. Nicht so, wie ich mich bei Saskia umgeschaut hab oder bei dem armen Mädchen auf dem Bauernhof. Da hab ich nur herumgeschnüffelt, aber es geht darum, sich gründlich umzuschauen und zu *denken*.

Als ich aufwachte, fühlte ich mich richtig krank. Krank im Herzen und im Kopf, aber auch einfach *krank*, mit hämmernden Kopfschmerzen und dem Killerdurst der Dehydration. Dad hatte nichts zu trinken im Haus. Als Erstes musste ich also losziehen und mich bei den Nachbarn umsehen, ob es dort etwas, irgendetwas gab, womit ich meinen Durst löschen konnte. Ich schaute aus dem Fenster und sah, dass es ein strahlender Tag war. Ich riss mir meine Müllsackrüstung vom Leib und ging hinaus.

Ich fand das Übliche.

Ich kam zurück, setzte mich auf das Bett meines Dads und verschwendete kostbare Körperflüssigkeiten bei der Produktion von Tränen und Rotz, während ich gleichzeitig an neuem Leben nippte: Grapefruitsaft von den Nachbarn, gemischt mit etwas Zucker und Salz. Schmeckte wie Kotze.

Als ich so auf dem Bett saß und mich fühlte wie eine One-Girl-Megakatastrophe, fing ich an, Sachen zu bemerken. Sein Kleiderschrank war offen und schien halb leer zu sein. Mein Dad ist ziemlich unordentlich – genau wie ich –, aber auf dem Boden lagen kleine Stapel von Kleidungsstücken, und da war kein allgemeines Durcheinander. Die Sachen sahen sauber aus und rochen sauber, nicht wie Sortierstapel für die

Wäsche. Ich warf einen Blick in die Schubladen der Kommode. Da fehlten Sachen. Es sah aus, als hätte er gepackt, und zwar nicht hastig, sondern wohlüberlegt (für seine Verhältnisse).

Im Bad das Gleiche: keine Zahnbürste, keine Zahnpasta, nichts von dem üblichen Kram, den man dort erwartet. Bei meiner Suche nach etwas Trinkbarem hatte ich nicht daran gedacht, nachzusehen, aber jetzt ging ich in der Straße auf und ab. Ich fand sein Auto nicht. Aber die Parksituation, sagte er immer, war ein Albtraum hier, und deshalb konnte der Wagen auch meilenweit weg stehen. Ich ging wieder in die Wohnung und durchwühlte die Jackentaschen. Kein Autoschlüssel. Aber die verschlissene Lieblingsjacke, die er immer trug, war weg.

Ich saß in der Küche, und meine dumme, taube Rübe brummte. Ich nippte an meinem Kotzcocktail und untersuchte seinen Abfall, um rauszufinden, was *er* zu essen und zu trinken gehabt hatte. Wenn er nicht auswärts geschlemmt hatte, konnte er sich durchaus für ein paar Tage hier verkrochen haben. Genau wie wir hatte er sich von Obstkonserven ernährt – aber entscheidend war die Tiefkühltruhe. Normalerweise war sie vollgestopft mit allen möglichen Sachen. Alles, was übrig war, hatte er da hineingeworfen. Sie war ein Land der gefrorenen Geheimnisse, denn das meiste stammte aus Dads Experimentalküche und war ziemlich schwer zu identifizieren. Einiges war herausgenommen worden, das konnte ich sehen, aber was noch da war, das ganze aufgetaute Zeug, war in Töpfen und Schüsseln, und ein paar davon standen auch im Kühlschrank. Alles war kurz davor, eklig zu werden (aber das war wahrscheinlich das meiste schon von Anfang an gewesen).

Es war ein abscheulicher Anblick, und er erfüllte mein Herz mit Freude und Hoffnung. Es bedeutete – es *musste* doch bedeuten –, dass er noch gelebt hatte, als der Strom ausgefallen war. Ihm war klar gewesen, dass die Sachen auftauen und verderben würden, und deshalb hatte er sie in Behälter abgefüllt und in der Kühltruhe und im Kühlschrank gelassen, wo sie ein bisschen länger halten würden. Ich sah mir an, was übrig war. Ich sah mir an, was im Mülleimer verfaulte. Ich sah mir an, was auf Tellern und in der Spüle vergammelte.

Ich kam zu dem Schluss, dass mein Dad nicht im ersten Regen gestorben war (und außerdem begriffen hatte, dass das Leitungswasser schlecht war). UND er hatte noch gelebt, als der Strom ausfiel. Wenn es in London genauso gelaufen war wie in Dartbridge, dann hieß das: Vor vier Tagen hatte mein Dad noch gelebt.

Ich glaubte nicht, dass er viel aus der Kühltruhe gegessen hatte. (Und ich kann es ihm nicht verdenken.) Er hatte seine Sachen gepackt, und zwar sorgfältig, und war abgehauen.

Weit war er sicher nicht gekommen. Konnte er nicht. Das Herz tat mir weh, wenn ich daran dachte … eins der tausend Autos, an denen ich in der Nacht vorbeigekommen war, musste seins gewesen sein. Er musste ausgestiegen und zu Fuß weitergegangen sein, genau wie ich. Er war zu Fuß gegangen, bis er ein anderes Auto gefunden hatte. Zuerst hatte er Dan gesucht, nahm ich an. Das leuchtete ein: Dan war in

London, ich wusste nur nicht, wo. Er hatte Dan gesucht, und dann …

Vor drei Tagen … Warum war er dann nicht zu mir gekommen?

Weil er angehalten worden ist, dachte ich.

Er war angehalten worden, genau wie ich – in Swindon. Wenn er Dan bei sich hatte – und vielleicht auch Kara –, dann hatte er sie zum Militärstützpunkt gebracht. Die Männer mit den Gewehren gefielen mir kein bisschen, aber ich konnte mir vorstellen, dass jemand mit einem Kind trotzdem das Gefühl hatte, es sei die beste Möglichkeit, und das Kind wäre dort sicher (vor anderen Männern mit Gewehren). Vielleicht … vielleicht hatte er gedacht, ich würde auch dort sein. Wahrscheinlich hatte er das gedacht. Das sagte ich mir: Wahrscheinlich hatte er das gedacht.

Von all dem Grübeln wurden meine Kopfschmerzen noch schlimmer. Ich hatte bisher nicht glauben wollen, dass Darius Spratt recht haben konnte, aber jetzt konnte und wollte ich absolut gar nicht mehr glauben, dass mein Dad tot war. Ich weigerte mich, zu glauben, dass etwas Furchtbares passiert sein musste – egal, wie oft ich inzwischen gesehen hatte und noch sehen würde, wie leicht man in dieser neuen, vergifteten Welt sterben konnte. Wie ich es sah, war das, was ich zu tun hatte, ganz einfach. Ich brauchte nicht mal nach Swindon zurückzufahren. Ich musste nur in den Hyde Park.

Mir war irgendwie klar, dass mein Körper so kaputt und hundemüde war, wie er es nicht mal nach dem Tag meiner Radfahrt zu Zak gewesen war. Wahrscheinlich war mein Körper im ganzen Leben noch NIE so kaputt und hundemüde gewesen wie jetzt, aber das war mir egal. Es störte mich nicht. Nur der Durst störte mich. Anscheinend war jedes aufgebrochene Geschäft, an dem ich vorbeikam, komplett leergeräumt worden, aber ich fand immerhin zwei Packungen Wassereis zum Selbstgefrieren, und ich trank das bunte Zuckerwasser aus den Plastikschläuchen im Gehen. Ich kam zum Park und sah den Zustand der Stadt.

Als ich dort saß, zwischen den von Leichen umgebenen Grillstationen, fragte ich mich: War es in London jemals so still gewesen? Wie in Bristol sah ich den Rauch von Bränden aufsteigen. Also war es vielleicht nicht überall so still. Hier war das einzige Geräusch das Dröhnen eines einsamen Hubschraubers von der Sorte mit zwei Propellern, der über den Himmel kroch wie ein fieses, dickes, fettes Insekt und sich irgendwo ins Grüne herabsenkte.

Ich brütete nicht düster über das, was aus der Welt geworden war, sondern versuchte herauszufinden, wo ich darin war. Ich verglich das, was ich sah, mit Mr MGs Straßenatlas. Ich war auf Primrose Hill. Der Hubschrauber war IM HYDE PARK. ICH WIEDERHOLE: IM HYDE PARK. Ich brauchte nur noch hinzukommen. Es sah nicht so kompliziert aus. Ich würde einfach quer durch den Regent's Park laufen. Ein Kinderspiel.

Und eins noch: Es war ein schöner Tag. Der Himmel war blau. Blau bis auf die Wolke, die ich am meisten hasse. Es gibt keinen Grund, sie zu hassen: Sie wird nicht auf uns regnen.

Sie bedeutet nicht mal, dass es demnächst Regen geben wird. Ich hasse sie, weil ich mich daran erinnere, dass ich sie an dem Tag bemerkte, und jetzt weiß ich, wie sie heißt: Cirrus Unicus. Steifen von dünnen, federzarten Wolken hoch am Himmel … mit Klauen, die herabgreifen. Ein Dämonenhimmel. Gespenstische Dämonen. Die dich holen wollen.
Im Eiltempo ging ich bergab. War es nicht unheimlich? Es *war* unheimlich, oder? Keine Panik, Ruby, keine Panik. Es wird alles gut. Diese Gegend, in der einmal so viele Menschen gewesen waren, war jetzt so leer … so leer …
»Ich sehe was, was du nicht siehst«, fing ich im Stillen an, »und das fängt an mit S.«
Straße – verstopft mit toten Autos und toten Menschen, sagte das Ich, das so viel Angst hatte.
Ich weigerte mich, »W« zu sagen (Wasser! Es ist giftig! Es ist giftig!), als ich auf der Brücke über dem Kanal war. »Ich sehe was, was du nicht siehst, und das fängt an mit Z«, schob ich schnell ein, bevor das Ich, das so viel Angst hatte, etwas sagen konnte.
ZOO! Der Zoo! Und was ist mit den armen Tieren?
War ich nicht oft mit Dad am Londoner Zoo vorbeigefahren, allein mit ihm oder mit Dan und ihm? Immer hatte ich gebettelt, hineinzudürfen. Aber immer waren wir woandershin unterwegs gewesen. Genau wie jetzt: Ich musste weiter.
»Ich sehe was, was du nicht siehst, und das fängt an mit … B.«
BB! Blumenbeete! Deine Mutter hat Blumen geliebt! Deine Mutter ist –

»P!«, sagte ich, um mich zum Schweigen zu bringen.
Ich warf meine leere Wassereis-Schachtel in einen Papierkorb und machte die zweite auf.
Papierkorb! Papierkorb! Papierkorb!
»B!«
Siehst du, wie hübsch sie sind, die Bäume? Wie das Licht durch die Zweige scheint?
»*G! G!*«, schrie das Ich, das so viel Angst hatte. »*G!*«
Da waren sie: zwei Giraffen, die an den Bäumen knabberten, direkt vor mir.
Oh wow.
Obwohl mir sofort klar war, dass ich kein Telefon hatte, um ein »Selfie mit Giraffen!« zu machen, und kein Netz, um es zu posten, und dass die Leute, denen ich es zeigen wollte, sowieso alle tot waren, bekam mein Herz – das tief in meiner Brust versunken war, ängstlich und besorgt – wieder neuen Mut.
Oh wow.
Mampf, mampf – rrrrips – mampf. Es war so still, dass ich hören konnte, wie ihre weichen Mäuler arbeiteten. Ihre Schwänze schwangen hin und her – nur ein bisschen –, und große braune Augen schauten – nur ein bisschen – auf das Menschenmädchen herunter, das da vorbeikam.
Mir kamen so Gedanken – seltsam, aber nicht beängstigend: Jetzt waren nur noch so wenige Menschen übrig, dass die Tiere demnächst einen Menschenzoo einrichten würden. Dann würden sie ihre Tierkinder herbringen, damit sie uns anschauen könnten, und würden ihnen in der Tiersprache

sagen, sie sollten leise sein und uns nicht erschrecken, und uns würden sie Handys zum Spielen geben und uns mit Konserven und Cola füttern. Iiiieek! Und sie würden versuchen, uns dazu zu bringen, dass wir uns fortpflanzten! Was für eine Vorstellung, den Rest meines Lebens mit Darius Spratt in einem Käfig zu verbringen und gezwungen zu werden, ihn zu mögen.

Auf der anderen Seite des Regent's Park wanderte ich eine lange Stadtstraße hinunter in Richtung Hyde Park. Als ich an einem Bekleidungsgeschäft vorbeikam, dachte ich an den Zustand meiner Klamotten – zerrissen und dreckig – und daran, wie meine Schuhe, die keine Schuhe waren, aussahen: Fetzen von Plastikbeuteln hingen an meinen Füßen. Sie passten mir nicht mal, und ich hatte Blasen. Aber die meiste Zeit versuchte ich, an gar nichts zu denken. Darin bin ich sehr gut. Es ist ein Talent. Wirklich. Ihr wisst das wahrscheinlich. Eines Tages sollten alle, die überlebt haben, die Olympiade des Ignorierens veranstalten. Wenn ich dann noch lebe, könnte ich vielleicht die Goldmedaille gewinnen … aber ich habe einen schwachen Punkt.

OXFORD STREET

Hey, es war ja nicht so, dass ich aus dem Park Hubschrauberlärm gehört hätte. Es war nicht so, dass es gleich zu regnen angefangen hätte. Es war nicht so, dass ich nicht STUNDEN Zeit hatte, um zum »SAMMELPUNKT IM HYDE PARK,

ICH WIEDERHOLE: ZUM SAMMELPUNKT IM HYDE PARK« zu gehen.
Aber es war so, dass … ich bin fünfzehn. Ich war gerade erst fünfzehn geworden. Meine Klamotten waren zerlumpt, meine Füße waren wund und blutig. Mein Gesicht war nackt. Ich sah katastrophal aus, und ich fühlte mich auch so.
Unter meinen Schritten knirschte zerbrochenes Glas, und ich wanderte ins Tal der Versuchung.
Zehn Minuten. Nur zehn Minuten. Dad würde das verstehen. Und ich könnte ihm was mitbringen. Nur zehn Minuten. Fünf.

KAPITEL 27

Ich rauschte durch die Drehtür, und dann ging es los: Shoppen bis zum Umfallen.

Da waren noch andere Shopperinnen. Als ich die Erste sah, erstarrte ich voller Panik. Sie nickte mir zu und stöberte weiter.

Der Nächsten, die ich sah, nickte ich einfach zu.

Die Dritte – in der Herrenkrawattenabteilung – ignorierte ich. Nicht irgendwie gehässig – wir stöberten hier, und es gab keinen Grund, sich zu unterhalten.

Ich holte eine sehr gute Krawatte für meinen Dad, ein ganzes Bündel sehr gute Krawatten. Seide. Ich hatte ihn nie eine tragen sehen, aber egal.

Lange Zeit später schwebte ich aus der Umkleidekabine in genau dem irrwitzig prachtvollen, superteuren Designerkleid, das ich bei der Premiere des niemals zu drehenden Blockbusters nach meinem Bestsellerbuch tragen möchte. Und ich erstarrte. Jemand blockierte den ganzen Spiegel, drehte sich hin und her, hierhin und dahin, in einem unglaublichen Kleid – in einer entsetzlichen Farbe: Orange. Ist Orange nicht einfach abscheulich?

»Was meinst du, Schätzchen?«

Ich dachte, das wäre Naomi Campbell. Ich wusste ziemlich genau, dass sie es nicht sein konnte, aber ich dachte es. Neben ihr war jeder, jeder Mensch, den ich je gesehen hatte, einschließlich jeder Person in König Xars Hofstaat ... schäbig und hässlich. Nur meine Mum nicht, wenn ihr wisst, was ich meine. Diese Person war SOOO umwerfend wie niemand sonst, den ich je gesehen hatte. Hätte sie einen Zauberstab in der Hand gehalten, ich hätte geschworen, sie wäre meine eigene gute Fee.

Und sie hatte mich gesehen. Außerdem war sie keine Sie. Sie war ein Er.

In Dartbridge gab es einen Typen, der Frauenkleider trug, aber er sah nur aus wie ... ein Typ mit Bart in Frauenkleidern. Diese Person hier, DIE umwerfendste Person, die ich in meinem Leben je gesehen hatte, sah ... UN-GLAUBLICH aus. Er hatte auch die Kosmetikabteilung ausgeräumt, aber sehr viel besser als ich. Super-, SUPERtoll geschwungene Wimpern. Perfekt schimmernde Lippen.

Ich hätte flitzen können. Ich sah mich um, da war ein Ehepaar, meilenweit weg in der Dessousabteilung – der Mann blätterte in einer Illustrierten, und die Frau betrachtete sexy aussehende Mieder –, aber davon abgesehen waren wir anscheinend allein.

»Vielleicht 'ne andere Farbe?«, meinte ich.

Er/sie starrte mich lange, eindringlich und schmollend an – sehr viel länger, eindringlicher und schmollender, als ich es je hingekriegt hätte –, und dann betrachtete er/sie sich wieder im Spiegel.

»Hmmm, wahrscheinlich hast du recht, sagte er/sie.
Er/sie hob seine gigantische (DESIGNER!-)Handtasche auf, hängte sie über seine/ihre schlanke Schulter und schob mit elegant manikürten Fingern Kleiderbügel um Kleiderbügel zur Seite.
Ich sah mich nach dem Notausgang um, nach dem kleinen weißen Männchen, das dort rannte.
»Was hältst du hiervon?«, fragte er/sie und hielt etwas hoch: ein grünes, formloses Kleid, das angezogen genial aussehen konnte, aber genauso gut auch …
»Hn«, sagte ich.
»Nicht wahr?«, sagte er/sie und ließ das Teil fallen.
»Ich bin Diana. Aus Knightsbridge.« Sie streckte mir die Hand entgegen.
Ich dachte – vielleicht – die Hand zitterte ganz leicht – aber sie hatte etwas so – SO – elegant *Kultiviertes* an sich, dass ich ihre Hand einfach nehmen MUSSTE.
»Ich bin Ruby«, sagte ich. »Aus Dartbridge.«
»*Enchanté*«, hauchte Diana und drückte meine Hand sanft. Dann ließ sie sie los und flatterte wie ein wunderschöner Schmetterling zur nächsten Kleiderstange.
»Diana?«
»Ja?« Sie spazierte davon, um sich Schuhe anzusehen.
Ich wollte mich unterhalten. Mich einfach nur unterhalten.
Nein, Ru, sagte ich zu mir. Nicht jetzt.
»Ich muss gehen«, sagte ich.
»Natürlich«, sagte sie und zwängte den Fuß in einen Schuh.
»Ich gehe in den Hyde Park«, sagte ich.

»Zuckerschnäuzchen«, sagte Diana und schleuderte den Schuh anmutig quer über den Boden, »da willst du nicht hin.«
»Warum nicht?«
»Militär, Schätzchen. Militär.«
Sie flirrte zum nächsten Regal. Ich und meine Beutetaschen trampelten hinterher.
»Ich wünschte, sie hätten hier halbe Größen. Aber man kann sich schon *denken*, dass sie keine haben. Warum hat NIEMAND halbe Größen?«
»Was ist denn mit dem Militär nicht in Ordnung?«, fragte ich.
»Uh!«, sagte Diana, als ob das Militär das Schlimmste wäre, das sie sich vorstellen konnte. »Was ist *in Ordnung* mit denen?«, fauchte sie und versuchte, den Fuß in einen Schuh zu bekommen, der ihr zu klein war. »Sie haben alle zusammengetrieben, oder? Was haben sie mit ihnen vor?«
Sie warf den Schuh weg.
»Ihnen helfen?«
»Ja, genau! Und warum sollen *jetzt* alle zu Mama kommen? Ich meine, *Süße*, überleg doch mal! Diese Leute – das Militär, die Re-gie-rung – sie haben sich nicht die Mühe gemacht, den Leuten … irgendwas zu sagen. Kein Wort, das jemandem das Leben gerettet hätte!«
Je wütender sie wurde, desto öfter flog ihr Akzent aus der Kurve. Da schlichen sich Wörter ein, die eher nach diesem South-London-Gangsta-Rap klangen, den Dan nachzumachen versuchte – nur, dass Diana versuchte, diesen Tonfall zu vermeiden.

Sie sah mich an und tat einen mächtigen Seufzer.
»Aber was hätten sie tun können? Das werden sie jedenfalls sagen, nehme ich an. Es gab ja wohl kaum genug Bubblewasser für alle, oder?«
Sie tauchte in ihre Designertasche und reichte mir eine (DESIGNER!-)Glasflasche mit Mineralwasser.
»Wenigstens jetzt gibt's davon reichlich«, sagte sie.
Vor lauter Shoppen hatte ich gar nicht gemerkt, wie durstig ich war. Ich machte die Flasche auf und trank sie aus.
»Solange was da ist«, sagte Diana und seufzte wieder.
»Oh! Sorry«, sagte ich und dachte, ich hätte ihr was weggetrunken.
»Nein, nein, nein.« Sie wischte meine Worte mit ihrer wunderschön manikürten Hand zur Seite. »Wo das herkam, gibt's noch viel mehr … vorläufig. Ich meinte nur, ewig wird es nicht halten, oder? Und was dann, hm?«
Ich rülpste. »Verzeihung«, murmelte ich. Darüber hatte ich noch nicht nachgedacht. Über nichts von all dem hatte ich nachgedacht. Nur über Spratt und seine Tabletten, und über meine Zahnspange – und selbst darüber hatte ich eigentlich nicht *nachgedacht*. Jedenfalls nicht richtig.
»Der Untergang …« Sie seufzte. »Hey-ho. Ich sag dir was, wir reden einfach nicht drüber, okay? Wir wollen doch nicht traurig werden, oder?«
»Mein Dad ist da«, sagte ich. »Wo die Army ist.«
Sie fixierte mich mit ihrem Feenblick.
»Ist bestimmt alles ganz bezaubernd da«, sagte sie. »Wird sicher alles gutgehen. Aber eins muss ich doch noch sagen,

Süße«, redete sie weiter und betrachtete eine Stiefelette in rotem Krokoleder-Look. Irgendwie wünschte ich, sie würde nichts mehr sagen, aber sie warf die Stiefellette beiseite und kam auf mich zu. »Ich glaube, wir müssen was mit deinen Haaren machen.«

Hah?! Gerade haben wir noch über den grässlichen Schlamassel geredet, in dem die Welt steckt – und jetzt ist es plötzlich der grässliche Schlamassel mit meinen Haaren.

»Ich meine, wenn du sie rot haben willst – und, ehrlich gesagt, ich finde, du solltest da noch mal drüber nachdenken …«, sagte sie streng. »Was dagegen?«, fragte sie, und bevor ich sagen konnte, ja, denn tatsächlich hatte ich was dagegen, hatte sie meine Haare schon von dem Haargummi befreit. »Aber WENN du sie rot haben WILLST, dann musst du sie auch rot **MACHEN**.«

Bevor ich protestieren konnte, zerwuschelte sie meine Haare und bugsierte mich zu einem Spiegel.

»Aah«, seufzte sie und schaute sich mit mir zusammen mein Spiegelbild an. »Was BRINGEN sie euch nur bei in – woher, sagst du, kommst du?«

»Aus Dartbridge«, sagte ich. Das ist eine kleine Stadt in –«

»Ssschhh! Schätzchen! Konzentrier dich! Schau hin!«

Diana kippte einen Riesenberg Zeug aus ihrer Handtasche und machte irgendwas mit meinen Haaren.

Danach erkannte ich mich wirklich und wahrhaftig nicht wieder. Ich hatte mein Make-up schon ein bisschen repariert, so dass mein Gesicht jetzt nicht mehr so orangegelb gestreift aussah – und jetzt: Da stand ich, in einem unglaublichen

Kleid, mit unglaublichen Haaren, und sah einfach unglaublich aus.
»Schuhe«, murmelte Diana. »Du brauchst die richtigen Schuhe.«
Ich hatte schon ein ziemlich phantastisches Paar Plateau-Sneakers an.
»Ich sollte jetzt los«, sagte ich.
»Was hast du?«, fragte Diana. »Siebenunddreißig?«
»Achtunddreißig«, sagte ich. »Aber –«
»Warte!«, befahl Diana und stakste dramatisch zurück ins Land der Schuhe.
Als sie gefunden hatte, was sie suchte, steckte sie den Karton für mich in eine Tüte.
»Die sind perfekt«, sagte sie und warf mir eine Kusshand zu. »Mwah! Mwah! Zieh los und hau sie um, Süße!«
»Danke«, sagte ich.
»De rien«, sagte Diana. *»De rien!«*
»Danke«, sagte ich noch mal. Ich wusste nicht, was ich sonst sagen sollte; also gab ich ihr einen (richtigen) Kuss auf die Wange … weil sie so schön war, weil sie dafür gesorgt hatte, dass ich unglaublich aussah, und weil ich mir, wenn ich jemals eine gute Fee haben dürfte, eine wünschen würde, die genauso aussah wie sie. *Aussah*, wohlgemerkt – ihr allgemein etwas herrisches Auftreten war ein bisschen *too much*. Meine gute Fee müsste in mich vernarrt und immerzu sanft und freundlich sein.
»Pass auf dich auf, meine Freundin«, flüsterte sie.
Eine dicke runde Träne rollte über ihre wunderschöne Wan-

ge, mitten durch den Lippenstiftfleck, wo ich sie geküsst hatte.
Ich ging. Ich hatte nicht vor, zu weinen und ein Zweihundert-Pfund-Make-up zu versauen. Ich hatte ja auch keinen Grund zum Weinen. Ich würde meinen Dad sehen.

In den nächsten zehn Minuten, in denen ich die Designerwelt verließ und mit knirschenden Schritten über die Oxford Street zurück ins wirkliche Leben wanderte, fühlte ich mich immer weniger wie ein Million Dollar Girl und immer mehr wie ein Vollpfosten. Ein bisschen wie Darius Spratt. Glamour und Army, das passt nicht zusammen.
Mitten im Park war ein provisorischer, mit NATO-Stacheldraht gesicherter Militärposten mit einem Plastiktunnel-Weltraumzelt. Männer in weißen Biooveralls mit Masken und Gewehren. Niemand brüllte, niemand winkte. Sie konnten mich nicht gesehen haben. Ich watschelte in meinem Kleid auf sie zu, schwer beladen mit meinen Tüten.
»Alles okay, Schätzchen?«, fragte einer der Männer.
Er zog den Stacheldraht zur Seite, und ich betrat das Gelände.
»Ich muss nach Salisbury«, sagte ich.
»Na, dann bist du hier richtig«, sagte er. »Nimm Platz.«
Da war noch eine Handvoll Leute wie ich, die auf Plastikplanen auf dem Rasen saßen. Die meisten sahen aus, als wären sie ebenfalls in der Oxford Street vom Weg abgekommen, total aufgebrezelt mit allem, was sie schön fanden, und umringt von einer Million Einkaufstüten. Eine Frau hatte sich eine

Tonne Diamanten umgehängt. Ich meine, ich glaube wirklich, das waren echte Diamanten – sie sahen irgendwie anders aus als der Bling-Bling, den ich aufgelesen hatte, und sie griff sich auch dauernd an den Hals und checkte ihre Ohrläppchen.

Zwei von diesen Leuten nickten mir nichtssagend zu, aber die andern starrten zu Boden oder in den Himmel und warteten.

Ich wusste nicht, was ich sonst machen sollte; also tat ich, was alle taten. Ich setzte mich auf die Ecke einer Plastikfolie und wartete. *Ich werde meinen Dad sehen.*

KAPITEL 28

Ich saß mit meinen zwei Millionen Tüten Designerbeute vor ihnen, vor der Frau und dem Mann, die – in normaler Kleidung – hinter einem Tisch saßen. Die Frau hatte einen Notizblock, der Mann einen Laptop. Die Army hatte Strom.
Ich wartete ein bisschen, während die Frau dem Mann leise etwas sagte und ihren Notizblock umklappte, damit sie ein sauberes Blatt vor sich hatte.
Es machte mir nichts aus, zu warten. *Ich werde meinen Dad sehen.*

Der erste Hubschrauberflug meines Lebens dauerte nicht sehr lange. Wir wurden in einem anderen Park abgesetzt – außerhalb der verstopften Straßen, nehme ich an –, in einen Bus verfrachtet und in diese stinkige Halle gebracht, wo unzählige andere Leute schon stundenlang in einer endlosen (stinkigen) Zickzackschlange hin und her geschlurft waren. Der Grund für dieses Hin und Her war eigentlich ganz nett: Jedes Mal, wenn eine neue Ladung Leute ankam, ließen die, die schon da waren, jeden, der krank oder alt war oder kleine Kinder hatte, in der Schlange nach vorn. Es war total nett – und es machte einen stinkwütend. Manchen Leuten platzte der Kragen, und andere schrien herum – oder tuschelten es jedem zu, der es hören wollte –, wer sie waren und warum sie hier waren und weshalb sie eigentlich ganz vorn in der Schlange stehen sollten. Aber ich blieb ganz cool. *Ich werde meinen Dad sehen.*

Als ich dann wirklich dran war, glitt die Tür auf, und ich trat hinaus ins Licht. Es war grell und blendend nach der Dunkelheit in der Halle, und dabei war es nicht mal richtiges Tageslicht, sondern gefiltert durch die Plastikplane eines Tunnels der Army, der von einem Gebäude zum nächsten führte.

»Hier lang«, sagte ein Soldat, und ich folgte seiner Stimme blinzelnd in das nächste Gebäude und in einen Raum – in den Raum mit der Frau und dem Mann. Hinten standen zwei Soldaten – aber sie lehnten lässig an der Wand, als ob sie ebenfalls schon lange gewartet hätten.

»Willst du was trinken?«, fragte die Frau am Tisch.

Auf dem Tisch stand ein kleiner Plastikbecher mit Wasser.

»Nein danke«, sagte ich, obwohl ich vor Durst fast umkam. *Ich werde meinen Dad sehen.*

Die Frau stellte mir Fragen, der Mann tippte meine Antworten in den Laptop. Anfangs lief es okay: Name und Adresse. Mit meinem Geburtsdatum vertat ich mich beim ersten Versuch – nicht, weil ich so ungeduldig und aufgeregt war (was ich war), sondern weil ich automatisch flunkerte. Das tut man ja, wenn eine Autoritätsperson (zum Beispiel der Ladenbesitzer, bei dem man Cider kaufen will) das Geburtsdatum auf dem Personalausweis, der einem nicht gehört, bestätigt haben

will, oder? (Lee, Süße, kommt es jetzt noch drauf an, wenn ich sage, dass es *dein* Ausweis war?)
Ich korrigierte mich, und sie machten weiter.
War ich in Begleitung? Hatte ich ein Elternteil oder einen anderen Verwandten bei mir?
»Nein«, sagte ich. »Aber ich glaube, mein Dad ist hier.«
»Und deine Mutter?«, fragte die Frau.
Ich musste es ihnen erzählen. Ich musste ihnen Namen und Geburtsdatum meiner Mum nennen, und Henrys und Simons. Von allen »unmittelbaren Familienmitgliedern«, von denen ich wusste, dass sie tot waren. Henrys Geburtsdatum kannte ich. Mum? Simon? Ich kriegte es nicht hin. Ich wusste, wann sie Geburtstag hatten – den Tag, den Monat – aber welches Jahr? Ich musste den beiden sagen, wie alt sie waren, und dann mussten sie es ausrechnen.
»Tut mir leid, ich bin nicht gut in Mathe«, sagte ich.
Die Frau lächelte auf eine Art.
»Du bist also nicht gut in Mathe … aber bist du gut in anderen Fächern in der Schule –«, sie warf einen Blick auf ihre Notizen, »– Ruby?«
Ich zuckte die Achseln. Ich wusste nicht, warum sie mir so eine Frage stellte? Wen interessierte das noch?
»Du brauchst nur ehrlich zu antworten«, sagte sie. »Das ist keine Prüfung.«
Komischerweise kam es mir aber genau so vor.
»Es läuft ganz okay«, sagte ich. »Ich meine, ich bin nicht in vielen Fächern richtig gut. Englisch ist ganz in Ordnung. Kunst hab ich gern.«

»Und außerhalb der Schule? Was tust du da gern?«
Weshalb fragte sie mich das?
»Was alle tun«, sagte ich. »Mit meinen Freunden zusammensein, schätze ich.«
»Keine Hobbys?«
»Eigentlich nicht.« Ich wollte auf keinen Fall, dass sie mich nach dem Gitarrenunterricht fragte.
Dann stellte sie mir noch einen Haufen andere Fragen. Sehr konkret. War ich irgendwann mit infiziertem Wasser in Berührung gekommen? Hatte ich Kontakt mit jemandem gehabt, der mit infiziertem Wasser in Berührung gekommen war? Hatte ich frisches Obst oder Gemüse gegessen? Hatte ich frische Milch getrunken? Frisches Fleisch gegessen?
»Nein«, sagte ich zuversichtlich. Ich war nicht blöd, oder?
Der Mann schlug auf eine Taste an seinem Laptop, wie er es die letzten zehn Minuten die ganze Zeit getan hatte. All diese Fragen – und er hatte nichts geschrieben, sondern immer nur auf eine Taste gedrückt.
»Danke, Ruby«, sagte die Frau. »Du kannst gehen.«
Während der gesamten Prüfung, von der sie behaupteten, es wäre keine, hatte ich meine Einkaufstüten festgehalten. Ich stand auf.
»Kann ich jetzt meinen Dad sehen?«, fragte ich.
»Er ist nicht hier«, sagte die Frau.

KAPITEL 29

Ein kurzes Kapitel war das. Kurz und bitter. Bitter wie diese Säure, die man aus dem Magen raufwürgt, wenn sonst nichts mehr drin ist.

Ich wurde in ein anderes Zimmer geführt. Sie nahmen meine Fingerabdrücke und fotografierten mich. So was hatte ich im Fernsehen auch schon gesehen. Das Blitzlicht der Kamera brachte mich ein bisschen zu mir, und ich versuchte, mich nach Dan zu erkundigen, nach Grandma Hollis, Nana und Gramps, nach Tante Kate … und nach Darius Spratt.

»Sie sind nicht hier«, sagte eine Soldatin.

»Umdrehen«, sagte der Fotograf.

»Aber –«

»Umdrehen!«, blaffte die Soldatin.

Der Fotograf warf ihr über die Schulter hinweg einen Blick zu.

»Du musst dich jetzt umdrehen«, sagte er ein bisschen freundlicher.

Ich drehte mich um, und er machte ein Foto.

»Aber –«

»Du bist fertig.« Der Fotograf seufzte.

Ich hörte sie. Ich hörte sie, wie ich Darius hatte sagen hören, mein Dad wäre tot. Ich hörte sie, und ich weigerte mich, ihnen zu glauben.

Sie führten mich wieder durch einen militärischen Plastiktunnel und packten mich wieder in einen Bus.

»Du hast dir Zeit gelassen«, sagte eine unhöfliche Frau, als ich mich mit meinen Tüten auf den erstbesten freien Platz plumpsen ließ.

Ich hörte sie kaum. Ich war wie betäubt. Ich hatte keine Ahnung, wo mein Dad jetzt sein konnte. Ich meine nicht, dass ich tatsächlich darüber nachdachte, wo er jetzt sein mochte, sondern dass ich einfach nicht denken konnte. Ich konnte nicht denken, und ich hatte das Gefühl, ich konnte mich kaum bewegen.

Ich erinnere mich nur noch an zwei andere Dinge, was das Warten in diesem Bus angeht.

1. Wir waren so lange da, dass die Leute sich mit den Soldaten im Bus unterhielten – und das waren keine richtigen Soldaten, wie sich rausstellte, sondern »Reservisten«: Leute, die nur am Wochenende als Soldaten arbeiteten, als Hobby. Leute, die in der übrigen Zeit möglicherweise Wirtschaftsprüfer waren wie Simon. (Kann man sich das vorstellen? *Ergebt euch, oder ich berechne eure Steuerschuld falsch! Sorry, Sergeant, aber wir müssen die Invasion absagen, weil jemand eine seltene Vogelart entdeckt hat, die auf dem Schlachtfeld ein Nest gebaut hat.* Und so weiter.)

2. Ich hatte den Eindruck, die Army hatte sich das ganze Wasser unter den Nagel gerissen. Lastwagen kamen an, Vorräte wurden in eine Halle gebracht. Lebensmittel, ja, und ungefähr eine Million Flaschen Wasser. Eine ganze Lastwagenladung mit großen Plastiktanks, in denen noch mehr Wasser herumschwappte. Mir hatten sie einen Plastikbecher angeboten, einen mickrigen Plastikbecher. Ich wette, es war die Army, die den Supermarkt in Dartbridge ausgeräumt hatte. Darauf wette ich.

Unbestimmt wünschte ich mir, ich hätte diesen mickrigen Becher Wasser getrunken, denn der Bus war erst halbvoll, und es sah aus, als ob es Tage dauern würde, bevor sie ihn vollkriegten. Es dauerte eine Ewigkeit, bis der Nächste einstieg – das heißt, die beiden Nächsten: ein Mädchen mit einem Kopftuch, das von einem Mann aus einem Rollstuhl gehoben und in den Bus getragen wurde. Der Mann war ihr Dad. Ich hatte auf den ersten Blick Mitleid mit ihr gehabt – nicht, weil sie im Rollstuhl saß, sondern weil ihr Dad aussah wie ein religiöser Typ: ernst, mit Bart und Turban und Kittel. (In meinem Jahrgang in der Schule war ein Mädchen, deren Dad Geistlicher war – ernst, mit Bart und oft im Kittel –, und sie wurde deswegen andauend aufgezogen und geärgert.) Ich hatte sie in der Schlange gehört; sie waren dicht hinter mir gewesen, und der Dad hatte in einer fremden Sprache rumgemeckert, und das Mädchen war so wütend auf ihn gewesen, dass sie schließlich auf Englisch rausplatzte: »Papa! *Abbay*! Bitte! Ich bin doch nicht krank, oder? Bitte mach kein Theater.«

Ich und meine Tüten verlagerten uns einen Sitz weiter nach hinten, bevor der Dad mich dazu auffordern und das Mädchen ihm sagen konnte, er sollte kein Theater machen. Ich wollte das nicht hören.

Muss ich überhaupt erzählen, wie sehr ich mir wünschte, mein Dad wäre da und würde Theater machen?

Danach fanden sie anscheinend, dass es genug Leute waren, obwohl der Bus immer noch erst halbvoll war. Ein Soldat zählte uns durch wie auf einem Schulausflug, und sie machten die Türen zu. Dann machten sie sie wieder auf, um noch jemanden einsteigen zu lassen. Das musste ein Arzt sein; er trug eine weiße Jacke und hatte ein Stethoskop, und er machte ein Gesicht, als ob er gerade jemandem gesagt hätte, er habe noch eine Woche zu leben.

»Hallo, Leute«, sagte er und hielt einen Ausweis hoch. Er sagte: »Hallo, Leute«, wie Simon es sagen würde. *Ich bin einer von euch. Wirklich.*

Wir fuhren durch eine andere Ausfahrt und durch ein anderes Tor. Draußen stand eine Handvoll Leute, genau wie bei unserer Ankunft. Sie waren wütend und schrien herum, aber ich konnte nichts verstehen, und es war mir auch egal. Genau wie bei unserer Ankunft hielten Soldaten in Bioschutzanzügen mit ihren Gewehren die Leute zurück, damit sie das Tor aufmachen konnten – diesmal, um den Bus rausfahren zu lassen.

Wir fuhren eine Straße hinunter, und dann fuhren wir noch eine Straße hinunter, und wir hielten vor einem anderen Camp. Die Türen gingen auf.

»Ciao, Leute«, sagte der Arzttyp und stieg aus.

Ich schaute aus dem Fenster. Draußen, in einer Schlange vor einem Gebäude in dem Camp, sah ich Darius Spratt.

Ich wollte ihn nicht schlagen.

»DARIUS!«, schrie ich und hämmerte ans Fenster. »DARIUS!«

Ich sah, dass er sich umdrehte. Ich sah, dass er herüberschaute. Ich sah, dass er nichts sehen konnte.

»DARIUS! DARIUS! DAAAAAAAAAA-RIUS!« Ich wollte aus dem Bus springen, aber die beiden Soldaten versperrten mir den Weg.

Einer schüttelte den Kopf.

»Bitte!«, schrie ich sie an. »Da ist mein Freund! Bitte!«

Man sieht, wie verzweifelt ich war: Ich nannte Darius Spratt meinen Freund.

Zum zweiten – UND ZUM LETZTEN MAL.

Ihre Gesichter waren wie versteinert.

»Er kann mich nicht sehen! Er sieht doch nichts! Er hat seine Brille verloren!«

»Setz dich wieder hin, Schätzchen«, sagte der andere Soldat.

»Bitte!«

»🦋🦋🦋 nochmal«, sagte die Frau, die grob zu mir gewesen war, und stand auf … Aber sie meinte nicht mich, sie meinte die Soldaten.

»Na komm, Alter«, sagte ein Mann und stand auch auf. »Sei ein bisschen nett zu der Kleinen.«

»Ja, 🦋🦋🦋«, sagte noch einer und stand auch auf. »Sei ein bisschen 🦋🦋🦋 nett.«

Der Soldat, der mich auf meinen Platz zurückgeschickt hatte, hob sein Gewehr.
»HINSETZEN!«, befahl er.
Und alle gehorchten. Alle. Mit einem Gewehr diskutiert man nicht.
Ich saß da und zitterte – vor Wut, glaube ich. Ich wünschte, ich hätte einen Eimer Pipi gehabt, den ich ihnen ins Gesicht hätte schütten können. Ich wünschte, mein Halloweenpuppen-Ich würde zurückkommen. Ich wünschte, ich hätte Saskia sein können. Ein Mädchen wie Saskia hätte gewusst, was zu tun war.
»Wie heißt du?«, fragte der HINSETZEN-Soldat.
»Ruby«, sagte ich.
Der andere, ruhige Soldat murmelte etwas, stieg aus und sprach mit denen, die das Tor bewachten.
Sie sahen mich an, und ich presste die Hände an die Scheibe und flüsterte: Bitte bitte bitte!
Alle verdrehten die Augen, aber einer der Wachen am Tor schlenderte über den Platz und holte den Maulwurf Darius.
Der HINSETZEN-Soldat nickte mir über sein Gewehr hinweg zu. Ich sprang vom Sitz und die Stufen hinunter. »Darius!«, schrie ich und rannte zum Tor und warf mich dagegen.

BOMF!

Er war da. Er war gleich vor mir. Meine Hände gerieten in Panik. Sie griffen irgendwie durch das Tor nach Darius – und

seine Hände, Darius Spratts Hände, gerieten ebenfalls in Panik.
Tränen brannten in meinen Augen, und Nerd Boy verschwamm vor mir.
Und ich dachte … ich dachte … Darius war alles, was ich noch hatte. Und so war es jetzt auch. So war es.
»Ruby!«, keuchte er mit erstickter Stimme, als ob es für ihn auch so wäre.
»Darius!«, schluchzte ich. Ich konnte nichts dagegen tun – so wenig wie gegen meine greifenden Hände. Ich war jetzt bereit, zu reden, bereit, zu erzählen, wie es gewesen war. Es ist schlimm gewesen, Darius. Und ich würde hören – und zuhören –, wenn er mir erzählte, wie schlimm es für ihn gewesen war. Ich würde zuhören. Wir waren alles, was wir noch hatten.
»Hey, Ru!«, sagte eine vertraute Stimme.

BOMF!

Meine Hände ließen Darius Spratt los.
»Hey, Sask«, sagte ich.
Da war sie und sah aus, als wäre alles ganz normal.
»Du siehst toll aus«, sagte sie. »*Geht's* dir gut?«
»Ja … ja … mir geht's gut.« Ich wischte mir die Tränen aus dem Gesicht.
Ich konnte nicht toll aussehen, denn die Tränen auf meinem Handrücken waren schwarz von Wimperntusche. Aber ich musste besser aussehen als sie. Unbedingt.

»Ach du 🦋🦋🦋! Es war ja alles so total furchtbar, nicht wahr?«, schwallte Saskia.
»Ja.« Ich strich mein Haar glatt, mein Kleid, mich selbst.
»Ist deine Familie –«
»Ja«, sagte ich, bevor sie richtig loslegen konnte.
»Meine auch«, sagte Saskia.
In der verlegenen Pause, die jetzt kam, hätte ich sagen können, dass ich über Saskias Familie Bescheid wusste, weil ich sie im Garten bei der Guacamole hatte liegen sehen, und dass ich – übrigens – in ihr Haus eingebrochen war und die Fotos in ihrem Zimmer gesehen und den Hund ihrer Mum mitgenommen hatte, den sie so grausam im Stich gelassen hatte, usw., usw.
»Zum Glück hab ich Darius gefunden«, trillerte sie, und wie sie es sagte, erinnerte mich an die American Mom, die sie in ihrer Waschpulver-Reklame-Parodie gespielt hatte. Cool? Megacool!
Sie schob ihren Arm unter seinen.
»Wir sind *verlobt*«, sagte sie.
Die Explosion eines Lachens füllte meine Wangen und prustete halb aus meinem Mund.
Das war ein Witz, oder? Es musste ein Witz sein.
Als wäre ihr Arm ein Angelhaken, baumelte der Spratt-Fisch schlaff an seinem Ende.
Unwillkürlich starrte ich Darius Spratt an. Ein irres, wackliges, flehentliches Lächeln schlich sich auf sein Gesicht.
»Ruby«, flüsterte er und starrte zurück.
Was in dem Schwimmnudelschrank passiert war, blieb nicht

in dem Schwimmnudelschrank: Es blitzte vor meinem geistigen Auge auf.
Mein Gehirn konnte die Unvorstellbarkeit nicht verarbeiten – die unvorstellbare, unglaubliche, unerhörte, grässliche Entsetzlichkeit einer solchen Neuigkeit. Mein Unterkiefer klappte unter der Last der empörten, fassungslosen Worte, die meinen Mund ausfüllten, hilflos herunter. *WAS?!*, wollte ich schreien. *NIEMALS!!*, wollte ich schreien. Das alles hätte ich schreien können, und dazu noch eine Trillion andere Sachen, die alle nicht nett waren. Aber ich sagte nur ein Wort.
Oh, ich bin so stolz auf mich und dieses eine Wort. Ich bin – wahrhaftig – RUBY das GENIE.
»Glückwunsch«, sagte ich.
»Ru!«, flüsterte Saskia und kicherte beinahe. »Es ist nicht irgendwie *echt* oder so. Es war einfach total unvermeidlich! Sie schmeißen hier dauernd Leute raus, und –« Dann schnappte sie nach Luft. Sie schnappte wirklich nach Luft. »Omeingott!«, quiekte sie. »Hast du ihn etwa, keine Ahnung, GERN?«
Der ruhige Soldat verlor die Geduld. »Schluss jetzt!«, sagte er, und er *seufzte* … als wäre dieser peinlichste, entsetzlichste und … *seelenverletzendste* … Augenblick auf Erden so langweilig wie nichts sonst. Er nahm meinen Arm und zog mich zum Bus zurück. Ich sträubte mich nicht. Jemand musste ein Ende machen. Jemand musste es beenden … alles hier.

Das mit dem »seelenverletzend« hab ich nicht so gemeint. Es fühlte sich in dem Moment nur so an. Es war eine Extremsituation, in der extreme Dinge passierten. Ich war traumatisiert und verwirrt.

»Mein Dad lebt«, rief ich Saskia und Darius Spratt über die Schulter noch zu. »MEIN – DAD – LEBT.«
Dass ich das gesagt hab? Es war besser als Fluchen. Es war das Beste und Triumphierendste, was ich sagen konnte. Was man überhaupt jemals sagen kann: IHR SEID IM UNRECHT, UND ICH BIN IM RECHT.

Das ist das beste Gefühl der Welt, oder? Im Recht zu sein.

»Wohin bringen sie dich?«, rief Darius.
Ich antwortete nicht. Ich schüttelte die Hand des ruhigen Soldaten von meinem Arm ab und ging würdevoll zurück zum Bus. Ich antwortete nicht, weil ich es nicht wusste. Ich antwortete nicht, weil es empörend war, dass er auch nur –
»Pass auf dich auf, Ru!«, schrie er. »Pass auf dich auf!«
Okay. Das war zu viel. Nenn mich nicht Ru. Nenn mich NICHT Ru. Ich fuhr herum, raffte jedes Schimpfwort zusammen, das mir einfiel, und –
»Na los!«, sagte der HINSETZEN-Soldat und zog mich in den Bus, bevor ich Spratt mit meiner lodernden Wut überschütten konnte.
Auf dem Weg zu meinem Platz fiel mir etwas auf. Die anderen Leute im Bus sahen mich komisch an. Sie sahen mich komisch an, als ob sie … als ob sie Mitleid mit mir hätten? Als ob sie mich für dumm hielten? Doch bestimmt nicht,

weil sie ernsthaft annahmen, ein Mädchen wie ich könnte IRGENDETWAS mit einem Jungen wie Darius Spratt zu tun haben.

In einer Notaktion durchwühlte ich meinen Kopf.

»Dieser Junge«, teilte ich den Leuten im Bus mit, »ist ein ganz miserabler Kusser.«

»HINSETZEN!«, schrie der HINSETZEN-Soldat.

Ich funkelte sie alle an und setzte mich hin.

Mein Herz – wütend, blutend, verwundet, verwirrt und gründlich durcheinander – verschloss sich, ganz fest, in sich … und im *Recht*.

Wir fuhren durch andere Tore in andere Camps. Manche sahen gar nicht mehr aus, wie man sich Militärstützpunkte vorstellen würde, eher wie Wohnsiedlungen hinter hohen Zäunen. Man sah dort sogar Leute mit Kindern, die draußen spielten, denn es war ein sonniger, trockener Tag.

»Solche Häuser machen mich fertig«, sagte die unhöfliche Frau laut.

»Wird man sich teilen müssen«, sagte ein Mann.

»Kommt nicht in Frage«, sagte eine andere Frau.

Aber wir fuhren gar nicht dorthin.

Als wir schließlich anhielten, wurde es schon dunkel.

Wir hielten mitten in einem hübschen kleinen Dorf.

»Das kann nicht stimmen«, sagte die unhöfliche Frau.

»Klappe«, sagte ein anderer Mann. »Die wissen schon, was sie tun.«

Sie wussten, was sie taten. Ich war an diesem Tag so oft abgesetzt worden, dass ich es auch hätte wissen können. Sie setzten uns ab. Schon wieder.

Sie trieben uns hinaus.

»Was zum 🦋🦋🦋 ist das?«, fragte die unhöfliche Frau.

Sie luden den Rollstuhl des Mädchens aus dem Bus. Ich weiß noch, wie cool er aussah – mit einer Million Stickern verziert. Ihr Dad trug sie aus dem Bus und setzte sie hinein.

»Und was jetzt?!«, wollte einer wissen.

Der HINSETZEN-Soldat hob wieder sein Gewehr. Das tat er anscheinend zu gern.

Der quengelnde Bengel auf dem Arm seiner Mutter fing an zu heulen.

»Die Army ist zum jetzigen Zeitpunkt nicht in der Lage, Unterkunft für alle zu stellen«, verkündete der HINSETZEN-Soldat.

Jetzt sah ich, dass er vielleicht gar nicht so *tough* war. Ich sah, wie seine Finger nervös an der Waffe herumfummelten. Es sah aus, als wollte er vielleicht noch was sagen. Vielleicht sollte er auch noch was sagen … aber eigentlich – was gab es denn noch zu sagen?

»🦋🦋🦋, das kann doch wohl nur ein 🦋🦋🦋 Witz sein!«, sagte ein Mann.

»Ihr lasst uns NICHT hier«!, sagte die unhöfliche Frau.

»Ihr 🦋🦋🦋!«, kreischte die Frau mit dem heulenden Kind, als die Soldaten wieder in den Bus stiegen.

Sie hatten den Motor gar nicht abgestellt. Sie standen abfahrbereit da.

Die ausgesetzte (halbe) Busladung versuchte gar nicht, wieder einzusteigen. Die Soldaten fuhren weg.
Den ganzen Tag über hatte ich nicht zum Himmel geschaut. Das war nicht nötig gewesen; die Sonne hatte geschienen, und dann war ich bei der Army gewesen und hatte nicht einen Moment lang damit gerechnet, dass ich irgendwo ausgesetzt werden würde, unter … Wind war aufgekommen, und es sah beschissen aus: ein unaufgeräumter Stratocumulus-Himmel von der Sorte, die sich alle zwei Sekunden verändert und fast unmöglich zu deuten ist. Bei so einem Himmel geht man nur raus, wenn man unbedingt muss, und dann beeilt man sich lieber.
Und das dauernde Reden über Leichen – die, beiläufig gesagt, NICHT zombie-grau werden, wenn sie anfangen zu verwesen. Sie werden GRÜN. Grün mit weißen Schimmelflecken, und ihre Lippen schrumpfen, und ihre Münder verfaulen, so dass sie alle aussehen wie LIPPENLOSE, MADEN-MAULIGE, FLECKIGE ZOMBIE-ELFEN. ABER NORMAL GROSS. SIE SCHRUMPFEN NICHT, SIE WERDEN NUR GRÜN: **GRÜN!**
Ich will mich nicht lange darüber auslassen, wie die Leute sich benahmen – ich will nur sagen, ich bin dazu erzogen worden, zu denken, dass die Menschen im Falle einer schlimmen Katastrophe SICH GEGENSEITIG HELFEN SOLLEN, STATT SICH DIE BESTEN VORRÄTE UNTER DEN NAGEL ZU REISSEN, ANDERE LEUTE MIT GEWEHREN ZU BEDROHEN, LEUTE ZU ERMORDEN, LEUTE ZU VERJAGEN, SIE MIT GIFTIGEM

WASSER ANZUGREIFEN ODER ... MIT JEMANDEM ABZUHAUEN, MIT DEM SIE NICHT ABHAUEN SOLLTEN. ODER LEUTE MITTEN IM NIRGENDWO ABZUSETZEN, WENN ES OFFENSICHTLICH GLEICH REGNEN WIRD. WAHRSCHEINLICH JEDENFALLS.

»STOPP!«, schrie ich und rannte hinter dem Bus her.

Erstaunlicherweise hielten sie an.

Jetzt bezaubernd aussehen, zerknirscht aussehen ... oder verzweifelt. So war mir zumute: verzweifelt.

»Bitte!«, sagte ich und griff nach der offenen Tür. »Das ist ein Irrtum.«

Ich wusste nicht, worin der Irrtum bestand, aber ich wusste, es musste einer sein. (Und bestimmt nicht auf meiner Seite, oder?)

Dieser Soldat, der HINSETZEN-Soldat, kam an die Tür und sah mich an. Ich sah ihn an und hatte das Gefühl, in seinen Augen etwas Menschliches flackern zu sehen. Etwas Menschliches – aber vielleicht war es auch nur Scham. Und schämen sollte er sich für das, was er tat.

»Geh nach Salisbury«, flüsterte er.

Sollte das jetzt ein *Witz* sein?

»DA-WAR-ICH-GERADE«, zischte ich mit dem maximalen Sarkasmus einer wütenden Kobra.

Dich merke ich mir, dachte ich und starrte ihm tief in die Augen. Dich merke ich mir.

»An der Kathedrale?«, flüsterte er, als ob ich dämlich wäre oder was.

Ich hatte das Gefühl, ich *war* dämlich. »*Was?!*«, fragte ich.
»GEH-ZUR-KATHEDRALE-IN-DER-STDATMITTE-VON-SALISBURY«, sagte er.
ER-HIELT-MICH-GANZ-EINDEUTIG-FÜR … für eine Idiotin.
Und dann schlossen sie die Türen. Und dann fuhren sie ab. Ja. Sie ließen uns zurück.

KAPITEL 30

Ich wäre einfach nach Hause gefahren. Ich wollte einfach nach Hause.

Es folgten ein paar echt hässliche Minuten, als alle, die aus dem Bus geflogen waren, mitten in diesem hübschen kleinen Dorf standen und schimpften. Das war aber noch nicht das Hässliche – das kam, als den Leuten klarwurde, dass es keinen Sinn hatte, zu schimpfen. Da gingen sie einfach auseinander. Einige suchten sich Häuser, andere Autos, manche schlossen sich zusammen, andere zogen allein los. Ein freundlicher Mann half der Frau mit dem heulenden Kind. Die unhöfliche Frau machte sich erstaunlicherweise mit einer klapprigen alten Lady auf den Weg – aber wahrscheinlich nur, weil die alte Lady anscheinend taub war und ihre Unhöflichkeit aushalten konnte. Übrig blieben ich, eine andere alte Lady, ein Typ mit Downsyndrom (wie Ronnies Bruder), das Rollstuhlmädchen und ihr Dad.

Ich haute ab.

Zehn Minuten später war ich mit einem Auto wieder da. Weil ich ein netter Mensch bin, denkt ihr? Nein. Ich bin ein Mensch, der einen Hamster im Auto zurücklässt und der vergisst, Meerschweinchen zu füttern – über zwei Jahre hinweg. Ich bin eigentlich nicht zurückgekommen, weil ich sie nicht ignorieren konnte (wie ich die Pfadfinderin Melissa ignoriert hatte). Nicht mal, weil der Gedanke daran, dass diese Leute hier zurückblieben, besonders tiefe Auswirkungen auf die massiven Schuldgefühle haben würde, die mich sowieso schon wegen einem Haufen Zeug plagten, für das ich keinen Namen hatte, weil ich genau genommen nicht mal daran denken konnte (wie Melissa). Eigentlich kam ich nur zurück, weil irgendein unheimlicher Typ aus dem Bus mich verfolgte und dazu überreden wollte, mit ihm zu kommen.

»Je mehr, desto sicherer« – das war mein Gedanke, als ich auf die Hupe drückte, um meine neuen Fahrgäste zu versammeln.

Das Mädchen lächelte, als sie mich sah. Ihr Gesicht leuchtete, und sie grinste mich an, als wäre ich ihre beste Freundin.

Bitte, bitte NICHT, dachte ich.

»Hallo! Ich bin Sagal!« Sie strahlte, als ihr Dad ihr auf den Beifahrersitz half.

»Ich bin Ruby«, sagte ich mit tonloser Stimme.

Ihr Dad, der mit den anderen auf den Rücksitz gerutscht war, stellte Sagal eine Frage. Sie sagte: »Ruby«, und er redete weiter. Das einzige Wort, das ich verstand, war mein Name.

»Abbay – mein Dad – sagt, ich soll dir danken und dir sagen, du bist doch nicht nutzlos«, übersetzte Sagal.

Hoooo. Irgendwo aus den Tiefen meines Inneren stieg der Geist des Yiii-haaa herauf.

»*WIE BITTE?!*«, fragte ich.

Bevor ich es verhindern konnte, hatte Sagal schon übersetzt. Es war anscheinend eine genaue Übersetzung – sogar ihr Tonfall und der stählerne Blick waren originalgetreu –, und ihr Dad sah ziemlich sauer aus und hielt eine längere Rede. Ihr Lächeln bat mich um Nachsicht, während ihr Dad immer weiter laberte.

»Möchte er fahren?«, flüsterte ich.

»Würde er zu gern, aber er hat keinen britischen Führerschein«, flüsterte sie zurück. »Das ist verboten.«

Oh, 🦋🦋🦋, 🦋🦋🦋 und Wolkenbruch …

Ich glaube, es ist was Internationales, dass wütende Eltern lange Vorträge halten. Weniger weit verbreitet ist es, soweit ich weiß, dass wir uns tatsächlich die Mühe machen, ihnen zuzuhören. Obwohl Sagal übersetzen musste, stellte sie auch Fragen. Wir taten es beide. Irgendwie wollte man es nicht glauben, was er sagte, und gleichzeitig … konnte man es total. Und was anderes war eigentlich auch nicht erlaubt, denn allem, was der Dad sagte, stimmte die alte Lady (Margaret) zu. Sogar der Typ mit dem Downsyndrom – er hieß Peter – war der gleichen Ansicht. »Hör zu, was man dir sagt, Ruby«, sagte er zu mir.

(Und wie zum 🦋🦋🦋 hatte Peter es geschafft, allein zu dem Army-Camp zu kommen?)

(Und 🦋🦋🦋 🦋🦋🦋! Es nervt mich, dass ich mich sogar an die Namen dieser Leute erinnern kann! Das nervt mich total!)

Also, die *Ruby-Morris-Zusammenfassung* dieses Vortrags lautet so:

Es ging nicht einfach darum, dass Leute alt oder behindert waren oder zum Beispiel schreiende Kinder hatten. Massenhaft Leute, die alt oder behindert waren oder schreiende Kinder hatten, waren *nicht* in den Bus gesetzt und irgendwo abgeladen worden. Und viele, auf die nichts von all dem zutraf, *waren* in den Bus gesetzt worden (wie ich). Was wir miteinander gemeinsam hatten – und das ist das Schreckliche – war dies: Wir hatten keine Fähigkeiten, die die Army gebrauchen konnte. Wir waren nicht mal die Töchter oder die Söhne oder die Männer oder die Frauen oder die Omas oder die Opas von Leuten mit Fähigkeiten, die die Army gebrauchen konnte. Oder die Verlobten.
O ja, jetzt hatte ich kapiert. Ich kam ein bisschen ins Schleudern, aber ich fing mich wieder.
Klingt empörend, nicht? Aber man konnte nicht widersprechen. (Sagal und ich, wir versuchten es. »Ja, aber«, sagten wir, »ja, aber …«) Ja, aber … ich hatte in der Halle so lange warten müssen, dass ich praktisch die ganze Lebensgeschichte der Leute kannte, die um mich herum hin und her geschlurft waren. Ein blinder Mann, der Russisch sprach. Ein unangenehmer, lauter Mann, der von Beruf Elektriker war, und seine unangenehme, laute Frau mit ihren unangenehmen, lauten Kindern. Die heulende, jammernde Frau, eine Apothekerin. Keiner von denen war im Bus gewesen, oder?
Nerd Boy. Ganz sicher hatten sie Nerd Boy behalten wollen. Und wenn sie ein bisschen Verstand hatten, würden sie auch Saskia behalten wollen – nicht mal bloß, weil sie ziemlich gescheit war, was sie wirklich war –, sondern weil sie eine Fähig-

keit besaß, die in dieser neuen Welt entscheidend wichtig war (das begriff ich allmählich). Sie war … *verschlagen*, das ist das richtige Wort. Sie war eine menschliche Polyextremophile.

Tu nichts, was ich nicht tun würde. Das ist nicht sehr viel, was, Saskia Miller?

Sagal war nur ein Schulmädchen, eine Klasse unter mir. Und wisst ihr, was sie gut konnte? Kochen! Ihr Dad war irgendeine Art Sozialarbeiter. Wisst ihr, was er gut konnte? Mit Leuten reden … auf Somali. Margaret war nur eine nette alte Lady, die sagte, sie käme nicht mehr viel raus, aber mir schien, sie kam mehr raus und machte mehr als ich. Und Peter erzählte, er hörte gern Techno und ginge gern schwimmen.

Es lohnte sich nicht, uns zu retten. Wir waren für niemanden nützlich. Wir waren nutzlos.

Ich sagte etwas ziemlich Schlimmes über die Army, und Sagal übersetzte es nicht.

»Das ist sicher nicht deren Schuld, Schatz«, sagte Margaret. »Die tun nur, was man ihnen sagt. Schuld ist dieser 🦋🦋🦋 Kerl. Ich wünschte, ich hätte ihn nie gewählt. Ich werd's nicht wieder tun. Ich hoffe nur, der Königin geht es gut.«

Als wir erst auf einer Hauptstraße waren, war es kein Problem, nach Salisbury zu kommen (THE-CITY-OF-SALISBURY). Man musste nur kaputten und verlassenen Autos und Leichen ausweichen. Das Übliche. Ja, die Fahrerei war okay, aber mir ging es nicht gut. Als ich begriffen hatte, dass es stimmte, was Sagals Dad sagte, tat ich, als ob ich mich total auf das Fahren konzentrieren müsste, so dass ich nicht reden musste. Mein Kopf war genauso durcheinander wie der Himmel: Gedankenfetzen bildeten und veränderten sich, wirbelten herum, stießen gegen andere Gedanken und vermischten sich mit ihnen, neue spalteten sich ab, blähten sich auf, wurden dunkler und immer dunkler. Gedanken, die durchseucht waren von wimmelnden kleinen Weltraumbazillen mit winkenden Tentakeln.

Ich wusste nicht, wie ich die Kathedrale finden sollte, wenn wir dort wären. Ich brauchte es nicht zu wissen. Am Rand der Stadt hingen Transparente mit der Aufschrift »Willkommen«, beschriftete Bettlaken, wie man sie bei popeligen Dorffesten findet … und dann eine Kette von Luftballons, der man folgen musste. Trauben von Luftballons an den Laternenpfählen. Hier entlang zur Party!

Sagals Dad fing an zu singen, aber es war kein lauter Partygesang, sondern ein leises, trillerndes Lied. Es klang sehr traurig, und ich war froh, dass ich es nicht verstand.

»Hübsch ist das«, sagte Margaret. Sie fand sich in die Melodie und summte ein bisschen mit. Peter sorgte für eine ziemlich beeindruckende Beatbox-Begleitung.

Sagal verdrehte die Augen und kicherte, aber man merkte ihr an, dass sie auch aufgeregt war.

»Da lang, Ruby!«, schrie sie jedes Mal, wenn sie wieder ein paar Ballons sah. »Da drüben!«

Und so fanden wir den Weg zu dem riesigen Parkplatz an der Kathedrale von Salisbury. Im Grunde sah es dort aus wie an einem Einkaufszentrum vor Weihnachten. Ein Meer von parkenden Autos. Aber sie ist riesig, die Kathedrale von Sa-

lisbury, nicht wahr? Höher als jedes Einkaufszentrum (aber es gibt weniger zu kaufen). Licht – schönes, elektrisches Licht – leuchtete aus den großen Fenstern.
»Stopp!«, schrie Sagals Dad, als Peter einfach ausstieg.
Ich spähte aus dem Fenster und stieg auch aus. Ich schwenkte meine Hand zum Himmel: ein zerfasertes Durcheinander von Sonnenuntergangsorange und schwarzen Wolken, und über uns eine kleine Lücke, in der ein Himmel von fiesgrüner Farbe schimmerte. (Grün wie … ihr wisst schon.)
Die Wahrheit? Ich war nicht sicher gewesen, dass es okay war, als ich ausstieg.
»Ist okay!«, rief ich. »Alles okay.«
Seht ihr – was euch bestimmt klar ist, und was ich überhaupt nicht raffte, war, dass ich nicht nur wirr im Kopf war, sondern auch todmüde und halb verrückt war vor Durst.
»Es ist okay!«, schrie ich. Aber *ich* war es nicht.

Ich möchte es mir nicht zur Gewohnheit machen, in Ohnmacht zu fallen. Vor dieser ganzen globalen Kernschmelze und dem Ende der Welt war ich nicht ein einziges Mal in Ohnmacht gefallen, in meinem ganzen Leben nicht – und es hat reichlich Gelegenheiten dazu gegeben (zum Beispiel, als ich Caspar McCloud geküsst habe). Ich bin auch vor dieser Kathedrale nicht in Ohnmacht gefallen, jedenfalls nicht richtig. Mir wurde nur ganz komisch und schwindlig. Sagals Dad holte den Rollstuhl aus dem Kofferraum, setzte Sagal hinein und mich obendrauf, und dann holperte er mit uns zwischen den Autos hindurch und über den Rasen zum Portal der Kathedrale. Eine Lady drückte mir eine Flasche Wasser in die Hände.

Das Nächste, woran ich mich wirklich klar erinnere, ist die Kirchenbank, auf der ich saß und zum mächtigen Steingerippe der Decke hinaufschaute. Ich hatte die irre Vorstellung, ein riesiges Untier mit einem steinernen Gerippe hätte mich verschlungen, und dann erkannte ich, dass es nicht so war. Sagal saß neben mir in ihrem Rollstuhl und hielt meine Hand, und irgendwo in der Nähe sang der Chor der Nutzlosen im Kerzenschein ein leierndes »Amazing Grace«.

Überall verstreut waren Gruppen von Leuten und redeten und sortierten Sachen. Frauen notierten Namen, Leute verteilten Survival-Tüten mit leckerem Zeug, Wolldecken, Stadtpläne.

Leute trösteten Leute.

Und ich meine wirklich »Leute«. Es sah nicht aus wie in einer Kirche, in der ich schon mal gewesen war. Hier waren ALLE MÖGLICHEN LEUTE.

Sagals Dad war vertieft in eine (hitzige, übersetzte) Diskussion mit einem anderen Mann, der ein bisschen Ähnlichkeit mit ihm hatte, einer Frau mit Kopftuch, einem nach christlicher Kirche aussehenden Mann und ein paar Hoodies – von denen einer eine Zigarette anzündete und sie rauchte, bis eine gestresst aussehende Mutter mit einem Baby auf der Hüfte ihm befahl, sie AUSZUMACHEN. Da machte er sie aus.

Sagal gab mir noch eine Flasche Wasser, und ich ließ sie durch die Kehle gluckern.

»Worüber reden sie da?«, fragte ich.

»Alles Mögliche«, sagte Sagal »Warum das passiert ist, und so weiter.«
»Ist doch egal, warum es passiert ist«, sagte ich.
Ich muss nach Hause, dachte ich. Ich muss nach Hause.
Das dachte ich. Ich meine, echt, hier war es kein bisschen wie in dem Army-Camp. Niemand nervte einen mit komplizierten Fragen, und jeder, der neu ankam, wurde mit Essen und Wasser versorgt. (Peter kam zweimal an und kassierte die doppelte Ration.) Aber mir stank das alles, auch wenn ich das Gefühl hatte, das sollte es nicht. Nein, tat es auch nicht. Es war alles total nett und überhaupt (obwohl ich mich wirklich fragte, warum sie sich nicht einen behaglicheren Ort ausgesucht hatten), aber mal im Ernst:

1. Es erinnerte mich auf eine verrückte Art an ein Schulfest. Als ob ich jeden Moment den Auftrag kriegen könnte, Cupcakes zu backen oder mich als Losverkäuferin für die Tombola einzutragen. (Nicht gut!)
2. Was hatte ich noch gedacht, als ich die Soldaten zum ersten Mal gesehen hatte? »Würde die Welt von jetzt an so aussehen?« Irgendwie kam mir der Gedanke jetzt wieder. (Nicht gut!)

Ich wollte so was von NICHT dableiben.
»OH 🦋🦋🦋! Er ist so peinlich!«, flüsterte Sagal. Sie schaute zu ihrem Dad hinüber und verdrehte die Augen.
»Zumindest ist er hier.« Ich stand auf und schwankte ein bisschen.

»Oh, entschuldige! Ich wollte nicht …« Sagal lächelte mich traurig an und hielt mir eine Flasche Wasser und einen Vollkornriegel hin, den Darius zu gern in meiner Hand gesehen hätte.

Ich mampfte. Ich trank. Ich schaute die Flasche an; sie war noch halbvoll. Ich hörte dem Chorgesang zu. Kirchenlieder – die klingen immer schlecht, nicht? Sie klingen immer so … leiernd. Sagt mein Dad. Er arbeitet in der Musikindustrie – das hört sich echt cool an, aber er kann seinen Job nicht leiden. Er sagt immer, er ist nur ein »besserer Buchhalter« und so was, aber er versteht was von Musik. Ich nicht, aber sogar ich weiß, wenn etwas nicht gut klingt. Mein Dad? Der wäre nicht eine Sekunde in dieser Kathedrale geblieben. Nicht bei dem Gejaule.

»Ich fahr nach Hause«, sagte ich.

»Abbay! Abbay!«, hörte ich Sagal rufen, als ich den Mittelgang hinunterging.

An der Tür holten sie mich ein. Sagal hielt mich buchstäblich am Kleid fest.

»Ruby! Bitte! Geh nicht weg!«, sagte sie.

Bitte lass mich nicht allein.

Ihr Vater sah mich an.

»Wo willst du denn hin?«, fragte er auf Englisch.

»Nach Hause«, sagte ich. *»Sie sprechen Englisch?«*

»Natürlich«, sagte er.

»Er tut es nur nicht gern, weil er glaubt, er kann es nicht besonders gut«, erklärte Sagal hastig. »Die Leute sind so. Wenn du nicht fehlerlos sprichst, halten sie dich für dumm.«

»Wie mich«, sagte ich.
Sagals Vater sagte noch etwas Unverständliches, und dann nahm er die Hand seiner Tochter, damit sie mein Kleid losließ.
»Er sagt, nein. Er sagt, jeder kann sehen, dass du nicht dumm bist«, übersetzte Sagal und kicherte schüchtern. Sie war unsicher. »Er sagt nur … du siehst nach Trouble aus.«
Dieser Dad – er lächelte mich an. Es war ein nettes Lächeln.
Ich ging. Ging geradewegs hinaus in die Nacht mit dem verrückten Himmel.
»Er sagt«, rief Sagal mir aus der Tür der Kathedrale nach, »dein Vater wäre sehr stolz auf dich.«

Ich hatte keine Karte. Ich fuhr nach Gefühl. Im Zickzack. Falsch.
Ich musste den Wagen abstellen und mir einen neuen besorgen.
Ich kam nach Stonehenge. Vor dem Regen hatte man die Steine nicht mal berühren dürfen. Ich war unter einem weiten Sternenhimmel; also ließ ich es drauf ankommen: Ich brach in den Souvenirladen ein, und dann setzte ich mich auf einen Stein und trank etwas und mampfte ein paar Chips.

Imaginärer Schnappschuss Nr. 2: Selfie mit Steinen.

Ich fuhr wieder falsch und wieder richtig, ich ließ wieder meinen Wagen stehen und suchte mir einen neuen. Es war nicht wie die MG-Reise aus der Hölle: Ich war nicht panisch drauf aus, irgendwo hinzukommen, ich wollte nur hin. Ich wollte nur nach Hause.

Selbst als der Morgen dämmerte und der Regen anfing, geriet ich nicht in Panik. Als ich schließlich vor unserem Haus stand, goss es in Strömen. Nimbostratus.

Willkommen zu Hause, Ruby. Willkommen zu Hause.

Sagte der Regen.

Ja, danke sehr, sagte ich, und ich legte mich auf den Rücksitz und schlief.

KAPITEL 31

Kurz und knapp, schön und sooo gut.

Als es im Laufe des Tages aufhörte zu regnen, brauchte ich nicht in mein eigenes Haus einzubrechen, denn jemand, der wusste, wo der Ruby-Notfallschlüssel versteckt war, hatte die Haustür offen gelassen. Nicht sperrangelweit *offen*, aber offen.

Im Haus stank es.

Und da, an der Wand in der Küche, mit einem Filzstift, der niemals, niemals abgehen würde, hatte mein Dad eine Nachricht hinterlassen.

Ruby – wo bist du?! Wir holen Grandma.
Bleib hier! Sind bald wieder da! Alles Liebe – Dad und Dan

Dan hatte ein kleines Smiley hinter seinen Namen gemalt, und sie hatten eine ganze Kette von xxx-Küssen hinterlassen.

KAPITEL 32

Das war vor fast drei Wochen.

Mein Dad kam an dem Tag nicht mehr, und er kam auch nicht am nächsten oder am übernächsten Tag. Mein Dad ist überhaupt noch nicht gekommen, aber er wird kommen.

Inzwischen, weil ich niemanden habe, mit dem ich reden kann, hab ich angefangen, das hier zu schreiben. Ich hab nicht gedacht, dass ich so viel schaffen würde, aber bitte. Ich hab viel Zeit und viel zu erzählen – und niemanden, dem ich es erzählen kann, außer euch.

Mit wem redet *ihr*?

Ich hab daran gedacht, es *Das Katastrophentagebuch der Ruby Morris* zu nennen, aber das klingt zu putzig. Es passt einfach nicht zu der Geschichte, oder? Ich glaube, ich nenne es *Regen*. Das klingt mehr nach Hollywood, findet ihr nicht auch?

Könnt ihr den Trailer nicht schon vor euch sehen? Grollende Stimme, prasselnder Regen – und mein Gesicht (wunderschönes Make-up):

REGEN
Ein Mädchen kämpft ums Überleben … wo niemand überleben kann

Dramatische Musik und eine schnelle Montage aus allem, was passiert ist – die Stellen mit Darius überspringen wir –, und am Ende nehme ich meinen Dad, der vor Freude über meinen Anblick in Tränen ausbricht, in den Arm und halte ihm einen kleinen Vortrag über Pünktlichkeit. Ich fahre meinem grinsenden Halbbruder durch den mausfarbenen Haarmopp – und er muss es zulassen, weil er so glücklich ist, mich zu sehen. Dann drehe ich mich um und knutsche leidenschaftlich mit Caspar. Der auch (irgendwie) überlebt hat. Seine Haut ist jedenfalls wunderschön geheilt.
Ich trage das perfekte Kleid, und ich trage die perfekten Diana-Schuhe. In meinem Gesicht ist nicht mehr der leiseste Hauch von Orange. Mein Haar ist ein bisschen komisch und spröde, aber die Farbe ist ein erstklassiges Rabenschwarz … und die zerfließende Wimperntusche hab ich gegen eine getauscht, die bleibt, wie sie ist, und wenn man noch so heftig heulen muss. Ich bin bereit für die Premiere.

Einstweilen bleibt die Realität. Zunächst mal: Ich wollte das Haus nicht mehr verlassen, nie mehr, weil ich sicher war, dass mein Dad jeden Augenblick kommen würde. Sogar, als ich später an diesem Tag zum ersten Mal rüber zu den Fitchs gehen musste, um was zu trinken zu suchen, ließ ich einen Zettel auf dem Tisch liegen. Wegen des Gestanks ließ ich auch das Fenster offen, und als ich zurückkam, war der Zettel vom Tisch geweht. Jetzt schreibe ich jedes Mal, wenn ich das Haus verlasse, an die Wand, wohin ich gehe, um wie viel Uhr ich gehe, wann ich zurückkomme, und WELCHER TAG HEUTE IST.

Mein Dad hat das nicht getan, nicht wahr? Da stand kein Datum an der Wand.

Was gibt es noch zu sagen? Ich hab ein Buch gefunden, das den Kids im übernächsten Haus gehört hat. Ein Buch über Wolken. Das studiere ich jetzt. Es sieht ganz einfach aus, wenn man die Bilder anschaut, aber wenn du rauskommst, wird es schwierig, zu erkennen, was was ist. Aber ich werde besser. Ich muss besser werden.

Und das war's eigentlich.

Ich weiß! Nur um zu sehen, ob ihr aufgepasst habt, wie ich auch eurer Geschichte zugehört hätte … wenn ich euch je treffen würde – ich stelle euch ein Aufsatzthema. Zum Beispiel: *»Inwiefern hätte Ruby sich anders verhalten sollen? Diskutiere die Frage …«* oder *»Inwiefern wird jetzt alles gut werden? Diskutiere …«*

Okay, vergesst das. War ein Witz! (Ich will über NICHTS davon nachdenken.)

Machen wir lieber eine Multiple-Choice-Aufgabe. Ich liebe Multiple Choice! Man braucht die Antwort gar nicht zu kennen und hat trotzdem die Chance, es richtig zu machen.

FRAGE: Wann soll man die Hoffnung aufgeben?

A. Jetzt. Sofort. Wir müssen alle untergehen.
B. Warte mal noch zwei Wochen.
C. Niemals.
D. ?

Mum, ich atme noch.
Ich bin Ruby Morris. Dies ist meine Geschichte.
Mein Dad wird jetzt jeden Tag kommen.
Und obwohl ich lieber sterben möchte, als … Obwohl ich ihn, kurz gesagt, nicht wiedersehen möchte, solange ich lebe, hat Darius Spratt noch eine ganze Menge Sachen von mir. Unter anderem mein Telefon.x